고소설의 생명력과 미학적 세계

고소설의 생명력과 미학적 세계

김재웅 지음

보고사
BOGOSA

책을 펴내며

필사본 고소설의 변방에서
역동적 생명력과 미학적 세계를 탐구하다

    필자는 지금까지 고소설의 변방에서 유일본이나 이본적 가치가 있는 필사본을 발굴하고 연구하는 데 심혈을 기울였다. 고소설의 미학적 세계는 상업적으로 출간된 방각본이나 활자본보다 향유층이 손수 베낀 다양한 필사본이 역동적 생명력을 품고 있기 때문이다. 향유층의 다양한 의식이 반영된 필사본에는 방각본이나 활자본의 획일성을 보완해주는 고소설의 역동적 생명력을 내포하고 있다. 이 때문에 고소설 필사의 전통과 향유층의 수용의식을 분석하여 고소설의 역동적 생명력과 미학적 세계를 탐구하려고 한다. 이러한 작업을 통해서 필사본 고소설의 역동적 생명력과 향유층의 미학적 세계를 다채롭게 재인식하는 계기가 되기를 소망한다.

    이 책은 필사본 고소설의 변방을 찾아서 오랫동안 여행했던 결과물이다. 필자는 필사본 고소설에 관심을 가지고 십여 년 동안 유일본을 발굴하고 그 가치를 새롭게 정립하는 연구를 지속했다. 고소설의 변방에서 필사본의 다양한 가치와 역동적 생명력을 탐구하는 과정은 너무도 힘들었음에도 학문에 대한 즐거움을 깨닫는 행복한 시간이기도 했다. 고소설은 필사본을 통해서 저변이 끊임없이 확장되었을 뿐만 아니라 필사본에 의해서 고소설의 중심이 변모하기도 했다. 필사본 고소설의 변방에서는 기존의 중심을 해체하고 창조적인 탐구를 가능하게 하는 역동적 생명력을 다양하게 제공하기 때문이다.

제1부에서는 유일본 작품의 성격과 미학적 세계를 탐구한다. 현재까지 유일본으로 존재하는 〈원자실전〉, 〈왕능전〉, 〈김태백전〉 등의 필사본 고소설의 성격과 작품의 의미를 논의한 것이다. 이 세 작품은 국문 필사본으로 향유되었을 뿐만 아니라 필사의 전통을 통해서 유일본으로 남았던 것으로 보인다. 〈원자실전〉은 중국소설 『전등신화』 제2편에 수록된 〈삼산복지지〉의 영향을 받았지만 조선후기 남성 향유층에 의해 재창작된 작품이다. 〈왕능전〉은 기존에 인기를 모았던 〈옹고집전〉의 '진가쟁주 이야기'를 수용하여 영웅소설의 위상을 확장한 작품이다. 〈김태백전〉은 중국소설 〈오호평남후전〉, 〈오호평서전전〉을 통합하여 창작했다는 필사기록이 등장하고 있지만 고소설을 다양하게 변용한 향촌사회 지식인들의 세계관과 상상력을 보여준 작품이다. 이러한 작품들은 국문 필사본으로 존재할 뿐만 아니라 유일본으로서의 위상이 대단히 높다고 하겠다.

제2부에서는 가정소설의 다양성과 역동적 생명력을 탐구한다. 가정소설은 당시 향유층에게 상당한 관심을 끌었던 작품이다. 이 때문에 〈유최현전〉, 〈정해경전〉, 〈김이양문록〉, 〈최호양문록〉 등의 가정소설은 향유층에 의해 끊임없이 변모를 거듭한 다양성과 역동적 생명력을 보여주고 있다. 〈유최현전〉은 여성 향유층에 의해 〈정을선전〉에서 변모된 가정소설로서 계모형과 쟁총형 갈등을 수용하여 여성 수난이 확장된 작품이다. 〈정해경전〉은 여성 향유층에 의해 국문 필사본으로 유통되면서 결혼담이 확장된 가정소설의 후대적 변모를 보여준 작품이다.

〈김이양문록〉은 '양문록'의 제목과 달리 계모의 개과천선을 통해서 가족의 화합을 보여준 가정소설의 구조를 내포한 작품이다. 〈최호양문록〉은 여성 향유층이 선호한 혼사장애담과 애정담을 확장한 쟁총형 가정소설의 범주에서 가문소설로 변모될 가능성을 보여준 작품이다. 이러한 작품들은 국문 필사본으로 씌어진 가정소설의 다양성과 역동적 생명력을 보여주고 있다.

　제3부에서는 고소설의 수용과 향유층의 미학적 세계를 탐구한다. 우리 고소설은 작품을 필사하고 향유한 독자층에 의해서 새로운 미학적 세계가 첨가되는 독자소설의 특징을 보여준다. 〈토끼전〉, 〈창선록〉, 〈강릉추월전〉 등의 고소설은 필사본으로 유통되면서도 향유층의 다양한 미학적 세계를 반영하고 있다. 판소리계 소설인 〈토끼전〉은 인도의 〈본생담〉, 중국의 〈불전설화〉의 영향을 받았지만 조선후기 용궁설화를 수용하면서 풍자와 해학을 강조한 작품이다. 〈창선록〉은 유일본으로 존재하고 있지만 기존의 유명한 〈구운몽〉을 선별적으로 수용하면서 재창작된 작품이다. 〈강릉추월전〉의 중국소설 『경세통언』에 수록된 〈소지현나삼재합〉의 영향을 받았지만 조선후기 사회상을 반영하면서 끊임없이 재창작된 작품이다. 이렇게 고소설의 수용과 향유층의 미학적 세계는 필사본 고소설의 변모와 재창작을 가능하게 하는 원동력이기도 하다.

　이 책은 필사본 고소설을 찾아서 변방을 떠돌았던 필자의 발자취를 그대로 보여준다. 그래서 학술지에 발표했던 글의 문제의식을 수정하지 않고 당시의 고민을 노출하기로 했다. 필사본 고소설은 수많은 이본이 존재하기 때문에 언제나 새로운 작품이 발굴될 가능성이 열려 있기 때문이다. 더욱이 새로운 필사본 자료를 분석하여 기존의 글을 수정하려면 너무도 많은 시간과 노력이 필요한 실정이다. 따라서 필자가 고소설의 변방에서 발표했던 글의 출전을 말미에 밝혀두고서 앞으로 지속적으로 수정하고 보완하고자 한다.

이제 필사본 고소설의 변방을 찾아서 길을 떠났던 여정을 마무리하고 새로운 변방을 찾아야 할 시간이다. 필사본의 다양성과 역동적 생명력의 관점에서 고소설의 저변을 확장하고 중심을 해체하는 자유로운 탐구를 시작해야 한다. 고소설의 변방에서 중심의 완고함을 헐어야 필사본의 역동적 생명력과 향유층의 미학적 세계가 재조명될 수 있기 때문이다. 고소설의 변방이 중심이고 중심이 변방이라는 사실을 깨닫는 순간 필사본이 새로운 중심이 될 수 있을 것으로 확신한다.

이 책을 엮으면서 필사본 고소설을 발굴하고 탐구하기 위해 만났던 선생님들과의 추억이 자꾸만 떠오른다. 그 분들의 따뜻한 지도와 조언은 필사본 고소설의 변방을 탐구하는 필자에게 든든한 버팀목이 되어주기에 충분했다. 여러 선생님들의 고마움을 가슴 깊이 새기면서 학문의 길을 걸어가고자 한다. 특히 정우락 선생님은 귀중한 필사본 자료를 제공해주었을 뿐만 아니라 제대로 연구할 수 있도록 도와준 고마운 분이다. 정우락 선생님께 감사의 인사를 올리고 싶다.

또한 필사본 고소설의 변방을 찾아서 여행할 수 있도록 도와준 아내 이수정의 배려와 충고 덕분에 배운 것을 실천하게 되어 늘 고맙게 생각한다. 고향에 홀로 계시는 어머니와 장모님의 따뜻한 사랑도 잊을 수가 없다. 고향 뒷산에 누워 계신 아버지의 기일 다가와서 그런지 갑자기 아버지가 사무치게 그립다. 이 책을 아버지의 영전에 바치는 것으로 불초한 자식의 도리를 다하고자 한다. 아울러 학문의 여정에서 묻혀있던 원고에 새로운 생명을 지펴 예쁜 책으로 간행해준 보고사 김홍국 사장님과 편집부 김하놀 선생님에게도 감사의 인사를 전한다.

2018년 11월 10일
버즘나무 단풍이 아름다운 교정에서
김재웅 씀

차례

제2부 가정소설의 다양성과 역동적 생명력

제3부 고소설의 수용과 향유층의 미학적 세계

Ⅷ. 〈토끼전〉에 수용된 용궁설화의 양상과 의미

제1부
유일본 작품의 성격과 미학적 세계

I

〈원자실전〉의 전기소설적 성격과 의미

1. 머리말

지금까지 학계에 알려진 고전소설 작품은 대체로 885종으로 추정되고 있다.[1] 여기에 새로 발굴된 자료까지 포함하면 작품은 다소 늘어날 전망이다.[2] 고전소설 작품이 이렇게 많이 존재함에도 연구자의 관심은 기존의 특정 작품에 대한 연구에서 크게 벗어나지 못한 실정이다. 좀 더 솔직히 말하면, 아직까지 연구자의 손길 한 번 닿지 않고 방치된 작품이 다수라고 해도 지나친 말이 아니다. 여기서는 학계에 알려지지 않은 필사본 〈원자실전〉을 자세하게 소개하여 고전소설 연구의 편중 해소와 다양성 확대에 이바지하고자 한다.

〈원자실전〉은 계명대학교 도서관에 소장된 국문 필사본 소설로 현재까지 유일본으로 알려져 있다.[3] 이 작품은 전체 37쪽으로 구성되어

---

1 조희웅, 『고전소설 연구보정』, 박이정, 2006, 15~907쪽.
2 김일렬, 「취암문고 소장 한글본 고전소설 연구」, 『영남학』 3호, 경북대학교 영남문화연구원, 2003, 9~43쪽. 취암문고에는 127편의 작품이 소장되어 있다. 이밖에도 개인이나 문중에서 소장하고 있는 작품까지 합치면 작품의 수는 다소 늘어날 전망이다.
3 조희웅, 『고전소설이본목록』, 집문당, 1999, 459쪽.

있고, 한 면에 11줄, 한 줄에 28자 내외로 필사되어 있을 뿐만 아니라 분량이 비교적 적은 편이다. 작품의 필체가 전반적으로 고르고 안정된 것으로 보아 능숙한 필사자에 의해서 써진 것으로 짐작된다. 그리고 작품의 말미에 "光緖九年癸未二月日在下遊鄕大宅書"[4]라고 기록되어 있다. 이러한 필사기록을 참고하면 〈원자실전〉은 적어도 1883년(고종 20) 이전에 창작되었을 것으로 짐작된다.

필사본 〈원자실전〉에 대한 기존연구는 작품의 제목조차 거론되지 않았기 때문에 기초적인 논의도 전무한 실정이다. 〈원자실전〉은 현생에서 가난하게 살던 주인공 원자실이 저승세계를 구경하고 다시 현생으로 복귀하는 구조로 짜여져 있다. 저승세계는 천국과 지옥으로 뚜렷이 구분되어 있을 뿐만 아니라 현생의 선악에 대한 심판과 처벌이 진행되는 곳이다. 그중에서도 주인공은 지옥세계를 구체적으로 구경하고 있다는 점이 주목된다. 따라서 〈원자실전〉은 현생의 선악에 대한 평가가 저승세계에서 이루어지는 모습을 통해서 현실의 선행을 강조하고 있다.

필사본 〈원자실전〉의 서사공간이 현실에서 저승세계, 다시 현실로 되돌아오는 구조는 서사무가, 구비설화, 고전소설 등에 종종 등장한다. 서사무가 〈바리공주〉는 아버지의 병을 고칠 수 있는 선약을 구하기 위해서 저승세계에 다녀오고, 구비설화에는 가난을 해결하기 위해서 천상에 복을 타러가는 이야기가 등장한다. 그리고 신라 『수이전』이나 『금오신화』에도 이러한 초월세계를 다녀오는 이야기가 등장한다. 이런 점

---

4 계명대학교 소장본 〈원자실전〉, 37쪽.

에서 〈원자실전〉은 구비문학과 전기소설에 등장하는 현실세계, 저승세
계, 현실세계로 이어지는 전기소설의 구조적 전통을 수용한 것으로 보
인다.

　본고에서는 유일본으로 존재하는 〈원자실전〉을 학계에 소개하여 작
품의 형성과정과 소설사적 의미를 밝히고자 한다. 이러한 목적을 달성
하기 위해서는 작품의 형성과정에 영향을 준 중국소설과 당시의 사회
적 배경을 살펴볼 것이다. 특히 〈원자실전〉의 모본으로 알려진 〈삼산
복지지〉와 비교하여 조선 후기 소설로 변모된 특징을 밝힐 것이다. 그
다음에 〈원자실전〉의 내용을 분석하여 전기소설적 성격과 문학적 의
미를 조명하고자 한다. 이러한 〈원자실전〉에 대한 연구는 조선 후기
중국소설의 영향과 한국소설의 변모를 확인하는 뜻깊은 작업이 될 것
이다.

2. 중국소설의 영향과 〈원자실전의〉 형성배경

　필사본 〈원자실전〉은 중국 송나라 구우(瞿佑)가 지은 『전등신화(剪
燈新話)』[5] 제2편에 수록된 〈삼산복지지(三山福地誌)〉를 모본으로 하여,
새로운 내용을 첨삭한 번안 및 재창작소설이다. 지금까지 『전등신화』
에 대한 관심은 김시습의 『금오신화』와 비교하는 데에 초점을 맞추고

5　조희웅, 『고전소설 이본목록』, 집문당, 1999, 619~621쪽. 여기에 제시된 『전등신화』
　의 이본은 국문 필사본 3종, 한문 필사본 5종, 한문 판각본 31종, 한문 활자본 2종,
　한문 현토본 2종 등이 존재하는 것으로 보인다. 국문 필사본 3종 가운데 단국대학교
　소장본에는 〈삼산복지지〉를 비롯한 총 10편의 작품에 대한 번역이 수록되어 있다.

있는 실정이다.[6] 왜냐하면 『전등신화』는 한국 고전소설사에서 최초의 소설로 알려진 『금오신화』의 창작에 지대한 영향을 미쳤기 때문이다. 이렇게 보면 『전등신화』는 김시습의 『금오신화』에 대한 창작설 해명에 관심을 집중하고 있다.

한국 고전소설은 중국소설의 영향을 받았음에도 단순하게 모방하는 차원에서 멈추지 않았다. 『금오신화』만 해도 중국소설의 영향을 수용하면서도 시대적 배경이나 작가의식을 투영하여 새로운 작품으로 재창작되었다.[7] 『전등신화』에서 일부 소설의 영감이나 소재를 빌려왔지만, 김시습은 당시의 사회상과 문체의 변모를 통하여 창작 욕구를 표출하였다. 이러한 과정을 통해서 한국 고전소설은 중국소설의 영향을 벗어나 당시의 사회상과 작가의식을 내포한 새로운 작품으로 재창작된 것으로 보인다.[8]

조선시대에 유입된 『전등신화』에 대한 평가는 긍정과 부정으로 뚜렷이 갈라진다. 작품을 긍정하기보다는 대부분 부정적 입장을 취하고 있는 것이 사실이다. 『전등신화』에 대한 부정적 생각은 조선시대 유교 윤리에 크게 이로움을 주지 못한다는 판단 때문으로 보인다. 그러나 작품을 긍정하는 입장에서는 애정의 긴박함과 다양한 문체를 내세워 흥미성을 강조하거나 선비와 서리들의 글공부에 도움이 된다는 문장의 수려함에서 다소 긍정하고 있다. 따라서 『전등신화』는 다수의 부정적 입

---

6 정주동, 『고대소설론』, 형설출판사, 1994, 37~43쪽.

7 설중환, 『금오신화연구』, 고려대학교 민족문화연구소, 1983, 99~111쪽.

8 김재웅, 「〈강능추월전〉의 이본 형성과 변모에 관한 연구」, 계명대학교 박사학위논문, 2003, 15~57쪽.

장에도 불구하고 조선시대 널리 애독된 것으로 생각된다.[9] 특히 이 작
품은 특정한 계층에 국한되지 않고 조선 후기까지 궁중, 여염, 승려까
지 폭넓은 독서층을 형성하였다.[10]

이 때문에 조선 후기 필사본 〈원자실전〉의 모본은 능몽초가 백화소
설로 개작한 작품이 아닌 구우의 『전등신화』인 것으로 보인다. 『전등신
화』의 제2편에 수록된 〈삼산복지지〉는 명나라 말기 소설가 능몽초(凌
蒙初)에 의해서 백화소설로 개작되었다.[11] 능몽초가 백화소설로 개작한
〈암내간악귀선신 정중담전인후과(庵內看惡鬼善神 井中潭前因后果)〉에
는 작품의 서두에 일부 새로운 대목이 첨부되어 있다.

　(가) 경에 이르기를 앞사람을 알려거든 지금 생애에 받은 것이요, 내
　세의 사람을 알려거든 지금 생애에 지은 것이다. 화설 남경 신교에 한
　사람이 있었는데 성은 구요 자는 백고이다. 평소 충후지성하여 부처를
　받드는 것이 매우 독실하였다. 성품이 희사를 좋아하여 함부로 남에게
　취하려 하지 않았다. 가장 공직으로 이름이 있는 사람이었다.[12]
　(나) 지정 년간 산동에 한 사람이 있었는데 성은 원이요 이름은 자실

9　정용수, 『전등신화구해 역주』, 푸른세상, 2003, 379~382쪽. 조선 후기에는 『전등신화』
　　의 판본들이 강원도 원주, 경상도 영천 등에서도 간행되었을 만큼 대단한 인기를 누
　　렸던 것으로 보인다.
10　유탁일, 「전등신화 및 전등여화의 전래와 수용」, 『한국문헌학연구』, 아세아문화사,
　　1989, 298쪽.
11　孟搖, 『中國小說史』 제2책, 223~224쪽; 조희웅, 『고전소설 연구보정』, 박이정, 2006,
　　884~885쪽에서 재인용. 능몽초(1580-1644년)는 〈삼산복지지〉를 〈암내간악귀선신 정
　　중담전인후과〉로 개작하여 『이각박안경기』 24편에 수록하고 있다.
12　능몽초, 『이각박안경기』, 춘풍출판사, 1997, 433쪽. 經云：要知前世人, 今生受者是; 要
　　知來世人, 今生作者是.話說南京新橋有一人姓丘, 字伯皐. 平生忠厚志誠, 奉佛甚謹. 性
　　喜施舍, 不肯妄取人一毫一釐, 最是个公直有名的人

이다. 농사를 지어서 생업을 삼았고 집안이 넉넉하였다. 성품은 우둔하고 순박했으며 글을 알지 못했으나 충후하고 진실하였다…… 마을에 성이 목인 천호가 있었는데 그와 더불어 어려서부터 오가며 서로 잘 지냈다.[13]

위에서 (가)는 능몽초가 〈삼산복지지〉의 내용을 유도하기 위한 편집 의도를 보여준 것이다. 그래서 (나)에서는 『전등신화』〈삼산복지지〉의 내용을 거의 그대로 실어놓고 있다. 이렇게 보면 (가)는 〈삼산복지지〉의 내용을 소개하는 정도로 사건의 전개에 영향을 미치지 못한다고 하겠다. 왜냐하면 (나)와 같이 〈삼산복지지〉의 내용을 백화체로 번안하고 있기 때문이다. 따라서 능몽초가 개작한 〈암내간악귀선신 정중담전인후과〉는 별다른 작품의 변모가 발생하지 않았던 것으로 생각된다.

그렇다면 〈원자실전〉은 『전등신화』에 수록된 21편의 다양한 소설 중에서 하필이면 〈삼산복지지〉에 관심을 가졌을까? 이런 문제를 해결하기 위해서는 『전등신화』에 수록된 작품의 유형과 〈삼산복지지〉의 성격 분석이 선행되어야 한다. 『전등신화』에는 록(錄), 지(志), 기(記), 전(傳) 등과 같이 다양한 형식의 소설이 내포되어 있는데 그중에서도 지(志)는 역사서의 시말을 기록하는 기사문의 성격을 보여준다.[14] 이러한 〈삼산복지지〉는 친구 사이인 원자실과 목군의 우정이 당시의 사회 혼란으로 인하여 냉대와 배신으로 변해버렸음을 보여준다. 따라서 착한 마음을 가진 원자실은 병화를 피하지만 악한 마음을 가진 목군은 죽임

---

13 능몽초, 앞의 책, 437쪽. 却說 元朝至正年間, 山東有一人姓元名自實, 田庄爲生, 家道丰厚. 性質愚純, 不通文墨, 却也忠厚認眞…… 同里有个姓繆的千戶, 與他從幼往來相好
14 이병혁, 『전등신화역주』, 태학사, 2002, 8~9쪽.

을 당할 수밖에 없다.

이렇게 〈삼산복지지〉는 병화를 피하여 행복하게 살고 싶은 인간의 욕망을 반영한 것으로 보인다. 필사본 〈원자실전〉은 이러한 〈삼산복지지〉의 내용과 유사한 시대적 배경에서 번안 및 재창작된 것으로 보인다. 조선 후기 사람들도 전쟁이나 병화가 없는 복지(福地)에서 편안히 살고 싶은 욕망은 마찬가지였을 것이다. 특히 〈원자실전〉이 번안 및 재창작 될 당시의 시대적 배경은 매우 혼란한 시기였다. 조선 후기에 잦은 이양선의 출몰과 개항요구 및 오랜 세도정치의 폐해가 한꺼번에 등장하였다. 고종이 집권하면서 세도정치를 타파하고 여러 가지 개혁 정치를 실시하였으나, 민심을 안정시키고 부국강병을 이루는 것은 쉽지 않았다. 더욱이 조선을 둘러싼 강대국의 정치적 영향과 간섭을 두고 대원군과 명성왕후가 권력 투쟁의 양상을 보이게 되었다.

이러한 상황에서 1882년 임오군란과 1884년 갑신정변이 발생하여 조선의 앞날에는 먹구름이 몰려오고 있었다. 필사본 〈원자실전〉은 1883년 조선 후기 혼란한 시대적 배경에서 〈삼산복지지〉를 바탕으로 모본에 없던 선비의 출처관이나 백성을 교화시키는 내용이 새롭게 첨가된 것으로 보인다. 이렇게 보면 〈원자실전〉은 유학을 공부하는 선비 혹은 양반 집안의 남성에 의해서 새롭게 번안 및 재창작된 것으로 추측된다. 왜냐하면 작가는 한문에 능숙하면서도 당시의 혼란한 사회를 유교 윤리로 바로잡아야 한다는 의식을 담아내고 있기 때문이다.

이상에서 『전등신화』는 홍무(洪武) 11년에 쓴 구우의 자서(自序)가 존재하는 것으로 보아 1378년에 창작된 것으로 보인다. 그 뒤로 중국과 조선, 일본에서 여러 차례 출간한 판본이 존재하고 있으나, 〈원자실전〉

의 모본에 해당하는 〈삼산복지지〉의 수록 위치나 내용의 변모는 거의 없는 것으로 보인다. 따라서 조선 후기 필사본 〈원자실전〉의 모본은 『이각박안경기』 제24편에 수록된 〈암내간악귀선신 정중담전인후과〉가 아니라, 『전등신화』 제2편에 수록된 〈삼산복지지〉를 대상으로 하였다. 결국 〈원자실전〉은 〈삼산복지지〉를 모본으로 하여 조선 후기 사회상에 적합하도록 새로운 내용을 첨삭한 재창작 소설이다.

3. 〈원자실전〉과 〈삼산복지지〉의 비교

여기서는 〈원자실전〉과 〈삼산복지지〉의 공통점과 차이점을 구체적으로 비교하고자 한다. 두 작품의 영향관계를 밝히기 위해서는 작품의 제목부터 비교할 필요가 있다. 〈삼산복지지〉는 주인공이 병화를 피해 편안히 살 수 있는 삼산의 복지를 찾아가는 여정을 뜻한다. 그런데 〈원자실전〉은 작품에 등장하는 주인공 이름을 제목으로 삼았다. 이러한 주인공을 작품의 제목으로 설정하는 방식은 고전소설의 일반적인 작법이라 하겠다. 물론 〈원자실전〉의 말미에 전쟁과 병화가 없는 길지를 찾아가는 대목이 등장하지만, 작품의 중심 내용은 길지를 찾아가는 것이 아니다. 따라서 〈원자실전〉은 모본의 내용을 토대로 작품의 표제를 변모시키는 재창작 과정을 보여준다.[15]

〈원자실전〉의 서두는 모본보다 서술내용이 상당히 부연되거나 확장

---

15 고전소설에서 표제가 변경되면 서사전개와 작가의식 및 주제까지도 영향을 받을 수밖에 없다.

되어 있는 특징을 보여준다. 작품에 등장하는 관직 명칭이 조선시대 벼슬로 바뀌었고 서사전개에 약간씩 부연 및 확장된 대목이 등장하고 있다. 이것은 서사전개를 변모시킬 만큼 커다란 영향을 발휘하지는 못해도 서술내용이 새롭게 부연, 확장되었다는 점에서 주목된다. 이러한 〈원자실전〉과 〈삼산복지지〉의 서두를 제시하면 다음과 같다.

(가) 딕명시졀의 산동 싸희 일위 군지 잇스니 셩호는 원즈실이라 비록 학문은 부족ㅎ나 천셩이 닌효흔 문지라 우흐로 부모 봉양이며 아릭로 친쳑 노비와 궁교빈족을 인의로 구익하니 일홈이 경향의 ᄌᄌ흔지라 겸ㅎ야 쥬야의 근롱ㅎ여 가셰 요부하리니 그 마을의 목군이라 ㅎ난 지 잇시니 죽마고우로 교계심밀하야 형졔갓치 니닉더니 일즉 등과ㅎ여 민 즁틱슈를 졔슈하엿스나 본디 형셰궁곤하야 치힝할슈 업셔 …… 다힝이 은ᄌ 이빅냥을 취하여 쥬옵시면 도임후 즉시 갑스올거시니 화협함물 바라나이다 한딕 ᄌ실은 인효흔 군지라 겸ㅎ야 거싱지의로 문권을 응니 밧지 아니ㅎ고 은ᄌ 이빅냥을 즉시 슈운ㅎ니 목군이 못닉 스례하고 인ㅎ야 가솔을 치힝하야 도임ㅎ니라[16]

(나) 원자실(元自實)은 산동사람이다. 날 때부터 사람이 좀 우둔하여 시서(詩書)를 깨치지는 못했으나, 집안은 자못 풍식(豊殖)하여 전장(田庄)을 업삼아 지내는 인물이었다. 같은 마을에 목군이란 사람이 살았다. 그는 민(閩)이란 땅에 관직을 하나 얻었으나, 노잣돈이 부족하여 부임할 수가 없었다. 그래서 자실에게 찾아가서 돈 이백 냥을 꾸었다. 한 고향 사람인 터라 자실은 문권도 없이 요구대로 선선히 꾸어 주었다.[17]

---

16 〈원자실전〉, 1~2쪽.
17 정용수,『전등신화구해 역주』제2편 〈삼산복지지〉, 43쪽. 元自實山東人也 生而質鈍 不通詩書 家頗豊殖 以田庄爲業 同里有繆君者 除得閩中一官 缺少路 費於自實處 假銀

위의 (가)에서는 대명시절의 산동 땅에 살고 있는 원자실에 대해 '군
자'라고 기록하고 있으면서도 학문이 부족하다고 하였다. 그럼에도 원
자실은 천성이 인효하여 부모봉양과 친척과 노비, 가난한 사람을 인의
로 구휼하는 인물로 그려진다. (나)의 원자실은 출신 지역이 산동임을
밝히면서 출생할 때부터 우둔하여 시서를 깨치지 못했으나 집안이 풍
족했음을 보여준다. 이렇게 〈원자실전〉은 〈삼산복지지〉를 모본으로
새롭게 확장하거나 부연한 한국소설적 변모를 보여주고 있다.

〈원자실전〉에는 고전소설의 서두에 흔히 사용되는 도식적인 인물
소개가 등장하지 않는다는 점에서 주목된다. 한국 고전소설의 서두는
대부분 영웅적 인물이거나 탁월한 재질을 갖춘 주인공을 등장시키고
있다. (가)의 서두에 "대명시절의 산동 땅에 군자 원자실"은 기존의 고
전소설과 유사하지만, "학문은 부족하나 천성이 어질고 효성을 다하는
모습"은 조금 색다른 표현이라 하겠다.

그런데 〈원자실전〉의 후반부에는 새로운 내용을 첨가하여 작가의식
을 뚜렷이 부각하고 있다. 그중에서도 저승세계에 도착한 원자실이 천
상과 지옥을 구경하는 장면은 새롭게 첨가된 것이다. 이러한 〈원자실
전〉은 저승세계의 지옥과 천국에 대한 호기심을 자극하고 있다면, 〈삼
산복지지〉는 간략하게 복지를 찾아가는 것으로 나타난다.

(다) 동ᄌ를 명ᄒ야 길을 인도ᄒ라 ᄒ거늘 ᄌ실이 빅비 사례ᄒ고 의
연이 니별ᄒ니라 인ᄒ야 슈리를 힝ᄒ다가 동ᄌ게 쳥ᄒ여 왈 싱이 진셰
예 일기 우밍으로 외람이 션경을 더러이민 황공ᄒ오나 임의 이곳의 이

_____

二百兩 自實以鄕黨 相處之厚 不問其文券 如數貸之

르러시니 명부를 잠간 구경홈이 엇더ᄒ뇨 동ᄌ 디왈 명부를 구경홈이 어렵지 아니ᄒ나 다문 형죠 녹ᄉ의 품고ᄒ리라 ᄒ고 ᄌ실을 다리고 흔 정각의 이르니 ……동ᄌ를 ᄯ라 슈리를 더러가니 셩쳡이 웅중ᄒᄃᆡ 검은 안기 충쳔ᄒ고 군쫄이 무슈ᄒᄃᆡ 다우두나츌이요 마두귀쫄이라 각각 층 검을 들고 문 좌우의 나럴ᄒᄌᆞ라 동ᄌ 비지를 젼ᄒ니 문쫄이 드러가라[18]
　(라) 자실이 돌아 갈 길이 없다고 말하니, 도사는 한쪽으로 난 길을 알려주며 가라고 했다. 드디어 감사하다는 절을 하고 이별했다.[19]

위의 인용문은 도사의 도움으로 저승세계를 구경한 원자실이 다시 현실세계로 복귀하는 내용이다. 그런데 (다)의 밑줄 친 부분은 명부를 구경한 원자실이 천상을 구경하는 내용이 구체적으로 등장하는데 반하여 (라)는 이러한 내용이 생략되어 있다. 이런 점에서 〈원자실전〉은 모본인 〈삼산복지지〉에 없는 내용을 작가가 새롭게 창작한 것이다. (다)는 (라)에 없는 천상세계를 구경하는 서사내용과 장면묘사를 대폭 첨가하는 방향으로 변모되었다.

이렇게 〈원자실전〉의 작자는 모본의 내용을 한글로 번안 및 재창작하면서 작가의식을 후반부에 집중적으로 첨가하고 있다. 작가는 한문으로 기록된 〈삼산복지지〉의 내용을 한글로 재창작하면서 조선 후기 사회적 혼란상을 바로잡을 수 있는 유교윤리를 반영하였다. 결국 〈원자실전〉은 〈삼산복지지〉를 모본으로 하면서도 후반부에 저승세계와 같은 새로운 서사단락을 첨가하여 확장, 부연되었다. 이러한 새로운 서사단락의 첨삭과 장면의 확장, 부연을 통해서 한국소설로 변모되고 재

---

18 〈원자실전〉, 20~21쪽.
19 〈삼산복지지〉, 56쪽. 自實告以無路 道士指一徑令其去 遂再拜而別

창작된 특징을 보여준다.

　이상에서 조선 후기 필사본 〈원자실전〉은 명나라 『전등신화』 제2편에 수록된 〈삼산복지지〉를 모본으로 당시의 사회상에 알맞게 재창작하는 과정에서 작가의식을 투영하고 있다. 두 작품은 혼란한 사회에서 전쟁과 병화가 없는 길지(吉地) 또는 복지를 찾아가서 편안히 살고 싶은 동아시아 사람들의 보편성을 담고 있다. 이 때문에 〈원자실전〉은 〈삼산복지지〉를 모본으로 선택하면서도 조선 후기 사회문화적 배경을 내포한 차이점도 존재한다. 그래서 모본에 없는 선비의 출처관 및 의사의 관통죄, 일반 백성들의 게으름, 타락한 승려에 대한 비판 등과 같은 내용을 대폭 첨가하였다. 따라서 〈원자실전〉은 명나라 『전등신화』가 유입된 이후에 조선 후기에 다시 한글 필사본으로 재창작 되었다는 점에서 주목된다.

4. 〈원자실전〉의 전기소설적 성격

　〈원자실전〉은 주인공 원자실이 현실세계에서 저승세계를 거쳐 다시 현실세계로 되돌아오는 구조로 짜여진 전기소설의 구조적 특징을 보여준다. 전기소설의 전통이 크게 부각되지 못한 조선 후기 소설사적 상황을 감안할 때[20] 〈원자실전〉의 출현은 주목된다. 그럼에도 불구하고 〈원자실전〉은 아직까지 학계에 소개된 바 없기 때문에 작품의 내용을 비교적 상세하게 제시할 필요가 있다.

---

20 이혜순, 「전기소설의 전개」, 『고소설의 제문제』, 집문당, 1993, 229쪽.

① 대명시절 산동에 한 군자 원자실이 있었는데 학문은 부족하지만 천성이 인효하여 부모 봉양과 친척 노비를 인의로 보살핀다. 원자실은 가난한 친구 목군이 급제하고도 돈이 없어서 민중태수로 부임하지 못하고 있을 때 차용증서도 없이 은자 200냥을 빌려준다. 그 덕분에 목군은 무사히 부임하였다.

② 산동의 흉년으로 도적의 노략질이 심하여 원자실은 처자와 함께 유리걸식하며 민중태수로 부임한 친구 목군을 찾아가 의탁하고자 하였다. 그런데 목군은 원자실을 반겨주기는커녕 모르는 체하였다. 처자의 원망을 들은 원자실은 여러 번 목군을 찾아갔으나, 냉대만 당하고 돈은 받지 못했다. 화가 난 원자실의 모습을 본 목군은 비로소 차용증서를 주면 즉시 돈을 갚겠다고 말한다.

③ 원자실은 같은 마을에 살던 목군과 형제처럼 지냈을 뿐만 아니라 급히 관리로 부임해야 하는 목군의 사정을 고려해서 차용증서를 만들지 않았다. 그러나 목군은 전란으로 인하여 원자실이 차용증서를 분실했다고 주장하다가 그의 빈곤한 사정과 옛정을 생각해 천천히 갚겠다고 한다. 집에 돌아온 원자실은 너무도 억울하여 천지신명께 선악을 살펴달라고 기원하며 처량한 신세를 한탄한다.

④ 그렇게 반년이 흘러 원자실이 다시 목군을 찾아갔으나, 그는 여전히 빌려간 돈을 갚을 기색이 없었다. 원자실이 목군을 찾아갈 때마다 헌원옹의 암자에서 쉬어가곤 했다.

⑤ 세월이 흘러 설날 전에 목군을 찾아간 원자실은 빌려준 은자 200냥은 바라지 않겠으나, 처자가 굶주리고 있어서 우선 먹을 수 있는 고기와 밥을 달라고 부탁한다. 목군은 원자실에게 설날이 며칠 남지 않았기에 집에서 기다리면 보내주겠다고 약속하였다.

⑥ 원자실은 집에서 처자와 함께 밥과 고기를 기다렸으나 이번에도 목군에게 속았다. 분함을 참지 못한 원자실은 목군을 죽여 원수를 갚으려 했다. 그런데 헌원옹이 경서를 외우다가 원자실의 모습을 보고 사정

을 물었다. 원자실은 자신을 여러 번 속인 목군을 죽이는 것은 당연하지만, 그의 처자와 노모가 불쌍하여 그만두었다고 말한다.

⑦도옹은 원자실에게 악한 마음을 먹지 말고 덕을 쌓으면 천지신명의 복록이 무궁할 것이라 말한다. 그리고 원자실은 도옹의 은덕으로 처자가 기갈을 면한 것에 대해 감사한다.

⑧마음이 울적한 원자실은 삼신산 아래 큰 우물에 도착하였다. 그 우물이 개벽해 좌우의 석벽이 하늘에 닿았고 그 아래 협곡이 있어 그곳으로 따라 들어갔다. 그곳은 별유천지로 궁궐에 백운간이 솟았는데 현판에 "삼산복대"라고 적혀있다.

⑨도사는 삼산복대를 구경하다가 기갈이 심하여 석탑아래 누웠던 원자실에게 세상의 재미가 어떠냐고 묻는다. 도사가 준 환약 세 개를 먹은 원자실은 전생에 한림학사로서 홍선전에서 토번 오랑캐의 조서를 담당했던 일을 기억한다. 원자실은 한림학사로서 문학을 자공하고 교만, 패악하여 천하 선비를 다 모아 현달치 못한 죄로 현생에 농부가 된 사실을 깨닫는다.

⑩원자실은 저승의 세계에서 현재의 높은 벼슬을 한 사람의 부정부패를 하나씩 말한다. 승상은 재물만 탐하고 정사를 살피지 않아 만민을 구제하지 못하고, 대장은 군율을 정제하지 못해 형벌로 무죄한 사람을 죽인다. 감사는 형벌을 고르지 못하고 군수는 백성의 부역을 각박히 하며 판관은 주색만 일삼으며 현령은 음률만 숭상한다. 이러한 무리는 후일에 다 수족을 결박하고 엄형준법으로 죽음을 재촉하는 것이다. 그리고 목군은 재물만 탐하여 예의염치를 몰라 신명이 벌을 주어 병으로 욕을 면치 못한다.

⑪도사는 3년 후 세상이 변혁하여 병화가 일어나면 복녕 땅으로 피신하게 당부한다. 도사와 이별하고 돌아가던 원자실은 명부를 구경했는데 그곳은 무수한 죄인의 처참한 심판이 벌어지고 있었다. 의사와 환자의 딸이 간통한 죄목은 살인죄와 같은 형벌을 받는다. 여러 중놈과 백성들

이 음란하고 무례하며 농사를 짓지 않아서 벌을 받는다. 또한 충신을 모해한 간신이 역모를 꾸며 임금을 죽인 대역부도를 철저하게 심판하고 있다.

⑫ 이러한 지옥을 구경한 원자실은 극락세계를 구경하고자 청한다. 극락에는 궁궐이 장대하고 삼층 누각의 현판에 "극락전"이라 적혀있다. 원자실은 인간만사가 일장춘몽이요 부귀영욕이 일편부운이라는 사실을 깨닫고 인간 세상에 되돌아온다.

⑬ 원자실이 돌아올 때는 이미 봄이 한창이다. 처자는 원자실이 돌아오는 꿈을 꾸고 기다린 결과 상봉한다. 원자실은 삼신산 팔각정에서 선경과 명부를 구경하고 돌아왔음을 처자에게 말한다. 그리고 부부의 중한 의와 부자의 천륜을 잊지 않았으며, 처자를 돌봐준 헌원옹에게 감사한다.

⑭ 원자실은 복녕촌에서 처자와 함께 농업과 학업에 힘써 공맹의 도학이 원근에 퍼진다. 그런데 목군은 재물을 탈취하고 가혹한 형벌로 다스리니 백성이 이산한다. 이때 흉년으로 발생한 도적이 목군을 죽이고 그의 재물을 탈취한다.

⑮ 원자실은 공맹의 충효를 본받아 화목했으며, 그 자손은 현달하여 관면이 끊어지지 않았다. 그리고 도공에게 감사를 표하려던 재물을 백성들에게 나눠준다.

이상에서 〈원자실전〉의 서사단락은 ①-⑮ 와 같이 요약할 수 있다. 이 작품은 주인공 원자실이 친구에게 빌려준 돈을 받기 위해서 방문하였으나, 돈을 돌려받기는커녕 오히려 냉대와 멸시만 당하게 된다. 민중태수로 부임하는 친구의 간곡한 부탁으로 차용증서도 없이 돈을 빌려준 원자실은 철저하게 배신을 당하였다. 그래서 원자실은 친구 목군을 살해하려고 했으나, 실행에 옮기지 못한다. 가난한 현실에서 고민하던 원자실은 우물을 통해서 저승세계로 들어가게 된다. 그곳에서 원자실은 전생의 선악에 대한 엄정한 평가와 처벌이 진행되는 장면을 목격한 뒤에 다시 현실로 복귀한다.

이러한 〈원자실전〉은 가난한 현실에서 저승세계를 여행한 뒤에 다시 현실로 되돌아오는 구조적 짜임새로 전개되고 있다. 〈원자실전〉이 현실세계에서 저승세계, 다시 현실세계로 복귀하는 구조적 특징은 전기소설의 전통을 계승한 것으로 보인다.[21] 현실에서 풍요롭게 생활하던 원자실은 사회 혼란으로 인하여 재산을 모두 잃고 가난에 허덕인다. 그래서 돈을 빌려준 친구 목군을 찾아갔으나, 비참한 현실에서 생존마저 위협당하고 있었다. 무엇보다 견디기 어려운 것은 가난을 쉽게 극복하지 못하여 처자의 굶주림을 그냥 애처롭게 지켜볼 수밖에 없었다는 점이다. 가족의 굶주림과 추위를 해결하지 못한 원자실은 가장으로서 책임을 다하지 못한 채 우물에 투신하였다.

그런데 삼신산 우물은 현실에서 저승세계로 연결되는 통로구실을 하고 있다. 현실에서 고난을 겪던 원자실이 저승세계에서 비로소 인간적인 평가를 받게 된다. 그곳에서 만난 도사를 통해서 원자실은 전생에 한림학사였으나, 현생에서는 가난한 농부로 출생했음을 깨닫는다. 이처럼 저승의 세계는 현생에서 올바른 삶을 살았던 원자실과 같은 사람들에게는 복을 받는 공간이지만, 목군과 같은 부패하거나 타락한 관리들은 처벌을 받는 공간인 것이다.

〈원자실전〉은 현실과 저승으로 구분되는 공간배경에 따라서 서사전

---

21 전기소설에 해당하는 〈조신몽〉, 〈최치원전〉 등을 비롯하여 『금오신화』도 이러한 성격을 보여준다. 다만, 〈원자실전〉은 남녀이합이 아닌 조선 후기 사회 비판의식을 강조하는 방향으로 변모되었다.

개의 주요한 기능을 담당하고 있다. 현실세계에서는 착한 사람이 냉대
와 멸시를 당하는 불합리한 사회를 보여준다면, 저승세계에서는 전생
의 선악에 따라 그에 합당한 심판과 상벌이 진행되고 있음을 보여준다.
이러한 〈원자실전〉의 서사구조를 제시하면 다음과 같다.

> (가) 대명시절 산동에 천성이 착한 원자실은 친구 목군에게 차용증서
> 도 없이 돈을 빌려준다.
> (나) 가난한 원자실은 처자와 함께 목군을 찾아갔으나 돈을 받지 못
> 했을 뿐만 아니라 냉대와 배신을 당한다.
> (다) 원자실은 분통을 참지 못하여 목군을 살해하려고 했으나, 그의
> 처자와 노모를 생각해 그만둔다.
> (라) 원자실은 삼신산 팔각정에서 저승의 세계로 들어가 천국과 지옥
> 에서 벌어지는 다양한 사건을 구경한다.
> (마) 현생으로 복귀한 원자실은 처자와 상봉하고 풍요롭게 살았다면,
> 목군은 재물 탈취에 힘쓰다가 도적에게 죽임을 당한다.
> (바) 원자실은 재물을 백성들에게 나눠주고 공맹의 도리를 실천하며
> 행복하게 산다.

위에서 원자실이 친구에서 돈을 빌려주고 가난에 허덕이는 현실세계
는 (가), (나), (다)이다. 원자실이 저승세계에서 다양한 사건을 경험한
뒤에 귀환하여 열심히 살아가는 현실세계는 (마), (바)이다. 그리고 원
자실이 우물을 통해서 저승세계에 들어가서 천당과 지옥을 자세히 구
경하는 초월적 세계는 (라)이다. 〈원자실전〉은 현실세계와 저승세계,
현실세계 등으로 구성되어 있다. 이러한 〈원자실전〉의 공간구조에 따
라서 현실의 금전문제, 저승의 심판과 처벌문제, 현실의 유교윤리의 실

천문제 등을 뚜렷이 부각하고 있다.

현실세계에서는 작품의 서두 (가)와 사건의 전개가 발생하는 (나), (다)로 구성되어 있다. 특히 (다)는 현실에서 철저하게 배신당한 주인공이 목군을 살해하려는 대결의식을 내포하고 있다는 점에서 주목된다. 그러나 심성이 착한 원자실은 이것마저도 실행하지 못하고 우물을 통해서 (라)처럼 저승세계에 들어간다. (라)에서는 전생의 선악을 평가하는 지옥과 천국을 구경할 뿐만 아니라 자신의 전생에 대한 인식도 함께 깨닫게 된다.[22] 그리하여 다시 현실세계 (마), (바)로 복귀한 원자실은 저승세계에서 깨달은 유교 윤리를 현실세계에서 실천하며 살아간다.

현실세계 (가), (나), (다)에 해당하는 서사단락은 ①-⑥이고, 초월세계 (라)에 해당하는 서서단락은 ⑦-⑫까지이며, 다시 현실세계 (마), (바)에 해당하는 서사단락은 ⑬-⑮까지이다. 현실세계에서는 원자실이 목군에게 빌려준 돈과 관련된 사회적 부조리를 처절하게 반영하고 있다. 저승세계에서는 현실에서 벌어진 선악에 대한 평가와 심판이 구체적으로 진행된다. 다시 현실세계는 저승세계의 깨달음을 실천한다. 결국 〈원자실전〉은 현실적 공간에서 초월적 공간, 다시 현실적 공간으로 복귀하는 전기소설의 구조적 특징을 보여주고 있다.

그런데 저승의 세계로 들어간 원자실이 천상과 지옥을 구체적으로 구경하는 (라)에 대해 주목할 필요가 있다. (라)는 현실과 저승을 이어주는 교량구실을 하고 있지만, 작품의 공간배경과 서사구조의 측면에서 그 중요성을 인정하지 않을 수 없다. 특히 (라)는 저승세계를 여행하

---

22 사재동, 『불교계 국문소설의 연구』, 중앙문화사, 1994, 3~39쪽. 작중인물이 저승세계에 다녀오는 작품은 〈왕랑반혼전〉, 〈당태종전〉, 〈제마무전〉 등에도 나타난다.

여 깨달음을 얻는 장면에 많은 분량을 할애하고 있다. 이러한 장면의 확대를 통해서 원자실은 부패한 정치 관리자들과 의사의 간통죄, 타락한 승려와 게으른 농민, 대역부도한 간신, 그리고 목군 등에 대한 비판과 처벌을 뚜렷이 목격하게 된다. 따라서 (라)의 저승세계는 원자실과 목군의 갈등처럼 불합리한 사건이 발생하는 현실세계와 이상적인 유교윤리가 실현되는 현실세계를 대비적으로 보여준다는 점에서 주목된다.

이상에서 전기소설의 성격을 내포한 〈원자실전〉은 『삼국유사』〈조신몽〉, 『금오신화』와도 구조적 유사성을 보인다. 〈원자실전〉은 주인공이 처자식의 가난과 궁핍을 해결하지 못하는 장면은 〈조신몽〉과 유사하고, 저승세계를 등장시키고 있는 대목은 〈남염부주지〉와 유사한 실정이다. 이렇게 보면 〈원자실전〉은 현실과 명부를 왕래하는 〈조신몽〉, 〈최치원전〉, 『금오신화』 등의 영향을 수용하여 조선 후기에 재창된 전기소설의 성격을 보여주고 있다. 특히, 조선 전기에 유행한 애정 전기소설의 영향을 벗어나 저승세계를 통한 조선 후기의 사회문제를 첨가한 변모를 보여준다는 점에서 주목된다.

5. 〈원자실전〉의 문학적 의미

1) 조선 후기 전기소설의 전통 계승

〈원자실전〉은 고전소설의 보편적인 일대기적 구조를 보여주지 않는다는 측면에서 주목된다. 한국 고전소설은 주인공의 출생에서부터 성장과정, 결혼, 과거급제와 관직제수, 사망 등과 같은 등장인물의 일대기를 보여준다. 이와 달리 〈원자실전〉은 주인공의 특정한 시기만 작품에 등장하고 있다. 원자실은 친구인 목군에게 돈을 빌려주고 냉대를 당하다가 저승을 여행한 뒤에 다시 현실로 복귀한다. 이러한 서사 전개에 걸린 시간은 불과 3년 정도에 불과한 실정이다.

이렇게 〈원자실전〉은 고전소설의 보편적 구조를 벗어나 주인공의 특정한 시기를 중심으로 서사가 전개되는 특성을 내포하고 있다. 이것은 중국소설 〈삼산복지지〉의 영향과 함께 전기소설의 일반적인 특징이라 하겠다. 전기소설은 작중인물의 일대기를 대상으로 하기보다는 특정한 시기를 문제 삼는 경우가 대부분이다. 전기소설의 대표작이라 할 수 있는 김시습의 『금오신화』에는 이러한 성격이 잘 나타난다. 따라서 〈원자실전〉은 등장인물의 특정한 시기를 문제 삼고 있는 전기소설의 전통을 계승한 것으로 보인다.

〈원자실전〉은 인물의 갈등이 작품 전편에 걸쳐 치열하지 못한 편이다. 물론 작품이 단편이기 때문에 특정한 시기만 부각했다는 점을 감안하더라도 다소 미약한 실정이다. 주인공 원자실과 목군 사이에 벌어지는 갈등은 빌려준 은자 200냥 되찾기로 요약할 수 있다. 원자실은 동네의 죽마고우였던 목군이 급제하여 민중태수로 부임할 수 있도록 돈을 빌려준다. 그런데 원자실이 가난하여 목군을 찾아가 빌려준 돈을 받으려 했으나 냉대와 배신만 당하였다. 설날을 앞두고 원자실이 생존에 필요한 최소한의 배려를 요구했으나, 목군은 이것마저도 속였던 것이다.

> 주실이 분훈 마음을 이긔지 못ᄒ야 가마니 장검을 섺여들고 후원의
> 드러가 힘써 갈어 몬의 품고 아츰의 목군을 ᄎ주 틈을 어더 질너 죽여
> 설원이나 ᄒ리라 …… 헌원옹이 문왈 금일 시볘예 그ᄃᆡ 어ᄃᆡ를 출입ᄒ며

엇지 가기는 총총이 ᄒ고 오기는 완완이 ᄒ엿나뇨 …… 듸왈 목군이 불의 무신ᄒ야 날노 ᄒ여금 누ᄎ 속은비 되어 만리 타향의 쳐ᄌ로 더부러 쇽졀업시 죽게 ᄒ미 ᄂᆡ 분분홈을 참지 못ᄒ야 오늘 미명의 칼을 품고 목군을 ᄎ져 한 칼의 질너죽여 셜치코ᄌᄒᆞᆻ더니 그문의 이르러 호련 싱각ᄒ니 목군은 가히 죽여 맛당ᄒ거니와 져의 쳐ᄌ야 무슴 죄며 ᄯᅩ 져의 노모 이스니 이졔 만일 그몸을 죽이면 가권이 어듸가 의지ᄒ리요 ……ᄒ야 칼을 도로 품고 집의 도라와 신셰곤궁홈을 ᄌᆞᄐᆞᆫᄒᆞ옵더니[23]

위의 인용과 같이 민중태수 목군의 거듭되는 배신에 화를 참지 못한 원자실은 그를 살해하기로 계획하였다. 원자실은 비록 학문은 부족하지만 마음만은 어떤 사람보다 착한 인물이었다. 그런데 전란으로 인하여 친구 목군을 찾아간 원자실은 냉대와 배신을 당했을 뿐만 아니라 빌려준 돈조차 돌려받지 못했다. 원자실은 유리걸식하는 처자의 궁핍을 목격한 뒤에 배은망덕한 목군을 죽이기로 결심하였다.

이러한 금전문제로 인하여 친구 사이인 원자실과 목군은 점차 원수로 변질되어 살인 미수로 이어진다. 현생에서 진행되는 두 인물의 갈등은 당시의 사회상을 반영하여 매우 처절하게 그려진다. 그런데 도옹의 도움을 받은 원자실이 죽음의 세계를 여행한 뒤부터는 목군과의 갈등은 사라진다. 인물의 선악 갈등이 유교의 윤리적인 기준으로 결정되었기 때문이다. 착한 일을 한 원자실은 복을 받지만, 재물만 탐했던 목군은 도적에게 죽임을 당하는 것으로 결말 된다. 원자실과 목군의 갈등은 저승세계를 경험한 뒤에 싱겁게 해소되어 갈등의 치열함이 다소 떨어

---

23 〈원자실전〉, 12~14쪽.

진다.

〈원자실전〉의 갈등이 현실세계에서 저승세계로 이동하면서 긴장감
이 떨어지는 것도 전기소설의 일반적 특징으로 볼 수 있다. 전기소설은
현실, 저승 또는 용궁, 현실의 구조를 내포하고 있는데,[24] 이러한 구조
에서는 현실세계의 치열한 갈등이 저승세계로 옮겨가면서 약화되는 것
으로 보인다. 여기서 갈등의 치열함은 주로 현실세계에서 비롯되고 저
승세계에서는 전생에 대한 선악을 판별하는 기능을 수행하고 있다. 따
라서 〈원자실전〉도 현실세계의 갈등이 저승세계의 깨달음으로 변모하
면서 치열함이 반감되고 있는 전기소설의 구조적 전통을 계승하고 있
다고 하겠다.

2) 유교 윤리의 강조와 불교의 순환론적 세계관

〈원자실전〉은 천국과 지옥을 여행한 주인공 원자실을 통하여 현실
의 삶을 올바르게 살도록 유도하고 있다. 이런 점에서 조선 후기『삼강
행실도』와『오륜행실도』같은 유교 이념을 전파하는 사회적 영향과 무
관하지 않은 것으로 짐작된다. 이 책들은 유교 윤리를 모범적으로 실천
했던 인물을 발굴하여 소개할 뿐만 아니라 그림까지 첨부하여 백성들
을 교화하려는 목적에서 간행되었다.

그런데 〈원자실전〉은 이런 교훈서와 달리 인간이 선하게 살아야 저
승세계에서 죄를 받지 않는다는 권선징악을 일깨워준다. 현실의 삶에

---

24 한국고소설학회 편,『한국고소설론』, 아세아문화사, 1993, 273~274쪽. 전기소설은 비
　현실적인 환몽, 신선, 명부, 용궁 등의 세계를 다루고 있다.

서 인간이 행한 선악에 대하여 지옥세계에서 심판과 처벌이 이루어진
다는 사고방식은 불교의 인과응보설과 연관되어 있다. 이러한 저승세
계에서 전생의 선악에 대한 평가와 처벌이 이루어지는 대목을 제시하
면 다음과 같다.

> ㉠또 흔곳듸 이르니 남녀 두 샤룸을 결박ㅎ고 야치귀쥴이 충검을 들
> 고 그 가삼을 질너 충지 드러나미 쓸눈 물노 시츠며 일홈을 셰척이라 ㅎ
> 니 그 연고를 무른듸 답왈 이 샤룸은 인간의셔 의슐 위업ㅎ더니 져계집
> 의 지압이 병을 고칠시 인ㅎ야 계집으로 더부러 줌통ㅎ엿더니 마춤늬
> 병을 고치지 못ㅎ고 죽은지라 비록 의슐이 죽인비 아니나 그 죄목을 획
> 실ㅎ면 살인흔 죄와 가튼지라 그런고로 이 형벌을 밧나니라 ㉡또 흔곳
> 이 이르니 여러 남녀 즁놈이며 빅셩 슈십인을 엄형즁치흔 후의 …… 주
> 실이 그연고를 무릴듸 답왈 져 즁놈의 무리는 인간의셔 농업을 아니ㅎ
> 고 비부르게 먹으며 방적을 아니ㅎ고 의복을 스치하며 고량진미와 쥬식
> 잡기를 슝샹ㅎ며 녀념의 왕닉ㅎ야 허단흔 말을 쑤며 부녀를 요혹ㅎ며
> 우부를 농낙ㅎ야 직물을 낙거늬여 음눈무례ㅎ며 셕가의 교훈을 일분도
> 힝치 아니ㅎ고 필경은 승도를 빈반ㅎ고 형용을 변기ㅎ야 신명을 쇽인죄
> 로 져런 벌을 당홈이요 ㉢그남은 빅셩들은 인간의 농민으로 우마는 농
> 가의 근본이여늘 먹이도 아니ㅎ고 …… 후셰의 다시 빅셩은 우마되고 오
> 마는 빅셩되야 그집의 환싱ㅎ야 전셰 양화를 갑게 홈인이라[25]

위와 같이 원자실은 저승세계에서 ㉠의사의 간통죄, ㉡승려의 탐욕
죄, ㉢농민의 게으름 등과 같이 백성들의 악행에 대한 처벌을 목격한

---

25 〈원자실전〉, 21~23쪽.

다. 여기서는 백성들의 죄명과 그에 대한 처벌을 구체적으로 제시하고
있다. ㉠과 같이 의사가 환자의 가족과 간통하여 환자치료를 게을리 하
여 사람이 죽이면 살인죄로 처벌받는다. ㉡처럼 승려가 농사를 짓지 않
고 배부르게 먹거나 방적하지 않으면서도 의복 사치하기, 고량진미와
주색잡기 숭상하기, 여염에 왕래하여 거짓으로 부녀자 유혹하기, 우부
를 농락하며 재물을 뺏어 음란무례하기, 석가의 교훈을 실행하지 않고
승도를 배반하며 모습을 변개하여 신명을 속이기 등에 대한 처벌을 구
체적으로 제시하고 있다.[26]

　이런 점에서 〈원자실전〉의 작가는 모본에 없던 승려의 부정과 부패
및 탐학을 구체적으로 첨가한 것으로 보아 불교를 철저하게 배척하고
있다. 물론 당시에 불법을 공부하는 승려가 수도에 정진하는 경우도 있
었겠지만, 사찰의 재산과 토지를 유림에게 뺏긴 승려들이 살아가는
방도는 구차했을 것으로 짐작된다. 조선 후기 유학이 지방에까지 뿌리
를 내리면서 불교를 공부하는 승려들의 부정을 가혹할 정도로 비판하
고 있다. 그럼에도 불구하고 ㉢처럼 농민이 농사에 유용한 우마를 제대
로 돌보지 않으면 후생에 우마로 환생한다는 불교의 인과응보설을 보
여준다.

　조선 후기 유교 윤리의 명분을 강조하기 위해서 불교의 내세관을 첨
가했다는 점은 주목된다. 〈원자실전〉에 등장하는 순환론적 세계관은
전생과 현생, 그리고 다시 태어남이 반복되는 불교의 윤회사상을 바탕

---

26 〈원자실전〉은 저승세계의 명부를 수용한 〈저승전〉, 〈목련전〉, 〈설공찬전〉, 〈목시룡
　전〉 등과 같은 계열에 속하지만 불교를 철저하게 배척한다는 점에서 다소간의 차이
　를 보인다.

에 깔고 있다. 예컨대 원자실은 전생에 한림학사로서 국가의 주요한 임무를 수행했으나, 현생에서는 가난한 농부에 불과한 실정이다. 이렇게 자신의 전생을 알지 못한 채 저승세계에서 도옹의 도움으로 원자실은 전생을 기억하게 된다.

> 도사게 청하여 왈 쇼싱이 전셰예 무슨 죄악으로 금셰예 이갓치 궁박 흔 욕을 밧는잇가 도시왈 그듸 다른 죄는 업건이와 다만 학수로셔 문학을 주공ㅎ고 교만 픽악ㅎ야 천ㅎ 선비을 나모아 현달치 못한죄로 금셰예 그듸로 하여금 농뷔되여 의지할곳시 업는비라[27]

위의 인용과 같이 원자실은 전생에 문장이 출중한 선비였으나, 현생에서는 농민으로 출생하여 가난을 면치 못하고 있다. 왜냐하면 원자실은 전생의 한림학사로서 문학을 교만, 패악하게 하여 천하의 선비를 모아 현달치 못한 죄로 현생에 농부가 되었기 때문이다. 이렇게 보면 원자실은 전생에 문필이 유명했음에도 불구하고 교만, 패악한 마음을 다스리지 못하여 현생에 그 죄 값을 받고 있는 것이다. 이러한 인과응보의 순환논리는 불교의 내세관을 반영하여 독자층에게 유교윤리의 실천을 강조한 것으로 보인다.

한편 원자실을 도와주는 도옹은 도가적인 모습을 보여준다. 도옹은 원자실이 가난한 현실에서 저승세계를 여행하도록 도와줄 뿐만 아니라 다시 현실세계로 돌아가도록 도와준다. 한국 고전소설에 등장하는 대부분의 협조자는 불교 또는 도가적 인물이다. 이런 점에서 〈원자실전〉

---

27 〈원자실전〉, 17쪽.

은 고전소설에 등장하는 협조자의 전통을 그대로 수용하고 있다. 작품에 등장하는 도옹은 원자실이 까맣게 잊어버린 전생의 모습을 뚜렷이 기억할 수 있도록 도와주었다. 특히 저승의 세계에서 원자실이 자신의 전생을 확인할 수 있었던 까닭은 현생에서 유교적인 윤리를 착실히 실천했기 때문이다.

> 도시왈 그듸 젼일의 홍션젼각의셔 토번 오랑키예 죠셔함을 싱각지 못하는다 ᄌ실이 다시 ᄌ비왈 쇼싱은 산동 미쳔흔 상한이옵고 힝년 ᄉ십의 일즉 경셩을 흔슌 구경도 못하엿ᄉ오니 엇지 죠셔을 의논하리잇가 도시왈 그듸 인간 화식의 요리한비 되야 젼ᄉ를 긔록지 못하는 ᄯ도다 하고 …… ᄌ실이 다시 졀하고 바다먹기를 맛치미 황연이 ᄭᆡ다러 젼셰 할림학ᄉ로셔 젼ᄒᆡ의 명을 바다 홍셩젼의 토번 오랑키예 죠셔하든 일이 작일ᄉ 갓탄지라[28]

위의 인용문과 같이 원자실은 도가적 인물의 도움으로 자신의 전생 모습과 잘못을 깨닫게 된다. 이것은 원자실의 전생 업보가 현생에 그대로 영향을 미칠 뿐만 아니라 현생에서 덕을 쌓으면 후생에 다시 영향을 미치게 된다는 점을 분명히 보여준다. 이러한 순환론적인 세계관은 불교의 인과응보설과 연결되어 있다. 따라서 〈원자실전〉은 유교 윤리를 강조하기 위해서 창작되었지만, 선악을 판별하는 근본 바탕은 불교의 내세관을 통해서 이룩되고 있다. 이러한 현생의 유교 윤리와 저승의 불교적 세계관을 연결시켜주는 것이 도가적 인물의 역할이라고 하겠다.

---

28 〈원자실전〉, 16~17쪽.

3) 지배층의 각성과 학문 탐구의 중요성

〈원자실전〉은 지배층의 각성과 학문탐구의 중요성을 강조하고 있다. 먼저 지배층의 각성을 유도하기 위해서 저승세계에서 관리들의 부정부패를 하나씩 나열한다. 승상은 재물만 탐하고 정사를 살피지 않아 만민을 구제하지 못한다. 대장은 군율을 정제하지 못하고 형벌을 혹독하게 처리하여 무죄한 사람을 죽인다. 감사는 형벌을 고르지 못하고 군수는 백성 부역을 각박히 하고, 판관은 주색만 탐하고, 현령은 음률만 숭상한다. 이러한 고위 지배층의 악행과 부정부패는 지옥세계에서 혹독한 처벌을 받게 된다. 그리고 자신을 냉대하고 배신했던 목군도 재물만 탐하고 예의염치를 몰라서 처벌을 받는다.

이렇게 〈원자실전〉은 지배층에 대한 부정부패만 제시하여 처벌하는 것이 아니라 일반 백성들에 대한 처벌도 함께 등장한다. 일반 백성들은 물욕 탐하기, 사람 속이기, 간사한 구변으로 신체 이장하기, 곤궁하여 악한 일을 행하는 등과 같은 사회생활에서 발생하는 크고 작은 죄도 모조리 처벌받는다. 또한 남녀의 간통죄, 농업과 방적을 하지 않는 승려가 석가의 교훈을 행하지 않는 죄, 농부가 우마의 먹이를 주지 않는 게으름 등도 모두 처벌의 대상이 된다. 나아가 대역부도한 간신이 충신을 모함하여 왕권을 탈취해 생민을 도탄에 빠뜨리고 부귀를 탐하면 가장 강한 처벌을 받는다.

> 주실이 그죄목을 부른되 답왈 져 샤룸들은 만고녈죡의 흉젹이니 ……
> 츙신을 모살ᄒ며 님금의 아당ᄒ야 국권을 탈취ᄒ고 싱민을 도탄ᄒ며 부
> 귀를 탐ᄒ여 국졍을 탁난ᄒ고 필경 님금을 짐살흔 되역부도라 믹양 셰

샹이 변역ᄒ면 일병 줍아니여 악형을 갓촌후 독흔 비암으로 그 고기를
녹이고 쥬린 미로 그쎠를 죠아 골육이 녹는ᄒ야 진ᄒ면 다시 신슈라 ᄒ
는 물을 샢리며 업풍이라 ᄒ는 바람이 불면 인ᄒ야 인형이 도로 회복ᄒ
나니 져런 무리는 비록 억만년이라도 셰샹의 나지 못ᄒ나니다[29]

이러한 저승세계에서 벌어지는 처벌을 통해서 현재의 지배층과 일반
백성들은 직분에 충실해야 함을 역설하고 있다. 만약 자신이 맡은 직분
에 충실하지 못하고 부정부패를 일삼으면, 지옥에서 그에 상응하는 처
벌을 받게 된다는 사실을 분명하게 보여준다. 따라서 〈원자실전〉은 전
생에 잘못을 저지른 사람이 지옥에서 혹독한 처벌을 받는 광경을 통하
여 현실에서 유교윤리의 실천을 당부하고 있다.[30] 그 뿐만 아니라 당시
사회의 세태풍조에 대해서도 경계하고 있다. 무지한 사람은 문필과 형
세를 교만 방자하게 사용하여 사람을 가볍게 알고, 필적을 잘못 놀려
무죄한 인명을 살해하며 재물을 탐하고, 옛 성현들의 글을 논단하여 화
를 자초하며 신명을 보존치 못하여 화가 자손까지 미친다.

㉠무지흔 인싱들은 문필과 형세를 ᄌ셰ᄒ고 교만 방ᄌᄒ야 샤름을
경이 알고 필적을 그릇놀녀 무죄흔 인명을 살히ᄒ며 탐지호식 ᄒ여 셰
샹의 다시 샤름이 업는듯ᄒ며 심흔ᄌ는 녯셩현의 글도 논단ᄒ야 경션이

29 〈원자실전〉, 23~24쪽.
30 〈원자실전〉, 26~27쪽. 지옥문견은 곡셩 그칠 날이 업스니 부듸 션도를 힝ᄒ야 션경
의 츔녜ᄒ며 츙효를 닥가 후셰예 꼿다온 일홈을 만셰예 유젼ᄒ며 ᄌ손의 음덕을 나
려 듸듸츙셩ᄒ게 ᄒ옵쇼셔 …… 부귀영욕 일장츈몽이요 필경은 ᄌ손이 멸망하나니
한심하고 가련한 인명드른 젹악을 죠심ᄒ며 화픠을 삼가야 ᄌ손을 보죤ᄒ며 지옥을
면할지라

입을 놀녀 화를 ᄌ취ᄒ야 신명을 보존치 못ᄒ며 앙해 ᄌ손까지 미치나
니 이런 샤름은 문필이 도로혀 극ᄒ 화근이요 ⓛ측ᄒ 샤름은 문필이 유
여ᄒ면 물욕을 모로고 선도를 효측ᄒ야 ᄒ번 입을 열ᄆᆡ 후세의 법이 되
고 ᄒ번 그름의 당세에 구모되나니 화긔와 문명이 외모에 나타나 빅신
이 호위ᄒ야 비록 슈화의 ᄲᅢ져도 ᄌ연 버셔나 일홈이 후세예 빗나며 ᄌ
손이 충성하나니 진실노 하늘 아ᄅᆡ 반닷ᄒ 법이요 일월가치 밝은 공변
이니³¹

위와 같이 ㉠은 인품이 교만 방자하여 화를 당한다면 ⓛ은 유교적인
윤리를 실천하여 복을 받는 것으로 나타난다. 이러한 ㉠과 ⓛ의 대비
를 통해서 착한 사람이 복을 받고 악한 사람은 벌을 받는다는 권선징악
의 교훈적인 내용을 제시하고 있다. 그 뿐만 아니라 〈원자실전〉은 문
필의 과시와 교만 방자함에 대한 경계와 더불어 학문을 탐구하는 선비
의 자세에 대해서도 당부하고 있다.

학문은 천하의 둥보라 천지신명도 감동ᄒ며 귀시니도 흠향ᄒ며 목셕
이라도 낙누ᄒ거니와 용널ᄒ 인물이 문학이 이스면 화픽충싱ᄒ야 앙급
후예ᄒ나니 도로혀 무지ᄒ 쵸동목슈를 등듸치 못ᄒ나니 엇지 ᄒ갓 문필
노 샤름을 취ᄒ리요 셰상만물이 여러층 등이 잇거니와 샤름의 종낙이
빅층이라도 콩을 더젹 콩이 나고 팟슬 더져 팟시 나는지라 일시 형세와
인긔를 밋고 셔로 반연ᄒ면 불구의 흑빅이 드러나ᄂ니 누른기야지 소리
엇지 황모되리요 열 번 혜아려 후회를 업게ᄒ라³²

31 〈원자실전〉, 35~36쪽.
32 〈원자실전〉, 36~37쪽.

위와 같이 학문은 천하의 증보이고 천지신명도 감동하며 귀신도 흠향하며 목석이라도 낙루한다는 점으로 보아 학문의 중요성을 일깨우고 있다. 이런 점에서 조선 후기에 학문을 배우던 선비들이 갖추어야 할 유교적인 덕목을 소설로 풀어낸 것으로 보인다. 조선의 지배층으로 성장할 선비들이 학문과 문필, 인성과 처신 등을 두루 겸비해야 함을 강조하고 있다. 용렬한 인물이 문학만 있으면 오히려 화를 당하기 때문에 문필로만 사람을 평가해서는 안 된다는 작가의식이 뚜렷이 드러난다. 따라서 〈월자실전〉은 학문을 배울 때 문필과 올바른 인격을 두루 겸비해야 한다는 조선 후기의 사회상을 반영하고 있다.

6. 맺음말

이상에서 유일본으로 존재하는 필사본 〈원자실전〉의 전기소설적 성격과 문학적 의미를 살펴보았다. 이 작품은 중국 명나라 구우의 『전등신화』 제2편에 수록된 〈삼산복지지〉를 모본으로 하여 조선 후기 1883년에 번안 및 재창작된 소설이다. 구우의 『전등신화』 제2편 〈삼산복지지〉는 명나라 말기 능몽초에 의해서 『이각박안경기』 제24편 〈암내간 악귀선신 정중담전인후〉로 개작되었음에도 불구하고 〈원자실전〉은 〈삼산복지지〉를 모본으로 하여 재창작되었다. 이런 점에서 〈원자실전〉은 『전등신화』의 유포와 조선 후기 필사본 전기소설의 성격을 살펴볼 수 있다는 점에서 주목된다.

〈원자실전〉과 〈삼산복지지〉는 혼란한 사회에서 전쟁과 병화가 없는 길지에서 살고 싶은 동아시아 사람들의 보편성을 반영하고 있다. 그럼에도 불구하고 〈원자실전〉은 선비의 출처관이나 일반 백성들의 게으름, 타락한 승려에 대한 비판 등과 같은 새로운 내용을 첨삭하여 재창작한 것으로 보인다. 조선 후기에 형성된 필사본 〈원자실전〉은 모본보다 훨씬 다채로운 유교 윤리의 실천을 강조하고 있다.

〈원자실전〉은 현실세계, 저승세계, 현실세계로 되돌아오는 구조적 특징을 보여준다. 주인공 원자실이 현실공간에서 초월적인 저승의 공간으로 이동하여 전생의 선악에 대한 엄정한 평가가 진행되는 모습을 목격한 뒤에 다시 현실공간으로 돌아온다. 이런 점에서 〈원자실전〉은 저승의 세계를 설정한 〈조신몽〉, 〈최치원전〉, 『금오신화』 등과 같은 전기소설의 전통을 계승하면서도 조선 후기 사회 비판의식을 강조하는 방향으로 변모된 특징을 보여준다.

〈원자실전〉의 갈등은 초반부에 금전문제로 대립하다가 중반부에 거의 나타나지 않는다. 조선 후기 사회현실에 대한 묘사는 구체적으로 등장하고 있으나 인물의 갈등은 지속되지 못하여 갈등이 치열하지 못하다는 비판을 받을 만하다. 그런데 인물 갈등이 치열하지 못한 단점을 현실세계와 저승세계의 공간구조를 통해서 보완하고 있다. 따라서 〈원자실전〉은 작중 인물의 특정한 시기를 대상으로 하여 현실세계와 저승세계의 공간이동을 통해서 문제를 해결하는 전기소설의 성격을 보여준다.

〈원자실전〉은 현생에서 올바른 유교 윤리의 실천을 당부하기 위해서 불교의 인과응보설과 같은 순환론적인 세계관을 활용하고 있다. 현실에서 올바른 유교 윤리의 실천을 강조하기 위해서 불교의 내세관과

도가적 협조자를 등장시키고 있다. 따라서 〈원자실전〉은 조선 후기 학문을 공부하는 선비나 학자들의 유교 윤리와 처세관을 담은 교훈서 역할을 했을 것으로 생각된다. 이 때문에 지배층의 각성, 학문 탐구의 중요성과 선비의 인품을 강조한 것으로 보인다.

지금까지 〈원자실전〉은 중국소설 〈삼산복지지〉의 영향을 수용하면서도 조선 후기에 새롭게 재창작된 전기소설의 성격을 보여주고 있다. 조선 후기에 한글로 재창작된 〈원자실전〉은 중국소설의 영향과 한국 고전소설의 토착화를 이해하는 데 이바지 할 것으로 기대한다. 여기서 구체적으로 다루지 못한 중국소설의 영향과 한국 고전소설의 변모는 후고에서 해명하고자 한다.

출전: 「〈원자실전〉의 전기소설적 성격과 의미」,
『어문연구』, 53집, 어문연구학회, 2007, 63~91쪽.

II

〈왕능전〉의 영웅소설적 성격과 의미

1. 머리말

〈왕능전〉은 현재까지 한글 필사본 1종만 존재하는 유일본이다.[1] 안타깝게도 작품의 서두와 결말 부분이 조금 낙장된 상태로 존재한다. 작품의 서두와 결말은 시공간적 무대 설정과 작가의식이 드러나는 매우 중요한 대목이다. 이러한 결함 때문에 연구자의 관심을 끌지 못한 것으로 보인다. 〈왕능전〉의 서두와 결말 대목이 조금 떨어져서 아쉽기는 하지만, 작품의 전반적인 서사구조를 파악하는 데에 지장을 주지는 않는다. 왜냐하면 작품의 장면 전환이나 초월적 협조자의 예언을 통해서, 이전 사건을 요약 진술하고 있어서 낙장 대목을 보충할 수 있기 때문이다.

기존 연구에서 필사본 〈왕능전〉은 제명만 거론되었을 뿐, 아직까지 작품에 대한 기초적인 연구도 전무한 실정이다. 이 때문에 〈왕능전〉의 이본으로 〈왕장군전〉, 〈왕비호전〉을 거론하기도 하였다.[2] 아마도 〈왕

---

1 박순호, 〈왕능전〉, 『한글 필사본 고전소설 자료총서』 37권, 월촌문헌연구소, 1986. 이
  작품은 총 132쪽이고 한 쪽에 12줄, 한 줄에 23자 내외로 구성된 한글 필사본이다.

능전〉의 내용을 파악하지 않은 상태에서, 두 작품의 표제가 유사한 점에 착안하여 이본으로 분류한 것으로 보인다. 이들 작품과 〈왕능전〉을 비교한 결과 전혀 다른 작품임이 판명되어 기존의 오류를 바로잡을 필요가 있다. 따라서 〈왕능전〉의 이본이 발굴될 가능성을 완전히 배제할 수 없지만, 현재까지는 유일본임에 틀림없다.

필사본 〈왕능전〉은 일반적인 고전소설과 마찬가지로 작품의 창작 시기와 작자가 알려져 있지 않다. 이러한 상황에서는 〈왕능전〉의 내용을 자세하게 소개하는 작업이 선행되어야 한다. 그런데 새로운 작품을 소개하는 작업은 생각보다 많은 부담감을 가질 수밖에 없다. 필사본 〈왕능전〉처럼 유일본인 경우에는 작품의 내용을 정확하게 판독하기도 쉽지 않다. 그렇기 때문에 작품에 대한 치밀한 분석이 무엇보다 중요하다고 할 수 있다. 텍스트의 내용을 얼마나 정확하게 파악하는가 하는 점이 연구의 승패를 좌우한다고 해도 과언이 아니다.

본고에서는 필사본 〈왕능전〉을 소개하여 고전소설 연구의 편중을 해소할 뿐만 아니라 고전소설의 다양성 확대에 이바지하고자 한다. 우선 〈왕능전〉을 처음 소개하는 관계로 작품의 내용을 정확하게 파악하는 작업이 선행되어야 한다. 이러한 작품 내용과 필사 기록을 종합하여 〈왕능전〉의 창작 시기와 배경을 살펴볼 것이다. 그리고 작품의 구조를 분석하여 〈왕능전〉의 영웅소설적 성격과 의미를 밝히는 것이 최종적인 목표이다. 이 과정에서 영웅소설의 범주에 속하면서도 다양한 갈등이 첨가된 〈왕능전〉의 특징이 드러날 것이다.

---

2 조희웅, 『고전소설 이본 목록』, 집문당, 2002, 438쪽.

2. 〈왕능전〉의 창작 시기와 배경

〈왕능전〉의 창작에 대한 자세한 기록이 없는 상황에서, 작품의 창작 시기와 방법을 살펴보는 작업이 자칫 무의미할 수도 있을 것이다. 그렇다고 해서 그냥 무시할 수도 없는 것이 필사본 고전소설의 현실이기도 하다. 〈왕능전〉의 내용을 토대로 작품의 창작 시기와 배경을 고찰한다면 불가능한 것도 아니다. 적어도 작품의 말미에 기록된 필사기와 작품의 내용을 참고하면 좀 더 구체적인 창작 시기와 방법을 찾을 수 있을 것이다.

〈왕능전〉의 창작 시기를 밝히기 위해서는 작품의 말미에 기록된 "상주군 화동면 양지"라는 지명에 주목할 필요가 있다.[3] 이러한 기록은 작품의 필사와 유통, 창작 등을 알려주는 단서이다. 현재까지 〈왕능전〉이 유일본으로 존재하는 것으로 보아 필사 지역으로 보기에는 다소 무리가 있다. 그렇다면 이 지명은 경북 북부지방의 산골마을에서 창작되거나 유통되었음을 증명해주는 중요한 단서이다. 잘 알고 있듯이 경북 북부지방은 필사본 고전소설의 향유지라고 할 수 있다. 따라서 〈왕능전〉은 경북 상주군 화동면 양지에서 창작되었을 것으로 추측된다.

이러한 근거를 뒷받침하는 자료는 사재동 소장본 〈숙영낭자전〉에서도 찾을 수 있다. 이 작품의 필사기에는 "경북 상주군 화동면 양지리 돌모퉁이에 사는 이생원"이란 좀 더 구체적인 기록이 나타난다. 이런 점에서 〈왕능전〉과 〈숙영낭자전〉은 동일한 마을의 한 집안에서 유통되었을 것으로 추측된다. 이것을 토대로 현장조사를 실시한 결과 구체적

---

3 〈왕능전〉, 132쪽.

인 〈왕능전〉의 흔적을 찾지는 못했지만,[4] 토박이로 살고 있는 김석현 (남, 73세)의 증언에 주목할 필요가 있다. 그는 마을에서 글을 아는 사람은 선비 집 한 곳밖에 없다고 했으며, 어릴 때 그 집에서 〈한양가〉와 고서들을 많이 보았다고 하였다. 그렇다면 〈왕능전〉은 마을의 선비 집안의 남성에 의해서 창작되었을 것으로 짐작된다.[5]

〈왕능전〉에는 서사 전개의 시간적 경과를 알려주는 간지가 등장한다. 이러한 간지를 그대로 믿을 수는 없지만, 작품의 창작 내지 필사연대를 짐작할 수 있는 단서가 되기에 충분하다. 작품에 적혀있는 간지를 토대로 창작연대를 추적하면 병인년(1866, 1926), 계유년(1873, 1933), 무인년(1878, 1938) 등으로 좁힐 수 있다. 그리고 사재동 소장본 〈숙영낭자전〉의 필사기에 "신유(1861, 1921) 이월 십구일"이란 기록이 등장한다. 특히 작품에 삽입된 〈옹고집전〉의 진가쟁주 대목이 1872년 전에 유행했다는 점도 참고할만하다.[6] 이러한 작품의 서술 시간과 필사기에 적힌 시기를 종합해볼 때, 〈왕능전〉은 1866년에서 1921년 사이에 창작되었을 것으로 생각된다.[7]

---

4 필자는 2005년 7월 14일 경북 상주시 화동면 양지리에서 현장조사를 하였다. 양지리는 세 개의 자연부락으로 구성되어 있는 산촌마을이다. 마을 주민들에게 〈왕능전〉과 〈숙영낭자전〉에 대한 조사를 실시했다. 주민들은 예전에 언문을 쓸 수 있는 사람은 선비 집이 유일하다고 입을 모았다. 그런데 안타깝게도 그 선비 집은 오래 전에 이사를 가고 후손들의 소식도 전혀 알 수 없다고 한다. 또한 면사무소의 재적부가 한국전쟁으로 소실되어 인적사항을 확인하기도 어려웠다.

5 조동일, 『한국소설의 이론』, 지식산업사, 1985, 434쪽; 서대석, 『군담소설의 구조와 배경』, 이화여자대학교 출판부, 1992, 103~107쪽. 여기서도 몰락양반이 작자일 가능성을 제기한 바 있다.

6 최래옥, 「옹고집전의 제문제 연구」, 『동양학』 19집, 단국대학교 동양학연구소, 1989, 4~8쪽.

　　〈왕능전〉은 간지로써 시간의 경과를 나타내는 편년체 서술방식을 취하고 있다. "잇써난 병닌년 삼월 망간이라(27쪽)/ 잇써난 병닌 사월리라(39쪽)/ 사빅년 사즉을 역적 조학의게 아닌비(63쪽)/ 잇써난 게유 삼월이라(65쪽)/ 잇써난 무닌년 츄구월리라(85쪽)" 이러한 서술 태도는 명나라의 역사를 바탕으로 작품의 객관성을 부여하기 위한 의도로 보인다. 이와 같은 편년체의 서술방식은 〈조웅전〉에도 등장하고 있는데,[8] 역사적 사실과 다른 작자의 허구적 상상력에 의해서 삽입된 것이다. 따라서 〈왕능전〉은 편년체 서술방식을 첨가하여 서사 전개의 역사성을 강화하려는 서술의식을 보여준다.

　　그런데 작품에 등장하는 중국 명나라의 역사는 사실이 아닌 허구이다. 작품의 서두에 명나라의 성종황제가 죽고 나이 어린 태자를 대신하여 태후가 섭정하는 대목도 사실과 다르다. 더욱이 명나라에는 성종황제가 없는 것으로 보아 작자의 허구적 상상력의 산물로 보인다. 명나라의 정치적 상황은 환관에 의한 횡포가 극심했음에도 작품에는 간신의 반역으로 나타나고 있다. 이런 점에서 〈왕능전〉에 등장하는 중국 명나라의 역사는 작가의 허구적 상상력에 의해서 도입된 것으로 보인다.

　　고전소설의 상당한 작품이 중국을 배경으로 하고 있듯이 〈왕능전〉도 중국 명나라 말기의 혼란한 정치적 상황을 시공간적인 무대로 설정하고 있다. 명나라의 정치 상황은 환관에 의한 전횡이 빈번했다는 점에서, 간신의 역모로 황위를 빼앗는 사건은 어느 정도 설득력이 있다. 특

7　〈왕능전〉과 〈숙영낭자전〉을 동일한 사람이 소장한 것으로 보아 적어도 1921년 이전에는 창작되었을 것으로 보인다.

8　조희웅, 『조웅전』, 형설출판사, 1978, 243쪽.

히 중국 명나라의 400년 사직을 역적에게 **빼앗겼다**는 서술자의 목소리는 작품의 창작의도를 추측하기에 충분하다. 〈왕능전〉의 작자는 이러한 중국 명나라의 혼란한 정치적 배경을 무대로 조선 후기 사회상을 반영한 것으로 보인다. 중국과는 달리 조선시대는 환관의 역할이 미약했기 때문에 작품의 사건은 간신의 반역으로 변개되어 있다.

〈왕능전〉은 중국 명나라 말기의 혼란한 사회를 서사 무대로 충신과 간신의 갈등을 문제 삼고 있는 영웅소설적 성격을 보여주고 있다. 이 작품의 주인공 왕능은 간신의 모함으로 유배 간 왕빈의 유복자로 출생하여, 승상 조학의 역모를 진압하는 영웅적 인물이다. 따라서 이 작품은 충신과 간신의 대결을 다룬 영웅소설의 구조를 내포하고 있다. 그런데 〈왕능전〉은 영웅소설의 구조적 특징을 유지하면서도, 그 속에 진가 쟁주와 형제 갈등이 내포되어 있는 독특한 작품이다. 특히 판소리계 소설 〈옹고집전〉의 내용이 〈왕능전〉의 작품 구조에 첨가되어 참과 거짓의 한판 다툼이 진행된다는 점이 주목된다.[9]

이러한 〈왕능전〉의 창작 배경과 창작 의도를 종합해 볼 때, 작품의 작자는 선비 집안의 남성인 것으로 추측된다. 작품에 등장하는 중국의 역사는 허구임이 판명되었지만, 서사 전개과정에서 중국의 역사를 적절하게 삽입하고 있다. 이것은 중국의 역사와 다양한 중국 고사를 활용 가능한 인물의 의해서 창작되었음을 증명해준다. 그리고 작품에 군담이 확대된 반면에 여성이 좋아하는 혼례가 생략된 점을 통해서도 남성 작자의 가능성을 짐작할 수 있다. 또한 사재동 소장본의 〈숙영낭자전〉

---

9 박순호 소장본 〈옹생원전〉, 앞의 책, 36권.

에 기록된 '이 생원'이란 필사기를 통해서도 남성 선비일 가능성이 높다. 따라서 〈왕능전〉은 중국의 역사와 풍부한 고사를 알고 있는 경북 북부지방의 선비 집안의 남성에 의해서 창작된 것으로 추측된다.

3. 〈왕능전〉의 영웅소설적 성격

(가) 충신 이부상서 왕경의 증손인 왕빈은 간신의 모함을 받아 유배를 떠나고 부인 소씨는 남편을 위해 노승에게 시주한다. 간신 조학과 조결은 형제간인데, 그들은 후환을 없애기 위해 어명을 사칭하여 유배 간 왕빈에게 사약을 내린다. 왕빈은 사약을 먹고 죽은 체하다가 최진 부친의 송장옷으로 변장하여, 백운산 암자에 은둔한다. 한편 부인 소씨는 삼촌댁에 의지하여 구의산 백학사 대사에게 시주한다. 그리고 별당에서 복중 아기에게 지략을 주어 대명을 돕게 하는 꿈을 꾼다.

(나) 승상 조학은 왕빈의 죽음을 기뻐하고 조결은 소씨를 취하려고 군사를 보낸다. 이러한 사실을 예견한 대사는 소씨를 구한 뒤에 도술을 부려 구미호를 보냈으나, 조결은 아무것도 모르고 구미호가 변한 소씨를 데려간다. 그리하여 조결과 연분을 맺은 소씨는 정실인 유씨 부인을 내쫓기 위해 노력한다. 조결은 아내의 간통을 목격한 뒤에 가문의 수치를 감추기 위해 유씨를 내친다. 그런데 소씨 부인을 정실로 삼은 조결은 진가쟁주를 겪게 된다. 조결의 진가 구별을 위해서 모든 가족이 동원되었으나 실패하고, 송사를 통해서 확인하였다. 진짜는 송사를 올바로 처리했으나, 가짜는 부당하게 처리한다. 이러한 모습을 지켜본 조태는 탐학한 관리가 진짜 조결이라고 선언한다. 그래서 진짜 조결을 결박하여 갖은 문초와 형벌을 가한다. 그제야 진짜 조결은 백성 포학과 준민고택을 뉘우치고 개과천선한다. 이때 소씨 부인이 아들 왕능을 낳는다.

(다) 승상 조학이 별궁을 짓고 모든 일을 처결하며 역모를 꾸민다. 동생 조걸과 서계숙은 조학을 포위하여 국법을 바로 세우려하였으나, 조학이 황위를 찬탈하고 태자와 태후를 감옥에 가둔다. 어전사령 백수문은 태자를 살리기 위해서 자기 아들을 희생시키는 충절을 보인다. 그 덕분에 황궁을 빠져나온 태자는 백수문, 육기와 함께 촉군 제갈현에게 간다. 한편 태자의 사망 소식에 명분을 잃은 조걸은 형제간임을 생각해 가족을 거느리고 심산에 은거한다. 이 때 조학은 국호를 완이라 정하고 황후를 폐하여 서인으로 삼아 성에 가둔다. 태자는 백만의 당부와 청의동자의 예언을 듣고, 천황산 봉선대에서 조학의 난을 피해 숨었던 충신 위국호성공을 만난다. 그래서 태자는 서촉에서 황제로 즉위하고 천하회복의 묘책을 논의한다.

(라) 도사는 왕능에게 병법과 묘책을 가르쳐주고 대명 회복과 입신양명을 당부한다. 어머니는 사직 회복과 부모의 원수갚는 것이 충효라고 일러준다. 조걸은 유배 가던 태후를 운주에서 구한 뒤에, 태자의 생존 소식을 듣고 사직을 되찾기 위해 노력한다. 한편 효성공이 태자의 혼인을 주청하여 제갈현의 딸을 황후로 맞이한다. 왕능은 금능에서 부친의 패를 보고 백운산에 은거하던 왕빈을 찾아가서 부자와 부부 상봉을 한다. 왕능은 노승의 은혜에 감사하고 불전에 분향하며 세존의 덕을 축수한다. 대명 사직을 회복하려고 길을 떠난 왕능은 서촉 무림산에서 울지덕과 동철이 싸우는 장면을 목격하다가 동철을 물리친다. 왕능은 울지덕의 갑주를 입고 서촉에 도착하자, 황제는 그를 대원수로 삼아 출전한다.

(마) 조걸은 운주에서 기병해 추향산에 도착하여 태후를 모신 서계숙과 합세한다. 왕원수는 서주를 쳐서 소홍에 도착하고 조걸은 태후를 모시고 강서에 도착한다. 조학이 군사를 일으킨 동생 조걸을 진압하기 위해서 남진한 사이에, 왕원수는 태자를 모시고 황성에 들어가 도성을 장악한다. 황제를 황극전에 모신 뒤에 조학의 가족을 결박하고 간신을 처결한다. 남진에서 조걸은 적장 조충과 조명서를 죽이고 조학의 아들과도

싸운다. 이때 조학이 구봉산 동철을 대원수로 삼았는데, 그는 도술을 부려 남진을 소멸한다. 위기에 처한 순간 왕원수는 구의산 대사의 편지를 보고 동철의 요술을 막는다. 왕원수가 태후를 만날 때 조걸이 원수에게 죄를 청한다. 왕원수는 국가의 대공이 있고 부친이 생존하여 충성을 다 하라고 한다. 한편 조학은 동철을 도성에 보내 태자를 죽여 항복 받을 계략을 꾸민다. 왕원수는 동철이 황성에 간 줄 알고 설용태에게 명하여 태평대로를 지키며 때를 기다려 불을 지르라고 한다. 원수는 황성에 들어가 황제를 구하고, 동철은 탱자곡으로 도망친다. 군사들이 일시에 불을 질러 동철이 녹을 때, 구봉산 도사가 구해준다. 왕원수는 조걸에게 태후를 모시고 황성에 올라가게 한 뒤에 조학을 사로잡는다. 태후와 태자가 궁궐에서 상봉하고 조걸의 충절을 칭찬한다.

(바) 왕원수는 역적 조학이 국가공신 조걸의 형임을 고려해 용서하기를 청한다. 조걸은 국법으로 조학을 처결할 것을 건의한다. 황제는 형주를 개명해 선악관이라 칭하고 조걸에게 선악후를 봉하며, 반역의 수괴 조학은 서인으로 강등한다. 그리고 공신들에게 각각 벼슬을 내린다. 특히 백만을 왕의 예로 안장하고 제문, 제사하며 철비를 세워 그의 충절을 기린다. 연왕에 봉해진 왕능은 부모와 대사를 찾아가 인사를 올린다. 대사는 세상을 평정하고 부귀영화로 돌아온 왕능을 천하영웅이라 칭찬한다. 다음날 연왕은 불전에 재물을 시주해 절을 중수하여 후세에 전하게 한다. 대사는 왕능이 대명을 회복하고 입신양명했기에 그에게 빌려준 무기를 회수한다. 그리고 소씨 부인에게 다시 백운간에서 만나리라 하고 사라진다.

(사) 연왕이 부모를 모시고 고향에 도착하니 백성들이 칭찬한다. 소학사 소식을 탐지하니 별세한 지 8년 되어 마을 주민에게 벌초와 제사를 부탁한다. 황성에 도착한 연왕은 황제를 알현하니, 황제는 그에게 위왕의 딸과 결혼할 것을 명한다. 황제와 태후는 연왕의 충절로 사직을 회복하고 부자 내외 상봉해 부귀가 가득하다고 칭찬한다.

이상에서 〈왕능전〉의 줄거리는 (가)-(사)로 요약할 수 있다. 처음으로 〈왕능전〉을 소개하기 때문에 작품의 내용을 상세하게 제시하였다. 이 작품은 충신 왕빈의 아들 왕능이 간신 조학의 역모를 진압하여 국가를 바로 세우고 가문을 회복하는 영웅소설의 성격을 보여준다. 〈왕능전〉의 줄거리를 분석하여 좀 더 간략한 서사 구조를 제시하면 다음과 같다.

> (가) 왕빈 가족의 소개와 왕빈의 유배
> (나) 조걸의 진가쟁주와 개과천선
> (다) 역적 조학의 황위찬탈과 태자의 위기 극복 및 조걸의 충성
> (라) 왕능의 출생과 병법 수련 및 가족 상봉
> (마) 왕능의 영웅적 군담과 조걸의 활약 및 국가 사직의 회복
> (바) 왕능과 조걸의 입신양명과 역적 조학의 처결
> (사) 왕능의 부귀공명과 결혼

위와 같이 〈왕능전〉의 서사 구조는 (가)-(사)로 크게 구분할 수 있다. 작품의 전반적인 성격은 태자를 중심으로 하는 충신과 간신의 갈등을 문제 삼고 있는 영웅소설의 성격을 뚜렷이 보여준다. 그런데 영웅소설의 갈등구조에 첨가된 (나)의 진가쟁주와 개과천선 대목은 주목할 필요가 있다. 충신 왕빈과 대결하던 간신 조걸이 진가쟁주를 통해서 충신으로 개과천선하는 내용은 매우 흥미롭다. 그리하여 조걸은 (다)와 같이 역적 조학을 진압하려는 충신으로 변모하여 형제갈등을 유발하고 있다. 이렇게 영웅소설의 구조에 〈옹고집전〉의 진가쟁주 대목이 삽입된 것은 〈왕능전〉이 거의 유일한 실정이다.

그런데 주인공 왕능은 (라)와 같이 서사 전개의 중반부에 출생하여
별다른 고난을 겪지 않는다. 왕능이 작품의 중반부에 출생한 이유는 두
가지로 보인다. 하나는 작품 초반부에 조걸의 진가쟁주와 개과천선 대
목이 삽입되어 왕능의 서술이 뒤로 밀려났기 때문이다. 다른 하나는 충
신이 간신을 징치하는 영웅적 활약상에 초점을 맞춘 결과 충신의 고난
이 생략된 것이다. 그리고 (마)는 조걸이 군사를 동원해 충신으로 활약
하는 장면을 뚜렷이 보여준다. 이렇게 〈왕능전〉은 천상적 질서를 지상
에서 온전히 실현하기 위해서 영웅소설의 갈등구조를 변용하고 있는
것이다.

주인공 왕능은 (마)처럼 군담을 활용한 투쟁이 강화된 영웅적 인물
로 등장한다. 그는 타고난 능력으로 간신을 진압하기보다는 (라)와 같
이 후천적 수련에 의해서 영웅성을 획득하고 있다. 초월적 인물로부터
병법을 배운 왕능은 보검과 갑주, 용마 등을 선물 받아 역적을 진압한
다. 따라서 왕능은 군담을 활용한 투쟁을 통해서 역적 진압과 국가 사
직의 회복이라는 명분을 충실히 따르고 있다. 주인공의 영웅적 활약이
도술적 군담으로 나타나는 것은 천상 우위에 입각한 문제 해결을 강조
한 것으로 보인다. 이것은 유교적 당위성을 강조하는 작가의식의 과도
한 노출로 작품성을 약화시키기도 한다. 작품의 문학성은 인물의 성격
이나 갈등에 의해서 드러나야 좋은 평가를 받을 수 있기 때문이다.

한편 〈왕능전〉에는 (사)와 같이 결혼대목이 작품 말미에 등장한다.
그것도 황제의 주선으로 위국 호성공의 딸과 결혼하는 것으로 드러난
다. 이것은 간신을 징치하고 입신양명한 왕능에게 주어지는 보상으로
볼 수 있다. 영웅적 인물의 애정담이나 결혼담은 생략된 반면에, 서촉

에서 황제로 등극한 태자의 결혼 장면이 간략하게 등장한다. 그것도 황제가 원하는 결혼이 아니란 점에서 결혼은 생략된 것이나 마찬가지이다.

> 사즉을 회복하고 틱후를 뫼신후 혼예를 이루미 가ᄒ다 ᄒ시거늘 효성 고왈 하날리 게시미 ⋯ 천지근본을 웃지 일시ᄂ 짓쳬하와 씩를 건긔하올 리가 ᄒ오니 ⋯ 상이 마지 못하여 허ᄒ오시니 잇튼날 틱상을 불너 길일을 틱하여 황계위의를 갓초와 황후로 예비를 맛친후의 궐니로 뫼신이라[10]

황제는 국가 사직을 회복한 뒤에 태후를 모시고 결혼을 하겠다고 거절했으나, 신하들은 황후의 자리를 비워둘 수 없다는 명분을 내세운다. 결국 태자는 사직을 **빼앗긴** 상태에서 황후를 맞이하였음에도 불구하고 올바른 정치적 판단을 내리고 있어서 주목된다.[11] 이것은 작품의 중간에 연애담과 결혼담이 내포되어 있는 〈조웅전〉과 구별된다. 〈조웅전〉에 등장하는 연애와 결혼은 주인공이나 가족의 위기 극복을 위해서 일정한 기능을 담당한다.[12] 그럼에도 〈왕능전〉에 등장하는 결혼은 서사 전개과정에서 일정한 역할을 담당하지 못하고 있다. 따라서 〈왕능전〉은 여성의 관심을 끌기에 다소 미흡한 것으로 보인다.

〈왕능전〉에는 역모를 진압한 국가적 충성을 절대적 가치로 표방하고 있다. 태자가 죽을 위기에 처했을 때 어전 사령 백수문이 자신의 아

---

10 〈왕능전〉, 74쪽.

11 이런 점에서 〈왕능전〉의 태자는 영웅소설에 등장하는 무능하거나 희화화된 천자와 거리가 있다.

12 조희웅, 〈조웅전〉, 『한국고전문학전집』, 고려대학교 민족문화연구소, 1995.

들을 희생시켜 그를 구해준다. 이러한 백수문의 충절은 천륜을 희생하
더라도 국가의 위기를 해결해야 함을 뚜렷이 보여준다. 그래서 태자는
역모를 진압한 뒤에 자신을 구해준 백만의 충성에 대한 충분한 보상을
해준다. 백만을 왕의 예로 안장하고 춘추로 제사를 지낼 뿐 아니라 철
비를 세워 그의 충성을 기억하도록 한다. 이렇게 개인의 희생을 통해서
라도 국가 사직을 보전해야 한다는 유교적 충절의식이 절대화되어 있다.

〈왕능전〉에 등장하는 주인공과 그의 가족들은 천상 협조자의 도움
을 받고 있다. 작품의 서두와 말미가 조금 낙장되어 정확한 내용은 알
수 없지만, 주인공의 천상 징표는 다양하게 나타난다. 왕능의 탄생 예
언과 영웅적 능력을 갖도록 도와준 초월적 인물은 대사와 도사이다. 이
들은 주인공 왕능의 가족들도 위기에 처하면 곧바로 개입하여 도와준
다. 이렇게 〈왕능전〉에는 천상 협조자의 빈번한 개입으로, 유교 윤리의
당위성을 강조하는 초월적 세계관이 나타난다. 따라서 〈왕능전〉은 천
상과 지상의 이원적 공간에 의해서 서사가 진행되는 이원론적 주기론
의 세계관을 보여준다.

이상과 같이 〈왕능전〉은 영웅소설의 서사구조 속에 진가쟁주를 통
한 개과천선과 형제갈등이 내포되어 있다. 이러한 영웅소설의 구조에
내포된 진가쟁주와 형제갈등에 주목해야 한다. 왜냐하면 영웅소설에는
인물의 성격변화가 거의 나타나지 않기 때문이다. 작품에 등장하는 선
인과 악인의 갈등에서 선인이 악인을 물리치는 권선징악을 보여줄 뿐
이다. 〈왕능전〉과 같이 악인이 개과천선하여 선인으로 변모하는 경우
는 거의 없다고 해도 과언이 아니다. 따라서 〈왕능전〉은 영웅소설의
구조에 진가쟁주와 형제갈등이 삽입되어 영웅소설의 도식적 문법에 문

학적 다양성을 제공했을 것으로 생각된다.

4. 〈왕능전〉의 갈등양상과 의미

1) 충신과 간신의 대결

〈왕능전〉은 충신과 간신의 대결을 문제 삼고 있는 영웅소설의 구조를 보여준다. 이 작품의 주된 갈등은 역모를 진압하는 충신의 활약에 초점을 맞추고 있다. 여기서는 충신으로 대표되는 왕능과 간신으로 대표되는 조학의 갈등에 주목하고자 한다. 왕능은 왕빈의 유복자로 출생하여 조학의 역모를 진압하는 충신으로, 영웅의 일생구조를 구비하고 있다.[13] 이러한 영웅의 일생구조는 작품의 시대적 변천에 따라 다소의 단락이 첨삭되거나 변모되어 등장한다. 영웅의 일생구조에 〈왕능전〉을 대비해보면 다음과 같다.

(가) 왕능은 대대로 명문가인 이부상서 왕경의 증손이고, 간신 조학의 모함을 받아 유배를 당한 부친 왕빈의 유복자로 출생한다.

(나) 왕능의 탁월한 능력과 기아 및 고난 장면이 거의 나타나지 않는다.

(다) 천상 징표를 가진 초월자는 왕능에게 병법을 가르쳐주고 용마와

---

13 조동일, 앞의 책, 288~289쪽. 영웅의 일생구조는 (가) 고귀한 혈통과 비정상적 출생, (나) 탁월한 능력과 어려서 기아 및 고난을 당함, (다) 초월자의 도움으로 죽을 고비를 넘김, (라) 위기를 투쟁으로 극복함, (마) 입신양명과 부귀공명 등으로 요약할 수 있다.

보검, 갑주 등을 선물한다.

　(라) 왕능은 대명 사직을 구하기 위해서 역적 조학을 물리치는 군담을 보여준다.

　(마) 왕능은 조학의 역모 진압과 국가 사직을 회복하여 부귀공명을 누린다.

　위와 같이 (가)-(마)는 〈왕능전〉의 주인공 왕능을 중심으로 하는 영웅의 일생구조를 보여준다. 그런데 (나)의 탁월한 능력을 가지고 출생하거나 어려서 기아가 되어 죽을 고비를 넘기는 대목은 생략되어 있다. 다만 주인공의 부친이 유배 가서 죽을 고비를 넘기는 장면과 모친이 간신에게 잡혀갈 위기에 봉착하는 장면이 작품에 나타날 뿐이다. 이러한 고생담이 주인공 왕능에게 등장하지 않는다는 점을 주목해 볼 필요가 있다. 주인공의 기아와 고난 대목은 생략하는 대신 그의 부모에게 고난이 전이된 것으로 나타난다.

　그런데 영웅소설 〈유충열전〉, 〈조웅전〉에는 주인공의 기아와 고난 대목이 상당한 분량으로 등장한다. 간신의 모함을 받아 가족과 헤어질 뿐만 아니라 생존을 위한 고통의 시간을 감내하면서 주인공은 차츰 영웅적 면모를 갖추어 간다. 주인공의 고난이 처절하면 할수록 간신을 진압하는 통쾌함도 높아지는 것이 영웅소설의 일반적인 현상이다. 이런 점에서 주인공의 처절한 고난 대목이 생략된 〈왕능전〉은 독자들의 관심을 끌기에는 다소 미흡한 것으로 보인다.

　(다)의 천상 징표를 가진 구출자는 주인공의 모친에게 영웅적 인물이 출생할 것을 예언하거나[14] 왕능에게 병법을 가르쳐준다. 주인공은 구출자로부터 용마와 보검, 갑주를 얻어서 군담을 통한 역모를 진압한

다. 이러한 초월적 존재는 왕능과 그의 가족이 위기에 처하면 항상 개입하여 도와준다. 따라서 주인공 왕능은 천상의 유교적 당위성을 지상의 질서유지를 위해서 활약하는 인물로 등장한다. 천상과 지상의 이원적 공간 설정에 따른 천상의 힘이 지상에 그대로 실행됨을 보여준다.

(라)는 명나라의 황위를 찬탈한 조학의 역모를 군담을 통해 진압한다. 그는 대명을 회복하기 위해서 초월자가 선물한 무기류에 힘입어 탁월한 영웅적 모습을 유감없이 보여준다. 그 덕분에 왕능은 군담을 통해서 역적 조학을 섬멸하고 영웅성을 획득한다. 비록 왕능은 선천적 능력은 미약했지만, 후천적 습득에 의해서 간신을 징치한 것이다. 이러한 왕능의 군담 장면은 확장되어 있다. 그리하여 명나라의 사직을 구하고 가문을 회복하게 된다.

(마)는 왕능이 입신양명하여 연왕에 제수되고 황제의 사혼령에 의해서 위왕의 딸과 결혼을 한다. 비로소 왕능의 탁월한 능력에 힘입어 이별했던 모든 가족들이 만나고 부귀공명을 누린다. 이러한 왕능의 일생은 (나)의 기아와 고난 대목이 생략되었음에도 불구하고 전체적으로 영웅의 일생구조와 일치하고 있다. 따라서 〈왕능전〉은 조선 후기 대중들의 인기를 끌었던 영웅소설의 갈등구조를 내포하고 있는 것이다. 주인공 왕능은 부친 왕빈보다 활동범위가 넓고 영웅의 모습이 구체적으로 드러난다. 이것은 아버지보다 아들에게 충효를 강조하는 고소설의 일반적 특징이라 할 수 있다.[15]

---

14 〈왕능전〉, 16~17쪽. 틔후 낭낭의 명으로 그듸 복중의 깃친 아자로 지략을 쥬어 듸명을 도으게 함이라 하고 그 구슬을 급히 싱키라 하거날 … 보살리 가로듸 그듸는 조히 일신을 보즁ᄒ여 복중의 영긔를 보호ᄒ면 후일의 영화 닛쓰리ᄅ

15 김재웅, 「〈강능추월전〉의 이본 형성과 변모에 관한 연구」, 계명대학교 박사학위논문,

한편 조학은 승상의 위치에 있으면서도 반역을 꾸미며 황제에 오르는 간신이다. 그가 반역을 꾸밀 수 있었던 원인은 당대의 정치적 혼란 때문이다. 명나라 말기에는 어린 태자가 등극해 태후가 섭정을 하는 불안한 상태였다. 이러한 정치적 상황을 효과적으로 활용해 역모를 꾸민 인물이 바로 조학이다. 그는 충신 왕빈을 유배 보내고 조정의 권력을 장악하여 황제에 오른다. 왕권의 약화로 인한 정치적 불안을 이용한 조학은 왕후장상의 혈통이 따로 존재하는 것이 아님을 내세워 역모를 감행한다.

> 도라오난 쩌를 밧지 안니하면 도로혀 앙화되난이 왕후장상니 웃지 씨가 잇쓰리요 … 이졔 명국운수 진ᄒ여 팃자 어듬고 쳔ᄒ 닌심이 거의다 닉몸의 기우려졋슨니[16]

승상 조학은 천하의 인심을 등에 업고 황제로 등극하여 신법을 실시했으나 백성은 따르지 않는다. 이러한 사실은 태자가 서촉에서 황제로 등극하여, 잃어버린 대명을 회복할 기회를 제공한다. 그때 왕능이 찾아와서 태자의 대원수가 되어 출전한다. 그리고 조걸도 태자의 생존소식을 듣고 군사를 일으켜 대명 회복을 위해 출전한다. 결국 충신 왕능과 조걸이 합세하여 역적 조학을 진압하고 국가 사직을 바로 세우게 된다. 이렇게 충신과 간신의 대결은 충신의 완전한 승리로 귀결된다. 이런 점에서 충신과 간신의 대결은 윤리적 당위성에 따라서 충신이 승리하는

2003, 28~30쪽.
16 〈왕능전〉, 41~43쪽.

것으로 나타난다.

영웅소설은 충신과 간신의 대결에서 충신 아들의 활약으로 충신의 궁극적 승리를 보여준다. 이 과정에서 충신 가족의 상봉과 가문의 회복 및 국가의 평안을 맞이한다. 그리하여 충신을 모함해 반역을 꾀했던 역적이나 간신은 충신에게 죽임을 당하는 것으로 결말된다. 영웅소설 〈유충렬전〉과 〈조웅전〉에는 이러한 간신을 처벌하는 내용이 뚜렷이 등장한다. 그런데 〈왕능전〉에는 간신을 처벌하는 대목이 미약하게 등장한다.

> 원슈 돈슈왈 페하 살피시건디 조학의 아오 조졀은 국가의 제일 공신이라 맛당이 벼살을 막기실진디 공후의 나지 아니 하올지라 비록 조학이 국유를 면치 못할터이오나 그 아오로 즁님을 맛기시온즉 동귀지졍은 차마 못하옵고 군신지의에 게면치 아니 하오리가 이런 고로 신의 소견의난 조학을 용셔ㅎ오셔 츙신 조졀을 위하심이 가할가 하나이다[17]

위의 인용과 같이 〈왕능전〉에서는 충신이 반역의 수괴를 용서해주기를 황제에게 청하고 있다. 왕능은 조졀이 국가의 공신이므로 중임의 벼슬을 맡겨야 하기 때문에 조학을 용서하는 것이 마땅하다고 건의한다. 그래서 반역의 수괴는 동생 조졀의 충성 때문에 목숨을 건지고 서인으로 살아간다. 비록 간신 조학의 목숨을 살려주었으나 서인으로 강등한 것이 역모에 대한 처벌로 볼 수 있다. 그럼에도 〈왕능전〉은 반역자를 철저하게 징치하는 것보다 충신의 행위에 더 많은 관심을 보인다.

---

17 〈왕능전〉, 123쪽.

따라서 〈유충렬전〉, 〈조웅전〉은 간신이나 역적을 처벌하는 데 초점을 둔다면, 〈왕능전〉은 충신의 보상에 초점을 두고 있다. 이런 점이 영웅소설의 유형에 속하는 〈왕능전〉의 개별적 특징이라 생각한다.

이상에서 충신과 간신의 대결은 영웅의 일생을 구비하고 있는 왕능이 역모를 꾸민 조학을 진압하여 사직을 되찾고 가문을 회복한다. 그럼에도 불구하고 〈왕능전〉에는 충신이 간신을 용서하거나 태자가 올바른 판단을 한다는 점을 주목해야 한다. 이것은 영웅소설의 구조에 다양한 내용을 첨가한 〈왕능전〉의 개별적 특성이라 생각된다.

2) 진가쟁주와 개과천선

〈왕능전〉에는 영웅소설에서 좀처럼 보기 어려운 진가쟁주의 내용이 첨가되어 있다. 판소리계 소설 〈옹고집전〉의 핵심적인 구조가 진가쟁주이다. 이런 점에서 〈왕능전〉은 〈옹고집전〉의 영향을 받았을 것을 짐작된다. 이 작품에 등장하는 진가쟁주의 핵심 인물은 조걸이다. 그런데 간신 조학과 조걸 형제 중에서 하필 동생이 진가쟁주를 통해서 개과천선하는 이유는 무엇인가? 그것은 동생이 형과 같은 악인임에도 불구하고 유교적 이념을 구비하고 있었기 때문이다.[18] 작품에 등장하는 조걸의 '진가쟁주' 대목을 살펴보면 다음과 같다.

　　(가) 왕빈을 유배 보내고 사약 내리기

---

18 동생 조걸은 조강지처를 함부로 내쫓지 않는다는 점과 아내의 부정을 확인한 뒤에도 가문을 먼저 생각한다는 점, 반역을 하지 않았다는 점 등을 통해서 어느 정도 유교의식을 갖추고 있다.

(나) 왕빈의 아내 소씨 부인의 미모 탐하기
(다) 자기 딸 계화와 동침하기
(라) 조강지처 내쫓고 소씨 부인으로 정실 삼기
(마) 진짜와 가짜의 대립
(바) 송사를 통한 진가 구별
(사) 자신의 잘못을 뉘우치고 개과천선하기

위와 같이 (가), (나)는 조걸의 악행을 보여준다면, (다), (라)는 조걸의 악행에 대한 대사의 징벌을 보여준 것이다. (가)의 조걸은 충신 왕빈을 유배 보낸 뒤에 후환을 두려워하여, 황제의 명을 사칭해 사약을 내린다. 왕빈이 죽었다는 소식을 들은 조걸은 (나)처럼 그의 아내 소씨 부인의 미모를 듣고 탐한다. 이때 구의산 대사가 소씨 부인을 구한 뒤에, 대신 구미호를 보낸 사실도 모른 채 조걸은 소씨 부인을 데려간다.[19] 소씨는 교태를 부려 조걸을 속이고, 조걸은 구미호가 변한 가짜 소씨 부인을 진짜로 알고 동침한다. 그런데 다음날 아침에 일어나서 보니 (다)와 같이 자신의 딸 계화와 동침하고 있었다. 깜짝 놀란 조걸은 자신의 행동을 부끄러워하면서 소씨에게 이 사실을 발설하지 말 것을 당부한다.

충신의 아내를 탐한 조걸의 죄는 (다)처럼 천륜을 배반한 사건으로 등장한다. 유교 사회에서 가장 무서운 죄가 바로 천륜을 어기는 것이다. 이러한 조걸의 약점을 잡은 소씨 부인은 (라)처럼 조강지처인 유씨 부인을 내쫓고 자신으로 정실을 삼아달라고 협박한다. 그런데 조걸은 천

---

19 〈왕능전〉, 23쪽. 조걸리 음악니 과ᄒ여 만민니 도탄의 들고 소씨갓튼 졀기를 불의로 힝한니 구의산 세존니 쳔년 무근 구미호를 보ᄂ여 무궁한 변화로 조걸를 희롱한들 조거리 웃지 알니요

류을 배반한 결정적 약점이 있음에도 불구하고 조강지처를 내쫓는 일
에는 소극적이다. 소씨가 유씨 부인의 부정한 행실을 거론했음에도 조
결은 시비의 장난이라고 일축한다.

소씨 면경을 가져와 빈며왈 부즁의 음힝이 잇다ᄒ되 늬 고지듯지 않
니ᄒ고 소씨의 입을 막앗던이 웃지 오날 늬 눈의 들킬줄 알이요 맛당이
형벌를 배푸러 분은 풀고자 ᄒ되 문호 수치을 도라보아 안니하거니와
명일을 맛당이 늬치리라[20]

위의 인용문과 같이 조결은 아내의 간통 장면을 목격한 뒤에 아내를
내쫓는 철저함을 보인다. 그럼에도 자신의 가문을 생각해 유씨 부인을
형벌로 다스리지 않고 조용히 내보낸다. 이런 점에서 조결은 비록 악인
이지만 가문을 중시하는 유교적 명분의식을 엿볼 수 있다. 소씨 부인이
조결의 정실이 되자, 문제는 더욱 심각한 상태로 접어든다.

(마)와 같이 소씨 부인 방에서 서로 진짜라고 다투는 사건이 발생한
다. 이러한 참과 거짓의 대립을 해결하기 위해서 대부인은 가족과 시비
및 쫓겨난 유씨 부인까지 동원되었으나 제대로 판단하지 못한다. 결국
(바)처럼 백성의 송사를 통해서 진가를 판별하기로 결정한다.

이러한 진가 구별이 백성에 의해서 진행된다는 점이 〈옹고집전〉과
다른 점이다.

실자시 심즁의 헤오디 늬일즉 빅성을 악한형벌노 직물을 과이과이 탐

흐엿던니 흐날리 부니여기사 이런변을 당흐니 늬 웃지 다시 그룻 고사룻 쳐결하리요 흐며 공사흐여왈 그 소님의 바릴진듸 즉시 회우흐여 그 돈으로 듸신 셰워게 흐라하니 가 자식 또 공사흐여왈 그 소님의 바려슨니 두피와 심육은 관가로 밧치고 나문 고기는 님자 차지흐라 한니 그 빅셩이 두셔를 가리지 못하고 나가더라 조틔 가로듸 우리 노야 알지라 이졔 두피아 심육을 관가로 밧치라 흐난자늬 우리 노야아 웃지 다시 에심하리요[21]

위와 같이 진짜 조결은 과거의 잘못을 뉘우치고 올바른 판정을 내린다면, 가짜 조결은 탐학하고 부당한 판정을 내린다. 이것을 지켜본 조태가 부당한 판견을 내린 조결이 진짜라고 판정한다. 이러한 진가쟁주는 가짜 조결이 진짜가 되고, 진짜 조결은 곤욕을 당하게 되는 것이다. 따라서 가짜가 진짜를 문초하게 되는 우스꽝스러운 장면이 연출된다. 여기서 조결이 과거에 저지른 탐학과 준민고택의 악행이 뚜렷이 드러난다. 예컨대 백성의 코에 잿물 넣기, 엄나무 발에 싸서 굴리기, 기름솥에 넣고 찌기, 코와 눈 빠질까 두렵게 해서 백성의 재물 탈취하기 등의 죄목이 낱낱이 드러난다. 가짜 조결은 이러한 죄목을 진짜 조결에게 그대로 복수한다. 문초를 이기지 못한 진짜 조결은 과거의 잘못을 깨닫고 개과천선한 것이다. 결국 진짜와 가짜의 대립을 통해서 진짜가 개과천선하는 방향으로 결말 되었다.

개과천선한 조결은 새로운 열 가지의 법을 시행하여,[22] 기존의 탐학

---

21 〈왕능전〉, 33~34쪽.
22 〈왕능전〉, 37쪽. 빅성으로 흐여금 농사를 힘쓰라하고 부모게 효도하고 형제의 우의흐며 친척의 화목하고 유리하난 빅셩은 관가로 구제흐고 빅셩젼답의 집복 과이말고

과 부정부패의 사설을 끊고 새로운 인물로 거듭 태어났음을 보여준다. 그가 시행한 새로운 법은 올바른 목민관의 성격을 보여준다.[23] 형주자사 조결은 농업을 권장하고 백성의 전답착복 금지, 거짓으로 세금을 물리지 않기, 효도하고 학업에 힘쓰면 나라에 상소하여 표를 내린다. 그리고 유교 이념의 핵심이라 할 수 있는 효도, 우애, 친척 화목을 강조하여 사회문제를 바로잡을 뿐 아니라 유리걸식하는 백성들을 관가에서 구제하는 등의 선정을 베풀고 있다. 이렇게 조결은 기존의 탐학한 관리의 모습에서 환골탈태하여 백성을 보살피는 목민관으로 변모한다.

이러한 〈왕능전〉에 내포된 진가쟁주는 〈옹고집전〉과 비교 검토가 필요하다.[24] 두 작품은 불교의 대사가 탐학 무도한 인물의 잘못을 깨닫게 하기 위해서 도술을 부린 점에서 동일하다. 그런데 두 작품에서 진가쟁주가 발생하는 이유는 조금 다르다. 〈왕능전〉에는 조결의 악행과 탐학, 준민고택이 주된 원인이라면, 〈옹고집전〉에는 옹고집이 부모를 봉양하지 않는 불효와 장모 박대하기, 학승과 승려 우세시키기 등이 원인이다. 이런 점에서 전자는 국가 관리의 부정을 문제 삼고 있다면, 후자는 개인의 문제와 종교적 비하를 문제 삼고 있다.

〈옹고집전〉은 개인적 심성의 문제를 개선하여 사회에 완전하게 포

성천표략의 허목 물이지말고 환과고죽은 관가로 구제하고 호한흘 빅셩이 궁민을 침학하년지 잇거던 엄형원찬하고 싱의을 바리고 반혁을 일삼아 부모를 도라보지 안난 자면 엄치ᄒ여 민간의 우셰식키고 젹한을 잡거든 쳣참하고 만일 빅셩즁 효도하고 학업을 심쓰난자면 나라의 표계ᄒ리라

23 정약용, 『목민심서』, 전원문화사, 1996.
24 최래옥, 앞의 논문, 187~239쪽; 장석규, 「〈옹고집전〉의 구조와 구원의 문제」, 『문학과 언어』 11집, 문학과 언어연구회, 1990, 261~291쪽; 인권환, 「옹고집전의 불교적 고찰」, 『민족문화연구』 28집, 고려대학교 민족문화연구소, 1995, 159~194쪽.

용하는 것으로 결말 된다면, 〈왕능전〉은 탐학과 부정부패를 깨닫고 국가에 충성을 다하는 것으로 결말 된다. 이것이 두 작품의 가장 큰 차이점이라고 생각한다. 그렇다면 두 작품의 지향점이 다른 이유는 무엇일까? 작품의 갈래적 성격에 그 원인이 있는 것으로 생각된다. 〈왕능전〉은 영웅소설적 성격을 보여준다면, 〈옹고집전〉은 판소리계 소설의 성격을 보여준다. 이렇게 〈왕능전〉은 국가의 차원으로 확대되어 있다면, 〈옹고집전〉은 개인과 특정 종교에 제한 되어있다. 따라서 〈왕능전〉은 영웅소설의 구조에 판소리계 소설 〈옹고집전〉의 진가쟁주 대목이 첨가되면서 국가적 충성을 중시하는 방향으로 변모한 것이다.

3) 형제갈등과 유교적 명분론

〈왕능전〉에서는 조학과 조걸의 형제갈등이 등장한다. 악인으로 등장한 조학, 조걸 형제는 조걸의 개과천선으로 서로 대립하게 된다. 조학과 조걸의 갈등은 바로 불충과 충의 갈등이고 간신과 충신의 갈등이다. 이 작품의 형제갈등은 조학이 역모를 꾸미고 조걸이 개과천선하면서 촉발되었다. 그전에는 형제간의 갈등이 발생하기는커녕 같은 악인으로 행동한다. 그런데 동생 조걸의 개과천선은 형과 맞설 수 있는 명분을 세우기에 충분하다. 조학이 승상의 자리에 있으면서도 만족하지 못하고 황제의 자리를 넘보는 것은 명백한 반역이다. 이러한 형의 반역 조짐에 대해 조걸은 진심으로 충고했으나[25] 거절당한다. 유교적 명분을

---

25 〈왕능전〉, 47쪽. 조걸이 셕경을 셩즁의 보뇌여왈 방금 쳔직 션왕의 셩덕을 본바다 법을 힝ᄒ거날 그가운듸 부도한 쳔위를 모로고 영모를 웃의하니 맛당이 머리를 버혀 국법을 졍ᄒ리라

내세워 말로 충고하는 것은 아무런 힘을 발휘하지 못했다. 그래서 조결은 충신 서계숙과 힘을 합쳐 군사력을 동원하여 형 조학의 반역을 진압하려고 성을 포위한다.

(가) 조학이 동싱 조결 다려일너왈 동싱 조결아 사람의 츙효는 아날도 막지 못하건니와 딕명 흥망은 틱자 일신이라 닉 하나레 명을 바다 틱자을 버혀거날 너난 누를 위ᄒᆞ여 나를 항거코자 하난다 속히 딕군을 물니치고 나를 도아 만셰의 큰공을 누리게하라 하며 틱자의 머리를 드러 뵈거날 슬푸다[26]

(나) 틱직 다른 형졔읍슨니 누를 셰워 딕명을 히복하리요 닉 맛당이 예양의 본을 바다 틱자의 원슈를 갑고자하난이 다만 골육지의로 차마 못하나이[27]

위 인용문과 같이 (가)의 조학은 동생 조결이 군사력을 동원하여 자신과 맞설 줄은 몰랐다. 다급해진 조학은 성안에 있던 태자를 죽이고 태후를 감금하여, 황제로 등극한 사실을 대내외적으로 공포한다. 반역을 진압한다는 유교적 명분으로 봉기한 조결은 대명 태자의 죽음을 보고 명분을 잃게 된다. 역모를 꾸민 형을 진압하여 태자를 황제로 옹립하려던 조결의 계획에 차질이 생긴 것이다. 그래서 (나)와 같이 명분을 잃은 조결은 조학과 동기지정이 있어 군사를 물리고 산에 은거한다. 따라서 조결은 유교적 명분을 내세워 역모를 꾸민 형과 무력으로 맞섰으나, 태자의 죽음으로 명분을 잃게 된다.

---

26 〈왕능전〉, 52쪽.
27 〈왕능전〉, 53쪽.

이렇게 조학과 조걸의 형제갈등은 유교적 명분 싸움이 핵심을 차지한다.[28] 동생 조걸이 형 조학의 역모를 진압하는 것도 유교적 명분이 있었기 때문에 가능한 일이다. 이런 점에서 형제간의 우애보다 국가적인 명분이 더 중요하게 작용한다. 이것은 유교 이념이 가족 간의 윤리보다 국가의 충성이 선행한다는 점을 보여준다. 비록 형제간이라도 유교적 명분에 벗어난 행동을 한다면 국가를 위해서 징치할 것을 강조하고 있다. 따라서 〈왕능전〉에 나타난 형제 갈등은 유교 이념이 절대적으로 강화되던 조선 후기 사회상을 반영한 것으로 보인다.

〈왕능전〉의 형제갈등은 유교적 명분론에 의해서 결정된다. 작품의 서두에서 역모를 꾀한 형을 진압하지 못한 동생은 명분을 찾을 때까지 산에 은거한다. 그러던 중에 태자의 생존으로 국가 사직을 회복할 명분을 찾은 조걸은 반역을 진압하려고 군사를 일으킨다. 그는 유교의 충성을 명분으로 반역자 처단을 위해서 봉기한 것이다. 이러한 동생 조걸의 충성 덕분에 역적 조학은 죽지 않고 살아나게 된다. 따라서 〈왕능전〉은 역적을 징치하는 것보다 유교적 충성을 칭송하는 입장을 강조한다.

〈왕능전〉과 마찬가지로 〈흥부전〉도 동생의 도움으로 형과 화합한다.[29] 그런데 〈왕능전〉의 형제 갈등이 국가적인 문제를 다룬다면, 〈흥부전〉은 재산권 다툼을 문제로 삼고 있다. 전자가 불충과 충성의 유교적 명분을 중시한다면, 후자는 탐욕과 의리의 명분을 중시한다. 두 작품에 등장하는 형제갈등의 유교적 명분은 공통되지만 그 해결 방식을

---

28 조춘호, 『형제갈등의 양상과 의미』, 경북대학교 출판부, 1994, 49~60쪽. 그럼에도 〈왕능전〉은 기존의 형제갈등과 다른 측면이 나타난다.
29 김태준, 〈흥부전〉, 『한국고전문학전집』, 고려대학교 민족문화연구소, 1995.

다르다. 〈왕능전〉은 불충한 형의 역모를 충절을 지키는 동생의 활약으로 진압한다면, 〈흥부전〉은 탐학한 형의 속물적 근성을 착한 동생의 선행으로 포용한다. 따라서 전자는 불충과 충의 유교적 명분이 강화되어 있다면, 후자는 물질과 정신의 융합을 통한 우애를 강조한다.

〈왕능전〉에는 역적 조학의 뉘우침이 거의 나타나지 않는다면, 〈흥부전〉에는 놀부의 뉘우침이 드러난다. 전자는 동생의 충성을 통해서 형의 역모를 진압했으며, 후자는 동생의 도움으로 형이 깨달음을 얻었기 때문이다. 이런 차이점은 작품의 결말에서 더욱 뚜렷이 드러난다. 〈왕능전〉은 충신 조절의 활약으로 간신 조학은 겨우 목숨만 건져 서인으로 강등된다면, 〈흥부전〉은 흥부의 도움으로 형제간의 우애가 회복되어 함께 행복하게 지낸다. 이러한 원인은 영웅소설과 판소리계 소설의 갈래적 특성 때문으로 보인다.

판소리는 관객과 함께 모든 갈등이 해소되고 행복한 결말로 화합하는 특성이 있다. 영웅소설은 불충이나 역모를 꾀한 간신을 처벌하여 응징하는 특성이 뚜렷하다. 영웅소설은 국가의 사직을 회복하는 중대한 문제를 대상으로 한다면, 판소리계 소설은 가정이나 사회의 문제를 다루는 차이점도 생각할 수 있다. 이런 점에서 〈왕능전〉은 판소리계 소설 〈흥부전〉과 같은 형제갈등을 수용해 국가의 문제로 확장한 것이다. 따라서 〈왕능전〉은 영웅소설의 구조에 형제갈등을 삽입하여, 국가 사직을 회복하는 충성을 강조한다는 점에서 주목된다.

5. 맺음말

〈왕능전〉은 현재까지 국문 필사본 1종만 존재하는 유일본이다. 기존의 이본 목록에서 〈왕능전〉의 이본으로 거론한 〈왕장군전〉, 〈왕비호전〉을 비교한 결과 전혀 다른 작품임을 확인하였다. 이 작품의 창작 시기는 1866년에서 1921년 사이에 경북 북부지방에서 창작되었을 것으로 생각된다. 그리고 작품에 중국 역사가 빈번하게 등장하는 것으로 보아 작가는 중국의 역사를 어느 정도 이해하는 선비 집안의 남성이라 추측된다. 따라서 〈왕능전〉의 작자는 중국의 역사를 이해하고 있는 경북 북부지방의 선비 집안의 남성일 것으로 추측된다.

〈왕능전〉은 중국 명나라를 무대로 간신 조학의 역모를 진압하는 충신 왕능의 영웅적 활약을 보여주는 영웅소설의 구조를 내포하고 있다. 주인공 왕능은 영웅의 일생구조를 충실히 따르고 있으면서도 고생담이 생략되어 있다. 그리고 천상과 지상의 이원적 공간 설정에 따른 천상적 질서를 지상에 구현하는 유교적 당위성을 뚜렷이 보여준다. 이런 점에서 〈왕능전〉은 영웅소설적 성격을 보여주고 있다.

그런데 영웅소설의 구조에 판소리계 소설 〈옹고집전〉의 진가쟁주와 개과천선을 포함한 형제갈등이 첨가된 점은 주목된다. 이것은 조선 후기 영웅소설이 판소리계 소설과 교섭한 결과로 보인다. 영웅소설의 구조에 진가쟁주의 내용이 삽입된 예는 거의 찾아보기 어려운 실정이다. 따라서 〈왕능전〉은 영웅소설의 구조에 간신의 진가쟁주와 개과천선이 삽입된 독특한 작품이다.

이러한 영웅소설의 구조에 나타난 갈등양상은 충신과 간신의 대결,

진가쟁주와 개과천선, 형제갈등과 유교적 명분론 등으로 구분할 수 있
다. 첫째, 충신 왕능과 간신 조학의 갈등은 충신의 영웅적 활약을 통해
서 간신의 역모를 진압한다. 왕능은 유복자로 출생하여 초월자에게 병
법을 배우고 무기를 얻어서 조학의 역모를 군담을 통해서 징치한다. 그
런데 역적 조학을 충신의 형이라는 점을 들어 죽이지 않고 용서하는 것
이 특이하다. 영웅소설에서는 충신이 간신을 징치할 뿐 용서하지는 않
는다. 이런 점에서 〈왕능전〉은 간신의 징치보다 충신의 역할을 중시하
고 있다.

둘째, 진가쟁주를 통해서 간신 조걸이 충신으로 변모한다. 초반부에
조걸은 악인으로 등장했으나 대사의 도술에 의한 진가쟁주를 겪은 뒤
로 개과천선하게 된다. 과거의 잘못을 뉘우친 조걸은 올바른 목민관의
모습을 보여주는 충신으로 변모한 것이다. 그리하여 조걸은 간신 조학
의 역모를 진압하려는 충성을 보여준다. 이러한 진가쟁주와 개과천선
에 나타난 의미는 악한 인물이 충신으로 변모하여, 국가적 충성을 다하
는 점을 부각하고 있다.

셋째, 형제간인 조학과 조걸은 유교적 명분론을 통해서 갈등하게 된
다. 간신 조학은 역모를 꾸민다면 충신 조걸은 형의 반역을 진압하려고
맞선 인물이다. 이러한 유교적 불충과 충성의 명분론으로 대립한 형제
갈등은 동생의 궁극적인 승리로 마무리된다. 이것은 형제간보다 국가
적인 충성이 더욱 강조된 것이다. 따라서 〈왕능전〉은 조선 후기 유교
이념의 보수화로 인하여 국가적 충성을 절대시하는 상황을 반영한 것
으로 보인다.

이상에서 〈왕능전〉의 발굴은 영웅소설의 저변을 확대하여 문학사적

다양성에 이바지할 것이다. 이 작품은 영웅소설의 일반적 구조를 충실하게 반영하면서도 진가쟁주와 같은 해학적인 대목을 첨가하여 다양한 갈등을 문제 삼고 있다. 특히 기존의 도식적인 영웅소설의 구조에서 탈피하여 다양한 갈등과 인물의 성격을 담아냈다는 점에서 주목된다. 따라서 〈왕능전〉은 영웅소설의 도식적 문법에 진가쟁주와 개과천선 및 형제갈등을 첨가하여 국가적 충성을 강조하고 있다. 이런 점에서 필사본 〈왕능전〉의 소설사적 의미를 찾을 수 있을 것이다.

출전:「〈왕능전〉의 영웅소설적 성격과 의미」,『어문학』,
89집 한국어문학회, 2005, 131~155쪽.

III

〈김태백전〉의 영웅소설적 성격과 의미

1. 머리말

이 글의 목적은 한글 필사본 〈김태백전〉의 영웅소설적 성격과 의미를 살펴보는 데 있다. 현재까지 〈김태백전〉은 한글로 필사된 유일본이다.[1] 필사본 〈김태백전〉은 방각본이나 활판본으로 출간되지 못했다는 점에서 향유층의 풍부한 사랑을 받지 못한 것으로 보인다. 〈김태백전〉은 필사본 유통을 통해서 전대 유명한 고소설 작품을 수용해 영웅소설의 도식성과 유형성을 다소 탈피하고 있다. 이런 점에서 필사본 〈김태백전〉의 형성과정과 영웅소설사적 위상을 새롭게 정립할 필요가 있다.

필사본 〈김태백전〉은 충신과 간신의 정치적 갈등담, 영웅적 인물의 풍부한 군담, 혼사장애 갈등담 등과 같이 다양한 사건을 내포하고 있다. 이러한 사건들은 조선 후기 영웅소설에 흔히 등장하는 보편성을 보여준다고 하겠다. 그럼에도 〈김태백전〉은 여성영웅의 활약과 다양한 혼

---

1 한글 필사본 〈김태백전〉은 계명대학교 동산도서관에 소장되어 있다. 이 작품은 표지에 〈金台白傳〉, 내지에 〈金泰白傳〉이란 제목이 첨가되어 있다. 필사본 〈김태백전〉은 총 154장, 한 쪽에 10행, 한 줄에 20자 내외로 오사란에 필사되어 있다.

사장애 갈등이 첨가된 개별성을 내포한 것으로 보인다. 따라서 〈김태백전〉은 혼사장애 갈등이 풍부한 조선 후기 영웅소설의 후대적 변모를 보여주고 있어서 주목할 만하다.

조선 후기 영웅소설은 필사본, 방각본, 활자본 등과 같이 다양한 매체로 풍부하게 유통·향유되었다. 필사본에서 방각본과 활자본으로 간행된 영웅소설은 좀 더 폭넓은 향유층을 형성하게 되었다. 이 때문에 영웅소설에 대한 연구도 다양한 측면에서 진행될 수밖에 없었다.[2] 아무리 조선 후기 영웅소설에 대한 연구가 축적되었다고 해도 새로운 작품에 대한 발굴과 연구는 지속되어야 한다. 이러한 필사본 〈김태백전〉에 대한 연구는 조선 후기 영웅소설의 저변을 확대하고 고소설사적 위치를 재정립하는 데 이바지할 것으로 기대한다.

그런데 안타깝게도 필사본 〈김태백전〉의 작가는 정확하게 알려져 있지 않다. 〈김태백전〉의 이본이 발견되기 전까지는 작가와 필사자를 동일한 인물로 간주할 필요가 있다.[3] 필사본만 존재하는 유일본 고소설은 대체로 필사자가 창작자의 역할을 대신하고 있기 때문이다. 이 작품은 "개풍군 대(성)면 고군리 김구장 책" 또는 "고양군 숭인면 김구장 전"이란 필사기록이 등장한다. 〈김태백전〉의 필사기에 등장하는 '김구

---

2 조동일, 『한국소설의 이론』, 지식산업사, 1985, 271~454쪽; 서대석, 『군담소설의 구조와 배경』, 이화여자대학교 출판부, 1992, 11~312쪽; 박일용, 『영웅소설의 소설사적 변주』, 월인, 2003, 15~410쪽; 강상순, 「영웅소설의 형성과 변모 양상 연구」, 고려대학교 석사학위논문, 1991; 임성래, 『완판 영웅소설의 대중성』, 소명출판, 2007, 1~216쪽; 이창헌, 『경판방각소설 판본 연구』, 태학사, 2000, 14~600쪽.

3 필사본 〈김태백전〉은 유일본으로 존재하고 있어서 작가와 필사자가 동일한 경우로 볼 수 있다. 더욱이 기존의 중국소설의 영향을 수용했다는 필사기록을 통해서 창작과정을 어느 정도 파악할 수 있다.

장(金區長)'이 이름인지 직책인지는 좀 더 고민해야 할 대목이다.[4] 이렇게 본다면 〈김태백전〉의 창작자는 개성과 서울에서 활동한 남성 지식인일 가능성이 높다.

필사본 〈김태백전〉의 필사시기도 정확하게 파악하기 어렵다. 작품이 필사된 종이와 필사 형태를 살펴보면 필사시기를 어느 정도 짐작할 수 있다. 〈김태백전〉은 검은 줄을 친 오사란(烏絲欄)이 있는 종이에 필사되었을 뿐만 아니라 작품에 '지나'와 일본어 표현이 등장하는 것으로 보아 근대 무렵에 필사되었다.[5] 그렇다고 해서 필사된 종이의 형태가 작품의 창작 시기를 결정하는 것은 아니다. 중국을 지칭하는 '지나'와 일본어 표현이 등장한다고 해서 곧바로 근대 무렵에 필사되었다고 추론하는 것은 무리이다. 적어도 〈김태백전〉의 필사기록에 등장하는 '고양군 숭인면'이 개편된 1914년과 개풍군이 형성된 1930년 사이에 필사된 것으로 추정된다.[6]

이러한 필사본 〈김태백전〉의 작가와 창작시기를 알 수 없는 상황에서는 작품의 내용을 정확하게 파악하는 작업이 선행되어야 한다. 새로운 작품을 학계에 소개하는 작업은 생각보다 어렵다. 필사본으로 존재하는 유일본은 작품의 내용을 정확하게 판독하기도 쉽지 않다. 이 때문

---

4 김구장은 창작자의 이름으로 볼 수도 있지만 마을의 이장이나 동장을 부르는 직책일 수도 있다. 김씨 성을 가진 구장이 창작했다면 남성 지식인으로 판단된다.

5 김준형, 〈김태백전〉, 『선본고서해제 2』, 계명대학교 출판부, 2009, 372~377쪽; 김준형, 「계명대학교 동산도서관 수장 고전소설의 현황과 가치」, 『한국학논집』 37집, 계명대학교 한국학연구원, 2008, 190~192쪽.

6 고양군 숭인면은 1914년 4월 1일에 새롭게 개편되었고 개풍군은 1930년에 개성군과 풍덕군이 통합되어 형성되었다. 이런 점을 감안하면 필사본 〈김태백전〉은 1914년에서 1930년 사이에 필사된 것으로 추정된다.

에 〈김태백전〉의 내용을 정확하게 파악하는 것이 연구의 승패를 결정
할 수 있다. 따라서 본고에서는 필사본 〈김태백전〉의 형성배경, 구조적
특징 및 갈등양상을 분석하여 조선 후기 영웅소설의 다양한 성격과 의
미를 파악하고자 한다.

2. 〈김태백전〉의 형성 배경

〈김태백전〉의 창작시기에 대한 정확한 기록이 없는 상황에서는 작
품의 내용을 토대로 살펴볼 수밖에 없다. 다행히 〈김태백전〉은 작품의
시공간적 배경과 필사기록이 풍부한 편이다. 이 때문에 작품의 시공간
적 배경과 필사기록을 분석하여 〈김태백전〉의 형성 배경을 살펴보고
자 한다.

필사본 〈김태백전〉은 중국 송나라를 시공간적 배경으로 설정하고 있
다. 중국 송나라(960-1279)는 과거제도를 본격적으로 실시하여 문화통
치를 강화했다. 문치에 너무 치중한 송나라 진종시대는 군사력이 쇠퇴
하여 북방의 이민족에게 침략을 당하는 악순환이 거듭되었다.[7] 이민족
의 침략에 시달리던 송나라는 수도를 개봉에서 항주로 천도하였다. 이
러한 송나라의 역사적 배경을 수용한 〈김태백전〉은 혼란한 시대상을
작품의 무대로 설정한 것으로 보인다.[8]

---

7 1004년 북방의 요나라가 침략했을 때 송나라 진종은 재물을 보내 화의를 청하였다.
   그리고 1044년 서쪽의 탕구트족이 세운 서하가 반기를 들었을 때도 송나라는 재물을
   보내 화친했다. 이렇게 송나라는 북방과 서방의 요나라, 서하 등의 침략에 시달렸던
   것으로 보인다.

〈김태백전〉에는 주인공의 다양한 활동무대와 공간적 배경이 등장한다. 작품의 서두에 등장하는 공간적 배경은 탁군 벽계촌과 소주 백운동이다. 충신의 자녀들은 어린 시절 탁군 벽계촌과 소주 백운동에서 성장한다. 그곳에서 출발한 주인공은 절강성, 호남성 소상강, 산동성 제남 등지를 이동하게 된다. 특히 주인공은 가맹관, 사수관, 태평관, 장락관, 조양관 등에서 중원을 침략한 주변국의 군사를 물리친다. 가맹관은 중원을 침략한 서역국과 남만왕이 송나라 김태백과 대결하는 전장이다. 태평관과 장락관도 중원과 서역국의 경계에 위치하고 있고, 사수관은 안남국과 대치하는 경계에 위치하고 있다. 따라서 〈김태백전〉의 공간적 배경은 상업과 무역이 발달한 중국 동남쪽의 탁군, 제남, 소주, 남경, 항주 등의 역사도시를 무대로 설정하고 있다.[9]

작품의 공간적 배경에는 중국 호남성 소상강, 소상죽림, 월봉산, 군산 칠보암 등이 빈번하게 등장한다. 호남성 동정호 주변은 김태백의 부모와 명주소저 등이 간신의 횡포를 피해 은둔하며 후일을 기다리는 공간이다. 호남성 동정호 부근의 소상강, 군산 칠보암 등은 유교적 윤리의 이상적 공간이자 은둔의 공간으로 나타난다. 이러한 동정호의 상징적 공간은 〈사씨남정기〉, 〈정해경전〉, 〈목시룡전〉, 〈최현전〉 등의 고소설에도 유사하게 등장한다. 필사본 〈김태백전〉은 동정호의 공간적 배경을 수용하여 전대 고소설의 유교적 이상향을 반영한 것으로 보인다.

---

8 중국 송나라를 시공간적 배경으로 설정한 영웅소설은 〈조웅전〉, 〈어룡전〉, 〈장경전〉, 〈장풍운전〉 등이 있다.

9 탁군은 하북성 북경 부근이다. 소주는 강소성 남부로 양자강 삼각주 평원에 있다. 절강의 항주는 남송의 수도이자 상업도시로 수많은 문인들이 모여든 곳이다. 제남은 산동성에 있고 남경은 강소성에 있다.

그런데 필사본 〈김태백전〉은 중국을 공간적 배경으로 설정했음에도 한국 지명이나 속담이 등장하고 있다. 주인공 김태백은 '조선국 금강산 유점사 화주승'에게 시주하여 얻은 귀중한 아들이다. 천자와 신하들이 모이는 장소로 경복궁의 '근정전'이 등장한다. 그리고 작품에는 "츳소위 닥 쏫츳오든 긔 지붕쳐다보드니"[10]처럼 한국 속담이 삽입되어 있다. 이런 점에서 〈김태백전〉은 중국 송나라를 시공간적 배경으로 설정하면서도 조선의 내용을 일부 첨가한 것으로 보인다.

한편 필사본 〈김태백전〉의 필사기에는 작품과 연관된 중국소설 '오호평남'과 '오호평서'를 언급하고 있다. 여기서 언급한 '오호평서'는 청나라 가경 6년(1801)에 방각본으로 출간된 〈오호평서전전(五虎平西前傳)〉을 말한다. 이 작품은 14권 112회로 구성된 연의소설이다. '오호평남'은 가경 12년(1807)에 간행된 〈오호평남후전(五虎平南後傳)〉을 말한다.[11] 이 작품은 6권 42회로 구성된 연의소설이다. 이러한 〈김태백전〉의 필사기는 고소설의 창작과 연작의 관계를 보여준 매우 귀중한 기록이라 하겠다.

> 이칙은 이거스로 긋츨 막고 이 ㅎ권인즉 금방 장원급뎨ㅎ 오인 영웅이 남복 젼장ㅎ난듸 신츌긔몰ㅎ 직조와 의긔가 만쏘와 ㅎ번 아니보지 못홀 지나의 유명ㅎ 오호평남과 오호평셔가 잇쏘오니 연속ㅎ여 환영ㅎ여 주시옵소셔[12]

---

10 계명대본 〈김태백전〉, 91쪽.
11 루쉰 저, 조관희 역, 『중국소설사』, 소명, 2004; 서경호, 『중국소설사』, 2004. 이들 작품은 상해고적출판사에서 『고본소설집성』으로 간행되었다. 경북대학교 도서관에는 석인본 『오호평남전』 4권2책, 『오호평서전』 6권6책이 소장되어 있다.

위와 같이 근대전환기에 필사된 〈김태백전〉은 중국소설 '오호평남'
과 '오호평서'의 전편을 담고 있다는 것이다. 필사기에 등장하는 '오호
(五虎)'는 적청, 장충, 유경, 이의, 석옥 등의 장군을 말한다. 그중에서도
북송의 명장 적청(狄青)의 영웅담은 송나라와 원나라 이후 잡극이나 전
설로 구비전승된 것으로 보인다. 필사기에 언급된 〈오호평남후전〉과
〈오호평서전전〉은 북송의 명장인 적청의 영웅적 활약을 다루고 있는
연의소설이다. 이 작품들은 역사적 사실, 민간전설, 통속소설 등의 내용
을 교섭해 역사적 인물과 정절, 군담의 술법 등을 보여준다. 좀 더 구체
적인 연관관계를 확인하기 위해서 〈김태백전〉과 〈오호평남후전〉의 서
두를 비교하고자 한다.

　　(가) 화셜 녯 송나라 시졀에 탁군 벽게촌에 일위 명스 이스되 셩은 김
　　이요 명은 치즁이니 딕딕로 명문거족으로 일즉 쳥운에 올나 벼슬이 리
　　부상셔에 리르러 쳥념강즉홈으로 간신이 자조 참소ᄒ거늘 승셔 벼슬을
　　사양ᄒ고 고향 벽게촌에 도라와 구름속에 밧갈기와 달아릭 고기 낙기로
　　셰월을 보닉니[13]
　　(나) 却說前書五虎將征服西域勉夷秦凱班師回朝見主論功賜爵俱受王
　　封當時各將士仝告駕宋旌謁祖仁宗天子進秦各賜[14]

(가)는 〈김태백전〉의 서두이고 (나)는 〈오호평남후전〉의 서두이다.
두 작품의 서두를 살펴본 결과 필사기록에 등장하는 연관성은 찾을 수

12 계명대본 〈김태백전〉, 304~305쪽.
13 계명대본 〈김태백전〉, 1쪽.
14 〈오호평남후전〉, 『고본소설집성』 156집, 상해고적출판사, 1쪽.

가 없었다. 물론 작품의 서두만 비교해서 연관성을 해명하는 것은 무리일지도 모른다. 그렇지만 〈오호평남후전〉에는 5명의 장군이 등장한다면 〈김태백전〉에 등장하는 장군은 김태백, 정충국, 조응천 등과 같이 3명이다. 〈김태백전〉에 등장하는 소문길, 정순화는 주체적인 활약을 하지 못하는 인물이다. 〈오호평남후전〉의 내용과 〈김태백전〉의 필사기록은 사실과 부합하지 않았다.[15] 아마도 중국소설과 연관시켜서 필사본 〈김태백전〉의 가치를 높이려는 작가의 의도로 해석할 수 있다.

  필사본 고소설은 작품을 필사한 뒤에 다양한 필사기록과 작품후기를 남기고 있다. 작품을 필사한 시기, 필사자의 이름과 책을 소장한 곳, 필사지역, 작품에 대한 소견 및 글씨에 대한 겸양의 말 등과 같이 매우 다양한 실정이다.[16] 특히 필사본 〈김태백전〉에는 당시의 소설관에 대한 다양한 내용이 등장하고 있다. 작품이 형성되던 근대전환기 고소설에 대한 작자의 인식과 당대의 의식을 엿볼 수 있다는 측면에서 매우 주목된다.

    딕져 소설이라 ᄒ난 거은 혹은 ①실디사적을 드려 발힝ᄒ난 것도 잇고 혹은 무ᄉ실흔 거슬 신져작ᄒ여 발힝ᄒ난 것도 이스나 딕기 취지는

---

15 필사본 〈김태백전〉은 중국소설 〈오호평서전전〉, 〈오호평남후전〉과 별다른 영향관계를 확인할 수 없다는 점을 밝혀둔다. 다만, 〈김태백전〉의 영웅적 군담 대목은『삼국지연의』의 군담을 일부 수용하고 있다. 〈김태백전〉과 〈오호평서전전〉, 〈오호평남후전〉의 상세한 비교연구는 후고를 통해서 해명하기로 한다.
16 김재웅, 「경북 지역에 유통된 필사본 고소설에 대한 실증적 연구」,『고소설연구』24집, 한국고소설학회, 2007.12, 219~250쪽; 김재웅, 「영남 지역 필사본 고소설에 나타난 여성 향유층의 욕망」,『한국고전여성문학연구』16집, 한국고전여성문학회, 2008.6, 5~35쪽; 김재웅, 「호남 지역에 유통된 필사본 고소설의 종류와 향유층에 대한 연구」,『고소설연구』28집, 한국고소설학회, 2009.12, 269~299쪽.

②오륜삼강에 버셔나지 아니ᄒᆞ고 권션증악의 취지로 사회의 발달을 고취ᄒᆞᄂᆞ 한 극미미의 지담이라 실업상 ③항상 ᄌᆞ미를 붓칠거슨 안니로되 혹시 노는 틈과 심ᄉᆞ 울젹ᄒᆞᆫ 젹에 간혹 보게 되면 울울ᄒᆞᆫ 마음도 위로되고 사상과 지식도 널거지나니 ④이상의 져작ᄒᆞᆫ 김ᄐᆡᄇᆡᆨ젼으로 말삼ᄒᆞ면 지나에셔 본시 ᄉᆞ젹이 잇ᄂᆞᆫ 말노 지나 연극게에셔 유명이 홍힝ᄒᆞ난 오호평남과 오호평셔를 졀츙ᄒᆞ여 져작ᄒᆞᆫ 거시온ᄃᆡ 본 져작자가 어단필둔ᄒᆞ와 익독ᄒᆞ시는 각 위의 장졀 쾌졀ᄒᆞᆫ 홍미난 무ᄒᆞ오나 김 뎡 됴 삼인의 ᄉᆞ젹은 오륜삼강의 사표되난 ᄉᆞ젹이요 문무의 쌍젼ᄒᆞᆫ거슨 고급학자의 안목을 송연케 ᄒᆞᆯ지요 명쥬 옥ᄑᆡ 양소져와 칠보공주의 유신유용ᄒᆞᆫ 힝젹은 렬졀이 관일ᄒᆞ고 지사 녈부의 고진감ᄅᆡᄒᆞᆫ ᄉᆞ실을 ᄒᆞᆫ번 보면 가히 사회상견감이 될터인고로 ⑤본져작자난 용우ᄒᆞᆫ 말을 가지고 감히 사히동포에게 발포ᄒᆞ오니 ᄒᆞᆫ번 보신후 용셔ᄒᆞ시고 환영ᄒᆞ여 주심을 간졀이 바라옵나이다[17]

위의 인용문과 같이 필사본 〈김태백전〉에는 작가의 소설관이 뚜렷이 나타난다. 작가는 당시의 고소설 창작에 대하여 ①과 같이 사실과 허구의 개념을 언급하고 있다. 특히 고소설은 ②처럼 삼강오륜과 권선징악을 통해서 사회적 발달을 고취시키는 교육적 기능과 ③처럼 항상 흥미롭지는 않지만 적적함을 달래주면서도 지식을 넓혀주는 위안적 기능을 동시에 수행하고 있다. 이러한 작가의 소설관은 당대의 문학적 인식을 보여준다는 측면에서 주목된다.

필사본 〈김태백전〉의 작가는 ④와 같이 중국소설이나 연극을 취합하여 작품을 창작한 것으로 보인다. 이 작품은 중국 연극계에서 홍행하

---

17 계명대본 〈김태백전〉, 305~307쪽.

던 〈오호평남후전〉과 〈오호평서전전〉을 절충하여 창작해서 흥미는 없을지 모른다. 그렇지만 작품에 등장하는 김태백, 정충국, 조웅천의 사적은 삼강오륜의 사표가 되기에 충분하고, 명주소저, 옥패, 칠보공주의 행적은 신의가 투철하여 고진감래를 겪은 열부로 사회적 모범이 되기에 충분하다고 주장한다. 따라서 필사본 〈김태백전〉의 작가는 남녀 주인공의 활약을 유교적인 세계관으로 바라보고 있다고 하겠다.

이상에서 필사본 〈김태백전〉은 군담이 확장된 영웅소설이라는 점에서 중국소설 〈오호평서전전〉, 〈오호평남후전〉과 유사한 실정이다. 그러나 〈김태백전〉에서 영웅적 활약을 보이는 3명의 인물과 중국소설에서 영웅적 활약을 보이는 5명의 인물은 상당한 차이를 보인다. 동일한 군담과 정절이 등장한다고 해도 서사구조와 작중 인물의 성격이 다르게 나타나기 때문이다. 특히 필사본 〈김태백전〉과 중국소설 〈오호평남후전〉의 서두를 비교한 결과 두 작품의 영향관계는 거의 없는 것으로 보인다. 따라서 〈김태백전〉은 송나라를 시공간적 배경으로 설정하면서도 전대 유명한 고소설을 혼성모방한 영웅소설의 구조를 보여주고 있다.

3. 〈김태백전〉의 구조적 특징

① 송나라 탁군 벽계촌의 명문거족 김치중은 청렴·강직했으나 간신의 참소로 낙향한다. 장씨 부인은 유점사에 시주하여 아들 태백을 낳았다. 소주 백운동에 정문익은 외척과 간신에게 권력이 넘어가자 낙향한다. 이씨 부인은 충국과 명주를 낳았다. 양가 부친이 태백과 명주를 결혼시키기로 했지만 정승상의 죽음으로 연기되었다.

② 왕일청이 충신을 내치고 간신을 등용해 권력을 장악한다. 왕일청은 슬하에 춘명과 옥패를 두었다. 왕일청은 자신의 아들 한림학사 춘명을 위해 명주소저에게 청혼했으나 거절당한다. 원한을 품은 왕승상은 김상서를 절강 순무사로 천거해 제거하고 명주소저를 납치하기로 했다. 부친의 생사확인을 위해서 절강으로 간 김태백은 와룡선생에게 병법을 배운다. 청혼 거절에 화가 난 왕승상은 김상서집에 불을 지르고 명주소저를 납치하게 한다.

③ 왕승상은 여장한 충국을 자신의 딸 옥패방에 보낸다. 충국은 옥패와 결혼하기로 하고 옥패는 충국을 도망치게 도와준다. 명주소저는 김상서 집에 불이 나서 칠보암에서 중이 되었다. 누이를 찾아 제남에 간 충국은 조웅천과 형제결의를 맺고 자운선생에게 병법을 배운다.

④ 왕일청은 서역국과 내통하여 천하를 반분하려는 역심을 품었다. 이때 남만왕 달세통은 중원을 침략해 70여 성을 차지하고 가맹관으로 향한다. 천자는 왕일청을 대원수로 출정시켰다. 왕일청은 서역국왕에게 황성을 점령하라고 편지를 보낸다. 서역국왕이 황성을 침략하자 천자는 왕일청을 보내 방어하게 했으나, 그는 남만왕의 포로가 되었다.

⑤ 이때 병법을 배운 김태백이 가맹관에서 천자를 구해준다. 천자는 김태백에게 대사마 대원수를 봉하여 적을 물리치게 한다. 한편 자운선생도 남만과 서역국이 반하여 영화산에서 병법을 배운 충국과 웅천을 가맹관에 보낸다. 김원수는 군사를 호로곡에 매복시켰다가 화공전으로 승리한다. 정충국과 조웅천을 만난 김원수는 정충국에게 명주소저의 소식을 묻는다.

⑥ 서역국 명세달이 황성에 도착해 황후와 태자를 가두고 왕일청의 입성을 기다린다. 김원수는 정충국에게 황성 회복을 명하고 조웅천에게 서역국을 치게 한다. 정도독이 맹세달을 베자 왕일청은 적장을 죽이고 성문을 열어 패군한 죄를 청한다. 정도독은 왕일청의 간사함을 알았지만 용서하여 황성을 지키게 한다.

⑦ 한편 최인귀의 실수로 단단국을 침략한 조도독은 공주와 자웅을 겨룬다. 칠보공주는 조도독의 영웅적 기상에 반해 혼인하려고 다. 조도독의 용맹에 놀란 서역국이 문을 닫고 싸우지 않자, 군량이 떨어진 송진을 칠보공주가 도와준다. 적병을 대성곡까지 유인해 협공한 조도독은 서역국왕의 항복을 받고, 왕세자로 왕업을 계승하게 한다. 조도독은 승전첩서를 올리고 잉태한 공주와 이별하고 황성으로 간다.

⑧ 남만왕 달세통은 안남국 군사를 합쳐 사수관에 집결시킨다. 김원수는 만병을 물리치기 위해 제갈곡에 정도독을 매복시킨다. 항복한 만병은 사수관이 비었으니 가맹관을 치면 내응할 것이라 한다. 김원수는 팔진도와 매복으로 만왕의 군사를 물리친다. 정도독은 달세정을 베고 만왕을 사로잡는다. 천자는 만왕에게 항서를 받고 용서한다. 천자는 왕일청을 제외한 승리한 장군에게 상급과 벼슬을 내린다.

⑨ 한편 서역국 화평공주는 부왕을 죽인 조응천의 원수를 갚기 위해서 왕일청과 결탁한다. 왕일청은 천자에게 조응천과 옥패의 결혼을 주선했으나 옥패는 거절한다. 천자의 사혼령으로 결혼한 가짜 옥패는 조응천에게 복수하려다가 오히려 자신이 죽는다. 왕일청은 조응천의 처벌을 요구했으나, 천자는 김태백과 정충국이 귀환하면 처리하기로 한다.

⑩ 정도독이 남경을 순행했으나 누이를 찾지 못하고 돌아온다. 천자는 정충국에게 서량후를 봉하고 가택과 노비를 준다. 정충국은 옥패와 언약한 사실을 털어놓는다. 부친과 정충국 사이에서 갈등하던 옥패는 자결해 부모를 구하기로 한다. 정충국은 옥패를 찾으려고 왕상서 집을 급습했다가 오히려 감옥에 갇힌다.

⑪ 김원수는 소상강 칠보암에서 정소저의 신표를 주고 상봉한다. 소상죽림에서 월봉산 오처사를 찾아가서 부모와 상봉한다. 부모를 모시고 황성으로 귀환하던 김원수는 강가에서 자결하려던 옥패를 구해준다. 천자는 김상서에게 초국공 및 좌승상 화음후를 봉하고 식읍과 노비를 하사한다.

⑫ 천자는 김원수에게 대원수 직분으로 관계자를 취문하게 한다. 김원수는 왕일청의 죄를 소상히 밝혀 천자께 올린다. 천자는 정충국, 조응천은 무죄 석방하고 왕상서는 외국을 간섭하여 충신을 모해한 죄로 사형 집행한다. 그런데 옥패는 정렬과 신의를 표창하여 정상서와 성혼하게 한다. 정승상과 옥패, 김원수와 정소저가 혼례를 치른다.

⑬ 이튿날 김승상, 정상서, 조도독이 천자를 알현한다. 이때 정소저는 정열부인, 옥패는 숙렬부인, 칠보공부는 왕열부인을 각각 봉한다. 그리고 단단국왕의 직위도 돌아준다. 김승상과 정상서, 조도독 세 집의 화목이 대단하다. 부인들이 아들을 낳았는데 그 아들이 급제하여 태평성대를 누린다.

이상에서 필사본 〈김태백전〉의 내용을 ①-⑬까지 풍부하게 제시하였다. 이 작품은 영웅의 일생구조를 내포한 조선 후기 영웅소설의 서사구조를 보여준다.[18] 천상적 징표를 가진 김태백은 충신 집안의 만득자로 출생한다. 간신의 모함으로 집안이 몰락해 고난을 겪었지만 다행히 도사를 만나 병법을 배운 뒤에 위기에 처한 송나라를 구하는 군담영웅적 인물로 활약한다. 더욱이 주인공을 도와주는 정충국과 조응천의 영웅적 군담도 매우 풍부하게 등장하고 있다. 따라서 〈김태백전〉은 후천적 수련에 의한 영웅적 인물의 군담장면이 확장된 것으로 보인다.

(가) 김태백과 정소저의 출생 및 천정연분

---

18 조동일, 앞의 책, 288~289쪽. 영웅의 일생구조는 (가) 고귀한 혈통과 비정상적 출생, (나) 탁월한 능력과 어려서 기아 및 고난을 당함, (다) 초월자의 도움으로 죽을 고비를 넘김, (라) 위기를 투쟁으로 극복함, (마) 입신양명과 부귀공명 등으로 요약할 수 있다.

　　(나) 왕일청의 권력 장악과 악행 및 충신 가족의 이별
　　(다) 김태백, 정충국, 조응천의 병법 수련
　　(라) 왕일청의 반역과 송나라의 위기
　　(마) 충신의 영웅적 활약과 송천자 구출
　　(바) 왕일청의 계략과 충신의 위기
　　(사) 충신의 가족상봉과 간신 왕일청의 처벌
　　(아) 충신의 결혼과 부귀공명 및 태평성대

　위와 같이 〈김태백전〉의 서사구조는 (가)-(아)로 구분할 수 있다. 이 작품은 충신을 내치고 간신을 등용해 정치권력을 장악한 왕일청의 역모를 진압하는 과정을 보여준다. 주인공들은 (다)와 같이 와룡선생과 자운선생에게 병법을 수련한다. 김태백은 주변국과 내통해 중원을 차지하려는 간신 왕일청의 반역을 진압하기 위해서 (마)처럼 영웅적 군담을 유감없이 보여주고 있다. 필사본 〈김태백전〉의 주인공은 후천적 병법수련을 통해서 국가적 군담영웅으로 등장한다는 점에서 조선 후기 영웅소설 〈조응전〉의 구조적 특징과 유사하다고 하겠다.
　이러한 영웅소설의 구조적 특징을 내포한 〈김태백전〉은 세부 단락에서는 개별적 특징을 보여준다. (가)처럼 영웅소설의 서두에서 주인공의 혼사가 결정되는 사건은 매우 드문 실정이다. 김태백과 명주소저는 양가 부친에 의해 결혼이 성사되었지만 정승상의 죽음으로 잠시 연기된다. 그때 간신 왕일청은 명주소저에게 청혼했지만 거절당한다. 명주소저는 김태백과 정혼했기 때문에 왕일청의 청혼을 거절한 것이다. 권력을 장악한 왕일청은 (나)와 같이 명주소저와 정혼한 김태백의 집안을 몰락시키는 악행을 저지른다. 이런 내용은 영웅소설 〈황운전〉에도 동

일하게 등장한다. 양어사의 아들이 설소저에게 구혼했다가 거절당하자 원한을 품고 설학사를 모함해 북해로 유배를 보낸다.

간신 왕일청은 청혼을 거절한 명주소저를 납치하기 위해서 충신 집안을 몰락시킨다. 김태백의 부친은 절강 순무사로 보내어 살해하고 가옥은 불을 지르게 한다. 왕일청은 자신의 청혼을 거절한 명주소저를 납치할 뿐 아니라 정혼한 김태백 집안을 몰락시키는 악행을 보여준다. 작품의 발단은 명주소저에게 청혼을 거절당한 간신 왕일청이 충신 집안에 대한 복수로 비롯되었다. 따라서 필사본 〈김태백전〉은 충신과 간신의 정치적 갈등을 토대로 하면서도 다양한 혼사장애 갈등과 연관된 사건이 매우 중요하게 등장하고 있다.

(다)는 부친의 소식을 탐문하기 위해서 절강으로 내려간 김태백은 와룡선생에게 병법을 배운다. 누이를 찾아서 제남에 간 정충국은 조응천을 만나 함께 병법을 배운다. 이 때 간신 왕일청은 (라)와 같이 서역국과 내통해 중원을 차지하려는 역심을 품었다. 남만왕이 중원을 침략했을 때 (마)처럼 김태백과 정충국, 조응천 등은 영웅적 군담을 통해서 위기에 빠진 송나라와 천자를 구한다. 이러한 간신의 반역과 충신의 병법수련 및 영웅적 군담장면은 매우 풍부하게 등장한다.

그런데 〈김태백전〉에는 충신의 아들과 간신의 딸이 사랑하는 매우 흥미로운 사건이 내포되어 있다. 또한 단단국의 칠보공주는 조응천의 영웅성에 반하여 지속적으로 결혼하려는 의식을 보여준다. 이러한 세부적인 내용은 필사본 〈김태백전〉의 개별적 특성으로 보기에 충분하다. 다만, 〈창선감의록〉에는 충신 윤혁의 아들 윤여옥과 간신 엄숭의 딸 엄월화의 사랑이 등장할 뿐만 아니라 안남국의 양아공주가 유성희의 영웅적 면모에 반해 결혼하려는 모습이 나타나고 있다. 따라서 〈김태백전〉은 조선 후기 규방에서 향유되었던 〈창선감의록〉의 일부 내용을 수용한 것으로 보인다.

조선 후기 영웅소설에서는 선인과 악인은 뚜렷이 구분되어 등장한다. 〈유충렬전〉과 〈조웅전〉에는 충신과 간신의 선악대결이 자녀세대로 지속되고 있음을 보여준다. 충신과 간신의 선악대결은 부모의 윤리적 성격에 따라 자녀들의 인물성격까지 결정되고 있다. 그런데 〈김태백전〉에는 간신의 딸 옥패는 부모의 성격과 다르게 선인으로 등장하고 있어서 주목된다. 다만, 〈왕능전〉에서는 악인으로 등장한 동생이 개과천선하여 형의 반역을 진압하는 대목이 첨가되어 있다.[19] 따라서 〈김태백전〉은 영웅소설과 달리 부모의 선악대결이 자녀에게로 지속되지 않는 후대적 변모를 보여주고 있다.

(바)와 같이 간신 왕일청의 계략으로 충신이 다시 위기에 처하는 사건이 발생한다. 왕일청과 서역국의 화평공주는 조웅천에게 복수하기 위해 서로 결탁한다. 화평공주는 조웅천이 반역을 진압하는 과정에서 부왕을 죽였기 때문에 복수하려고 했다. 그래서 왕일청은 조웅천과 옥패의 결혼을 요청하고, 가짜 옥패는 조웅천에게 복수하려다 실패한다. 이 때문에 왕일청은 조웅천의 처벌을 요구하였다. 그렇지만 충신을 처벌하려는 간신 왕일청의 계략은 실패하게 된다. (사)에서는 이별한 충신 가족의 상봉과 함께 간신 왕일청의 죄를 밝혀 처벌한다. 비로소 주인공들은 (아)와 같이 충신의 결혼과 가족상봉 및 태평성대를 누리게

---

19 김재웅, 「〈왕능전〉의 영웅소설적 성격과 의미」, 『어문학』 89집, 한국어문학회, 2005.9, 131~155쪽.

된다.

필사본 〈김태백전〉에는 천상적 징표와 꿈이 서사 전개에 빈번하게 등장한다.[20] 작품의 주요한 장면에 등장하는 꿈의 기능은 주인공의 앞날을 예언하는 것이다. 사건전개에 복선을 깔고 있는 꿈은 향유층의 독서과정을 방해할 수도 있다. 그럼에도 〈김태백전〉에는 사건전개에 빈번한 꿈이 등장해 주인공의 앞날을 예언하는 복선을 깔고 있다. 이 작품은 천상적 인물의 적강과 그들이 결합하기까지의 수많은 사건을 통해서 조선 후기 영웅소설의 이원적 세계관을 내포하고 있다.

이상에서 필사본 〈김태백전〉은 조선 후기 영웅소설의 구조적 특징을 내포하고 있다. 그럼에도 작품의 서두에 등장한 주인공의 혼사장애 갈등담, 충신의 아들과 간신의 딸의 사랑담, 여성영웅 칠보공주와 조응천의 결혼담, 간신의 거듭되는 충신 모해 등과 같이 다양한 내용을 새롭게 첨가한 개별적 특징도 보여준다. 영웅적 군담이 풍부한 〈김태백전〉은 〈창선감의록〉에 등장하는 일부 혼사장애 갈등담을 수용한 것으로 보인다.[21] 전대 유명한 고소설의 일부 내용을 영웅소설의 구조에 수용하여 새롭게 창작된 것이다. 이런 점에서 〈김태백전〉은 다양한 혼사장애 갈등담을 첨삭하여 조선 후기 영웅소설의 유형성을 탈피했다는 점에서 주목된다.

---

20 작품에 등장하는 꿈은 매우 다양한 실정이다. 김태백이 출생하는 태몽과 출생, 명주소저의 출생, 김치중이 절강 순무사로 떠날 때 위험을 예시하고 구해주는 꿈 등과 같이 작품의 전개과정에서 지속적으로 꿈이 등장하고 있다.

21 이런 점에서 장편가문소설과 〈김태백전〉에 등장하는 혼사장애 갈등담을 비교할 필요가 있다.

4. 〈김태백전〉의 갈등양상과 의미

1) 충신과 간신의 정치적 갈등

필사본 〈김태백전〉에 등장하는 충신과 간신의 정치적 갈등은 다층적으로 나타난다. 간신과 외척이 권력을 장악하면서 충신들은 고향으로 낙향할 수밖에 없었다. 송나라 탁군 벽계촌의 명문거족인 김치중은 청렴하고 강직했으나 간신의 참소를 입어서 고향으로 낙향한다. 그리고 정문익은 외척과 간신에게 권력이 넘어가자 고향으로 낙향한 충신이다. 이러한 충신들은 정치권력의 소용돌이 속에서 간신과 적극적으로 대결하지 않는 처사적 인물이다.

왕일청은 충신을 내치고 간신을 등용해 정치권력을 장악한다. 부당하게 정치권력을 장악한 간신 왕일청은 황제가 부럽지 않을 만큼 무소불위의 권력을 행사한다. 그런데 간신 왕일청은 아들의 청혼문제에서 뜻밖의 굴욕을 당한다. 왕일청은 (나)와 같이 충신 정문익의 딸 명주소저에게 청혼했지만 거절당하는 수모를 겪었다. 자존심에 상처를 입은 왕일청은 권력을 활용해 김치중을 절강 순무사로 보내 제거한 다음 명주소저를 납치하기로 계략을 꾸민다.

간신 왕일청은 부당하게 잡은 정치권력을 활용해 악행을 일삼는다. 자신의 심복 우영에게는 절강 순무사로 떠나는 김치중을 살해하라고 명령한다. 다행히 주변 인물의 도움으로 김치중은 절강 순무사로 부임하게 된다. 또한 성익삼에게는 김치중의 집에 불을 지르게 명령한다. 이러한 사건의 발단은 정치권력을 장악한 왕일청의 청혼을 거절한 명주소저 때문에 발생한 것이다. 간신 왕일청의 악행은 충신 김치중의 집안을 몰락시키는 것으로 나타난다. 그런데 김치중의 아들 김태백은 부친의 성격과 전혀 다른 모습을 보여준다. (다)와 같이 충신의 후예로 출생한 김태백은 아버지 세대와 달리 병법을 수련하여 간신과 적극적인 대결을 모색한다. 와룡선생에게 병법을 배운 김태백은 중원을 침략한 군사를 물리치는 국가영웅으로 등장한다. 영웅적 인물 김태백과 정충국, 조응천은 후천적 노력에 의해서 병법을 배운다. 〈김태백전〉은 충신과 간신의 군담이 풍부한 영웅소설적 성격을 뚜렷이 보여준다.

조선 후기 영웅소설은 적대세력과 직접 무력충돌하거나 일대일의 무력 대결에서 승리해 부귀공명을 누리는 것으로 나타난다. 〈김태백전〉에도 김태백이나 정충국, 조응천의 탁월한 군담 장면이 등장하고 있다. 주인공들은 간신 왕일청과 결탁해 중원을 침략한 적대세력을 매복과 화공의 병법을 효율적으로 구사하고 있다. 특히 가맹관과 사수관에서 영웅적 군담을 펼치는 내용은 『삼국지연의』에 등장하는 전쟁장면과 유사하다. 가맹관은 삼국시대 유비의 근거지일 뿐만 아니라 서촉으로 향하는 관문이다. 제갈공명은 조조군의 침공을 막기 위해 가맹관을 사수하면서 호로곡에서 화공전을 펼친다. 따라서 〈김태백전〉은 『삼국지연의』에 등장하는 가맹관과 가수관의 군담내용을 일부 수용한 것으로 보인다.

김태백은 (마)처럼 간신의 계략으로 위기에 처한 천자와 국가를 구할 뿐 아니라 간신의 죄상을 밝혀 처벌하는 영웅적 활동을 보여준다. 충신 김태백과 정충국, 조응천 등은 중원을 침략한 남만왕, 서역국, 안남왕 등의 군사를 물리치고 송나라를 방어하는 영웅적 군담을 보여준다. 간신의 역모로 발생한 전쟁에서 승리한 김태백은 송나라 천자의 위엄을 보여줄 뿐 주변국을 멸망시키지는 않는다. 중원을 차지한 송나라는 주변의 남만국, 안남국, 서역국 등에게 조공을 통한 책봉관계를 요구한다. 이러한 중원과 변방의 책봉관계는 동아시아의 오래된 평화유지 전략이다.

송나라의 간신 왕일청은 정치권력을 활용해 주변국과 내통해 중원을 차지하려는 역심을 품었다. 천자를 중심으로 하는 중원의 지배질서는 조공관계와 책봉관계를 통해서 주변국을 통제하고 있다. 책봉관계는 주변 국가의 힘이 강해지면 언제든지 역전되기 마련이다. 송나라의 천자는 중원을 침략한 남만국, 서역국, 안남국 등의 항복을 받지만 직접 다스리지 않고 제후로 임명하는 전략을 사용한다. 이렇게 〈김태백전〉에는 천자를 중심으로 하는 중원과 변방의 국가들이 조공과 책봉관계를 맺고 있음을 뚜렷이 보여준다.

필사본 〈김태백전〉에 등장하는 충신과 간신의 갈등은 왕권을 둘러싼 정치적 명분과 힘의 논리로 귀결된다. 충신과 간신의 갈등은 김치중과 정문익의 처사적 성격 덕분에 간신 왕일청의 계략이 승리하는 듯 보인다. 그러나 충신의 후예인 김태백과 정충국은 아버지 세대의 처사적 성격에서 벗어나 간신과 적극적 대결을 벌이는 영웅적 군담을 보여준다. 이러한 정치권력을 둘러싼 충신과 간신의 갈등은 아버지 세대보다 아들 세대가 적극적인 활약을 보인다는 점에서 조선 후기 영웅소설의 서사 전개와 일맥상통하고 있다.

이상에서 필사본 〈김태백전〉에는 충신과 간신의 정치적 갈등이 혼사장애 갈등과 연결되어 나타난다. 양가 부모에 의해서 결정된 김태백과 명주소저의 결혼은 간신 왕일청의 청혼과 맞물리면서 좀 더 복잡한 양상으로 전개된다. 충신의 집안이 몰락한 까닭은 간신의 청혼을 거절한 명주소저에 대한 복수에서 비롯되었다. 정치권력을 장악한 간신 왕일청은 충신 집안의 결혼을 가로막은 후에 자신의 아들과 결혼시키려고 했다. 따라서 〈김태백전〉은 충신과 간신의 갈등이 주인공의 혼사장애 갈등과 연결되는 구조적 특징을 수용한 것으로 보인다.

2) 효와 애정의 갈등

필사본 〈김태백전〉은 효와 애정의 갈등을 내포한 영웅소설의 구조적 특징을 보여준다. 영웅소설에 등장하는 충신의 아들 정충국과 간신 왕일청의 딸 옥패의 결연은 매우 흥미로운 대목이다. 왕일청은 자신의 아들 춘명을 결혼시키기 위해서 명주소저에게 청혼한다. 그런데 명주소저는 양가 부친에 의해서 김태백과 정혼했기 때문에 왕일청의 청혼을 거절할 수밖에 없었다. 이 때문에 간신 왕일청의 악행으로 김태백 집안은 몰락하고 가족은 이별하게 된다.

조선 후기 영웅소설에는 효와 애정의 갈등이 거의 등장하지 않는다.[22] 다만, 영웅소설 〈장경전〉에는 연애담의 비중이 매우 높게 나타나고 있다.[23] 그럼에도 〈김태백전〉에는 충신의 아들 정충국과 간신의 딸 옥패의 혼사장애 갈등이 등장하고 있어서 주목된다. 정치권력을 장악한 왕일청은 자신의 청혼을 거절한 명주소저를 납치해 딸의 방에 보낸

---

22 김일렬, 「조선조 소설에 나타난 효와 애정의 대립」, 『조선조소설의 구조와 의미』, 형설출판사, 1991, 175~325쪽. 〈숙영낭자전〉과 같이 애정소설에서는 효와 애정의 갈등이 등장하고 있다.

23 서인석, 「장경전」, 『한국고전소설작품론』, 집문당, 1990, 423~447쪽.

다. 그런데 왕일청의 악행을 예감한 정충국과 명주소저는 서로 옷을 바꿔 입었다. 사실 왕일청은 명주소저를 납치한 것이 아니라 여장한 정충국을 납치해 딸과 함께 지내도록 배려한 것이다.

명주소저를 납치해 자신의 며느리로 삼으려고 했던 왕일청의 의도와 달리 딸 옥패와 정충국은 서로 사랑하게 되었다. 그래서 옥패는 부친 몰래 정충국이 탈출할 수 있도록 도와준다. 간신 왕일청의 딸로 등장하는 옥패는 부친의 성품과 달리 충신을 도와주는 착한 인물로 등장한다. 옥패의 도움으로 탈출에 성공한 정충국은 영화산 자운선생에게 병법을 배워 남만왕의 침략을 방어하는 영웅적 군담을 보여준다. 충신의 아들로 등장하는 정충국은 위기에 처한 송나라의 황성을 탈환한 뒤에 옥패의 부덕을 감안해 간신 왕일청의 죄를 용서해준다.

> 왕일청은 비도를 날니여 수일귀를 버히고 일귀의 군수를 몰수히 함몰흔후 셩문을 열고 나와 위여왈 픽군지장 왕일청은 적장 수일귀를 버히고 나와 뎡도독 합하에 쳥죄ᄒ나이다 ᄒ거늘 뎡도독이 싱각왈 왕일청은 간수한 스람이라 젼일 나ᄒ고 수혐이 이스나 이난 듸의 텬수요 쏘흔 수혐으로 국가듸스를 겨우미 불가할 쭌안이라 졔가 지금 적장을 버히고 적진을 함몰흔후 죄를 쳥ᄒ니 쏘흔 쳐근공을 셰운지라 장공속죄도 ᄒ갓지만 그 쌀 옥픽의 부탁이 이스니 한번 용셔ᄒ여 그듸를 삷히리라 ᄒ고 즉시 나와 마져 가로되 장군의 픽함이 힘이 부죡ᄒ여 쏫호다가 수로잡힌비요 지금 쏘흔 공을 일우어스니 가히 장공속죄흘지라[24]

위의 인용문과 같이 간신 왕일청은 상황을 지켜보다가 적장을 베고

---

24 계명대본 〈김태백전〉, 141~142쪽.

성문을 열어 패군의 죄를 청한다. 정충국은 왕일청이 서역국과 내통해 황성을 차지하려는 역심을 품은 간사한 인물이라는 점을 알았다. 그럼에도 정충국은 왕일청의 딸 옥패의 부탁 때문에 그를 용서해준다. 만약 정충국이 왕일청의 죄를 처결했다면 나중에 조응천과 정충국의 위기상황은 발생하기 않았을 것이다. 따라서 정충국은 연인 옥패 때문에 간신 왕일청의 역모를 알고서도 처벌하지 않은 불충을 저지른 것이다.

 이 때문에 왕일청은 자신의 부친을 죽인 화평공주와 결탁해 조응천을 없애기로 계략을 꾸민다. 조응천과 옥패의 사혼령을 주선한 왕일청은 가짜 옥패로 하여금 조응천을 죽이기로 한다. 그런데 조응천이 가짜 옥패를 죽여 하옥되는 사건이 발생한 것이다. 외적을 진압한 뒤에 황성에 도착한 정충국은 왕일청에게 옥패와 언약한 사실을 털어 놓았다. 그러자 옥패는 부친과 정충국 사이에서 어떻게 처신해야 할지 갈등할 수밖에 없었다. 고민 끝에 옥패는 자결해 부친 왕일청을 구하기로 작심한다.

> 그소릭에 왈 천첩 옥픽난 당초붓텀 부친의 불의로 뎡소져를 취ㅎ여 닉의 오릭비를 주고져ㅎ다가 도리여 첩이 뎡공ㅈ와 빅년가약을 미즌후 뎡공ㅈ는 슝금것 소식이 업쓰온중 부친은 엇쩐 규수를 첩의 몸으로 딕신ㅎ여 됴도독과 갓치 혼인ㅎ여 됴도독을 히ㅎ려ㅎ시다가 도리여 됴도독흔딕 그 쳐ㅈ가 죽은 후 됴도독은 살인죄로 지금 옥에 갓치엿쓰온즉 첩이 뎡공ㅈ를 바라고 잇싸가 만일 발각이 되난 이상에는 부모가 멸망ㅎ난 변을 면치 못ㅎ터이온즉 불가불 뎡공ㅈ의 신을 져바리고 이물에 쌧져죽쓰오니 황텬은 구버삷히소셔[25]

위의 인용문과 같이 왕일청의 딸 옥패의 행동은 효와 애정의 갈등으로 볼 수 있다. 옥패는 부친 왕일청을 위하는 딸의 효성과 연인 정충국을 위하는 애정의 고민 속에서 결국 부친을 위한 효성을 선택한다. 간신 왕일청의 권력욕과 달리 옥패는 부친을 위해 목숨을 희생하는 유교적인 효성을 보여주고 있다. 따라서 〈김태백전〉은 부친과 연인 사이에서 갈등하는 옥패를 통해서 애정보다 효성을 강조하는 조선 후기 영웅소설의 유교윤리를 보여주고 있다.

이상에서 조선 후기 영웅소설에서는 간신의 딸이 충신의 아들과 신뢰와 사랑을 키워가는 장면은 매우 흥미롭다고 하겠다. 이러한 효와 애정의 갈등에서 간신의 딸 옥패가 왜 부모를 위한 효성을 선택했을까? 옥패는 역설적이게도 부친 왕일청을 위한 효성을 선택함으로써 정충국과 결혼할 수 있었다. 만약에 정충국을 살리기 위해서 애정을 선택했다면 부친의 입장이 매우 곤란했을 것이다. 왕일청의 딸 옥패는 효와 애정의 갈등 속에서 부친과 가족을 선택하는 유교윤리를 지향한다. 영웅소설의 구조에 새로운 효와 애정의 갈등을 수용한 〈김태백전〉은 유교윤리의 효성으로 모든 갈등을 해결하려는 사회의식을 보여주고 있다.

3) 여성영웅을 활용한 중원과 주변의 혼사장애 갈등

필사본 〈김태백전〉에는 다양한 혼사장애 갈등이 등장하고 있다. 예컨대 작품의 초반부에 등장하는 김태백과 명주소저의 혼사장애 갈등, 간신 왕일청의 횡포에 의한 명주소저의 혼사장애 갈등, 간신의 딸 옥패

---

25 계명대본 〈김태백전〉, 278~279쪽.

와 충신의 아들 정충국의 혼사장애 갈등, 칠보공주와 조응천의 혼사장애 갈등 등이 첨가되어 있다. 천상적 연분에 의한 김태백과 명주소저의 혼사장애 갈등은 조선 후기 영웅소설에 등장하는 내용과 비슷한 실정이다.

그런데 여성영웅 칠보공주와 남성영웅 조응천 혼사장애 갈등은 중원과 주변의 정치적 관계를 보여준다는 점에서 흥미로운 사건이다. 남성영웅에는 김태백, 정충국, 조응천 등이 등장한다면 여성영웅에는 칠보공주가 등장한다. 김태백과 정충국은 부모세대의 원수를 갚기 위하여 도사에게 병법을 배워서 활약하는 군담영웅적 모습을 뚜렷이 보여준다. 조응천은 부모세대와 관련이 없지만 정충국과 형제결의를 한 군담영웅으로 등장한다. 이러한 남성영웅은 국가적 위기를 극복하기 위한 군담영웅적 활약을 충실하게 보여주고 있다.

여성영웅은 단단국의 칠보공주이다. 칠보공주는 서역국 향도관 최인귀의 실수로 엉뚱하게 단단국을 침략한 조응천과 대결하는 여성영웅의 모습을 보여준다. 그런데 칠보공주는 전장에서 만난 조응천의 영웅적 모습에 반하여 결혼하기로 작심한다. 칠보공주는 주변의 시선을 의식하지도 않고 송나라 장군 조응천에게 청혼을 했지만 보기 좋게 거절당한다. 그럼에도 영웅적 인물 조응천에 대한 칠보공주의 애절한 사랑은 좀처럼 식지 않는다.

잇씩 됴도독이 진중에 이셔 최인귀의 사로잡히여 가는 것을 보고 딕경딕로ᄒ여 황금투고를 쓰고 엄신갑을 입고 비린도를 들고 쳥총마를 틱모라 쏘홈을 도도니 풍칙ᄂᆞᆫ 두목지갓고 위염은 텬신갓혼지라 칠보공주 다시 진젼에 나와 송장을 솗혀보니 인물이 남즁졀쇡이요 위염 당당ᄒ여

만고영웅이라 잠깐 보고 마음이 살란ᄒ여 싱각ᄒ되 늬 몸이 녀ᄌ되여 져런 남ᄌ를 한번 만나 빅셰를 질기미 당연ᄒ일이라 엇지 참아 져를 희홀이요 늬가 계교로 져를 쇠이여 늬의 듯을 일우리라[26]

소장은 남장이 아니라 곳 단단국왕의 쌀 칠보공주옵드니 지금 장군의 긔상을 보오니 참으로 영웅이라 늬가 희ᄒ지 안코 장군에게 ᄒ가지 부탁ᄒ올 말이 이스니 장군은 ᄉ양치 마시고 드를지여다 도독이 왈 무슴 말인고 공주디왈 장군이 외방ᄉ람이라 바리져반이ᄒ시고 쳡을 취ᄒ여 장군의 신쳡을 삼으시면 죽드릭도 장군의 건질을 밧쓸터이오니 허락ᄒ심을 간절이 바라나이다 ᄒ거늘 도독이 싱각ᄒ니 공주 아무리 절식이나 외방 오랑키에 자식일 ᄲᆫ 아니라 늬가 황명을 밧ᄌ와 젼장에 나왓다가 져를 취ᄒ면 국가에 큰 죄인이 될지라 엇지 져의 부탁을 용납ᄒ리요[27]

위의 인용문과 같이 조웅천은 향도관 최인귀의 실수로 단단국을 침략한다. 단단국에서는 칠보공주가 조웅천의 침략을 방어하고 있었다. 이러한 전장에서 조웅천의 영웅적 활약을 지켜본 칠보공주는 청혼을 하게 된다. 단단국의 여성영웅 칠보공주가 송나라 장수인 남성영웅 조웅천에게 청혼하는 장면은 매우 흥미롭다. 아무리 조웅천의 영웅성에 반했다고 해도 단단국의 영토를 침략한 장군에게 적극적인 사랑을 표현한 사례는 많지 않다. 남성영웅 조웅천과 여성영웅 칠보공주의 결혼은 중원과 주변국의 전쟁과정에서 발생한다는 점에서 이채롭다. 특히 단단국의 칠보공주는 청혼을 거절당해도 물러서지 않고 조웅천과 결혼에 성공하는 행동하는 여성상을 보여준다.

---

26 계명대본 〈김태백전〉, 149~150쪽.
27 계명대본 〈김태백전〉, 151~153쪽.

공주 흘일업셔 궁에 도라와 싱각ᄒ되 부왕이 종닉 닉의 뜻을 쫏지 아니ᄒ시니 닉 계교로 쎠 됴도독을 취할이라 ᄒ고 그날밤 삼경에 몸을 변복ᄒ여 신션의 모양을 ᄒ고 몸을 소스 뎐각깃헤 안져 단왕을 쳥ᄒ여왈 지금 송국도독 됴웅텬은 ᄒ날이 닉인 영웅이요 쏘흔 칠보공주와 인간연분이 이스니 딕왕은 명일 밧비 됴도독을 달닉여 부마를 삼으소셔 ᄒ고 문득 간딕업거늘 단왕이 놀나 ᄒᄂ말이 공주와 적장이 참으로 텬뎡연부이로다[28]

위와 같이 칠보공주는 조웅천과 결혼하기 위해서 부친을 속이는 계략을 꾸미기도 한다. 얼마나 조웅천과 결혼하고 싶었으면 칠보공주가 천정연분을 조작해 부친을 속이는 장면은 압권이라 하겠다. 비록 〈창선감의록〉에도 이와 유사한 내용이 등장하고 있지만 서사적 의미는 사뭇 다른 것으로 보인다. 〈김태백전〉의 칠보공주는 여성영웅의 성격을 뚜렷이 보여주고 있다. 칠보공주는 소극적인 명주소저와 달리 남성영웅에 못지않은 군담을 보여준다. 칠보공주는 조웅천이 위기에 처했을 때 군량을 조달해주었다. 칠보공주의 도움으로 조웅천은 서역국을 진압할 수 있었다. 이렇게 여성영웅 칠보공주는 명주소저, 옥패와 달리 다양한 활동을 전개한다.

잇흔날 단왕이 쏘쳥ᄒ여 간절이 권ᄒ거늘 도독이 왈 소장이 딕왕의 쳥구를 드를지라 도 세가지 약조를 한연후에야 쳥종ᄒ겟나이다 단왕이 왈 무삼조약인지 드러지이다 ᄒ디 도독이왈 첫지난 즁원을 녯날과 갓치 성길수요 둘지난 소장으로 ᄒ여금 셔여국을 쳐 황복바다 장공속죄ᄒ계

---

28 계명대본 〈김태백전〉, 154~155쪽.

홀 스요 셋지는 중국셔온 장졸노흐여금 틱평관과 장락관을 직히게흠이
올시다흔듸 단왕이왈 이 세가지 조약은 다 허흐되 공주와 셩례흔 후에
야 셔여국을 치게흐올터이니 엇더흐니잇가 도독이 말을 듯고 즉시 조약을
뎡흔후 허락흐니 단왕과 공주 듸희흐여 틱일 셩례흘식 길일을 당흐여
도독이 화복을 갓초고 공주궁에 일으려 젼안흐고 결혼식을 필흔후 날이
임시일모흐믹 도독이 시녀의 인도로 공주 침뎐에 나아가 피츠에 운우지
락을 일우니 그젼곤지졍을 일우 비흘씩 업드라[29]

    그런데 조응천은 위와 같이 단단국왕과 칠보공주의 간청에도 불구하
고 세 가지 조건을 수락하면 결혼하겠다고 약속한다. 첫째는 단단국이
중원의 송나라를 섬기는 것이다. 둘째는 중원의 송나라 군사와 함께 서
역국을 평정하는 것이다. 셋째는 태평관과 장락관을 중원의 군사가 지
키는 것이다. 칠보공주와 조응천의 결혼 조건으로 등장한 내용은 중원
을 중심으로 하는 조공과 책봉관계가 뚜렷이 드러난다. 서역국을 평정
하려고 군사를 대동한 조응천은 단단국왕에게 세 가지 조건을 약속 받
은 후에 칠보공주와 결혼한다. 칠보공주는 순수한 사랑과 결혼을 보여
준다면 조응천은 조건부 계약을 통해서 중원의 위상을 확보하고 있다.
이러한 여성영웅을 활용한 중원과 주변의 정치적 관계는 매우 민감한
문제로 등장한 것으로 보인다.
    이상에서 〈김태백전〉에는 여성영웅을 활용한 중원과 주변의 계약
결혼이 등장한다. 송나라 장군 조응천과 단단국 칠보공주의 결혼은 조
선 후기 영웅소설에서 찾아보기 어려운 흥미로운 사건이다. 특히 칠보

---

29 계명대본 〈김태백전〉, 158~160쪽.

공주와 조웅천의 혼사장애 갈등은 중원과 주변국의 정치적 관계를 뚜렷이 보여주고 있다. 여성영웅 칠보공주는 순순한 결혼을 원한다면 조웅천은 중원의 이익을 보장하는 조건부 결혼을 요구한다. 여성영웅의 활약을 통한 중원과 주변의 계약 결혼은 남녀 간의 인식 차이를 반영하고 있다. 따라서 〈김태백전〉은 중원과 주변의 혼사장애 갈등이 이익관계에 의해서 성립되는 사회상을 반영한 것으로 보인다.

5. 맺음말

필사본 〈김태백전〉은 계명대학교 동산도서관에 소장된 한글 필사본 유일본이다. 이 작품은 개성과 서울에서 활동했던 남성 지식인 김구장(金區長)에 의해서 창작된 것으로 추정된다. 작품의 창작시기는 고양군 숭인면이 개편된 1914년에서 개풍군이 형성된 1930년 사이로 추정된다. 작품이 오사란 종이에 필사되었을 뿐 아니라 '지나'와 '사해동포'라는 필사기록이 등장하는 것도 창작시기를 추정하는 데 도움이 된다.

필사본 〈김태백전〉은 중국 송나라를 시공간적 배경으로 수용하면서도 한국적 내용을 첨가하고 있다. 작품의 공간적 배경은 탁군 벽계촌과 소주 백운동에서 출발하여 절강, 산동성 제남, 남경 등으로 확대된다. 주인공이 영웅적 군담을 펼치는 가맹관, 태평관, 장락관, 사수관 등은 송나라와 주변국의 경계로 등장한다. 그리고 유교적 이상향적 공간으로 호남성 동정호가 나타난다. 따라서 작품의 배경은 상업이 발달한 중국의 남동쪽 도시를 무대로 설정하고 있다.

〈김태백전〉에는 중국소설 〈오호평남후전〉과 〈오호평서전전〉을 통합해 창작했다는 필사기록이 등장한다. 그래서 〈오호평남후전〉과 〈김태백전〉의 서두를 비교한 결과 연관성을 찾지 못했다. 오호(五虎)는 송나라의 명장 적청을 중심으로 5명의 군담영웅이 등장한다면 〈김태백전〉에는 김태백, 정충국, 조웅천 등과 같이 3명의 군담영웅이 등장한다. 이러한 내용은 아마도 중국소설과 연관시켜서 〈김태백전〉의 가치를 높이려는 작가의 의도로 보인다. 또한 작품에는 작가의 교육적 또는 효용적 소설관이 구체적으로 등장하고 있어서 주목된다.

필사본 〈김태백전〉은 조선 후기 영웅소설의 구조적 특징을 보여준다. 이 작품은 남성영웅의 군담이 확장되었을 뿐만 아니라 다양한 혼사장애 갈등담이 풍부하게 등장하고 있다. 〈김태백전〉은 〈조웅전〉처럼 주인공이 후천적 수련에 의해서 병법을 배운다. 그리고 〈황운전〉처럼 작품의 초반에 혼사장애 갈등담이 등장하고 있다. 이런 점에서 〈김태백전〉은 영웅적 인물의 군담대목과 다양한 혼사장애 갈등담이 풍부한 조선 후기 영웅소설의 후대적 변모를 보여주고 있다.

조선 후기 영웅소설의 구조적 특징을 내포한 〈김태백전〉은 충신과 간신의 정치적 갈등을 보여준다. 부모세대는 간신의 횡포를 피해 낙향한다면 아들세대는 간신과 적극적인 대결을 펼친다. 후천적으로 병법을 배운 김태백, 정충국, 조웅천 등의 충신은 『삼국지연의』에 등장하는 군담으로 주변국과 결탁해 역모를 꾸민 간신을 처벌한다. 그럼에도 주변국의 항복을 받은 뒤에 조공관계와 책봉관계를 맺는다. 따라서 충신과 간신의 정치적 군담은 권선징악의 윤리의식을 반영하고 있다.

〈김태백전〉에는 효와 애정의 갈등이 내포되어 있다. 충신의 아들과 간신의 딸의 혼사장애 갈등이 효와 애정의 갈등으로 등장한다. 부모와 연인 사이에서 고민하던 간신의 딸 옥패는 애정보다 부친을 위한 효성을 선택한다. 〈김태백전〉은 조선 후기 유교윤리의 효성으로 모든 갈등을 해결하고 있다. 이러한 충신의 아들 정충국과 간신의 딸 옥패의 혼사장애 갈등은 조선 후기 영웅소설에는 좀처럼 등장하지 않는다.

〈김태백전〉에는 여성영웅을 활용한 중원과 주변의 혼사장애 갈등이 등장한다. 단단국의 칠보공주는 자국의 영토를 침공한 조응천과 대결하는 여성영웅이다. 칠보공주는 남성영웅 조응천을 도와주어 서역국을 평정하는데 기여한다. 특히 조응천과 혼인하기 위해서 칠보공주는 천생연분이 아님에도 부친을 속이는 적극성을 보인다. 이러한 칠보공주의 결혼에 대해서 조응천은 조건부 결혼을 요구한다. 따라서 〈김태백전〉은 이익관계에 의해서 중원과 주변의 결혼이 성립되고 있는 사회상을 반영한 것으로 보인다.

이상에서 필사본 〈김태백전〉은 영웅소설의 구조에 전대의 유명한 고소설을 혼성모방하여 새롭게 창작되었다. 이 때문에 영웅소설을 토대로 하면서도 다양한 혼사장애 갈등담, 효와 애정의 갈등, 중원과 주변의 혼사장애 갈등 등과 같이 새로운 내용을 수용하고 있다. 따라서 〈김태백전〉은 근대전환기 영웅소설의 저변 확대와 상호 교섭을 통해서 창작되고 향유되었음을 보여준다.

출전: 「〈김태백전〉의 영웅소설적 성격과 의미」,
『고소설연구』, 30집, 한국고소설학회, 2010,
315~344쪽.

제2부
가정소설의 다양성과 역동적 생명력

Ⅳ

〈유최현전〉의 구조적 특징과
가정소설의 지평 확장

1. 머리말

새로운 작품을 발굴해 소개하거나 연구하는 작업은 생각보다 많은 부담을 가질 수밖에 없다. 이러한 부담을 최소화하는 손쉬운 방법은 작품을 정확하게 파악하는 것이다. 비록 새 작품이 아니더라도 텍스트를 충실하게 이해하는 작업은 아무리 강조해도 지나치지 않다. 여기서 다루게 될 〈유최현전〉[1]은 최근에 필자가 발굴한 작품이다. 〈유최현전〉은 계명대학교 도서관에 소장된 작자 미상의 국문 필사본 소설로, 아직까지 이본 목록에도 등록되지 않은 새로운 작품이다.[2]

그런데 〈유최현전〉의 제목과 서지사항을 고려해보면 유사한 작품이 없는 것은 아니다. 현재까지 알려진 〈유최현전〉의 이본은 10종인데 모

---

1 이 작품의 표제는 〈유최현전니라〉로 되어 있고 비교적 규칙적인 정자체로 필사되어 있다. 작품의 분량은 총 58면으로 구성되어 있고, 한 면에 12줄, 한 줄에 26자 내외로 필사되어 있다.

2 조희웅, 『고전소설 이본목록』, 집문당, 1999. 이 책에서도 〈유최현전〉에 대한 기록은 없고 다만 계명대학교 소장본 〈유최연전〉에 대한 기록만 등장한다.

두 국문 필사본으로만 존재하고 있다. 여기에 〈유최현전〉과 내용이 유사한 〈정을선전〉까지 포함하면 작품 수는 백여 종에 이른다. 물론 아직까지 두 작품에 대한 논란의 여지가 있으나, 대체로 〈정을선전〉에서 〈유최현전〉이 파생된 것으로 보고 있다.[3] 그렇다면 〈유최현전〉이 언제, 무슨 이유로 〈정을선전〉에서 파생되어 독자적인 제목을 가지며 유통되었는지 밝혀야 한다. 이러한 작업은 이본 관계에서 본격적으로 거론할 것이다.

〈유최현전〉은 주인공 유최현이 계모에게 박해를 받아 자결한 뒤에 재생하고 다시 후처의 모함을 받는 것으로 보아 여성의 고난이 확대되어 있다. 이러한 여성 수난이 강화된 작품은 전·후반부에 각각 계모형, 쟁총형 갈등구조를 내포하고 있는 것으로 보아 후기 가정소설의 성격을 보여준다. 〈유최현전〉은 기존 가정소설의 두 유형을 하나의 갈등구조로 통합하는 과정에서 구조의 변모와 서사단락의 첨삭이 발생하고 있다. 따라서 〈유최현전〉은 계모형과 쟁총형 가정소설의 유형구조를 수용하여 새로운 의미를 재창출하려고 모색했다는 점에서 주목받을 만하다.

그럼에도 불구하고 〈유최현전〉은 별다른 주목을 받지 못하였다. 다만 조선 후기 가정소설을 논의하면서 〈정을선전〉[4]에 대한 언급만 있을

---

3 임성래, 「〈유치현전〉고」, 『연세어문학』 제17집, 연세대학교 국어국문학과, 1984, 52~55쪽.

4 가정소설을 설명하는 과정에서 〈정을선전〉에 대한 다수의 연구가 진행되었다. 우쾌제, 「조선시대 가정소설의 형성요인 연구」, 고려대학교 박사학위논문, 1989; 박태상, 「조선조 가정소설 연구」, 연세대학교 박사학위논문, 1988; 김재용, 『계모형 고소설의 시학』, 집문당, 1996; 이원수, 「가정소설 작품세계의 시대적 변모」, 경북대학교 박사학위논문, 1991; 이승복, 「처첩갈등을 통해서 본 가정소설과 가문소설의 관련양상」,

뿐 〈유최현전〉에 대한 논의는 미흡한 실정이다.[5] 작품에 대한 관심이
부족한 이유는 무엇일까? 그것은 필사본으로 유통되어 작품의 발굴이
쉽지 않은 점과 활자본으로 출간되지 못한 점에서 그 까닭을 찾을 수
있다. 이본 관계에 있는 〈정을선전〉이 가정소설을 논의하는 과정에 포
함된 것도 활자본으로 간행되어 작품 발굴이 손쉬웠기 때문으로 보인
다. 이렇게 새로운 작품을 발굴하여 소개하는 작업은 가정소설의 저변
확대를 위해서 꼭 필요하다.

　이 글의 목적은 〈유최현전〉의 구조적 특징과 가정소설의 지평 확장
에 대해서 살펴보는 데 있다. 이러한 목적을 달성하기 위해서 〈유최현
전〉과 〈정을선전〉의 이본을 비교하는 것이 선행되어야 한다. 그리고
〈유최현전〉의 유형구조를 계모형, 쟁총형, 여성의 수난이 확장된 구조
로 구분하여 구조적 통합과 작품의 변모를 밝힐 것이다. 이러한 작품의
구조적 특성을 통해서 가정소설의 지평을 확장해나가는 소설사적 의미
까지도 밝힐 수 있기를 기대한다.

2. 작품의 내용과 서지사항

1) 작품의 줄거리

　　ⓐ송나라 죽림촌에 재상 유현춘은 나라의 녹을 받는 신하였으나 자

　서울대학교 박사학위논문, 1995; 이성권, 「가정소설의 역사적 변모와 그 의미」, 고려
　대학교 박사학위논문, 1998.

5　임성래, 앞의 논문, 45~67쪽. 여기서 〈유치현전〉에 대한 전반적인 고찰을 시도하고
　있다.

녀가 없어 근심한다. 부인 최씨는 천상 선녀가 아기를 주는 꿈을 꾸고 딸 최현을 낳는다. ⓑ병이 든 최씨는 딸의 앞날을 예측한 뒤에 남편에게 재혼해 후사를 정하고, 딸을 도와달라고 당부한 뒤 세상을 떠난다. ⓒ유 승상은 정씨 부인과 재혼하여 아들 경의와 딸 경선을 낳았다. ⓓ이때 이 승상이 유 승상의 딸 최현에게 청혼한다. ⓔ이 때문에 계모는 최현을 제거하기 위해서 비상밥과 비상소주 및 노비 돌춘을 매수하여 살해했으나, 오히려 제 자식만 죽이게 된다. ⓕ이 이승상의 아들 이적은 과거에 급제해 최현과 혼례를 올렸으나, 첫날밤에 계모의 지시를 받은 돌춘의 협박으로 떠난다. ⓖ그래서 간부의 억울한 누명을 쓰고 자결한 최현의 혼령이 계모와 돌춘을 죽인다. 그때 승상도 죽어 안장했으나, 유최현의 혼령이 동네에 떠돈다. ⓗ한편 장승상 집에 머물던 이 한림은 청주어사를 제수 받아 불안한 민심을 진정시키기 위해 떠난다. 패망한 죽림촌에서 자신의 과오를 뉘우친 어사는 최현을 만나러 간다. ⓘ그런데 최현은 천자가 그녀의 정열을 칭찬하며 관리를 보내 원정을 풀어준 뒤에 어사를 만난다. ⓙ어사는 정성을 다해 아내를 환생시키고, 천자는 어사의 장계를 보고 유최현과 장씨에게 충열부인과 정열부인을 봉한다. ⓚ시어머니가 아들 먼저 낳은 며느리에게 선영 봉제사를 맡기겠다고 선언하자, 정열부인은 임신한 충열부인을 해친다. ⓛ마침 서변의 침공으로 대원수가 된 이적은 군담을 통해서 도적을 진압한다. ⓜ한편 정열부인은 시비 금선을 매수해 속양의 대가로 충열부인에게 간음죄 누명을 씌운다. 시어머니는 충열부인을 궁문하고 옥에 가둔다. ⓝ시비 금연은 충열부인의 편지를 오빠에게 전해주고, 초매와 함께 은신처를 만든 뒤에 충열부인 대신 자결한다. ⓞ충열부인은 은신처에서 출산한 뒤에 사경을 헤맨다. ⓟ승전한 이 원수는 고향으로 돌아가 부인과 아들을 구한 뒤에 금선과 정열부인을 죽인다. ⓠ천자께 편지하여 시비 금연과 초매를 위해 충노비를 세운다. ⓡ한편 시어머니는 자신의 과오를 생각해 식음을 전폐한다. 충열부인이 시어머니를 위로하여 행복하게 지낸다. ⓢ이 승상은 소년 당상하고 천자는 승상을 지모충열지신이라 칭찬하며 벼슬을 내린다. ⓣ 유최현의 모친은 선녀가 되어 딸의 영낙과 수복이 무궁함을 당부하고 친정의 백골과 선산 수호를 딸에게 부탁하며 친정부를 넘겨준다. ⓤ 승상 부부는 천상의 신선과 선녀같이 부귀영화를 누린다.[6]

이상에서 〈유최현전〉의 줄거리는 후기 가정소설의 유형에 속한다. 일반적인 고전소설과 마찬가지로 작품의 구조도 전·후반부로 뚜렷이 구분된다. 전반부는 ⓐ-ⓙ까지로 계모형 가정소설의 구조를 보여준다면, 후반부는 ⓚ-ⓤ까지로 쟁총형 가정소설의 구조를 보여준다. 이 때문에 작품의 구조적 통일성을 약화시키는 단점으로 지적될 수도 있다.[7] 그럼에도 불구하고 이 작품은 계모형과 쟁총형의 내용을 통합하여 하나의 유기적인 구조로 완결시켰다는 점에서 주목받을 만하다. 작품의 구조는 부분과 전체가 하나의 완결된 유기체라고 할 때 〈유최현전〉은 기존 가정소설의 구조와는 분명 다른 특성을 가지고 있다.

2) 이본관계 및 서지사항

위에서 제시한 〈유최현전〉의 줄거리는 전반적으로 〈정을선전〉의 내용과 유사하다. 두 작품은 동일한 구조를 내포한 이본관계로 볼 수 있다. 이들 작품은 구조적 공통점에도 불구하고 서사 단락의 차이점도 존재한다. 동일한 갈등구조 속에서 세부 단락의 차이를 어떻게 해석하는가에 따라 작가의식과 주제까지도 달라질 수 있다. 따라서 〈유최현전〉

---

6 본고에서는 계명대본 〈유최현전〉을 중심으로 논의를 진행할 것이다.
7 이원수, 「가정소설의 전개양상」, 『고소설사의 제문제』, 집문당, 1993, 325~326쪽.

의 구체적인 의미를 밝히기 위해서는 구조적 공통점과 세부 단락의 차이점에 주목해야 한다.

지금까지 알려진 〈유최현전〉의 이본은 필사 과정에서 주인공의 이름이 조금씩 다르게 정착되었을 뿐 전반적인 내용은 유사한 것으로 보인다. 이 작품은 '유최현', '유최연', '유치현', '취연', '유소저' 등과 같이 여성 주인공의 이름이나 호칭을 제목으로 삼고 있다. 고소설의 대부분이 주인공의 이름을 표제로 삼은 것과 동일하다. 그런데 남성 주인공의 이름을 표제로 사용한 〈정을선전〉이 절대 다수를 차지하여 이본 관계는 더욱 복잡해진다. 물론 표제로 삼고 있는 〈정을선전〉 중에도 여성 주인공을 중심으로 전개되는 작품이 있고, 〈정을선유치전〉과 같이 남녀 주인공의 이름을 동시에 표제로 내세운 것도 있다. 따라서 〈유최현전〉, 〈취연전〉, 〈정을선전〉, 〈정을선유치전〉 등은 남녀 주인공의 이름을 표제로 삼은 동일 작품의 이본으로 볼 수 있다.

여기서는 〈유최현전〉과 〈정을선전〉을 비교하여 이본의 성격을 밝히고자 한다. 두 작품의 공통점보다 세부 단락의 차이점에 주목하여 이본의 거리를 규명할 것이다. 현재까지 알려진 10종[8]의 이본 가운데 계명대본 〈유최현전〉이 가장 충실한 내용을 담고 있는 작품이라 생각된다. 이 작품은 서사단락이 다소 첨삭되거나 확장되어 있음에도 불구하고 비교적 선본(善本)에 가깝다고 할 수 있다.[9]

---

8 이수봉 소장본 〈유체연전〉, 〈劉翠賢傳〉은 필자가 구해보지 못했다.
9 〈유최현전〉은 전반적인 서사 구조를 구비하고 있으면서도 세부 단락에 약간의 첨삭이 등장하고 있다. 그리고 비교적 잘 쓰인 필체로 오탈자가 적은 편이다.

①〈유최현전〉(계명대학교 소장본), 경신년 정월이십오일종
②〈유최연전〉[10](계명대학교 소장본), 합천군 박곡 이군범, 책주 유술양
③〈유치현전〉[11](나손본 40권), 정축연 시월초납일
④〈취연전〉[12](나손본 필사본고소설자료총서 74권), 긔유윤이월염육일
⑤〈취연전〉[13](연세대학교 소장본), 기유윤이월염육일
⑥〈유치현전〉(연세대학교 소장본), 신해 시월구일
⑦〈정을선유치전〉[14](정명기 소장본), 신사 이월초삼일
⑧〈유소저전〉[15](하버드대 소장본), 무오년 이월
⑨〈정을선전〉[16](계명대학교 소장본), 계모츙춘염칠일, 순창사인
⑩〈정을선전〉[17](계명대학교 소장본), 계축 십이월구일, 책주 모학율
⑪〈증을선전〉[18](하버드대 소장본)
⑫〈정을선전〉(활자본 고전소설전집 10권)

먼저 작품의 서두에 등장하는 주인공과 제목의 연관성을 살펴보기로
한다. 〈유최현전〉은 서두에 여성 주인공이 먼저 등장하는데 반하여,[19]

---

10 〈유최연전〉은 64쪽으로 되어 있으며 한 면에 10줄, 한 줄에 22자 내외로 필사되어
　　있다.
11 이 작품은 총 46쪽이고 앞부분과 중간에 낙장되어 있다.
12 이 작품은 총 111쪽인데 한 면에 9줄, 한 줄에 23자 내외로 필사되어 있다.
13 이 작품은 총 58쪽이고 한 면에 9행, 한 줄 20자 내외로 필사되어 있다.
14 이 작품은 총 54쪽이고 한 면이 12행, 한 줄에 20자 내외로 필사되어 있다.
15 한국정신문화연구원, 『고전소설의 기초 연구』, 태학사, 2001, 429~430쪽. 이 작품은
　　총 71쪽으로, 한 면에 8줄, 한 줄에 15자 내외로 필사되어 있다.
16 이 작품은 총 66쪽이고 한 면에 15줄, 한 줄에 21자 내외로 필사되어 있다.
17 이 작품은 총 61쪽으로, 한 면에 11줄, 한 줄에 21자 내외로 필사되어 있으며 내지에
　　는 "임자 십일월 이십오일"이란 기록이 있다.
18 한국정신문화연구원, 앞의 책, 429~430쪽. 이 작품은 상하권이 각각 32장, 72장으로
　　구성되어 있다.

〈정을선전〉은 남성 주인공이 작품에 먼저 등장한다.[20] 전자는 여성 주인공이 태몽과 함께 천상 징표를 가지고 출생하고, 후자는 남성 주인공이 태몽과 함께 천상 징표를 가지고 출생한다.

　　(가) 송나라 시절의 영종듸왕 즉위 십삼연니라 청주 쥭남춘의 한 지상이 잇시되 셩은 유요 명은 현춘니요 즈난 셩종이라 셰듸로 국녹졔신으로 벼살이 일품이라 … 흔 부인니 청학을 타고 나려와 최부인 졋틔 안즈 가오듸 옥황상졔 션여옵든니 드려니 부인니 남녀간 즈숙이 업셔 쥬야 흔탄ㅎ민 악이을 다려왓난이다 품으로 악이을 늬여 부인을 쥬면왈 이 악이난 천상 북두츌셩의 말지 쌀이옵드니 상졔계 득죄ㅎ고 인간의 늬쳐시민 다려왓시니 이 악이을 탄싱ㅎ겨든 일홈을 최현니라[21]

　　(나) 대명 가뎡년간에 해동 죠션국 경상좌도 계림부 자산촌에 일위 재상이 잇스되 셩은 정이요 일홈은 진희라 잠령거쥭으로 소년등과 하야 벼살이 상국에 이르러 명망이 죠야에 진동하더니 시세변천함을 인하야 법강이 해이하고 정령이 물란하야 군자의 당은 자년 물너가고 쇼인의 당이 뎜뎜나아옴으로 풍진환로에 쯧시업는지라 … 다만 슬하에 일졈혈륙이 읍기로 매양슬퍼하더니 … 비몽사몽간에 하날노셔 홍의동자 날녀와 부인 압헤 숧어재배왈 쇼자은 남해 용자옵더니 상졔씌 득죄하와 진세에 내치시니 갈바를 아지 못하야 … 혼미즁 일개 옥동을 나흐니 …을션이라[22]

---

19 여기에는 ①-⑦, ⑨의 이본이 해당된다.
20 여기에 해당하는 이본은 ⑧, ⑩-⑫, 김광순본 〈정을선전〉 18권(441~540쪽)과 50권 (513~594쪽), 조동일본 〈정을선전〉 10권(235~366쪽), 영남대본 〈정을선전〉, 박순호 본 〈정을선전〉 88권(243~340쪽) 등이다.
21 계명대본 〈유최현전〉, 1~2쪽.
22 활자본 〈정을선전〉, 3~5쪽.

위와 같이 두 작품의 제목은 태몽과 기자치성을 통해서 먼저 출생하는 주인공의 이름과 일치한다. 초반부에 등장하는 주인공의 이름을 작품의 제목으로 정한 것으로 보인다. 특이한 점은 작품의 제목으로 선정된 인물에게만 천상징표와 기자치성이 드러난다는 점이다. 그런데 ⑨ 계명대본 〈정을선전〉은 제목과 다르게 여성 주인공이 먼저 등장하고 있어서 주목된다.[23] 이렇게 작품 초반부에 주인공이 태몽과 천상징표를 가지고 출생하는 대목은 제목을 뒷받침할 뿐 아니라 사건 전개의 핵심을 담당한다. 따라서 작품의 초반부에 등장하는 남녀 주인공의 태몽과 천상징표는 표제 설정과 이본 계통의 변모에 주요한 실마리를 제공해 준다.

여성 주인공이 부친 산소에 분향하고 제사를 지내는 장면도 상당한 차이가 있다. 여성 주인공이 아들과 함께 친정 부친의 산소를 돌보고 제사를 지내는 대목이 첨가된 작품과[24] 생략된 작품으로 구별된다.[25] 그런데 〈유최현전〉의 여성 주인공은 모친의 뜻을 받들어 친정의 대소사를 직접 챙기는 '친정부'를 받는 대목을 통해서 선영 봉제사를 암시하고 있다. 선영 봉제사 대목은 작품의 성격을 규정하는 중요한 사건이

---

23 계명대본 〈정을선전〉, 1~2쪽. 각설 송문제 즉위시의 익군 쌍의 한사람이 잇시되 성은 유요 명언 한경이라 … 나이 반빅이 되도록 실하의 일점 혈육이 업서 쥬야 … 미양 실퍼ᄒ더니 …. 비몽간의 엇더한 선여들어와 부인젓틱 안지며 게화일지을 쥬어왈 나난 월궁선여옵던이 황하의 명을 바다 이고딕와 게화을 부인전의 젼ᄒ온니 부딕 잘간 슈하옵소서 ᄒ고 간딕업거날 … 그달보틈 틱기잇서 십식만의 용여을 탄싱하니 인물이 비범ᄒ고 덕힝이 잇난고로 사랑ᄒ여 일홈을 취연이라. 이러한 현상은 영남대 소장본 〈정을선전〉과 박순호본 〈정을선전〉 89권에서도 나타난다.

24 여기에는 이본 ④, ⑥, ⑦, ⑨, ⑪, ⑫ 등이 속한다.

25 여기에는 ② 계명대본 〈유최연전〉, 김광순본 〈정을선전〉 50권, 조동일본 〈정을선전〉 10권, 박순호본 〈정을선전〉 88권 등이 속한다.

기 때문에 필사과정에서 생략되었다고 보기 어렵다. 이 대목의 첨삭 여부에 따라서 작품의 주제의식까지 변할 수 있는 만큼 주목할 필요가 있다.

〈유최현전〉의 계모가 전처 딸을 모해하는 원인을 살펴보면 다음과 같다. ④ 나손본 〈취연전〉과 영남대본 〈정을선전〉은 유승상과 딸이 사망한 전실 부인을 생각하여 계모가 그 서러움 때문에 딸을 모해한다. 이렇게 남편과 자녀가 전처를 생각하는 데 불만을 품고 계모가 전처의 딸을 모해하는 경우는 〈장화홍련전〉에 잘 드러난다. 그런데 〈유최현전〉에는 계모가 자기 딸의 인물됨이 부족해서 전처의 딸을 모해한다. 여기에 해당하는 이본은 ①, ②, ⑨, ⑪, ⑫, 박순호본 〈정을선전〉 등이다. 따라서 〈유최현전〉의 갈등은 대부분 청혼과 연관된 배다른 어머니가 낳은 딸의 인물됨에 대한 대립 때문에 발생하고 있다.

이상에서 〈유최현전〉과 〈정을선전〉은 동일 작품의 이본관계에 놓여 있지만, 세부 단락에서는 차이를 보이고 있다. 두 작품은 표제와 남녀 주인공의 등장 순서, 태몽을 포함한 기자치성과 천상징표, 친정의 선영 관리와 제사, 계모형 갈등의 원인 등에서 서사단락의 첨삭이 나타난다. 이러한 차이점은 작품의 필사과정에서 첨삭되거나 변모되었을 것으로 짐작된다. 그중에서도 친정의 선영 관리와 제사 대목은 쉽게 첨삭될 수 있는 대목이 아니기 때문에 주목해야 한다. 따라서 〈유최현전〉은 〈정을선전〉보다 친정에 대한 관심을 뚜렷이 보여주고 있어서 여성의 인식 변화를 보여준다.

두 작품의 이본을 종합해 볼 때 〈정을선전〉이 선행했을 것으로 생각된다. 다수의 이본이 남아있는 것으로 보아 〈정을선전〉이 인기를 끌다가, 어느 시점에서 〈유최현전〉이 파생된 것으로 보인다.[26] 이러한 현상은 주인공이 남성에서 여성으로 바뀌었던 조선 후기 사회사의 변천 과정과 동일한 궤적을 보여준다. 이에 반해 〈유최현전〉이 선행했을 가능성은 여러 가지 면에서 설명하기가 어렵다. 다만 〈유최현전〉은 여성 주인공이 겪어야만 했던 고난을 반복함으로써 조선 후기 여성의 수난을 확장하여 보여준다. 이런 점에서 〈유최현전〉은 여성 주인공을 표제로 내세워 당대의 독자층에게 여성 수난의 고통을 반복함으로써 권선징악을 뚜렷이 부각하는 한편 여성의 역할을 확대하고 있다.

그렇다면 〈유최현전〉은 언제 창작되고 어떻게 필사되었을까? 고전소설의 대부분이 그렇듯이 작가가 알려지지 않은 필사본의 창작 시기를 밝히는 것은 매우 어렵다. 그러나 필사본 소설의 말미에 기록된 필사기를 통해서 대체적인 필사시기는 확인할 수 있다. 〈유최현전〉의 이본에 등장하는 필사시기는 ①(1860년, 1920년), ③(1877년, 1937년), ④(1849년, 1909년), ⑥(1851년, 1911년), ⑦(1881년, 1941년), ⑧(1858년, 1918년) 등이다. 필사시기가 60년의 편차를 보이고 있어서 어느 시기에 필사되었는지 판단하기 쉽지 않다. 그런데 〈정을선전〉의 ⑨(1843년, 1903년)와 ⑩(1853년, 1913년)의 필사시기와 비교해보면 〈유최현전〉이 후대에 필사된 것으로 보인다. 이런 점에서 〈유최현전〉은 〈정을선전〉보다 후대 작품으로 생각된다.

〈유최현전〉의 내용을 종합해 볼 때 필사시기는 1900년일 가능성이 크다. 왜냐하면 이 작품이 후기 가정소설의 성격을 내포하고 있기 때문

---

26 임성래, 앞의 논문, 45~67쪽.

이다. 물론 이것은 어디까지나 기존의 가정소설 연구를 바탕으로 한 추정에 불과하다. 가정소설은 17세기 후반부터 창작되어 18·19세기를 거치면서 20세기까지 왕성한 인기를 얻었던 갈래이다. 이런 점에 비추어볼 때 1850년일 가능성도 완전히 배제할 수는 없다. 다만, 그 시대에 계모형과 쟁총형 가정소설을 일관된 갈등구조 속에 통합하려고 했을까 의문스럽다. 따라서 〈유최현전〉의 필사시기는 대체로 1900년을 전후하여 필사되고 유통된 것으로 짐작된다.

3. 작품의 구조적 특징

1) 계모형 구조

〈유최현전〉의 전반부에 내포된 계모형 구조는 전처의 딸과 후처 간에 벌어지는 갈등을 문제 삼고 있다. 작품의 서두에서 유 승상 부부는 슬하에 혈육이 없어서 근심하다가 태몽을 꾸고 유최현을 낳는다. 그런데 부인 최씨는 딸을 낳은 뒤에 남편에게 후사를 위해서 재취하라고 당부하고 세상을 떠난다. 후처로 들어온 계모 정씨는 슬하에 자녀를 두었음에도 불구하고 전처 딸을 모해한다. 이러한 전처의 딸과 후처 간에 벌어지는 계모형 가정소설의 대표작은 〈장화홍련전〉이다.

〈유최현전〉의 전반부 갈등구조는 〈장화홍련전〉의 구조와 유사하다. 다만 〈장화홍련전〉은 초기 가정소설로 단일한 갈등구조를 내포하고 있다면,[27] 〈유최현전〉은 복잡한 갈등구조를 내포한 후기 가정소설이다. 또한 〈장화홍련전〉은 철산 지역의 송사 사건을 바탕으로 창작된 작품인데 반하여 〈유최현전〉은 구체적인 역사적 사건이 존재하지 않는다. 이러한 작품의 형성 배경과 서사 단락의 편폭이 다름에도 불구하고 전반적인 갈등구조는 유사하다.

> (가) 주인공 유최현의 출생과 생모의 죽음
> (나) 계모 정씨의 영입과 자녀 출산
> (다) 계모가 유최현을 학대하고 모해함
> (라) 유최현의 결혼과 죽음
> (마) 남편의 도움과 최현의 환생

위에서 보는 바와 같이 〈유최현전〉의 전반부는 〈장화홍련전〉과 유사하다. 아래에 제시한 〈장화홍련전〉[28]의 서사구조 ①-⑦과 〈유최현전〉의 서사구조 (가)-(마)는 거의 일치한다. 다만 〈장황홍련전〉이 완결된 작품인데 반하여, 〈유최현전〉은 작품의 전반부에 해당하는 차이점이 있다. 그럼에도 불구하고 〈유최현전〉의 전반부는 〈장화홍련전〉의 영향을 받았을 것으로 짐작된다.

그런데 한 가지 궁금한 내용은 계모가 전처 딸 최현을 학대하는 이유가 뚜렷이 드러나지 않는다는 점이다. 계모는 슬하에 1남 1녀를 낳았음에도 불구하고 전처의 딸을 모해하는 실제적인 이유는 무엇일까. 전처

---

27 김재용, 앞의 책, 113~117쪽.
28 이원수,『고전소설의 작품세계의 실상』, 경남대학교 출판부, 1996, 394쪽. ① 주인공 (전처자식)이 어릴 때 생모가 세상을 떠나다. ② 계모가 들어오다. ③ 계모가 주인공을 학대하고 모해하다. ④ 주인공이 집에서 추출되다(죽임을 당하다). ⑤ 계모의 모해가 폭로되고 주인공의 억울함이 밝혀지다. ⑥ 계모가 처벌되다. ⑦ 주인공이 다시 환생하여 화목한 가정생활을 누리다.

의 딸보다 후처의 아들이 더 중요한 게 조선 후기 사회의 일반적인 현상임을 감안하면 의문을 제기할 수밖에 없다. 이렇게 보면 〈유최현전〉의 계모는 〈장황홍련전〉의 재산 상속이나 가계 계승과는 관련이 없는 것으로 보인다.

계모가 전처의 딸을 학대하는 구체적인 사건은 ⓓ와 같이 청혼담에서 찾을 수 있다. 이 승상이 유최현에게 청혼했음에도 불구하고 계모는 제 딸을 먼저 보여준다. 이러한 계모의 행동 속에는 자기 딸이 행복하게 살기를 바라는 의식이 포함되어 있다. 그런데 계모는 자기 딸이 청혼을 받지 못한 것에 대한 앙심을 품고 ⓔ, ⓕ처럼 유최현을 모해하기 시작한다. 왜냐하면 자기 딸이 청혼을 받지 못한 것은 계모의 존재 의의와 연결되기 때문이다. 동일한 아버지와 배다른 어머니의 자녀가 청혼 경쟁을 하는 것은 어머니의 품성을 결정하는 대리전이나 마찬가지이다. 청혼의 실패는 지금까지 쌓아온 어머니의 자격과 품성이 한 순간에 무너지는 결과를 초래한다.

문제는 계모의 딸이 청혼을 받지 못한 이유를 유최현 때문으로 본다는 점이다. 만약 최현이 없었다면 당연히 자기 딸이 배필이 되었을 것이라는 생각에서 모해가 시작된다. 적어도 계모는 전처의 딸을 비교적 잘 돌보았는데, 청혼을 계기로 갈등의 골이 깊어져 적극적으로 모해하기 시작한다. 계모가 비상을 넣은 밥을 만들어 죽이려는 계획은 바람이 불어 밥에 먼지가 들어가 실패한다. 이러한 단락은 모든 작품에 공통적으로 등장한다. 여기서 멈추지 않고 계모는 비상을 넣은 소주와 노비를 시켜 전처의 딸을 살인하는 적극성을 띠게 된다.

(가) 또 비상소쥬을 쑤와 남 모리기 장방안의 숨계놋코 늬일밤의 죽
이리라 ᄒ고 이날 정부인니 일가 틱의 제사가고 읍드니 잇쩌 경션니 셔
당의 갓다가 즙의 도라와 방안의 드려와 보다가 장방문을 열고 소쥬병
을 늬여 쥬일호 일빅을 먹고 즉시 죽난지라 잇쩌 부인니 즙의 도라와 방
문을 열고 보니 경션니 장방문을 열고 소쥬병 늬여 졋틔놋고 죽은난지
라 급피 드려가 소쥬병을 감초 경션니 죽언다 ᄒ고 우난지라[29]

(나) 오날밤의 칼노 목을 질너 최현을 쥑이리라 ᄒ고 독함을 이기지
못ᄒ드라 … 이날밤의 정부인니 칼을 품의 품고 노복 돌춘을 불너 전 빅
양을 쥬고 이로딕 … 칼을 들고 소지 방의 드려가 경의을 질너 죽이쑤나
… 어미 쥐로 죽겨구나 돌춘이 신치을 뭇겨지고 남경수의 엿코 도라오니
… 부인니 나와 소졔 ᄌ난 별당문을 열고 보니 경의난 업고 최현만 잇난
지라 천지 망극ᄒ야 아모리할쥬을 모로더라 승상과 노복이 다 알계로
간부을 다라 도망ᄒ엿다 ᄒ드라[30]

계모의 적극성이 오히려 자기 자녀만 희생시키는 엉뚱한 결과로 마
무리된다. 유씨의 후사를 계승할 아들의 죽음은 계모의 위치와 존재 여
부를 완전히 상실하는 것과 다름없다. 계모가 유씨 집안에서 일정한 위
치를 확보할 수 있었던 까닭은 아들을 낳았기 때문이다. 자신의 정체성
이 상실된 계모는 자기 딸이 간부를 따라 갔다고 변명을 하기도 한다.
이러한 (가), (나)의 단락이 〈유최현전〉에 첨가된 것으로 보아 계모의
악행에 대한 경계를 뚜렷이 보여준다. 전처 딸을 모해하다가 엉뚱하게
제 자녀만 죽이게 된 계모는 더욱 흉악한 인물로 변모한다.

29 계명대본 〈유최현전〉, 6~7쪽.
30 계명대본 〈유최현전〉, 8~9쪽.

지금까지 계모의 모해는 유최현의 제거에 있었다면, 이제부터는 유씨 가정의 패망으로 확대된다. 전처 딸의 사망은 개인적인 영역에 속하는데 반하여, 유씨 가정의 패망은 집단의 영역에 속한다. 계모는 유최현 제거에 실패하여 자신의 존재 의의까지 위협받는 상태에서 유씨 가정을 패망시킬 수 있는 흉계를 꾸민다. 그래서 선택한 흉계는 바로 유최현의 결혼식에서 음부임을 폭로하는 것이다. 이것은 유최현의 죽음으로도 해결하지 못하고 유씨 가문까지 패망시킬 수 있는 전형적인 방법이다. 이런 점에서 조선 후기 여성의 정절은 그만큼 중요하다는 것을 뚜렷이 보여준다.

한편 과거에 급제한 이적은 유최현과 결혼했으나, 계모는 ⓕ와 같이 돌춘을 시켜 유최현이 간부임을 폭로한다. 첫날밤에 신랑이 도망간 사건에 대하여 유 승상은 딸에게 화를 내며 책임을 추궁한다. 유 승상은 딸에게 무슨 사연이 있음을 알았지만, 별다른 대책을 세우지 않는다. 아버지는 딸의 억울한 심정을 왜 밝히지 않았을까. 첫날밤에 신랑이 도망친 사건의 책임을 모두 딸에게 돌리는 이유는 무엇인가. 이것은 가부장제 사회에서 여성이 감당해야 하는 어려움을 여실히 보여준다. 첫날밤 사건의 모든 책임을 지고 유최현이 자결하여 계모의 목적이 비로소 성취되었다고 할 수 있다. 그러나 계모가 얻은 것은 아무것도 없다. 적어도 계모는 자기 딸과 이 한림이 결혼하고, 아들은 유씨 가문을 계승하는 것을 바라고 있었던 듯하다. 계모의 모해가 성공했음에도 얻은 것이 없는 점은 갈등의 치열함이 부족하다는 비판을 받을 만하다.

주인공 최현의 죽음으로 사건이 종결될 수 없다. 최현의 억울한 죽음에 대한 원혼 풀어주기 대목이 이어진다. 억울한 사연을 가지고 죽은 사람이 으레 그렇듯이 최현에게도 기이한 현상이 나타난다. 예컨대 ⑧처럼 죽은 딸의 시신을 염습하지 못해 난감한 처지에 빠진 것이다. 이것은 원한을 품고 죽은 여성이 결백을 주장하는 의미를 담고 있다. 이제까지 미온적인 태도를 보인 부친은 딸의 억울한 심정이 담긴 혈서를 보고 격분한다.

> 승상이 바다보니 그 스연의 엿츠엿츠 흐드라 승상이 보고 기가 막커 분흐물 이기지 못흐드라 즉시 늬당의 드려가 정부인을 죽이려할지 공중의 소지 혼명이 울면흐난 마리 아분님은 죽이지 마웁소셔 늬 셜치 늬흐리다 흐고 이려흐든니 정부인니 방의 잇다가 박기나와 입으로 피을 토흐고 죽난지라 쪼흔 노복 돌춘도 즉살흐여 죽고 승상도 기졀흐드라 일가친쳑과 노복이 승상을 염십흐야 션산의 안장흐고[31]

그때 죽은 최현의 원혼이 나타나 부친을 만류 한 뒤에, 자신이 직접 계모와 노복 돌춘을 처벌한다. 억울하게 죽은 최현의 원혼이 계모와 노복을 징벌하는 것도 초기 가정소설과는 다른 양상을 보여준다. 가정소설에서 악인의 처벌은 관에서 하는 것이 일반적이다. 〈장화홍련전〉에서도 송사를 통해서 원혼을 풀어준다. 〈유최현전〉은 유최현의 혼령이 악을 징벌할 때 부친도 기절하여 숨을 거두는 대목이 등장한다. 악인을 처벌하는 과정에서 부친이 죽임을 당하는 것은 매우 이례적인 현상이다. 이러한 특징은 전처의 딸을 제대로 보살피지 못한 가장에 대한 비판으로 볼 수도 있다.

---

31 계명대본 〈유최현전〉, 17쪽.

계모형 가정소설에서는 부친이 죽임을 당하는 사건은 등장하지 않는
다. 비록 부친이 딸의 억울한 심정을 제대로 살피지 못했다는 죄를 인
정한다고 해도 죽음으로 끝나는 대목은 낯설다. 이러한 부담을 피하기
위해서 주위의 가족들이 즉사하여 기절해 숨을 거두는 것으로 완화되
어 있다. 결국 부친이 함께 숨을 거두어 유씨 집안은 망하게 된 것이다.
그럼에도 불구하고 최현의 원한은 풀리지 않아서 밤마다 동네를 떠돌
아다녀 마을이 패망된다. 원혼 때문에 패망한 마을의 이야기는 사회와
국가의 문제로 점차 확대된다.

> 잇씨 세월이 불평ㅎ고 흉연니 즈심ㅎ고 빅셩이 도탄중의 드려 상ㅎ분
> 간니 업난지라 … 이적을 퇴츅ㅎ옵소셔 … 천즈 … 청쥬어스로 계수ㅎ시
> 고 나려가 도찬중의 든 빅셩과 탐관포리와 삼강오륜과 상ㅎ분간을 영역
> 히 귀별ㅎ라 ㅎ신디 … 남양쌍의 다다르니 남양틔수 탐관할시 그픽을 츌
> 도ㅎ고 삭탈관즉ㅎ고 포리을 분간ㅎ야 쥭님촌을 다다르니 이젼 집이 업
> 고 다만 일가 초가 잇난지라[32]

위와 같이 여성의 정절은 개인의 문제가 아니라 사회와 국가의 문제
로 파급된다. 계모의 모함으로 간부의 누명을 입었지만, 여성의 훼절은
가문을 패망시키고 사회의 윤리까지도 혼란하게 만드는 위력을 보여준
다. 나아가 국가에 흉년이 들고 백성이 도탄에 빠져 상하분간이 없어지
기도 한다. 이러한 민심을 수습하기 위해서 ⓗ처럼 천자는 이적을 청주
어사로 보낸다. 어사는 도탄에 빠진 백성을 구제하고 탐관오리를 처벌

---

32 계명대본 〈유최현전〉, 17~19쪽.

하며 삼강오륜과 상하분간을 바로잡는다. 혼란한 사회를 안정시킬 수는 있어도 여성의 정절 훼손에 대한 명예회복은 쉽지 않았다. 유최현의 누명을 씻어주기 위해 패망한 죽림촌을 찾아간 어사는 그간의 사정을 듣고 자신의 잘못을 뉘우친다.

그런데 ⓘ와 같이 유최현은 어사를 만나지 않는다. 어사는 유최현의 사정을 상소하여 천자가 최현의 정열을 칭찬하며 관리를 보내 원정을 풀어준 다음에 남편을 만난다. 이러한 대목은 억울한 사연을 가지고 자결한 여성의 원혼을 풀어주기 위해서는 천자의 공인이 필요함을 뚜렷이 보여준다. 여기서 여성의 정절의식을 강조하고 있는 당대의 사회의식을 엿볼 수 있다. 낭군의 도움과 천자의 공인을 통해서 누명을 씻은 유최현은 환생할 수밖에 없다. 이러한 사연을 들은 천자는 ⓙ처럼 유부인과 장부인을 각각 충열부인, 정열부인으로 봉한다. 남편의 도움으로 억울한 누명을 벗은 최현은 환생하여 충열부인에 봉해졌으나, 남편이 장씨와 결혼했기 때문에 문제가 완전히 해결된 것은 아니다. 여기까지가 계모형 가정소설의 갈등구조로 볼 수 있는 전반부이다.

2) 쟁총형 구조

〈유최현전〉의 후반부는 쟁총형 가정소설의 갈등구조를 내포하고 있다. 쟁총형 갈등구조는 처첩 또는 처처 사이에 발생하는 애정다툼이 문제의 핵심을 차지한다. 신분이 다른 처와 첩의 애정다툼으로 인해 갈등이 발행하는 작품으로는 〈사씨남정기〉, 〈창선감의록〉이 대표적인 작품이다. 이러한 쟁총형 갈등구조에는 처처 간의 갈등까지도 포함하고 있다. 그런데 〈유최현전〉은 처처 간의 갈등구조를 내포하고 있으면서

도 조금 다른 양상을 보여준다. 초기 가정소설에서 처첩간의 갈등이 핵
심을 차지한다면, 후기 가정소설인 〈유최현전〉은 처처 간의 갈등구조
가 핵심적인 위치를 차지한다.

  (바) 처처 간의 다툼
  (사) 남편의 출전과 영웅적 군담
  (아) 처처 간의 음모와 고난
  (자) 남편의 귀환과 위기 해소
  (차) 부귀공명과 최현에게 친정부를 맡김

〈유최현전〉 후반부의 갈등구조는 (바)-(차)이다. 초기 가정소설인
〈사씨남정기〉의 구조와는 사뭇 다른 양상을 보여준다. 처첩과 처처 간
의 문제는 축첩제와 다부제의 차이에서 비롯되었다. 〈사씨남정기〉는
처첩간의 쟁총과 후사문제를 다룬다면, 〈유최현전〉은 처처 간의 쟁총
과 후사문제를 다룬다. 두 작품은 쟁총과 후사문제를 다루고 있다는 점
에서 일치된다. 〈사씨남정기〉는 처와 첩의 신분 갈등이 내포되어 있다
면, 〈유최현전〉은 이러한 갈등은 존재하지 않는다. 〈유최현전〉에 등장
하는 두 부인의 선후관계는 결혼의 선후에 따라서 임시로 정해진 것이
다. 그럼에도 두 부인은 남편을 사이에 두고 애정다툼과 아들 낳기 경
쟁에 돌입한다.

  후반부의 갈등구조의 핵심은 이적이 두 부인을 거느리고 살아야하는
데 일차적인 원인이 있다. 양반이 두 명의 처와 함께 생활하는 다처제
가 문제이다. 〈유최현전〉은 부득이한 상황에서 두 명의 처를 거느리게
되었다. 다행히 남편이 있을 때는 별다른 문제가 발생하지 않지만, 남

편이 전장으로 떠나면서 갈등은 심각한 방향으로 진행된다. 부인들의 다툼은 주로 남편의 편애, 아들 낳기, 임신 등으로 인하여 발생한다. 이 것은 궁극적으로 가계를 계승할 아들의 출산으로 귀결된다. 특히 시어 머니가 아들을 먼저 낳으면 선영 봉제사를 맡기겠다는 선언이 있은 뒤로 갈등은 첨예화 될 수밖에 없다. 왜냐하면 아들을 낳은 부인은 제사 권을 포함한 가정의 모든 권한과 지위를 보장받을 수 있기 때문이다. 시어머니는 아들이 전장으로 떠나야 하는 상황에서 후사를 이어줄 손 자의 탄생을 기원한 것이다.

이러한 민감한 시기에 ⓚ처럼 충열부인이 임신했다는 소식은 정열 부인을 자극하게 마련이다. 정열부인은 충열부인을 모해하기 위해서 시비와 함께 흉계를 꾸며 간부의 누명을 씌운다. 그런데 정열부인은 처 음부터 악인의 모습을 보여주지 않는다. 전반부 계모형 갈등구조에서 계모의 성격이 상황에 따라 변모했듯이, 정열부인은 아들을 갖지 못한 위기의식에서 충열부인을 모해한 것이다. 충열부인이 아들을 낳으면 정열부인은 수평적 선후관계에서 첩으로 전락하거나 자신의 존재까지 도 위협받게 된다. 따라서 정열부인은 수평적 선후관계가 수직적 신분 관계로 전락하는 것을 막기 위해서 임신한 충열부인을 모해한 것이다.

정열부인은 ⓜ처럼 시비 금선을 속양해 주는 대가로 음모에 끌어들 인다. 그 음모는 충열부인이 외간 남자와 간음한 것으로 조작하는 것이 다. 이러한 정열부인의 흉계에 속은 시어머니는 충열부인의 간음죄를 처벌하기 위해서 적극 나선다. 그런데 유최현을 구해준 인물이 시비 금 연이다. 서사단락 ⓝ과 같이 금연은 충열부인의 편지를 오빠에게 전달 하여 이 원수에게 전해주게 한다. 또한 초매와 함께 남산 뒤에 은신처를 만든 다음 충열부인을 대신해서 자결하는 충성을 보여준다. 그 덕분에 충열부인은 은신처에서 아들을 낳았으나 사경을 헤매게 된다. 시어머니는 자결한 충열부인을 매장했으나, 시비 금선에 의해서 거짓임이 들통난다. 이러한 간음죄를 둘러싼 고부간 갈등은 사실여부에 관계없이 며느리에게 치명상을 입힌다. 따라서 정절 고수와 훼손의 명분은 당대의 여성 독자층의 관심을 반영한 것으로 보인다.

전장에 도착한 이 원수는 ⓘ처럼 오방신장을 불러 도술전을 펼쳐 흉노를 물리치는 군담을 보여준다. 원수는 흉노왕에게 항복을 받고 다시는 침범하지 말라고 질책한 뒤에 돌려보낸다. 노왕은 원수의 용맹과 충성을 칭찬하며 벼슬을 내린다. 원수는 전장에서 큰공을 세우고 귀환하다가 누명을 벗겨달라는 충열부인의 꿈을 꾼다. 급히 고향으로 돌아오던 원수는 금월을 만나 아내의 편지를 받고, 집에 도착해 아내와 아기를 구해 보살핀다. 그리고 시비 금선을 궁문하여 사건의 전말을 밝힌 뒤에 ⓟ와 같이 정열부인과 금선을 죽인다. 원수는 이 사실을 천자께 알려 금연과 초매를 칭찬하며 충노비를 세운다. 또한 천자는 전장에서 공을 세운 원수에게 상장군 겸 승상의 벼슬을 내린다.

한편 시어머니는 손자를 임신한 것보다 집안의 유지와 번창에 직결되는 정절의식을 더 중요하게 생각하고 있다. 이 때문에 정열부인의 흉계에 속아 손자를 임신한 며느리를 죽일 번하여 식음을 전폐한다. 시어머니는 비록 태기가 있다 해도 남편이 부재한 상황에서 외간 남자와 간통하는 일은 대죄에 해당함을 보여준다. 그만큼 양반 여성들에게 가해지는 정절의식을 새삼 일깨워준 것이다. 이러한 단락은 작품 초반부에서 딸의 억울함을 제대로 보살피지 못했던 부친이 기절하여 죽는 대목과 유사하다. 그런데 후반부는 ⓡ과 같이 피해자인 충열부인이 시어머니를 위로하여 화목한 가정을 만드는 것으로 변모되어 있다. 이런 점에서 전반부보다 후반부가 충열부인의 효열이 강조되고 있는 것이다.

후반부에서는 처처갈등이 해결되었음에도 불구하고 마지막 단락에 새로운 내용이 첨가되어 있다. 선녀가 된 충열부인의 모친은 딸에게 백골과 선산수호를 맡기며 '친정부'를 전해준다. 비로소 생전에 모친이 아들을 낳지 못한 죄책감에서 벗어난 것이다.

> 최부인니 왈 늬 세상의 못다살고 죽은 혼빅이 션여가 되야 너 ㅎ나로 밧드라 세상의 귀인니 되야 빗난 일홈을 듯고 영낙과 수복을 견지 무궁ㅎ기로 겸지ㅎ니 부듸 빅즈쳔손ㅎ고 만듸 유젼ㅎ라 ㅎ시고 … 빅골과 션산수호을 너의게 오날날 젼ㅎ다 ㅎ시면 보칙 흔권을 쥬시면 빅변 부탁ㅎ시고 … 나의 싱젼의 기리든 원을 주난지라 … 충열부인니 씨다른니 모친은 간듸업고 남가일몽이라 졍신을 진졍ㅎ고 이려나 보니 칙흔 권만 셕함의 잇난지라 칙을 피여보니 친졍부 칙이라[33]

이러한 '친정부'는 아들을 낳지 못한 모친의 책임감을 딸로 하여금 해소하고 있다는 점에서 주목된다. 여성이 아들을 낳아 후사를 계승해야 한다는 유교 윤리의 완강함을 제시한 것으로 생각된다. 그러나 조선 후기와 개화기를 거치면서 당대의 시대 변화에 맞게 여성의 역할을 확대한 것으로 볼 수도 있다. 이러한 '친정부' 대목이 유최현의 꿈으로 처리되어 있어 아쉽지만, 당대의 변화된 여성의식을 담아내고 있음은 분

---

33 계명대본 〈유최현전〉, 56~57쪽.

명하다. 조선 후기 남성 위주로 진행된 선영 관리와 봉제사를 출가외인인 유최현이 담당하는 장면은 여성의 역할 변화를 반영한 것이다. 따라서 유최현과 이적은 ⓤ와 같이 부귀공명과 자손의 번창을 통해서 천상적 인물의 영광을 지상에서 누리게 된다.

3) 여성 수난의 구조

〈유최현전〉은 가정소설의 후기 유형에 속하면서도 전·후반부가 지향하는 세부적 의미가 다르다. 왜냐하면 전·후반부에서 계모와 전실자녀의 갈등과 처·처 간에 후사를 계승하기 위한 갈등을 각각 문제 삼고 있기 때문이다. 그래서 작품의 전·후반부의 갈등구조가 긴밀한 연관성을 갖지 않는 것처럼 보이기도 한다. 그런데 작품의 내용을 꼼꼼하게 읽어보면 갈등구조의 일관성을 확인할 수 있다. 〈유최현전〉은 계모형과 쟁총형 구조를 여성의 수난을 확장하는 구조로 통합하는 과정에서 청혼담, 결혼담, 군담 등을 첨가하고 있다.

작품의 줄거리는 ⓐ-ⓤ까지이다. 전반부는 ⓐ-ⓙ이고 후반부는 ⓚ-ⓤ이다. 이러한 작품 내용은 (가)-(차)의 갈등구조로 유형화 할 수 있다. 〈유최현전〉의 갈등구조는 전·후반부로 구분되면서도 여성 수난을 확장하는 구조로 재통합된 것으로 보인다. 여성 주인공의 이름이 제목으로 등장할 뿐만 아니라 작품의 서두에 여성이 먼저 등장한다. 그리고 여성들의 관심을 유발할 수 있는 청혼과 결혼 대목을 첨가하여 구조적 변모를 보여준다. 결국 〈유최현전〉은 기존의 가정소설의 갈등구조를 수용하여 여성 수난을 확대하는 방향으로 통일성을 부여하고 있다.

이러한 〈유최현전〉의 구조적 통일성을 지탱해주는 대목은 (가), (바),

(차)이다. 작품의 서두에 해당하는 (가)에는 ⓐ와 ⓑ의 내용이 해당된다. 슬하에 자녀가 없었던 유승상 부부는 기자치성과 태몽을 꾼 다음에 얻은 자녀가 딸이었다. 이 때문에 유씨 가문을 계승할 자녀를 출산하기 위해서 (나)와 같이 계모를 영입한 것이다. 17년 동안 갈등이 없던 계모는 ⓓ처럼 청혼담을 계기로 (다)의 계모형 갈등을 유발한다. 그래서 (라), (마)처럼 유최현의 결혼과 죽음 및 환생 과정이 등장한다.

전반부에서 후반부로 연결되는 (바)를 주목해야 한다. (바)는 (가)-(마)와 (바)-(차)의 갈등구조를 긴밀하게 연결시키고 있다. 이것은 계모형 갈등의 해결과 처처 간의 갈등이 발생하는 분기점 역할을 한다. 마지막 대목 (차)는 '친정부'를 통해서 구조적 통일성을 완성하는 장면이다. 이것은 초반부에서 모친이 아들을 낳지 못한 원을 딸에게 전해주는 것으로 보아 일관성을 유지하고 있다. 나아가 당대의 여성들이 출가외인이라는 유교 논리에서 한층 진전된 의식을 반영한 것이다. (차)는 남성 위주의 선영관리와 봉제사에 대한 비판과 여성의 역할변화를 뚜렷이 보여준다.[34] 이러한 '친정부' 대목은 기존의 가정소설에서 찾아보기 어렵다. 따라서 〈유최현전〉은 (가)-(차)와 같이 여성의 수난을 확장하는 갈등구조를 보여준다.

〈유최현전〉은 (사)와 같이 영웅적 인물의 군담이 첨가되어 있다. 후기 가정소설에 등장하는 군담은 작품의 흥미와 통속적 기능을 담당하고 있다. 〈유최현전〉의 군담은 전, 후반부의 구조적 통일성을 유지하기

---

34 친정 부모의 죽음과 슬하에 자녀가 없었기 때문에 시집간 주인공이 '친정부'를 받는 것으로 볼 수도 있다. 그러나 조선 후기 여성이 친정의 제사와 선영을 관리하는 일은 매우 드물었다. 이런 일은 주로 친정의 남자 친척들이 행하는 게 일반적이다.

위해서 꼭 필요한 대목이다. 전반부 남성 주인공의 비범성이 과거급제로 나타난다면, 후반부의 영웅성은 ⓘ, ⓢ처럼 군담을 통한 변방의 평정과 신분상승으로 이어진다.[35] 이러한 구조적 통일성은 이 한림의 등장과 유최현의 이야기가 하나의 구조로 짜여지면서 가능하게 된다. 따라서 〈유최현전〉의 군담은 단순한 흥미보다는 사건 전개와 밀접하게 연관되어 있다.

이상에서 〈유최현전〉은 계모형과 쟁총형 가정소설의 갈등구조를 차용했음에도 불구하고 여성의 수난을 확장하는 구조로 재통합하고 있다. 특히 기존의 계모형과 쟁총형의 구조를 수용하여 〈정을선전〉이 형성되고 여기서 〈유최현전〉파생되면서 여성의 수난을 강조하는 방향으로 변모했다. 이러한 과정에서 〈유최현전〉은 기존의 권선징악의 윤리의식을 강조하면서도 여성 향유층의 의식을 반영하여 여성의 역할변화를 제시하고 있다.

4. 가정소설의 지평 확장

〈유최현전〉은 기존 가정소설과 고전소설의 영향을 수용하여 여성의 수난이 확대되는 방향으로 구조적 변모를 시도하였다. 이러한 후대적 변모를 거치면서 계모형과 쟁총형의 유형구조를 하나의 갈등구조로 재

---

35 이런 점에서 〈유최현전〉의 후반부를 영웅소설의 구조로 파악하기도 한다. 그런데 영웅소설의 유형구조로 보기에는 미흡한 점이 많다. 이 한림의 기자치성과 출생 대목의 생략, 영웅적 활약도 미약하거나 축약되어 있다.

창출하고 있다. 새로운 갈등구조는 작품의 내용을 일관된 서사구조로 통합되었음을 보여준다. 비록 〈유최현전〉이 기존 가정소설의 유형에서 구조적 차용을 했다하더라도 여성의 수난을 확대하는 방향으로 구조적 변모와 통합을 시도하였다. 이 때문에 여성의 관심을 반영하는 청혼담과 결혼담도 첨가된 것으로 보인다. 여성 독자층을 겨냥한 새로운 단락의 첨가는 작품의 구조적 변모에도 영향을 끼치고 있다.

  〈정을선전〉에는 청혼담과 결혼담에 남성 주인공의 상사병 대목과 여성 주인공의 추천 대목이 첨가되어 있다. 유 승상의 회갑연에 참석한 정을선은 그네를 뛰고 있던 유최현을 보고 상사병에 걸린다. 그 덕분에 정을선은 유소저에게 청혼하여 결혼하게 된다. 이러한 추천 대목과 상사병 대목은 〈춘향전〉의 이도령과 춘향이 광한루에서 만나는 장면과 유사하다. 그런데 〈유최현전〉에는 〈정을선전〉과 달리 추천과 상사병 대목을 생략하고 사건 전개의 뼈대만 첨가되어 있다. 이러한 혼사장애담은 여성 독자층의 흥미를 유발할 수 있기 때문에 〈춘향전〉의 추천 대목을 차용한 것으로 보인다. 따라서 〈정을선전〉은 여성의 추천 대목과 남성의 상사병 대목을 차용했다면, 〈유최현전〉은 이러한 대목을 생략하여 간결하게 처리했다. 그리고 결혼담은 〈정을선전〉에서 〈유최현전〉으로 변모하면서 신부의 신분이 점차 귀족층에서 양반층으로 변화되었다. 이것은 〈유최현전〉을 향유했던 여성 독자층의 의식을 반영한 것으로 보인다.[36]

  〈유최현전〉은 여성 주인공이 친정의 일을 맡는 것으로 보아 조선 후

---

36 〈정을선전〉에는 왕족과 혼인하는 대목이 등장한다면, 〈유최현전〉에는 양반과 결혼하는 것으로 변모되었다.

기 사회의 변화된 의식을 보여준다. 어머니가 시집간 딸에게 '친정부'를 전해주어 대소사를 맡기는 것은 극히 이례적이다. 이것은 고전소설로 확대해도 출가외인에게 친정의 일을 맡기는 장면은 분명 진전된 의식이라 생각된다. 작품에 첨가된 '친정부' 대목은 조선 후기 남성 위주의 제사와 선영관리에 대한 반발과 아울러 여성도 친정의 일을 담당해야 함을 뚜렷이 제시하고 있다. 남성의 전유물인 선영관리와 봉제사를 여성이 담당한다는 의식의 변화는 주목된다. 특히 조선 후기에서 개화기로 이행하는 사회적 변화와 작품의 구조적 통일성을 유지하면서도 당대의 변화된 여성의식을 제시한 것이다. 작가는 바로 이러한 여성의 역할 변화와 남성 중심에 대한 비판을 결말 대목에서 제시하고 있다.

인물의 성격 대립을 통해서도 가정소설의 지평을 확장한 면모를 확인할 수 있다. 기존의 가정소설과 달리 인물의 성격 변화가 등장한다. 유최현과 결혼한 남편은 가해자와 협조자의 양면성을 내포한 인물이다. 가해자의 면모는 결혼 첫날밤 계모의 흉계를 확인하지 않은 채 집을 떠나는 장면을 통해서 드러난다. 이 때문에 후반부에서 처·처 간의 갈등이 발생하는 빌미를 제공한다. 협조자의 면모는 간부의 누명을 쓰고 자결한 아내의 원혼을 풀어주기와 재생, 아내와 아들 구하기, 간신의 처벌 등에서 드러난다. 이러한 남편의 양면성은 작품의 구조적 전개와 밀접하게 연관되어 있다. 특히 남편의 부재는 아내의 죽음과 위기로 연결된다. 따라서 〈유최현전〉은 여성의 수난이 강조되어 있어도 남편만 곁에 있으면 쉽게 해결할 수 있다는 점을 뚜렷이 보여준다. 당대의 여성들은 고난을 극복하기 위해서 남편의 도움이 절실했음을 표출한 것이다.

유 승상과 시어머니도 양면성을 내포하고 있다. 이들은 간부의 모함을 받은 딸과 충열부인의 억울함을 풀어주지 못한다. 유 승상은 딸의 유서를 보고 계모를 문초한다면, 시어머니는 아들의 귀환으로 정열부 인에게 속았음을 알게 된다. 그런데 유 승상은 계모가 처벌되는 상황을 목격하고 죽음을 맞이한다면, 시어머니는 정열부인이 처벌되어도 죽지 않는다. 다만 후사를 계승할 아들을 죽일 뻔했다는 죄책감에 사로잡혀 식음을 전폐할 뿐이다. 이들은 가부장제 사회에서 가장과 같은 위치에 있으면서도 제 역할을 수행하지 못한다. 원혼이 된 유최현이 부친의 죽 음을 방치한 점은 후반부의 갈등과 연관되어 있지만, 그 이면에는 가정 을 제대로 유지하지 못한 가장에 대한 비판으로 볼 수 있다. 시어머니 는 식음을 전폐하고 죽으려하다가 며느리의 효성으로 화합하고 있다. 따라서 여성의 효성은 친정보다 시가에서 더욱 빛을 발한다.

　악인으로 등장하는 계모와 정열부인은 처음부터 악행을 실천하지 않 는다. 이들은 이기심과 아들 낳기 경쟁과 같은 작중 상황에 따라 인물 의 성격이 결정된다. 계모는 인물됨이 부족한 자기 딸 때문에 전실 딸 을 모해하려다 실패하자, 더욱 적극적인 방법으로 악행을 실천한다. 정 열부인은 수평적 선후관계에서 수직적 신분관계로 전락할 위기를 극복 하기 위해서 충열부인을 모해한다. 계모는 전실 딸과 자기 자녀를 모두 죽여 유씨 가정의 패망에 대한 책임으로 천벌을 받는다. 정열부인은 충 열부인을 모해한 죄로 처참하거나 사약을 내리고 혹은 내쳐서 굶어죽 게 한다.[37] 이렇게 동일한 흉계를 꾸몄음에도 계모와 정열부인에 대한

37　작품의 후반부에서 정열부인을 처참하는 경우는 〈유최현전〉과 계명대본 〈정을선전〉 등이고, 정열부인을 사약하는 경우는 활자본 〈정을선전〉과 박순호본 〈정을선전〉 등 이다. 그리고 정열부인을 내쳐서 굶어죽게 하는 경우는 하버드본 〈정을선전〉이다.

처벌은 다르게 나타난다. 왜냐하면 정열부인은 유씨 가정을 패망시킨 계모에 비하여 악행의 책임이 다소 가볍기 때문이다.

노비들의 인물 성격은 긍정과 부정의 엇갈린 행동을 보인다. 주인공을 위해서 충성을 다하는 금연, 초매와 속양의 대가로 악인을 도와주는 금선, 돌춘을 주목해야 한다. 악인은 선인을 모해하기 위해서 시비들의 힘이 필요했을 것이다. 시비들도 악인이 제시한 속양과 금전적인 보상을 원했기 때문에 주인공을 모해하는 데 협조한다. 이것은 당대의 시비들에게 속양이 가장 절실한 문제임을 드러낸다. 한편 주인공을 위해서 죽음까지 불사한 노비들에게는 제사를 지내주거나 충노비를 세워준다. 아울러 충성을 다한 노비의 가족들에게도 속양을 시켜준다. 이러한 시비들의 긍정과 부정적 행동은 신분제에서 탈피하려는 의도로 보인다.

이상에서 〈유최현전〉은 기존의 가정소설을 수용했으면서도 여성의 수난을 확장하는 구조로 재창출하는 과정에서 청혼담, 결혼담, 군담 등과 같은 내용이 첨가되었다. 특히 남성의 영역인 선영관리와 봉제사를 출가외인인 여성이 담당하는 장면은 여성의식의 변화와 연관되어 있다. 그리고 인물의 성격 대립을 통해서도 기존의 가정소설과 다른 내용을 첨가하고 있다. 이러한 〈유최현전〉은 〈정을선전〉에서 파생되었지만, 여성의 역할 변화와 남성이 독점했던 선영관리와 봉제사를 담당하는 새로운 인물상을 반영하고 있다. 따라서 〈유최현전〉은 여성의 인식변화를 통해서 가정소설의 영역을 확장했다는 측면에서 소설사적 의미를 찾을 수 있다.

5. 맺음말

지금까지 〈유최현전〉의 구조적 특징과 가정소설의 지평 확장에 대하여 살펴보았다. 이 작품은 〈정을선전〉에서 파생되어 1900년대를 전후하여 필사된 것으로 보인다. 〈유최현전〉과 〈정을선전〉은 동일한 갈등구조를 내포하고 있음에도 불구하고 세부 단락의 첨삭이 나타난다. 〈유최현전〉의 이본은 10종으로 모두 필사본으로만 존재한다. 이 때문에 작품의 발굴이 쉽지 않아서 별다른 주목을 받지 못했다. 그런데 이 작품은 가정소설의 두 유형인 계모형과 쟁총형의 구조를 차용하여 여성의 수난을 확장하는 구조로 재창조한 점에서 주목된다.

〈유최현전〉은 가정소설의 양대 갈등구조를 수용하면서도 재창작의 노력을 게을리 하지 않았던 것으로 보인다. 당시에 인기를 얻었던 군담소설, 적강소설, 〈춘향전〉의 추천대목과 암행어사대목, 편지 대목, 애정소설과 혼사장애담 등과 끊임없는 교류를 시도하였다. 이러한 과정에서 작품의 구조적 충돌과 변모가 발생하기도 했으나, 여성의 수난이 확대되는 구조로 재창조되었다. 그리하여 〈유최현전〉은 여성 주인공의 이름이 표제로 선정되고 남성보다 여성 주인공의 탄생담이 작품에 먼저 등장하는 변모를 보여준다. 따라서 〈유최현전〉은 〈정을선전〉의 남성중심에서 파생되어 여성중심적 성격으로 변모하게 되었다.

또한 등장인물의 성격을 통해서 가정소설의 지평을 확장하고 있다. 여성의 수난을 확장하는 갈등구조에서는 남편의 존재 유무가 중요하게 대두된다. 여성의 고난이 강화될수록 남편의 협조가 절실함을 보여준다. 그리고 시어머니와 유 승상의 인물성격과 악인으로 등장하는 계모와 정열부인의 지향점이 조금씩 다르다. 유 승상은 사망하여 집안이 패망되는데 반하여 시어머니는 충열부인의 효열로 부귀영화를 누린다. 계모는 천벌을 받지만 정열부인은 처참, 사약, 내침 등 다양하게 나타난다. 이러한 현상은 가정을 패망시킨 계모의 죄를 응징함과 동시에 정열부인의 신분에 따라 다양한 처벌이 내려지고 있다. 그리고 선악의 갈등에서 노비들도 긍정과 부정의 성격을 보여준다. 노비들은 한결같이 당대의 신분제 사회에서 벗어나려는 욕구를 지속적으로 보여준다.

〈유최현전〉은 필사본 유통을 통해서 당대의 사회상에 대한 새로운 문제의식을 제기한다. 특히 조선 후기 남성 위주의 선영 관리와 봉제사에 대한 비판과 처가의 대소사를 여성이 담당하는 대목은 당대 사회의 여성의식을 뚜렷이 보여준다. 이러한 여성의 역할변화는 남녀평등을 지향하는 새로운 사회에 필요한 덕목이고 고전소설의 나아갈 방향이라 생각된다. 따라서 〈유최현전〉은 후기 가정소설인 〈정을선전〉에서 여성의 수난을 확장하는 구조로 재통합하여, 여성의 역할변화를 내포한 새로운 여성상을 제시했다는 점에서 가정소설의 지평을 확장했다는 평가를 받아 마땅하다.

출전: 「〈유최현전〉의 구조적 특징과 가정소설적 지평
확장」, 『정신문화연구』, 102호, 한국학중앙연구원,
2006, 79~103쪽.

V

〈김이양문록〉의 창작방법과 가정소설적 의미

1. 머리말

한국 고소설은 필사본, 방각본, 활자본 등과 같이 다양한 방법으로 유통되었다. 그중에서도 필사본은 오랜 역사를 가진 기록문학의 대표적인 형태이다. 필사자가 손으로 쓰는 방식은 신분계층이나 남녀노소에 따라서 다양한 이본을 파생시키는 원동력이 되었다. 이러한 필사본을 대신하기 위해서 판본이 등장하여 상업적 대량생산체제로 전환되었음에도 불구하고 조선 후기 영남 지역은 필사본 고소설의 유통이 활발했던 것으로 보인다.[1]

영남 지역에서 유통된 필사본은 방각본과 활자본의 등장과 관계없이 오랫동안 고소설의 유통방식으로 지속되었다. 이 때문에 영남 지역에 유통된 대부분의 고소설은 필사본이 존재할 뿐만 아니라 필사본만 존

---

1 김재웅, 「대구·경북 지역에 유통된 필사본 고전소설의 종류와 독자층에 관한 연구」, 『대구경북학 연구논총』, 3집, 대구경북연구원, 2006.12, 131~162쪽. 필사기가 확인된 300종 고소설 가운데 영남 지역에는 이본을 포함하여 무려 146종이 유통된 것으로 보아 거의 절반을 차지하고 있다.

재하는 작품도 상당수에 이른다. 이렇게 필사본만 존재하는 고소설은 연구자의 폭넓은 관심을 끌지 못한 것으로 보인다. 왜냐하면 필사본은 작품의 발굴이나 판독이 쉽지 않을 뿐만 아니라 향유층과 다양한 소통의 기회를 얻지 못했기 때문이다.

　이러한 우려 때문인지 몰라도 고소설 연구는 주로 판본에 집중되었다고 해도 과언이 아니다.[2] 적어도 방각본이나 활자본이 존재하는 필사본에 대한 연구는 상당히 축적되었지만 필사본 이본만 존재하는 작품에 대한 연구는 상대적으로 소홀하였다. 필사본만 존재하는 고소설은 폭넓은 독자층을 형성하기에는 한계가 있을 수밖에 없다. 그럼에도 필사본으로 유통된 작품은 판본에 비하여 뚜렷한 작가의식을 내포하고 있다는 점에서 주목된다. 이런 측면에서 판본으로 간행되지 않고 필사본으로 유통되고 향유된 〈김이양문록(金李兩門錄)〉에 주목하고자 한다.

　현재까지 〈김이양문록〉은 필사본 2종이 보고되었으나[3], 최근에 필자가 계명대학교 도서관에서 필사본 1종을 새로 발굴하였다.[4] 계명대학교 소장본 〈김이양문록〉은 작자와 창작시기를 알 수 없다. 다만, 작품에 경상도 방언의 음운적 특징인 목적격 조사 "을/얼"이 등장하는 것으로 보아 19세기 말에서 20세기 초반에 유통된 것으로 보인다.[5] 계명대본

2　이창헌, 『경판 방각소설 판본연구』, 태학사, 2000; 이주영, 『구활자본 고전소설 연구』, 월인, 1998.

3　조희웅, 『고전소설 이본목록』, 집문당, 1999, 98쪽. 여승구 소장본 〈김인양문록〉은 판매용이라서 구하지 못하여 이수봉 소장본 〈김이양문록〉과 비교하여 논의할 것이다.

4　계명대 소장본 〈김이양문록〉은 76쪽으로 구성된 국문 필사본이다. 한 면에 10줄, 한 줄에 15자 내외로 필사되어 있다. 전반적으로 작품의 분량이 다소 적으며 필체도 유려하지 못한 것으로 보인다.

5　백두현, 『영남 문헌어의 음운사 연구』, 태학사, 1992, 129~136쪽. 영남 지역의 음운

〈김이양문록〉은 이수봉본 〈김이양문록〉과 비교해보면 동일한 서사전
개를 보여주고 있다.[6] 그런데 계명대본 〈김이양문록〉의 시간적 배경은
"디명전 시절의 절나도 순천부 화양"으로 나타난다면, 이수봉본 〈김이
양문록〉은 "디명 고려시절에 절나도 순천부 하냥"으로 나타나고 있다.
이러한 필사본 〈김이양문록〉은 시간적 배경의 차이를 제외하고는 서
사단락의 변모를 발견하기 어렵다.

필사본 3종이 존재하는 〈김이양문록〉은 독자층의 흥미를 유발하지
는 못했다손 치더라도 작품의 다양성 측면에서 주목된다. 조선 후기 필
사본 고소설은 기존의 유형적 관습에서 벗어나 독자층의 흥미를 자극
하는 방향으로 변모하였다. 필사본 〈김이양문록〉도 고소설 향유층들이
선호하는 판소리 〈춘향가〉의 일부를 수용한 것으로 보인다. 이렇게 조
선 후기 사회 변화와 더불어 다양한 자양분을 흡수한 〈김이양문록〉은
계모형 가정소설로 변모되었다는 점에서 주목된다.

이러한 〈김이양문록〉에 대한 본격적인 논의는 단 한 편에 불과한 실
정이다. 이수봉은 〈김이양문록〉을 처음 소개하면서 가문의 결혼담을
중심으로 하는 초기 양문형 가문소설로 파악하였다.[7] 그런데 〈김이양

현상인 '어'와 '으'의 중화가 작품의 전반에서 나타나고 있는데 이것은 경상도 방언의
특징이라 하겠다. 계명대본 〈김이양문록〉, 3~4쪽. 진스얼 쳥ᄒᆞ여 …… 진스 급피 드
리가보오니 여ᄌᆞ라 ᄒᆞ드라 항랑의 싸겨 눕피고 씀을 웅ᄒᆞ여 일홈을 소ᅵ라 ᄒᆞ녓다
…… 부인이 소ᅵ얼 안고 눈물을 흘녀왈 너 비록 여ᄌᆞ라도 ᄌᆞᆼᄂᆡ예 부명이 귀히되여
부모영화얼 볼가ᄒᆞ여

6 계명대본 〈김이양문록〉, 76쪽. 계명대본은 낙향한 김 판서가 복직되고 주인공이 국가
  의 충신으로 기용되는 마지막 대목이 낙장 되었다.

7 이수봉, 「김이양문록 연구」, 『한국문학연구』, 최정석 박사 회갑기년논총간행위원회,
  1984, 203~224쪽에 수록된 논문을 이수봉, 『한국가문소설연구』, 경인문화사, 1992,
  458~479쪽에 재수록하고 있다.

문록〉의 구조를 살펴보면 양문형 가문소설에 해당한다는 기존연구는 재고되어야 한다. 이 작품은 필사본으로 유통되면서 조선 후기 판소리 〈춘향가〉를 수용하여 가족화합을 이룩하는 계모형 가정소설로 재창작되었기 때문이다.

본고에서는 필사본 〈김이양문록〉에 대한 비판적 검토를 바탕으로 작품의 창작방법 및 가정소설의 성격과 의미를 밝히고자 한다. 먼저 조선 후기 판소리 〈춘향가〉의 내용과 문체를 수용하여 재창작된 〈김이양문록〉의 창작방법을 살펴볼 것이다. 그리고 〈김이양문록〉의 구조적 특징과 〈최호양문록〉을 비교하여 작품의 대비적 위상을 살펴본 뒤에, 가족 화합의식을 강조한 계모형 가정소설의 의미를 밝히고자 한다. 이러한 연구를 통해서 조선 후기 필사본 가정소설이 기존 작품을 수용하여 다양하게 재창조된 특징이 어느 정도 드러날 것으로 기대한다.

2. 〈김이양문록〉의 창작방법

조선 후기 필사본 고소설의 창작방법은 기존의 유명한 작품을 수용하여 재창작하는 과정을 보여준다. 필사본을 향유한 독자층이 새로운 작품을 창작한다는 것은 생각보다 쉽지 않았을 것이다. 이 때문에 필사본 〈김이양문록〉의 필사자 내지 향유자는 기존에 알려진 가정소설의 구조에 조선 후기 판소리를 수용하여 재창작하는 방법을 사용한 것으로 보인다. 이러한 필사와 재창작 과정을 통해서 〈김이양문록〉은 당시의 사회상과 작가의식을 반영한 새로운 작품으로 변모되었다.

① 대명시절 전라도 순천부 화양 땅에 사는 이명이라는 양반은 대대로 관명을 쫓지 않고 진사에 급제하여 가업에 힘쓴다. 부인 정씨는 혈육이 없었는데 월궁선녀가 득죄해 부인의 품에 들어오는 꿈을 꾸고 딸을 낳아 이름을 소애라 짓는다.

② 소애가 출생한 뒤에 정씨 부인은 병으로 사망하고 계모 송씨가 들어와서 1남 2녀를 낳았다. 시집갈 나이가 된 소애는 용모와 품행이 뛰어나 여러 사람들이 구혼했으나 마땅한 혼처를 찾지 못했다. 그래서 이 진사는 소애의 화상을 그려 경성에 보내 혼처를 찾는다.

③ 김 판서는 슬하에 자식이 없었는데 석씨 부인이 북두칠성에 축원하였다. 그때 태을선동이 천상에서 득죄해 부인 품에 들어오는 꿈을 꾸고 아들을 낳아 태을이라 이름 짓는다.

④ 태을의 준수한 용모를 보고 여러 명문거족이 구혼했으나, 김 판서는 천상에서 하강한 며느리를 구하였다. 그 때 김 판서는 소애의 화상을 보고 구혼한 뒤에 태을의 화상을 그려 보낸다.

⑤ 계모 송씨는 태을의 인물됨을 보고 자기 자녀가 뒤떨어지는 것을 애통해 하며 묘책을 꾸민다. 송씨의 계략에 따라 낭인은 신혼방에 들어오던 태을과 소애를 칼로 위협한다. 이때 신랑은 놀라서 부친을 깨워 집으로 돌아가고, 소애는 신혼방에서 한 걸음도 나오지 않는다. 계모 송씨는 가문이 좋은 이 진사 댁에서 이런 변고가 발생한 것을 조롱한다.

⑥ 김 판서는 다른 곳에 태을을 혼인시키려 했으나, 태을은 산문에 들어가 공부하였다. 7년의 세월이 흐른 뒤에 알성과에 급제한 태을이 순천부 이 진사에게 원수를 갚으려 하였다. 그래서 태을은 백성진무와 도적 소탕을 내세워 전라도 어사를 자원하여 내려간다.

⑦ 어사는 복수하기 위해서 노귀할미집에서 그간의 사정을 염탐할 때 이 진사는 관장과 양반을 초청하여 생일잔치를 열고 있었다. 할미는 예전의 소애와 태을이 혼인할 때 계모 송씨가 낭인놈을 시켜 동방문을 그리고 도망치게 한 사실을 알려준다. 계모의 모해 때문에 억울한 누명을

쓴 소애는 정절을 지키면서 그 방에서 7년 동안 나오지 않아 생사가 위급하다고 말해준다.

⑧ 한편 소애는 단장하는 꿈을 꾸고 죽음이 다가왔음을 직감했다. 7년 동안 정절을 지켜왔지만 계모에 의한 누명을 벗지 못하여 자결하려 했다. 그때 할미는 소애의 꿈이 길몽일 뿐만 아니라 진사의 잔치에 자결하면 불효가 된다는 사실을 말해준다.

⑨ 암행어사는 이진사의 잔치에 거지차림으로 들어가 후원 별당에서 옛 모습을 살펴보고 분을 참지 못한다. 태을은 암행어사 출도하여 낭인 놈을 추궁하여 송씨의 계략에 의해서 모든 것이 이뤄졌음을 밝히고 그들을 죽인다. 계모를 잡아 추궁할 때 소애가 방에서 나와 송씨의 죄를 사면해주고 부친이 송씨를 출부하지 못하도록 글을 받아달라고 어사에게 청한다.

⑩ 어사는 소애와 다시 만나서 택일하여 혼례를 치른 뒤에 할미에게 고마움을 표하고 그 아들을 방송한다. 계모 송씨는 정씨 부인의 딸 모해와 7년 금고죄로 저승의 염라대왕 앞에 잡혀가서 지옥과 천상을 구경한 뒤에 돌아와 개과천선한다.

⑪ 소애와 태을이 결혼한 뒤에 태을은 경성의 부모에게 그간의 사정을 말하고 소애를 데려간다. 조정의 소인이 충신을 참소하여 김 판서는 벼슬을 버리고 낙향하여 조상의 제사를 받들며 가난한 사람이 있으면 재물을 아끼지 않고 도와주었다.

⑫ 가산이 빈궁해진 김 판서는 홍원 김철원에게 빌려준 은자 300냥을 아들에게 받아오라고 보낸다. 은자를 받아오던 태을은 큰 반석에서 남매의 딱한 사정을 듣고 적선하였다. 수십 년이 흐른 뒤에 소진사 남매는 자신을 도와준 태을의 은혜에 감사하며 비석을 세워준다.

⑬ 새로 등극한 왕이 어진 신하를 재기용하여 가세가 회복되었다. 김 판서는 병부상서로 복직되고 태을은 예부상서에 제수되었다. 그리고 소진사와 이 진사도 병부와 형부 시랑에 제수되었고 소애는 정경부인에

봉해졌다. 소애는 5자 2녀를 낳았는데 모두 재능이 뛰어나 국가의 중신이 되었다.

위와 같이 필사본 〈김이양문록〉은 ① -⑬ 까지의 서사단락으로 구성되어 있다. 이 작품은 경성의 김 판서 아들 태을과 전라도 순천부 이명의 딸 소애의 결혼과정에서 발생한 계모 송씨의 계략으로 이별한 주인공이 7년 뒤에 다시 만나는 내용을 담고 있다. 이러한 〈김이양문록〉은 천상적 징표를 가진 주인공 태을과 소애의 결혼이 계모의 모해로 파혼되었으나, 남편이 계모의 죄상을 밝혀 소애의 억울함을 해소하여 재결합하는 계모형 가정소설의 성격을 보여준다.

이러한 〈김이양문록〉은 기존에 알려진 고소설의 내용을 일부 수용하여 재창작된 것으로 보인다. 우선 작품의 서사단락에 수용된 판소리의 영향을 살펴볼 필요가 있다. 〈김이양문록〉에 등장하는 판소리 소설의 영향은 서사단락 ②와 같이 소애의 아름다운 모습을 그려서 경성에 보내 널리 사위를 구하는 장면을 꼽을 수 있다. 이것은 판소리 〈수궁가〉의 토끼 화상을 그려가는 대목과 유사하다. 〈수궁가〉에서는 자라가 육지에 살고 있는 토끼의 모습을 확인하기 위해서 사용했다면, 〈김이양문록〉에서는 천상에서 적강한 소애의 아름다움을 그려주어 결혼을 약속하는 장면에 등장한다는 차이점이 존재한다.

〈김이양문록〉은 판소리 〈춘향가〉의 암행어사 출도 대목과 유사한 내용이 수용되어 있다. 산문에 들어가 7년 동안 공부한 태을이 과거에 급제하여 전라도 암행어사를 자청하여 민정을 살피는 서사단락 ⑥-⑨ 대목은 마치 〈춘향가〉의 이도령을 연상시키기에 충분하다. 다만, 이도령은 과거에 급제한 뒤에 왕명으로 암행어사가 되는데 반하여, 태을은 전라도 암행어사를 자원한다는 점에서 차이점이 나타난다. 이것은 태을이 소애의 누명을 풀어주기 위한 작가의 과도한 의식이 노출된 것으로 보인다.

（가）어스 거동보소 전근업난 헌망그늬 놋씬얼 다라 귀얼걸쳐 험빅씨고 철듸 업난 헌갓듸 발님줄노 열신즈로 둘너믹고 스믹업난 혼충오셜 식기줄노 둘너 쒸고 목만 붓튼 혼보션을 집신으로 강발ㅎ고 허리넘난 헌속기셜 오금 우의 단임믹고 목을 벗셔셔 드오면셔 한즈거려 능졍졍거려 좌쥰의 드려가 듯기시른 인스노릭은 히드린 후의 좌셕의 은근히 안즈시니 그좌승 거린즁 승거린이라 모다 보난 스암 뉘아니 듸소ㅎ이요[8]

（나）이욱ㅎ여 광풍이 이러나면 후원 셰양힝으로 어스 출도소리 두세번 나면 모든 군조리 집을 둘여씨고 깃치 층금좌우의 부르며 그위엄 츄숫갓드라 모든 스람이 졍을 일코 아모리 할줄 모르드라 …… 어스 분부나시니 모든 좌즁의 슈연이며 상ㅎ인 등니 ㅎ나도 즈이얼 비우지 말호형이 츄숫갓ㅎ니 뉘라셔 거엉ㅎ리요 모든 스람드리 구시월 나무암 써듯ㅎ드라 어스 분부지어 쥬모향양외 낭인놈 칼진놈 밧비 낙임ㅎ라[9]

위의 （가）는 암행어사 태을이 거지꼴로 이 진사 생일잔치에 참석하는 대목이다. （나）는 이 진사 생일잔치에서 암행어사 태을이 출도하는 장면을 보여준다. （가）와 （나）의 암행어사 태을의 모습은 판소리 〈춘향가〉의 암행어사 이도령의 모습과 매우 유사하다. 민정을 살펴야 하는 암행어사는 자신의 신분을 감추기 위해서 헌옷으로 위장하는 것은 당

연하다고 하겠다. 그럼에도 불구하고 태을의 모습은 판소리 〈춘향가〉
의 이도령 모습과 거의 일치하고 있다.[10] 따라서 〈김이양문록〉은 기존
의 판소리 〈춘향가〉를 적극 수용하여 독자들의 흥미를 유발하는 방향
으로 재창작되었다.

암행어사에 제수된 태을은 ⑦과 같이 전라도 순천부로 내려와 민정
을 염탐하다가 노귀할미에게 이 진사 딸 소애의 정절소식을 듣게 된다.
이러한 장면은 암행어사 이도령이 남원부로 내려와 농부들과 대화하면
서 춘향의 소식을 염탐하는 대목과 상통한다. 〈김이양문록〉의 태을은
주점에서 노귀할미를 통해서 소애가 억울한 누명을 쓰고 7년 동안 방
안에 머물고 있음을 전해 듣는데 반하여, 〈춘향가〉의 이도령은 농부들
을 통해서 춘향이가 정절을 지키기 위해서 하옥되었음을 전해 들었다.
이런 점에서 〈김이양문록〉은 여성 향유층에게 인기를 모았던 〈춘향
가〉의 내용을 수용한 것으로 보인다.[11]

〈김이양문록〉에서 계모의 모해로 음녀의 누명을 쓴 소애가 서사단
락 ⑧처럼 방안에서 꿈을 꾸는 장면은 〈춘향가〉에서 옥중에 있던 춘향
이 꿈을 꾸는 것과 일맥상통한다. 소애는 7년 동안 누명을 쓰고 살았기
때문에 당연히 불길한 꿈이라고 생각하였다. 그래서 부친의 생일잔치
가 끝나면 죽을 것으로 짐작하여 자결하려고 했다. 그때 할미가 소애의
꿈을 듣고 길몽이라 설득하여 자결하지 못하도록 힘쓰는 장면도 판소
리 〈춘향가〉에서 꿈 해몽을 허봉사에게 부탁하는 대목과 유사하다.

---

10 김진영·김현주, 『춘향가』, 박이정, 1996, 182쪽. 어슨 밉슈 쳐릴 젹의 쳘쓱 쩌러진 헌
   파립 노갓슨 다라씨고 펜즈 터진 헌 망근 갑풀 관즈 종우당줄 두통나게 졸나 씨고
   즈락 쩌러진 헌 즁츄막 열 도막 이은 씌를 슘복통의다 눌러 씌고
11 〈김이양문록〉은 여성 향유층에 의해서 유통된 것으로 추측된다.

이러한 필사본 〈김이양문록〉에는 판소리 〈춘향가〉의 내용뿐만 아니라 판소리 문체도 수용하고 있어서 주목된다. 주인공들은 서사단락 ①-④와 같이 천상적 인물로 서로의 화상을 보고 결혼을 결정하게 되었다. 특히 서울에서 결혼하기 위해서 처가로 내려오는 신랑의 모습과 소애의 아름다운 모습, 결혼하여 신방으로 들어가는 장면, 계모의 지시를 받은 한양 낭인놈이 모해하는 모습 등에서 판소리 문체가 나타나고 있다.

> <u>틱을의 거동보소</u> 크다큰 청노식기 빅옥교얼 놉피실고 구중날노 ᄉ령들 문젼후 좌우옹위ᄒ고 비옥 갓흔 청의소연 두리 시놉피 안ᄌ 봉비선을 일광을 가리우고 진ᄉ득의 드러가니 보난 사람이 뉘 아니 층춘ᄒ리요 …… <u>소제의 거동보소</u> 비옥갓흔 이마젼은 도다오난 반달갓고 쥬홍갓흔 입슈워런 반반닌난 부용화라 …… 동부셔 마조션니 금벽ᄉ모 썩른 쳔쳔을 씌보난 듯 은봉ᄒ 죽졀은 횟촉의 어리난 듯 …… 소이 ᄯ 단중을 졍직ᄒ고 동방의 드신후의 썩난 맞춤 슴경이라 송씨 흄제힝할 썩와 향양의 <u>낭인놈 거동보소</u> 팔쳑 중충을 놉히 들고 동방문 밧게 오락가락 문을 얼고 드려올 듯 ᄒ거날[12]

위와 같이 〈김이양문록〉에는 밑줄 친 "거동보소"와 같은 판소리 문체가 작품의 전편에 걸쳐서 등장한다. 천상적 인물의 결혼식을 통해서 신랑과 신부의 아름다운 모습을 판소리 문체를 사용하여 반복해서 묘사하고 있다. 이러한 판소리 문체가 수용된 것은 19세기 말에서 20세기 초반에 유통된 계명대본 〈김이양문록〉의 이본적 특징이라 하겠다. 이

---

12 계명대본 〈김이양문록〉, 21~23쪽.

수봉본 〈김이양문록〉에는 판소리 〈춘향가〉의 내용은 수용되어 있음에
도 불구하고 판소리의 문체적 특징은 드러나지 않는다.[13] 따라서 계명
대본 〈김이양문록〉은 필사본 향유자가 판소리 〈춘향가〉의 내용과 문
체를 수용하여 재창작했던 것으로 보인다.

이상에서 계명대본 〈김이양문록〉은 조선 후기 향유층의 인기를 모
았던 판소리 〈춘향가〉의 내용과 판소리 문체까지 두루 수용하였다. 특
히 전라도 어사로 제수되어 순천부에 들어가서 주민들에게 원통한 일
을 자세히 듣고 조사하여 어사 출도하는 장면은 〈춘향가〉의 암행어사
출도 장면과 유사하다. 조선 후기 판소리와 고소설의 다양한 교섭을 반
영하듯이[14] 〈김이양문록〉도 당시의 독자층에게 인기를 끌었던 판소리
를 수용하여 변모한 것으로 보인다. 이러한 〈김이양문록〉의 창작방법
은 조선 후기 여성 향유층의 의식을 투영하여 새로운 작품을 파생시키
는 원동력으로 작용한 것이다.

---

13 이수봉, 앞의 논문, 216~217쪽. 작품의 문체에 대해서 다루고 있지만 판소리 문체에
   대해서는 언급이 없다.
14 조선 후기 고전소설과 판소리의 다양한 교섭은 다음의 논문 참조. 김재웅, 「〈왕능전〉
   의 영웅소설적 성격과 의미」, 『어문학』 89집, 한국어문학회, 2005.9, 131~155쪽; 이성
   권, 「〈장화홍련전〉의 판소리 사설적 성격」, 『고소설연구』 7집, 한국고소설학회, 1999,
   251~276쪽; 박일용, 「가문소설과 영웅소설의 소설사적 관련양상」, 『고전문학연구』
   20집, 한국고전문학회, 2001.12, 169~205쪽; 서인석, 「조생원전 필사본의 문학사적 성
   격」, 『국어국문학연구』 19집, 영남대학교 국어국문학과, 1991, 85~113쪽.

3. 〈김이양문록〉의 구조와 〈최호양문록〉의 대비적 위상

1) 〈김이양문록〉의 구조적 특징

필사본 〈김이양문록〉은 '양문록'이라는 표제 때문에 유형적 성격에 혼란을 가중시키고 있다. 이 때문에 작품의 내용을 정확하게 파악하여 구조적 특징과 유형적 성격을 밝혀야 한다. 〈김이양문록〉은 김 판서의 아들 태을과 이 진사의 딸 소애의 결혼과정에서 발생한 계모 송씨의 계략으로 이별하였으나, 남편이 계모의 죄상을 밝혀 소애의 억울함을 해소하여 재결합하는 구조를 보여준다. 이러한 필사본 〈김이양문록〉의 서사구조를 제시하면 다음과 같다.

> (가) 이진사와 정씨 부인의 슬하에서 소애 출생 : ①
> (나) 정씨 부인의 죽음과 계모의 영입 : ②
> (다) 김 판서와 석씨 부인의의 슬하에서 태을 출생 : ③
> (라) 화상을 통해서 태을과 소애의 결혼 : ④
> (마) 계모 송씨의 모해와 파혼 : ⑤
> (바) 태을의 급제와 계모의 죄상 밝힘 : ⑥, ⑦, ⑧
> (사) 소애의 효성과 계모의 개과천선 : ⑨
> (아) 태을과 소애의 결혼 : ⑩
> (자) 김 판서 부자의 적선과 보은담 : ⑪, ⑫
> (차) 주인공의 부귀공명과 행복 : ⑬

위와 같이 필사본 〈김이양문록〉의 서사구조는 (가)-(차)로 분석할 수 있다. 이 작품의 서사구조는 (바)처럼 계모의 죄상을 밝히는 서사단락 ⑥-⑧ 대목과 (사)처럼 소애의 효성과 계모의 개과천선에 대한 내용

이 확장되어 있음을 알 수 있다. 특히 〈김이양문록〉은 (사)와 같이 계
모의 모해로 정절 훼손의 누명을 쓴 전처 딸 소애가 계모의 죄를 용서
하는 대목이 첨가되어 있어서 주목된다. 조선 후기 계모형 가정소설은
새로운 가족으로 영입된 계모의 죄에 대해서 철저하게 응징하는 것으
로 나타나기 때문이다.

(가)와 (다)는 주인공 소애와 태을이 천상적 징표를 가지고 출생하는
대목이다. 이러한 주인공의 출생담은 대부분 천상에서 득죄한 인물이
지상에 내려오는 적강담을 보여준다. 주인공은 기자치성을 올리던 이
진사의 부인 정씨와 김 판서의 부인 석씨의 품에 들어와 각각 출생하였
다. 이러한 내용을 제시하면 다음과 같다.

> 부인이 흔 꿈을 어드니 월궁선여라 흐며 나려와 월궁황의 쌀 소의로
> 셔 옥황승졔 쎄 반조듀시든죄로셔 옥황승졔 나올 죄을 듀시니 닌간의
> 젹강흐시믜 부인계 왓슴난이다 인흐여 품안으로 드리오거날 꿈을 씬이
> 남가일몽이라 …… 일일은 석부인니 침셕의 으지흐엿드니 쳔승으로 빅
> 옥션등이 나려와 부인겻퇴 와 안즈 이로딕 나난 틱을션동 이압드니 월
> 궁황의 쌀 소의로 더부려 눈이얼드니 히롱흐다가 옥황승졔 나얼 죄듀니
> 인간의 젹강흐시믜 아모딕로 갓줄 모라드니 북두칠셩게셔 부인꾀 지위
> 흐시믜 왓스오니 부인은 익중흐옵소셔[15]

위의 인용문과 같이 적강담은 천상에서 신성 징표를 가지고 하강한
소애와 태을이 지상에서 활약할 것으로 예견되었지만, 탁월한 능력을
보여주지 못한다는 데 문제가 있다. 이런 점에서 천상적 인물의 적강담

---

15 계명대본 〈김이양문록〉, 2쪽에 소애의 출생담과 7~8쪽에 태을의 출생담이 등장한다.

은 〈김이양문록〉의 구조에 긴밀히 연결되지 못한 것으로 보인다. 더욱이 작품의 결말에서 행복을 누린 주인공이 천상으로 복귀하는 대목이 생략된 것도 서사구조의 일관성을 약화시키고 있다.

(라)는 천상적 징표를 가진 주인공들이 자신에게 어울리는 배필을 찾기 위해서 노력하다가 서로의 화상을 보고 결혼을 하게 된다. 이런 측면에서 두 집안의 결혼이 작품의 서사 전개에 주요한 기능을 담당하는 것으로 보인다. 다만, 두 집안의 결혼이 가문간의 혼사장애 갈등이 아니라는 점에서 핵심적 기능을 수행한다고 보기 어렵다. 대부분의 가문소설들은 충신과 간신의 대결을 통한 혼사장애 갈등을 수용하고 있다.[16] 그런데 〈김이양문록〉의 갈등은 바로 (마)와 같이 계모 송씨의 모해로 발생한다. 소애와 태을의 결혼식을 지켜본 계모가 전처 딸을 모해하게 된 까닭은 무엇일까?

> 이적의 송씨 소이의 인물과 빅힝병빅졀을 보고 마암의 승회 조흐너기지 안이 흐드니 즉시 혼예얼 당흐미 판셔틱 문리와 낭즈의 인물을 싱각흐니 져의 즈여드른 속졀업시 뒤질빅라 그이을 싱각흐니 엇지 졀통치아이흐리요 빅번 모히할 일얼 싱각다가 흔 못칙을 어더 소이 만 일 세승의 용납지 못홀 지얼 낫흐니며 져히 닌물이여 판셔 문관들 엇지 용흐리요 가즁 묘물흔 못칙이로다 흐고 씌얼 기다리드라[17]

위의 인용문과 같이 계모가 주인공의 결혼을 모해한 근본 원인은 자

---

16 이수봉, 앞의 책, 10~11쪽; 이성권, 「계모형 고소설의 갈등과 그 성격」,『고소설 연구』
    9집, 한국고소설학회, 2000.6, 56~63쪽.
17 계명대본 〈김이양문록〉, 14~15쪽.

기 자녀가 뒤떨어지는 것을 원통하게 생각했기 때문이다. 계모는 전처
딸 소애와 사위 태을의 인물이 뛰어남을 시기하여 모해한 것이다. 이러
한 내용은 계모형 가정소설 〈유최현전〉에도 동일하게 등장하고 있다.[18]
조선 후기 사회에서는 전처 딸의 인물됨이 자기 자녀보다 뛰어나면 계
모의 입지가 상대적으로 좁아질 수밖에 없었다. 결혼 첫날밤 계모의 모
해 때문에 김 판서의 아들은 집으로 돌아가고 소애는 음녀의 누명을 쓰
고 7년 동안 그 방안에서 한 걸음도 나오지 않는다. 이런 점에서 필사본
〈김이양문록〉은 여성의 정절을 강조하는 사회상을 반영하고 있다.

(바)와 같이 태을은 과거에 급제한 뒤에 전라도 암행어사로 제수되
어 소애의 억울한 누명을 벗겨준다. 암행어사 태을은 할미의 도움으로
사실관계를 파악한 뒤에 낭인들을 문초하여 계모 송씨의 죄상을 밝혀
낸다. 그때 (사)처럼 7년 동안 방안에 머물던 소애가 나와서 계모의 죄
를 용서해줄 뿐만 아니라 부친이 계모를 버리지 않겠다는 글을 받아달
라고 요구한다. 이러한 소애의 효성을 통해서 조선 후기 여성에게 강조
된 유교윤리의 실체를 확인할 수 있다. 소애의 효성 덕분에 현실세계에
서 용서를 받았던 계모는 저승세계에서 자신의 잘못을 깨닫고 개과천
선하였다.

갈등이 극복된 다음에는 (아)와 같이 소애와 태을의 결혼식이 진행
되고 시부모에게 인사를 올린다. 〈김이양문록〉의 결혼담은 가문간의
갈등이 아니라 계모에 의한 혼사장애 갈등으로 변모된 특징을 보여준
다. 더욱이 영웅적 인물의 활약과 가문창달 대목이 생략된 점으로 보아

---

18 김재웅, 「〈유최현전〉의 구조적 특징과 가정소설의 지평 확장」, 『정신문화연구』 102
   호, 한국학중앙연구원, 2006.3, 89쪽.

결혼담을 작품의 핵심구조로 보기도 어렵다. 그럼에도 〈김이양문록〉은 계모가 전처의 딸을 모해하여 파혼되었던 주인공의 결혼이 완성되면서 (차)와 같이 부귀공명과 행복한 결말로 이어진다. 새로 등극한 국왕이 충신을 재기용하여 김 판서 부자는 높은 벼슬에 제수되고 소애는 정경부인에 봉해진다. 이렇게 작품의 말미에서 김 판서 집안은 회복되고 그 자녀들은 국가의 충신이 되었다.

그런데 작품의 결말에 앞서 (자)처럼 김 판서 부자의 적선과 보은담이 첨가되어 있다. 김 판서는 조정에 소인이 득세하여 참소하기에 벼슬을 버리고 낙향하였다. 집안이 부유한 김 판서는 친척이나 상하의 길흉대사에 적선하였으나, 갑자기 집안이 가난해지면서 빌려준 돈을 아들에게 받아오라고 하였다.

> 그 소연이 반석아릭 널쎠 듁으려 ㅎ니 그 쳐직 붓드난 경상 차마 보지
> 못할미라 틱으리 …… 고이ㅎ거날 졋틱 가셔 그 소연을 불너 무은젹 그
> 소연니 이로딕 다람이 아니라 나의 붓친이 기셰ㅎ실 씌예 이웃집 김초
> 조의 돈 두양직모을 츄리 썻습든이 붓친 기셰ㅎ시고 이적 갑지 못ㅎ기
> 로 …… 셩화갓치 독츅ㅎ난지라 …… 닉의 귀물 갑지 못ㅎ거던 닉의 여동
> 싱을 겨의 비주로 달나ㅎ이 닉 스라 져런 변을 엇지 보리요 닉 촌라리
> 죽고 모르면 올토다 ㅎ고 이 강슈의 싸져 죽으려ㅎ니[19]

위의 인용문과 같이 부친의 명으로 돈을 받아오던 태을이 소진사 남매의 딱한 사정을 듣고 적선하였다. 그 덕분에 소진사 남매는 태을의 은혜에 감사하기 위해서 비석을 세우고 지성으로 감사하며 보은한다.

---

19 계명대본 〈김이양문록〉, 70~71쪽.

이러한 (자)의 적선과 보은담은 앞에서 전개된 사건과도 일정한 연관성
을 확인하기도 어려운 실정이다. 그럼에도 작품의 말미에 김 판서 부자
의 적선담은 국왕에게 보상받는 것으로 전개된다. 따라서 적선과 보은
담은 〈김이양문록〉의 서사구조와 긴밀히 연결되지 않고 독립된 느낌
을 지울 수 없다.

이상에서 〈김이양문록〉은 (가)-(차)와 같이 전처의 자녀와 계모의
갈등을 다루고 있는 구조적 특징을 보여준다. 조선 후기 필사본 〈김이
양문록〉의 구조에는 적강담, 결혼담, 적선과 보은담 등과 같이 다양한
내용을 수용하고 있다. 이러한 〈김이양문록〉은 방각본이나 활자본이
존재하지 않고 필사본으로 유통되면서 당대의 유명한 판소리를 수용하
여 계모형 가정소설의 구조에 첨가함으로써 색다른 작품으로 변모되었
다. 따라서 〈김이양문록〉은 조선 후기 기존의 다양한 작품들과 교섭하
면서도 계모형 가정소설의 구조적 특징을 보여주고 있다.

2) 〈김이양문록〉과 〈최호양문록〉의 대비적 위상

필사본 〈김이양문록〉의 구조적 특징을 밝히기 위해서는 표제와 내
용이 유사한 작품과 비교할 필요가 있다. 필사본 고전소설 중에서는
〈최호양문록〉, 〈유이양문록〉, 〈이조양문록〉, 〈하진양문록〉, 〈부장양
문록〉 등과 유사하다. 그중에서도 〈김이양문록〉은 〈최호양문록〉과 구
조적, 유형적인 측면뿐만 아니라 서사 분량에서도 유사한 것으로 보인
다.[20] 이러한 필사본 〈김이양문록〉과 〈최호양문록〉을 구체적으로 비교

---

20 조희웅, 앞의 책, 742쪽; 조희웅, 『고전소설 연구보정』, 박이정, 2006, 1038쪽. 〈최호양

하여 작품의 대비적 위상을 살펴보고자 한다.

고전소설의 표제는 주인공이나 작품의 성격을 함축적으로 드러낸다고 해도 지나친 말이 아니다. 실제로 〈김이양문록〉과 〈최호양문록〉도 표제를 통해서 집안의 결혼이 중요한 사건임을 짐작할 수 있다. 그런데 두 작품은 동일한 표제에도 불구하고 작품의 서두에서 차이를 보인다. 필사본 〈김이양문록〉은 이명의 딸 소애의 출생이 먼저 등장한다면, 〈최호양문록〉은 최현의 아들 희성의 출생이 먼저 등장한다.[21] 이러한 작품의 서두에 여성이 먼저 등장하는 것은 작중의 역할과 주제의식에도 상당한 영향을 미치는 것으로 보인다. 따라서 〈김이양문록〉은 〈최호양문록〉과 달리 작품 서두에 여성 주인공이 먼저 등장하고 있어서 주목된다.[22]

작품의 등장인물은 서사 분량과 밀접한 관계를 가지고 있다. 작품의 분량이 늘어나면 등장인물의 숫자나 성격이 다양하기 마련이다. 〈김이양문록〉에는 소애의 부친이 대대로 관명을 쫓지 않고 진사 급제하여 가업에 힘쓰는 모습을 보여준다. 〈최호양문록〉에는 문장에 뛰어난 최현이 한림학사와 이부상서에 제수되어 그 명성이 나라에 진동하는 것

문록〉은 필사본 11종이 존재하고 있다. 여기서는 계명대본 〈최호양문록〉을 중심으로 비교하고자 한다.

21 계명대본 〈최호양문록〉, 1쪽. 딕송시절에 니부상셔 최현은 소직인이라 아시로 붓허 문장학힝이 마히나고 얼골이 옥갓고 셩덕이 졍쇠ᄒ여 십오의 등용이 예 잇시미 젼의 ᄒ님흑ᄉ랄 ᄒ엿더니 오ᄅ기 아니ᄒ여 이부상셔 간의최의랄 겸ᄒ시고 순종과 부직 일국의 진동ᄒ더ᄅ

22 〈김이양문록〉은 작품 서두에 여성 주인공이 먼저 등장하여 〈이김양문록〉이라 해야 좋을 듯하다. 이러한 작품의 표제와 등장인물의 순서에 대한 연관성은 후고의 몫으로 남겨둔다.

으로 등장한다. 그리고 호시랑의 집안을 파멸한 간신 여화, 연쇄가 등
장하여 작품의 서사를 확장할 뿐만 아니라 결혼을 통한 다양한 인물들
이 활약하고 있다. 따라서 〈김이양문록〉은 등장인물이 매우 단순하지
만 〈최호양문록〉은 충신과 간신의 갈등과 권력을 남용하는 자사 원선
처럼 다양한 인물이 등장하고 있다.

작품의 주인공은 모두 천상적 징표를 가지고 출생하였으나 인물의
성격에서 차이점이 나타난다. 〈김이양문록〉에서는 태을의 영웅적 성격
이 생략된 반면에 〈최호양문록〉에서는 희성의 영웅적 성격이 나타나
고 있다. 〈김이양문록〉에서는 태을이 과거에 급제한 뒤에 암행어사의
직책을 수행하는 것으로 나타날 뿐이다. 그런데 〈최호양문록〉의 최희
성은 별히도에서 도적을 토벌하고 민심을 진정하고 있다.[23] 특히 태자
가 왕이 되면서 최희성에게 십만 대병을 주어 흉노족을 정벌하게 한다.

> ㉠십만정병을 거느려 휴노랄 정발훌식 예부상셔 최희성을 특디로 되
> 원슈랄 슴아 정발한 슴연만의 흉노랄 항복밧고 공을 셰우니 쳔지 ……
> 졀힝을 표장ᄒ샤 ……부귀 일국의 딘둥ᄒ더라 ㉡쳔지 동문남 취슌가의
> 궁을 지으니 …… 복당후원이 되궐과 한가지라 별호랄 슝쳔궁이라 ᄒ고
> 붉은문의 금ᄌ로 셧시되 츙신졍졀의 최젹문이라 ᄒ엿더라 문압희 호씨
> 의 졍졀을 표ᄒ샤 비랄 셰우시니[24]

---

23 계명대본 〈최호양문록〉, 70쪽. 쳔지 희성으로 ᄒ여곰 별히도의 ᄉ신을 보너실식 별회
　도ᄂ 지방이 슈쳔이오 인심이 강악ᄒ야 흉적이 만흐니 경은 지덕이 만코 문뮈겸젼ᄒ
　온고로 보너ᄂᄂ니 경은 강적을 ᄌ멸ᄒ고 계가랄 울여 도르와 딤의 ᄇᄅᄂ 바랄 져바
　리지 말나
24 계명대본 〈최호양문록〉, 104~105쪽.

위의 인용문 ㉠과 같이 〈최호양문록〉은 최희성의 영웅적 군담에 대한 내용이 첨가된 것으로 보인다. 다만, 작품이 축약되어 있는 관계로 군담 장면에 대한 자세한 내용은 생략되었다. 이러한 최희성의 영웅적 활약과 호 소저의 정절은 국왕에 의해서 표상되고 부귀공명을 획득하는 것으로 나타난다. 여기서 멈추지 않고 〈최호양문록〉은 ㉡처럼 국왕이 주인공의 충신과 정절을 표상하기 위해서 궁궐 같은 집을 지어주고 비석도 세워준다.

이러한 영웅적 인물의 활약을 통한 가문 창달의식은 〈유이양문록〉, 〈이조양문록〉, 〈하진양문록〉 등에도 정도의 차이는 있지만 등장하고 있다. 특히 〈하진양문록〉은 주인공 하옥주와 진세백의 결혼과 가문창달을 그리고 있으면서도 여성영웅 하옥주의 활약을 강조하고 있다.[25] 그런데 〈김이양문록〉에는 영웅적 인물의 활약이 생략되고 계모의 죄를 처벌하는 저승담이 첨가되어 있다. 이런 측면에서 〈김이양문록〉과 〈최호양문록〉은 작품의 구조와 성격에서도 공통점과 차이점을 보인다. 〈김이양문록〉은 전처의 자녀와 계모의 갈등을 다룬 계모형 가정소설의 구조를 내포하고 있다. 반면에 〈최호양문록〉은 혼사장애 갈등과 호 소저를 취하려는 자사 원선의 권력형 비리까지 겹치면서 사건은 복잡한 양상으로 발전한다. 이러한 과정에서 〈최호양문록〉은 영웅적 인물과 처처 간의 다툼을 다룬 쟁총형 가정소설의 구조로 확장되었다.

필사본 〈최호양문록〉은 주인공 최희성이 민씨, 호씨, 정씨 등과 결혼하여 일부다처제의 사회상을 반영하고 있다. 한 남자와 세 여자의 결혼

---

25 장서각 소장본 『하진양문록』, 한국학중앙연구원, 2005.

과 갈등을 다루는 〈최호양문록〉은 쟁총형 가정소설의 성격을 보여줄 뿐만 아니라 누대로 이어지는 가문소설로 발전할 가능성이 잠재되어 있다. 〈부장양문록〉에서도 부장 양가의 혼사장애를 중심으로 여성영웅의 활약이 장편화 된 특징을 보여준다.[26] 이렇게 작품의 장편화와 가문 간의 혼사장애 갈등을 내포하게 되면서 〈최호양문록〉은 쟁총형 가정소설에서 가문소설로 전환한 것으로 보인다.[27]

이러한 경우는 영웅적 인물의 활약과 가문 창달을 내포한 〈유이양문록〉과 〈이조양문록〉에서도 유사한 내용이 등장하고 있다. 〈유이양문록〉은 일부다처의 풍습 속에서 여성의 투기를 경계하고 충효를 강조하는 가문소설적 성격을 보여준다. 이 작품은 탁월한 인물이 등장하여 가문창달을 이룩한 뒤에 봉제사와 접빈객을 제대로 수행하기 위해서 종손과 종부의 중요성을 부각하고 있다.[28] 그리고 〈이조양문록〉은 가문 창달을 위해서 영웅적 인물의 군담 및 혼사장애담과 같은 다채로운 내용이 복합적으로 구성되어 있다.[29] 따라서 계모형 가정소설의 성격을 내포한 〈김이양문록〉은 쟁총형 가정소설의 성격을 내포한 〈최호양문록〉과 구조적인 측면에서 차이를 보여준다.

---

26 정병설, 「여성영웅소설의 전개와 〈부장양문록〉」, 『고전문학연구』 19집, 한국고전문학회, 2001.6, 223쪽.

27 한국고소설학회 편, 『한국고소설론』, 아세아문화사, 1993, 299~302쪽. 대체로 가정소설은 가정 안에서 갈등이 발생하여 문제가 해결된다면, 가문소설은 가문간의 혼사장애 갈등을 통해서 당대는 물론 자손대로 이어지는 작품을 지칭한다. 이러한 가정소설과 가문소설의 유형분류는 연구자에 따라서 조금씩 다르게 구분하고 있다. 이승복, 『고전소설과 가문의식』, 월인, 2000, 168~171쪽에서는 부부 관계축을 중시하면 가정소설, 부자 관계의 축을 중시하면 가문소설로 구분하기도 한다.

28 이수봉, 〈유이양문록〉, 앞의 책, 302~349쪽.

29 이수봉, 〈이조양문록〉, 앞의 책, 156~181쪽.

이상에서 필사본 〈김이양문록〉과 〈최호양문록〉을 비교한 결과 조선 후기 가정소설의 유형구조를 내포하고 있다는 점을 확인하였다. 가정소설의 범주 속에서 〈김이양문록〉은 서사 구조가 단순한 반면에 〈최호양문록〉은 매우 복잡한 구조를 내포하고 있다. 〈김이양문록〉은 계모형 가정소설의 갈등구조를 보여준다면, 〈최호양문록〉은 쟁총형 갈등구조를 내포한 가정소설의 성격을 내포하고 있다. 이 때문에 〈최호양문록〉은 쟁총형 가정소설에서 가문소설로 확장될 가능성이 잠재되어 있는 특징을 보여준다. 따라서 필사본 〈김이양문록〉은 조선 후기 계모형 가정소설의 유형에 저승담을 첨가하여 새롭게 변모되었다는 점에서 주목된다.

4. 〈김이양문록〉의 가정소설적 의미

〈김이양문록〉의 표제는 김씨와 이씨 집안의 결혼을 통해서 연결되는 양문록의 형식을 취하고 있어서 양문형 가문소설의 초기 형태로 파악하기도 한다.[30] 그런데 〈김이양문록〉은 양문형 가문소설로 보기에는 여러 가지 문제점이 있다. 우선 작품의 분량이 매우 적어서 가문소설로 발전할 가능성이 부족할 뿐만 아니라 작품의 구조가 단순하여 양문형 가문소설과는 거리가 현격한 실정이다. 설사 양문형 가문소설로 인정한다고 해도 그 선후관계의 설명에 동의하기 어렵다. 이 작품은 여성 향유층에 의해서 조선 후기 계모형 가정소설로 변모되었기 때문이다.

---

30 이수봉, 앞의 논문, 218~222쪽.

여기서는 앞에서 살펴본 〈김이양문록〉의 구조를 중심으로 계모형 가정소설의 성격과 의미를 해명할 것이다. 조선 후기 계모형 가정소설은 계모가 전처 자녀의 정절을 훼손하는 계략 때문에 억울한 누명을 쓰고 가정에서 추출되거나 죽임을 당하는 내용이 대부분을 차지한다.[31] 〈김이양문록〉은 영웅적 인물의 군담과 가문을 창달하는 내용이 생략되어 있어서 영웅 및 군담소설의 성격과는 거리가 있다. 이러한 필사본 〈김이양문록〉에 나타난 계모형 가정소설의 성격을 추출하면 다음과 같다.

> ㉮ 주인공 소애의 출생과 생모의 죽음
> ㉯ 개모의 영입 및 주인공의 결혼 약속
> ㉰ 결혼 첫날밤 계모 송씨의 모해로 파혼
> ㉱ 소애의 억울한 누명과 태을의 분노
> ㉲ 남편이 아내의 억울함을 풀어주고 계모를 용서함
> ㉳ 주인공이 다시 결혼하여 부귀공명을 누림

위와 같이 〈김이양문록〉은 ㉮-㉳와 같이 전처 딸과 계모의 갈등을 다루고 있는 계모형 가정소설의 구조를 보여주고 있다. 이 작품의 주인공들은 천상 연분으로 결혼하게 되었으나, ㉰처럼 계모의 모해로 결혼 첫날밤에 이별하게 된다. 두 집안의 결혼을 방해하는 핵심 인물이 바로

---

31 김재용, 『계모형 고소설의 시학』, 집문당, 1996, 11~69쪽; 이원수, 『고전소설의 작품 세계의 실상』, 경남대학교 출판부, 1996, 349쪽. ① 주인공이 어릴 때 생모가 세상을 떠나다. ② 계모가 들어오다. ③ 계모가 주인공을 학대하고 모해한다. ④ 주인공이 집에서 축출되다. ⑤ 계모의 모해가 폭로되고 주인공의 억울함이 밝혀지다. ⑥ 계모가 처벌되다. ⑦ 주인공이 다시 환생하여 화목한 가정생활을 누리다.

계모 송씨이다. 계모는 정씨 부인을 대신하여 이씨 집안에 들어와 소애를 잘 보살폈을 뿐만 아니라 슬하에 1남 2녀를 낳기도 한다.

그런데 전처의 딸과 갈등 없이 지내던 계모가 갑자기 소애를 모해한 까닭이 궁금하지 않을 수 없다. 계모는 소애의 결혼식에서 사위 태을의 인물됨을 보고 자기 자녀들이 뒤 떨어지는 것을 한탄하였다. 전처 딸에 비하여 자기 딸의 인물이 떨어진다는 것은 죽은 정씨 부인과 자신의 성품이 극명하게 대비되기 때문이다. 고심하던 계모는 태을과 소애의 결혼식 첫날밤에 낭인들을 시켜 신방문을 칼로 긁는 모해를 저지른다. 이 때문에 ㉱처럼 태을은 아내의 부정을 의심하고 집으로 떠나면서 소애는 억울한 누명을 쓸 수밖에 없었다.

이러한 계모의 모해가 성공한 것으로 보이지만 오래가지 못한다. ㉲와 같이 태을이 과거에 급제하여 전라도 순천부의 암행어사로 자원했기 때문이다. 암행어사의 신분을 속이고 민정을 살피던 태을은 주점에서 할머니를 만나 뜻밖에 계모 송씨의 모해라는 사실을 확인한다. 그런데 소애는 계모에 의해서 억울한 누명을 썼음에도 불구하고 계모 송씨의 죄를 용서해달라고 암행어사에게 요청하였다. 이러한 소애의 모습은 유교적인 효성을 강조하는 조선 후기 사회상을 반영한 것으로 보인다.

조선 후기 계모형 가정소설은 계모의 죄상을 밝혀내어 처벌하는 것으로 마무리된다. 그런데 〈김이양문록〉은 계모 송씨의 죄상을 밝혀내었음에도 소애의 효성 덕분에 용서하는 것으로 변모되었다. 이러한 소애의 효성담은 기존의 계모형 가정소설에서 찾아보기 어려운 독특한 내용이다. 계모형 가정소설의 초기작으로 알려진 〈장화홍련전〉에서는 주인공을 죽음으로 몰고 간 계모와 그 아들에 대한 철저한 처벌을 보여

준다. 후기 가정소설 〈조생원전〉과 〈정을선전〉, 〈유최현전〉에서도 주
인공을 모해한 계모에 대한 철저한 응징을 보여준다.[32]

그런데 필사본 〈김이양문록〉은 계모 송씨의 죄를 용서하여 다시 화
합하는 방향으로 전개된다. 왜냐하면 계모의 모해로 주인공이 고난을
겪었으나, 아무도 죽임을 당한 사람이 없었기 때문이다. 이것은 계모의
모해와 전처 자녀의 피해 정도에 따라서 계모의 생사가 결정되는 것으
로 보인다. 따라서 필사본 〈김이양문록〉은 계모형 가정소설 중에서도
주인공을 모해한 계모의 죄를 용서하고 있어서 주목된다.

> ㉠소여의 모친을 낙임ᄒ라 ᄒ시난 분부 잇ᄉᆞᆸ기로 붓그럼을 무릅씨고
> 이모양의 나왓ᄉᆞ오니 복원 어진 ᄉᆞᆫᄯᅩ난 세세통촉 ᄒᆞᆸ소셔 옛그리 ᄒᆞᄋᆞᆺ
> ᄉᆞᄃᆡ 어버이 비록 ᄌᆞ식을 미워ᄒᆞ여도 ᄌᆞ식의 도리난 효도얼 아니치사파
> ᄒᆞᄋᆞᆺᄉᆞ오니 소여 모친이 줌관 슬피지 못ᄒᆞ고 그리지위 ᄒᆞᄋᆞᆺᄉᆞ오니다 소
> 여 비복의 죄라 만일 소여의 모친을 죄쥬시면 소녀 비록 씨어쥬신 바람
> 업ᄉᆞᆸ고 도로 후혜의 구설이 될듯ᄒᆞ오니 복원 어ᄉᆞᆺᄯᅩ 깁피 싱각ᄒᆞ와 송
> 씨의 죄업게 ᄒᆞ소셔 …… 낭낭의 말을 드ᄅᆞ니 엇지 인심이 감동치 아니
> 리요 낭낭을 위ᄒᆞ여 송씨의 죄얼 ᄉᆞᄒᆞᄋᆞᆺ ᄉᆞ오ᄃᆡ …… ㉡부친이 송씨얼
> 안젼의 두지 아니ᄒᆞ실듯ᄒᆞ오니 만일 그라ᄒᆞ오면 ᄌᆞ식의 죄로 어미 쫒는
> 다 …… 명ᄉᆞᄯᅩ난 붓친게 출부아니할 문ᄶᅥ얼 바다쥬시고 …… 낭낭을 칠
> 연이나 금고ᄒᆞ여 회흠ᄒᆞ미 업ᄉᆞ오니 우선 그죄 중할듯ᄒᆞᄃᆡ 늬 져낭낭을
> 보와 모다믈 청ᄒᆞ노라[33]

---

32 김재웅, 앞의 논문, 79~103쪽. 여기서는 계모의 모함으로 자결한 최현의 혼령이 계모
   와 돌춘을 죽인다. 그리고 필사본 〈조생원전〉에서는 남편 조기수가 계모 배씨를 직
   접 처벌하는 것으로 나타난다.
33 계명대본 〈김이양문록〉, 53~56쪽.

위의 인용문과 같이 소애는 암행어사에게 계모 송씨의 죄를 용서해 달라는 유교적 효성을 보여준다. 비록 계모가 결혼 첫날밤에 모해했음에도 불구하고 소애는 ㉠처럼 유교윤리를 강조하는 옛글을 내세워 효성을 실천하고 있다. 소애의 효성은 여기서 그치는 것이 아니라 ㉡처럼 부친이 계모를 내치지 못하도록 암행어사에게 요청하는 것으로 확장되어 나타난다. 이렇게 〈김이양문록〉은 ㉠과 ㉡처럼 자신의 정절을 훼손한 계모의 죄를 용서한 소애의 행동을 통해서 조선 후기 효성을 강조하는 사회상을 반영한 것으로 보인다.

이러한 소애의 지극한 효성은 조선 후기 계모형 가정소설에서는 그 유래를 찾아보기 어려운 실정이다.[34] 영남 지역은 타 지역에 비하여 효성을 강조하는 유교윤리의 전통이 강화되었던 곳이다.[35] 이러한 지역에서 유통된 것으로 추정되는 계명대본 〈김이양문록〉은 지역의 여성 향유층을 의식하지 않을 수 없었을 것이다. 이 때문에 계모의 죄를 효성의 논리로 용서하여 가족의 화합을 도모했던 작가의식을 엿볼 수 있다. 따라서 〈김이양문록〉은 기존의 계모형 가정소설의 갈등구조를 내포하고 있으면서도 계모를 용서하고 화합하는 방향으로 변모된 특징을 보여준다.

그렇다고 해서 계모의 악행을 모두 용서하는 것은 아니다. 암행어사

---

34 김기동, 『이조시대소설론』, 이우출판사, 1978, 360~363쪽. 대부분의 계모형 가정소설에서는 계모를 처벌한다. 다만, 활자본 〈황월선전〉에서는 계모 박씨의 아들 덕분에 계모의 죄를 용서하는 것으로 보아 〈김이양문록〉과 차이를 보인다.

35 김재웅, 『대구·경북 지역의 설화 연구』, 계명대학교 출판부, 2007; 김재웅, 앞의 논문, 145~148쪽. 이런 점은 대구·경북 지역에 유통된 필사본 고전소설에서도 확인된다. 경북 지역에서는 '충효열'을 강조하는 가정소설이 가장 많이 유통되었다.

태을은 결혼 첫날밤의 사건을 조사하여 모두가 계모 송씨의 계략임을 밝혀낸다. 계모의 지시로 신혼 방문을 긁었던 서울 낭인놈들은 모두 처벌하였다. 그런데 한양 낭인놈들이 죽임을 당했음에도 불구하고 모해의 주범인 계모 송씨가 용서를 받는 대목은 사건 전개의 설득력이 미약하다. 이 때문에 계모 송씨는 꿈의 장치를 통해서 염라대왕의 군졸에게 잡혀가서 저승체험을 하는 것으로 나타난다.

> 염나왕이 분부닉여 송씨 주바 오라ᄒ시기로 왓스오니 …… 닉 무슨 연고로 나얼 줍펴난고 지조리왈 부인니 정씨 부인의 ᄯᆞᆯ 모이 칠연 금고흔 죄로 줍펴시니 밧비 가스이다 …… 억만지옥인난 그가운딕 슬펴보니 송씨 한양의 낭인놈은 크다큰 젹모카을 씨고 마조 안즈셔 눈무얼 흘이면셔 송씨을 보난체 아니 ᄒ거날 송씨 보믹 경신 아득흔지라 …… 쳔승으로 젹강ᄒ신 소이얼 칠연 금고흔 죄로 그리ᄒ오이와 그가온딕 흔 칸이 비엿거날 송씨 문왈 져칸은 엇지 비엇난요 …… 조만간의 부인 가드올고지로다 …… 닉 ᄯᅩ 엇지 여게 오리요 귀조리왈 죄얼 의논ᄒ면 향양은 중죄되고 부인은 송죄라 ᄒ거날[36]

위의 인용문과 같이 저승세계에 도착한 계모는 자신을 도와준 한양 낭인놈들이 칼을 쓰고 처벌받는 모습을 목격하였다. 지옥에서 낭인놈이 처벌받는 장면을 본 계모는 자신도 처벌을 받아야 하는 방이 있음을 보고 놀란다. 계모가 저승의 방에서 벌을 받지 못하겠다고 하니 귀졸이 한양 낭인보다 계모 송씨의 죄가 더 크다고 말해준다. 따라서 〈김이양문록〉은 현실세계에서는 소애의 효성으로 계모를 용서했으나, 저승세

---

36 계명대본 〈김이양문록〉, 59~61쪽.

계에서는 계모의 죄를 처벌하는 이중성을 보여준다.

한국 고소설에서 저승세계는 현실에서 저지른 불효와 형제불순에 대한 죄를 심판하고 처벌하는 공간으로 설정되어 있다. 이것은 현실 생활에서 죄를 지으면 반드시 저승세계에서 처벌을 받지만, 효성과 형제우애를 실천하면 극락세계에서 편안한 삶을 누린다는 불교적인 인과응보 사상이 내포되어 있다. 그 대표적인 인물이 덕행을 갖춘 이 진사의 부인 정씨이다. 정씨 부인은 소애를 낳고 삼삭 만에 세상을 떠났으나, 극락세계의 부인궁에서 책을 읽으며 편안한 생활을 즐기고 있다.

> 부인이 만히 모혀 칙도 보면 숭뉵도 치면 난독도 쓰면 한가지 안즈 홍담도 ᄒ며 그중의 기연ᄒ 부인은 높피 안즈 셔칙을 안ᄒ의 녹코 뒤적이며 …… 이집은 부인궁이라 인간의 어진 부인드리 와 져집의셔 져리 노난이다 ᄒ거날 그중의 홀노 안즈 칙만 보난 부인은 뉘라 ᄒ난요 귀졸왈 기난 졀나도 슌쳔부 화양촌 ᄉ난 이진ᄉ의 부인 졍씨라 …… 덕힝이 외슝ᄒ기로 여기드러와 모인중 졔의라[37]

위의 밑줄 친 부분과 같이 계모는 정씨 부인이 부인궁에서 한가롭게 책을 보거나 한담하는 장면을 목격한다. 극락세계의 사람들이 모두 편안한 생활을 하는 까닭은 현생에서 유교적 덕행을 실천하였기 때문이다. 계모 송씨는 저승세계와 극락세계를 구경한 뒤에 전생의 효성, 우애, 덕행 등의 실천이 중요하다는 사실을 깨닫고 개과천선하게 된다. 현실세계에서는 유교적 효성 논리로 계모의 죄를 용서하였으나, 저승

---

37 계명대본 〈김이양문록〉, 62~64쪽.

세계에서는 선악논리로 계모의 죄를 처벌하고 있는 것이다. 이러한 이중성은 현실의 선악논리에 의해서 저승에서 심판을 받는 불교의 순환론적 세계관을 수용한 것으로 보인다.

이렇게 〈김이양문록〉은 계모형 가정소설의 갈등구조에 계모의 개과천선을 위한 저승담이 첨가되어 있다. 작품에 첨가된 저승세계는 현실에서 발생한 죄에 대한 심판과 처벌이 진행되는 공간이다.[38] 정씨 부인의 요청에 의해서 저승세계를 다녀온 계모는 자신의 잘못을 깨달아 비로소 개과천선하게 된다. 이러한 〈김이양문록〉에 내포된 저승담은 조선 후기 효성을 강조하여 가족의 화합을 도모하려는 의지로 해석할 수 있다. 이것은 〈장화홍련전〉에서 주인공의 억울함을 보상해주는 재생담과 구별될 뿐만 아니라 〈황월선전〉의 일부 이본에서 등장하는 계모를 위로하는 내용과도 다르다.[39] 필사본 〈황월선전〉에는 계모 소생의 성격변화가 등장하지만 저승담을 첨가하여 계모를 용서하는 양면성은 보여주지 않는다. 따라서 〈김이양문록〉은 계모의 죄를 용서하여 새로운 가족의 화합을 이룩했다는 점에서 주목된다.

이상에서 〈김이양문록〉은 꿈을 활용한 무의식 세계에서는 계모의 죄에 대한 처벌이 진행됨을 보여준다. 현실에서 용서를 받은 계모 송씨가 꿈의 장치를 통해서 염라대왕 앞에 끌려간 까닭은 정씨 부인이 고발했기 때문이다.[40] 비록 현실에서는 소애의 효성으로 계모의 죄를 용서

---

38 김재웅, 「〈원자실전〉의 전기소설적 성격과 의미」, 『어문연구』 53집, 어문연구학회, 2007.4, 63~89쪽에서도 현실세계의 선악논리에 의해서 저승세계의 심판이 진행되는 내용이 등장한다.

39 김민조, 「〈황월선전〉 이본 연구」, 『고소설연구』 15집, 한국고소설학회, 2003.6, 215~245쪽.

했지만, 정씨 부인의 입장에서는 자식을 괴롭힌 계모를 용서하기 어려 웠을 것이다. 이 때문에 작가는 저승담을 첨가하여 지옥세계에서 낭인 과 계모를 처벌한 것으로 보인다. 따라서 〈김이양문록〉은 현실에서는 유교적 효성의 논리로 계모를 용서하여 가족의 화합을 이룩하였음에도 불구하고 저승에서는 계모를 처벌하는 양면성을 보여주고 있다. 이러 한 〈김이양문록〉의 양면성을 통해서 여성 향유층의 유교적 명분을 살 리면서도 계모의 악행을 처벌하는 조선 후기 계모형 가정소설의 미학 적 의미를 발견할 수 있다.

5. 맺음말

이상에서 〈김이양문록〉의 창작방법과 가정소설적 성격과 의미를 살 펴보았다. 현재까지 국문 필사본 3종이 존재하고 있는 〈김이양문록〉은 별다른 주목을 받지 못한 것으로 보인다. 방각본과 활자본으로 간행되 지 못하여 필사본으로 유통되었기 때문에 연구자의 주목을 받지도 못 하였다. 그럼에도 불구하고 〈김이양문록〉은 조선 후기 기존의 작품을 수용하여 재창작되었다는 점에서 주목된다.

첫째, 필사본 〈김이양문록〉은 조선 후기 향유층의 인기를 모았던 판 소리 〈춘향가〉의 내용과 문체를 수용하여 재창작되었다. 작품에 등장 하는 태을이 거지차림으로 이 진사의 생일에 들어가는 대목, 암행어사

---

40 정씨 부인은 자신의 딸을 모해한 계모를 저승세계에 잡아와 그 죄를 심판하는 모성 애를 보여준다.

의 출도대목, 소애의 꿈 해몽 대목, 주점 할미에게 소애의 정절을 확인
하는 대목 등은 〈춘향가〉의 이도령의 모습과 너무도 유사하다고 하겠
다. 특히 계명대본 〈김이양문록〉은 판소리 〈춘향가〉의 내용과 문체까
지 수용하여 재창작되었다는 점에서 이수봉본 〈김이양문록〉과 차이를
보인다.

둘째, 〈김이양문록〉은 서사구조에 천상적 인물의 적강담, 결혼담, 적
선과 보은담 등과 같이 기존 작품의 일부를 수용하고 있다. 작품에 수
용된 적강담이나 적선과 보은담은 작품의 구조와 유기적으로 연결되지
못하고, 결혼담은 계모에 의해 혼사장애가 발생하는 점으로 보아 가문
간의 갈등으로 확장되지 못하였다. 이런 점에서 〈김이양문록〉은 전처
의 자녀와 계모의 갈등을 다룬 조선 후기 계모형 가정소설의 구조를 내
포하고 있다.

셋째, 〈김이양문록〉과 〈최호양문록〉을 비교해보면 〈김이양문록〉은
작품의 구조가 단순한 반면에 〈최호양문록〉은 복잡한 구조를 내포하
고 있다. 〈김이양문록〉은 계모형 가정소설의 성격을 내포하고 있다면
〈최호양문록〉은 쟁총형 가정소설의 성격을 내포하고 있다. 이밖에 등
장인물의 성격이나 영웅적 인물의 군담과 가문창달 등에서 두 작품은
차이를 보여준다. 따라서 〈김이양문록〉은 저승담을 첨가하여 계모형
가정소설의 변모를 보여준다면, 〈최호양문록〉은 쟁총형 가정소설에서
가문창달을 도모하는 가문소설로 전환될 가능성이 높다고 하겠다.

넷째, 〈김이양문록〉은 조선 후기 계모형 가정소설의 성격과 의미를
내포하고 있다. 〈김이양문록〉은 현실세계에서는 효성의 논리로 계모를
용서하고 화합하지만, 저승세계에서는 계모를 처벌하는 것으로 나타난

다. 이러한 이중성은 유교적 효성을 강조하면서도 계모를 처벌하는 여성 향유층의 양면적 성격을 반영한 것으로 보인다. 따라서 〈김이양문록〉은 저승담을 첨가하여 계모의 개과천선을 유도하여 가족의 화합을 도모했다는 점에서 그 소설사적 의미를 찾을 수 있다.

출전: 「〈김이양문록〉의 창작방법과 가정소설적 의미」, 『영남학』, 12호, 경북대 영남문화연구원, 2007, 123~155쪽.

VI

〈최호양문록〉의 구조적 특징과
가정소설적 위상

1. 머리말

　조선 후기 국문 필사본 〈최호양문록〉은 12종의 이본이 존재하고 있지만[1] 작품에 대한 연구는 전무한 실정이다. 이 작품의 표제는 최씨 집안과 호씨 집안의 혼사장애 갈등을 내포한 가문소설적 성격을 보여주고 있다. 그런데 〈최호양문록〉은 두 집안의 혼사장애 갈등뿐만 아니라 처처 간의 쟁총갈등, 충신과 간신의 선악갈등 등과 같은 다양한 사건을 포함하고 있어서 주목된다. 이러한 필사본 〈최호양문록〉을 학계에 소개하여 고소설사의 저변을 확대하고자 한다.

　지금까지 〈최호양문록〉은 필사본으로 유통되었기 때문에 연구자의 폭넓은 관심을 끌지 못한 것으로 보인다. 필사본은 판각본이나 활자본에 비하여 작품의 내용을 판독하기 어려울 뿐만 아니라 작품 연구에 많은 시간이 필요하기 때문이다. 필사본 〈최호양문록〉을 꼼꼼히 판독해

1　조희웅, 『고전소설 이본목록』, 집문당, 1999, 742쪽; 조희웅, 『고전소설 연구보정』, 박이정, 2006, 1038쪽.

본 결과 새로운 사실을 발견했다. 필사본 〈최호양문록〉은 〈김이양문록〉과 함께 양문록의 표제를 보여주고 있지만, 작품의 실상은 가정소설의 구조적 특징을 내포하고 있다.[2] 따라서 〈최호양문록〉에 대한 관심은 조선 후기 가정소설의 다양성 확대에 이바지할 것으로 생각된다.

그런데 필사본 〈최호양문록〉은 활자본 〈월영낭자전〉과 이본관계에 놓여있다. 활자본 〈월영낭자전〉에 집중된 기존연구는 필사본 〈최호양문록〉에 대한 연관성을 전혀 밝히지 못했다.[3] 이러한 측면에서 고소설의 이본관계 검토는 아무리 강조해도 지나치지 않을 것이다. 고소설의 방대한 이본을 체계적으로 정리한 조희웅의 성과에도 불구하고 〈최호양문록〉과 〈월영낭자전〉의 이본관계는 제대로 파악하지 못했다.[4] 따라서 필사본 〈최호양문록〉과 활자본 〈월영낭자전〉은 동일한 작품의 이본이라는 점을 새롭게 추가해야 마땅하다고 생각한다.

최근에 필자는 계명대학교 동산도서관에서 필사본 〈최호양문록〉 1종을 발굴했다. 이 작품은 기존의 이본목록에도 등장하지 않은 새로운 자료이다. 계명대본 〈최호양문록〉은 "세지갑술월지맹춘"이란 필사기 덕분에 필사시기를 어느 정도 확정할 수 있다.[5] 필사기에 등장하는 갑

---

2 김재웅, 「〈김이양문록〉의 창작방법과 가정소설적 의미」, 『영남학』 12호, 경북대학교 영남문화연구원, 2007.12, 123~153쪽.

3 안남기, 「〈월영낭자전〉 연구」, 한국교원대학교 석사학위논문, 2002, 1~126쪽; 송영호, 「월영낭자전 연구」, 강원대학교 석사학위논문, 1997, 1~56쪽; 이병일, 「월영낭자전 연구」, 인천대학교 석사학위논문, 1993, 1~70쪽; 민영대, 「월영낭자전에 등장하는 인물의 유형과 역할」, 『한남어문학』 29집, 한남대학교 국문학과, 2005, 41~69쪽; 민영대, 「〈월영낭자전〉 연구(1)」, 『한남어문학』 26집, 한남대학교 국문학과, 2002, 73~100쪽.

4 조희웅, 앞의 책, 463~464쪽, 743쪽.

5 계명대본 〈최호양문록〉, 1~116쪽. 계명대본의 표지에는 '崔胡兩門錄 單'이라 적혀있고 내지에는 '최호양문록 권지단'으로 적혀있다.

술년은 1874년일 것으로 보인다.[6] 이 때문에 작품 판독 및 이본관계에 대한 철저한 검토가 요청된다고 하겠다. 필사본 〈최호양문록〉의 이본에 대한 다각적인 비교연구를 통해서 조선 후기 가정소설의 토대를 굳건히 다질 수 있을 것이다.

본고에서는 필사본 〈최호양문록〉의 구조적 특징과 가정소설적 위상을 고찰하고자 한다. 이러한 목표를 달성하기 위해 필사본 〈최호양문록〉의 이본 검토와 더불어 활자본 〈월영낭자전〉도 참고할 것이다. 이를 바탕으로 조선 후기 필사본 〈최호양문록〉의 구조적 특징과 가정소설적 의미를 체계적으로 밝히고자 한다. 이러한 작업을 통해서 필사본 〈최호양문록〉에서 활자본 〈월영낭자전〉으로 개작되는 과정도 자연스럽게 드러날 것으로 생각된다.

2. 〈최호양문록〉의 내용과 이본관계

1) 〈최호양문록〉의 줄거리

(가) 대송시절에 이부상서 최현은 문장학행이 뛰어나 명성이 나라에 진동한다. 최상서는 용모와 재덕이 빼어난 부인이 아들을 낳아 희성이라 이름 짓는다. 최희성은 어려서부터 출중한 능력을 보인다. 호시랑 부인이 태몽을 꾸고 딸을 낳았는데 재덕이 빼어나 이름을 월영이라 짓는다.

---

6 계명대본 〈최호양문록〉에 기록된 갑술년은 1874년 또는 1934년일 가능성이 높다. 그런데 필사본은 1916년에 출간된 활자본보다 선행본이다. 작품의 필사시기에 대한 구체적인 추정은 이본관계에서 다루기로 한다.

호공이 최부에 가서 희성과 월영의 혼사를 약속하면서 옥장도와 월기탄을 징표로 교환하였다.

(나) 조정의 간신 여화가 호시랑을 참소하자, 호시랑은 월영과 희성의 결혼을 당부한 뒤에 간신에게 죽임을 당한다. 여씨 부인은 딸에게 편지를 남기고 남편을 따라 자결한다. 호소저는 부모의 시신을 거두어 초상을 치르고 최상서는 호소저를 위로한다. 부모의 3년 상을 치른 월영은 희성과 결혼해 양가의 후사를 이으라는 부모의 유서를 보았다.

(다) 자사 원선이 아내 형씨를 내치고 호소저의 미모에 반해 재취하고자 하였으나, 호소저는 최상서 아들과 결혼을 약속했기에 거절한다. 자사는 최랑의 서간과 교자를 위조하거나 자객을 파견하여 호소를 재취하고자 했으나 실패한다. 이러한 자사의 음모를 지혜로 막아낸 호소저는 후환을 막기 위해 초상을 치르게 한 뒤에 변복하여 길을 떠난다. 호소저가 죽었다는 소식을 들은 자사는 즉시 아내 형씨를 데려온다.

(라) 남장하여 피신한 호소저는 소주현 경어사 집에 유숙하다가 부인의 수양딸로 지낸다. 한편 장원급제한 최희성은 호씨가 죽었다는 소문을 듣고 민승상의 딸과 결혼한다. 최희성과 호소저는 천상 연분을 확인하는 꿈을 꾸었다. 민씨 부인은 재취의 꿈이라고 했으나, 최희성은 조강지처를 버리지 않겠다고 하였다.

(마) 천자가 최희성에게 예부시랑 간의태부를 겸하게 한다. 최희성은 소주 숙부인 문병을 갔다가 경어사 집에서 호소저를 만난다. 희성은 부모에게 그간의 사실을 말하여 호소저를 육례로 데려온다. 최공 부부는 호소저가 돌아온 것을 기뻐했으나, 민씨는 마음이 아파도 내색하지 않는다. 최생은 두 부인과 화목하게 지내지만 점차 호씨에게 마음이 기울어진다.

(바) 정국공의 장녀는 황후가 되고 차녀는 최공 부처의 반대에도 불구하고 최시랑과 결혼하였다. 정씨는 황후의 위엄을 자랑하고 방자하여 시부모가 불안하게 생각한다. 정씨는 남편의 총애가 호씨, 민씨에게 빼

앗김을 분하게 생각했는데 아이를 낳은 뒤부터 교만해진다. 정씨는 호씨의 아래에 있음을 불평한다.

(사) 천자는 최희성에게 별히도의 사신으로 보내어 강적을 토벌하고 돌아오게 한다. 희성은 정씨에게 간악함을 없애라 당부한다. 정씨가 호씨의 친필을 위조해 절강 쌍한림을 연모하는 서간을 조작한다. 계교를 부리던 정씨는 아들이 병사하면서 더욱 흉악해진다. 절강 쌍한림이 보낸 자객이 희성을 죽이려 했으나 실패한다. 정씨의 계교로 최상서는 호씨를 궁문하며 호씨의 아들을 죽이라 명한다.

(아) 최시랑이 별히도에서 민심을 진정한 뒤에 호씨의 꿈을 꾸고 급히 돌아온다. 호씨는 천자에게 그간의 사정을 말하였으나 정국공이 죽이라고 강요한다. 갑자기 태풍이 불면서 천상 선인은 호씨가 천상 옥진성임을 말한다. 비로소 천자는 계략에 속았음을 깨닫고 정씨를 잡아들이라 했지만 정씨는 자결한다. 천자는 호씨를 무고한 시비를 죽이고 정국공을 유배 보낸다.

(자) 천자는 호씨의 절행을 칭찬하고 상금을 주어 보낸다. 호씨가 최부에 도착하니 상서 부처가 부끄러움을 머금고 기뻐한다. 최시랑이 천자를 알현했을 때 예부상서를 제수하고 민씨는 소국부인, 호씨는 위국부인으로 각각 봉하였다. 집에 돌아온 최희성은 호씨의 병구완을 한다.

(차) 정국공이 딸의 시신을 최가에 안장하려 했으나 각노 최현이 거부하여 정가의 선산에 안장하였다. 호씨는 자식이 어미 죄로 죽음을 한탄한다. 호씨와 희성은 민씨의 덕을 칭찬한다. 세월이 흘러 민씨와 호씨는 잉태하여 자녀를 낳았다.

(카) 천자가 죽고 태자가 즉위해 흉노 정벌을 위해 최희성을 대원수로 출정시킨다. 최상서가 공을 세워 천자는 최현을 우승상 양후로, 최희성을 조국공 양후로, 민씨는 정국비, 호씨는 태원비로 각각 봉하고 그 절행을 표상해 만후 정절부인을 겸하게 한다. 천자는 동남문 밖에 승천궁을 짓고 충신정절 최적문이라고 쓰고 문 앞에 호씨 정절비를 세워준다.

(타) 호씨는 부모의 원수를 갚으려고 여화, 연쾌 등의 간계를 밝혀 처참한다. 그리고 친정 모친인 여씨 부인의 절부비를 세워준다. 최희성과 두 부인이 부모에게 효성을 다하고 자녀들의 벼슬이 높아진다. 이때 호부인이 병이 들어 자녀와 손녀들에게 올바른 행실을 당부한 뒤에 세상을 떠난다. 최희성과 민씨, 호씨의 자녀들이 각각 벼슬을 하고 배필을 얻어 결혼한다.

이상에서 필사본 〈최호양문록〉은 천상 연분을 가진 최희성과 호월영의 혼사장애 갈등과 호씨와 정씨의 처·처간 쟁총갈등으로 구성되어 있다. 〈최호양문록〉은 최씨와 호씨 집안의 혼사장애 갈등을 다루는 (가)-(마)의 전반부와 처처 간의 쟁총형 갈등을 다루는 (바)-(타)의 후반부로 구분할 수 있다. 전반부에서는 양가 부친에 의해서 신물까지 주고받은 혼사가 뜻하지 않은 간신의 모함으로 호씨의 부친이 옥사하면서 갈등이 발생한다. 후반부에서는 최희성의 둘째 부인 호씨와 셋째 부인 정씨 사이에 처처 간의 쟁총형 갈등이 발생한다.

전반부에서는 집안이 몰락한 호소저가 부모의 3년 상을 치루고 자사원선의 재취욕망을 물리치면서 부모의 뜻대로 최희성과 결혼하게 된다. 후반부에서는 정씨 부인이 호씨 부인의 편지를 위조해 정절을 훼손했다는 모함으로 집안의 주도권을 장악한다. 이 때문에 호씨 부인은 감옥에서 혹독한 문초를 받았을 뿐만 아니라 자식이 죽임을 당하는 초유의 사태가 발생한 것이다. 이러한 처처 간의 쟁총형 갈등은 조선 후기 가정소설의 핵심 사건이다.

필사본 〈최호양문록〉의 줄거리는 조선 후기 가정소설의 성격을 보여주고 있다. 〈최호양문록〉의 표제는 최씨 집안과 호씨 집안의 혼사장

애 갈등을 내포한 가문소설의 성격을 보여준다. 주지하듯이 가문소설
은 가문간의 혼사장애 갈등 및 누대에 걸친 가문의 번창을 염원하는 가
문의식을 내포하고 있다.[7] 그런데 필사본 〈최호양문록〉은 혼사장애 갈
등과 처처 간의 애정갈등이 전·후반부의 서사 전개를 이끌어가는 원
동력이다. 그중에서도 늑혼에 의한 쟁총형 갈등이 작품의 전·후반부
를 유기적 구조로 통합하고 있다. 따라서 필사본 〈최호양문록〉은 조선
후기 쟁총형 가정소설의 성격을 보여주고 있다.

2) 〈최호양문록〉의 이본관계와 서지사항

현재까지 알려진 필사본 〈최호양문록〉의 이본은 모두 12종이다.[8] 여
기에 〈최호양문록〉과 이본관계에 있는 필사본과 활자본 〈월영낭자전〉
을 포함하면 모두 22종으로 늘어난다.[9] 이렇게 조선 후기 필사본 〈최호
양문록〉은 22종이 유통되면서 일정한 독자층을 확보한 것으로 보인다.
이러한 〈최호양문록〉 이본의 서지사항을 제시하면 다음과 같다.

작품명	소장처	필사기록 및 향유층	비고	필 / 활
최호양문록	계명대학교	세지갑술(1874)월지맹춘	116쪽 (17줄, 15자)	필사본

7 장효현, 「장편 가문소설의 성립과 존재양태」, 『고소설의 저작과 전파』, 아세아문화사,
   1994, 495~522쪽.
8 〈최호양문록〉의 이본으로 알려진 박순호본 2종은 실물을 확인하지 못했다. 다만 정
   명기본, 양승민본, 영남대본은 실물을 확인했는데 완질이 아니라 모두 낙질로 존재하
   고 있다.
9 활자본 〈월영낭자전〉의 이본은 모두 4종이 존재하지만 내용은 모두 같다.

최호양문록	박순호	을묘(1855, 1915)신정초일	120쪽	필사본
최호양문록	김광순	경상도 방언의 빈번한 첨가	112쪽 (12줄, 19자)	필사본
최호양문록	성균관대학교	을해(1875, 1935)초월초삼일	140쪽 (12줄, 16자)	필사본
최호양문록	한중연	18쪽 이후 〈유씨삼대록〉 첨가	18쪽	필사본
최호양문록	연세대학교	무신(1908)납월 경북 문경군 산방면 녹문리	46쪽 (12줄, 18자)	필사본
최호양문록	홍윤표	2권2책. 을묘(1915)십월초이일	1권(104쪽) 2권(93쪽)	필사본
월령전	한중연	경신(1920)십이월이일	68쪽	필사본
호씨행녹전	한중연	임자(1912)정월, 책주 고령 박씨 부인	142쪽	필사본
호씨전	단국대학교	님술(1922)시월염육일, 책주인 박생원댁	76쪽	필사본
호씨전	단국대학교	계해(1923)십월십구일	158쪽	필사본
호씨전	단국대학교	소화십오년(1940)	104쪽	필사본
호씨호공록	국민대학교	을축(1925)초춘, 조소제 필서	98쪽	필사본
월영낭자전	한성서관	1916년	81쪽	활자본
월영낭자전	회동서관	1925년	61쪽	활자본

〈최호양문록〉은 다양한 필사본으로 오랫동안 유통되었을 뿐만 아니라 활자본 〈월영낭자전〉으로 거듭 출판되었다. 이 작품은 〈최호양문록〉(12종), 〈월령전〉(1종), 〈호씨행녹전〉(1종), 〈호씨전〉(3종), 〈호씨호공록〉(1종), 〈월영낭자전〉(4종) 등과 같이 매우 다양한 표제를 보여준다. 그중에서도 〈최호양문록〉이 압도적인 비중을 차지한다. 필사본 〈월령전〉, 〈호씨전〉과 활자본 〈월영낭자전〉은 모두 작품의 여주인공 호씨의 성이나 이름을 따서 표제로 삼았다. 〈호씨호공전〉은 여주인공 호씨와 아버지 호공을 작품의 표제로 삼았다면 〈호씨행녹전〉은 호씨의 행실을 작품의 표제로 삼았다고 하겠다.

　필사본 〈최호양문록〉의 필사기록은 60년의 편차를 보이지만 대체로 1874년에서 1940년까지 필사된 것으로 보인다.[10] 이때는 필사본을 모본으로 활용해 방각본이나 활자본이 본격적으로 출판되던 상업성의 시대이다. 그럼에도 〈최호양문록〉은 방각본으로 개작되지 않고 필사본으로 다양하게 유통되다가 1916년 활자본으로 출판되었다. 왜냐하면 〈최호양문록〉은 방각본의 출판시기와 동일한 기간에 창작되었거나 필사되었기 때문이다. 필사본으로 유통된 〈최호양문록〉에는 향유층의 다양한 의식이 반영되었을 것으로 보인다.

　조선 후기 고소설의 필사시기를 검토하면 작품의 필사 및 향유 계층을 어느 정도 확인할 수 있다. 필사본 〈최호양문록〉은 농한기에 집중적으로 필사되었다.[11] 농한기에 필사된 〈최호양문록〉은 단권으로 구성되었기 때문에 향유층의 신분계층은 그다지 높지 않은 것으로 보인다. 이 작품은 간신의 모함으로 호씨 집안의 몰락과 여성의 정절 및 혼사장애가 등장하는 것으로 보아 조선 후기 향촌 선비집안의 여성들이 향유한 것으로 보인다. 실제로 〈호씨행녹전〉, 〈호씨호공록〉 등의 이본에는 '고령 박씨 부인', '조소저' 등과 같은 여성 향유층의 필사기록이 등장하

10　계명대본 〈최호양문록〉의 '갑술년'은 1874년일 것으로 추정된다. 이 작품은 일관된 필체와 다채로운 서사 내용을 보여준다는 점에서 1916년에 간행된 활자본보다 선행본이다. 고소설의 축약본이 확장본보다 선행본임을 감안할 때, 계명대본은 1915년에 필사된 홍윤표본보다 작품의 내용이 축약된 점으로 보아 필사시기는 1874년으로 보인다. 그리고 성대본도 계명대본과 유사하여 1875년에 필사되었을 가능성이 높다고 하겠다.

11　김재웅, 「경북 지역에 유통된 필사본 고소설에 대한 실증적 연구」, 『고소설연구』 24집, 한국고소설학회, 2007.12, 219~250쪽; 김재웅, 「호남 지역에 유통된 필사본 고소설의 종류와 향유층에 대한 연구」, 『고소설연구』 28집, 한국고소설학회, 2009.12, 269~299쪽. 필사본 고소설을 향유한 신분계층은 대체로 농업과 깊은 관련성을 보여준다.

고 있다. 따라서 필사본 〈최호양문록〉의 향유층은 조선 후기 향촌의
선비집안 및 학자집안의 여성이 필사하고 독서한 것으로 추정된다.[12]
　그렇다면 필사본 〈최호양문록〉은 어느 지역에서 유통되었을까? 이
런 질문에 답하기 위해서는 작품의 필사기에 적혀있는 유통지역을 살
펴볼 필요가 있다. 실제로 김광순본 〈최호양문록〉은 19세기 말 경상도
방언의 특징이 뚜렷이 등장하는 것으로 보아 영남 지역에서 유통된 것
으로 보인다.[13] 연세대본 〈최호양문록〉은 말미에 "경북 문경군 산방면
녹문리"에서 유통되었음을 보여주는 필사기록이 등장한다. 이렇게 보
면 필사본 〈최호양문록〉은 유교 윤리가 강조된 영남 지역에서 유통되
었을 가능성을 조심스럽게 추정해볼 수 있다.
　단국대본 〈호씨전〉은 호씨의 아들을 금광사 중이 구해주거나 벽해
도 사신으로 간 사위의 목숨을 장인이 구해주는 내용이 첨가되어 있다.
한중연본 〈월령전〉은 월영의 출생대목과 남녀 주인공의 천상 복귀 대
목이 생략되었다. 한중연본 〈호씨행녹전〉은 천상의 옥황상제가 희성과
월영의 끊어진 인연을 이어주는 대목이 상세하게 나타난다. 국민대본
〈호씨호공록〉은 정씨가 남편의 애정을 차지하기 위해 시부모에게 '개
심단'을 먹여 판단을 흐리게 한다. 그리고 금광사 승려 설난이 호씨의
아이를 발견해 사원으로 데려갔는데, 경어사 부인이 그 아이를 자식으

12　김재웅, 앞의 논문, 219~250쪽; 김재웅, 「영남 지역 필사본 고소설에 나타난 여성 향
　　유층의 욕망」, 『한국고전여성문학연구』 16집, 한국고전여성문학회, 2008.6, 5~35쪽.
　　조선 후기 필사본 가정소설은 남성보다 여성 향유층이 선호했던 작품이다.
13　김광순, 『김광순 소장 필사본 고소설전집』 54권, 박이정, 2002, 349~459쪽. 이 작품은
　　19세기 말엽 경상도 방언의 특징인 "옥수얼, 양친얼, 아비랄, 소저얼, 깃붐얼, 칼얼"
　　등과 같이 "으/어"의 중화현상이 일관되게 등장하고 있다.

로 삼아 기르는 내용이 새롭게 첨가되어 있다. 따라서 필사본 〈최호양문록〉의 이본은 호씨 아들의 생사에 따라서 세부적인 내용의 차이를 보인다.

필사본 〈최호양문록〉과 활자본 〈월영낭자전〉의 이본을 함께 검토할 필요가 있다. 필사본 〈최호양문록〉에 등장하는 호소저의 이름을 작품의 제목으로 만들어 활자본 〈월영낭자전〉으로 개작했다. 당시의 출판업자들은 필사본의 작품성과 독자층의 향유의식을 생각하여 활자본을 상업적으로 간행한 것이다. 1916년 활자본으로 개작하면서 '양문록'의 표제를 여성 주인공인 호월영의 일대기로 변모시켰다는 점에서 주목된다. 이러한 시대적 흐름에 따라서 필사본 〈최호양문록〉도 활자본 〈월영낭자전〉으로 개작된 것으로 보인다.

활자본 〈월영낭자전〉은 한성서관, 유일서관, 회동서관 등에서 간행되었지만 내용은 동일하다.[14] 〈최호양문록〉과 〈월영낭자전〉의 이본을 비교해 보면 필사본에 비하여 활자본이 훨씬 사건 구성이 치밀한 것으로 보인다. 당시 독자층을 의식해 필사본을 각색하여 활자본으로 간행했기 때문에 일관된 구성을 보여준다. 그런데 활자본에 비하여 필사본은 사건 구성의 다양성을 보여주고 있다. 특히 호소저의 미모를 탐하는 자사 원선의 권력형 비리는 필사본 〈최호양문록〉에 다양하게 등장하지만, 활자본 〈월영낭자전〉에는 축약되어 등장한다. 필사본에서는 여성의 정절을 강조한다면, 활자본에서는 서사 전개의 일관성을 강조하고 있다.

---

14 조희웅, 『고전소설 이본목록』, 464쪽, 『고전소설 연구보정』, 723~4쪽; 안남기, 앞의 논문, 7~19쪽.

〈최호양문록〉에는 최희성이 별히도 사신으로 파견되어 강적을 토벌하고 돌아오는 내용이 등장하지만, 〈월영낭자전〉에는 이러한 내용이 축약되어 있다. 〈최호양문록〉에는 최생이 점차 호소저에게 애정을 느끼는데 반하여 〈월영낭자전〉에는 이런 대목이 생략되었다. 그리고 〈최호양문록〉에는 호씨가 먼저 죽는다면 〈월영낭자전〉에는 민씨가 먼저 사망하는 것으로 나타난다.[15] 작품의 말미에서 호씨와 민씨 가운데 어떤 인물이 먼저 세상을 떠나는가는 매우 중요한 의미를 갖는다. 이러한 사건의 변모는 최씨와 호씨의 혼사가 중심인 〈최호양문록〉과 월영낭자의 일생을 다루고 있는 〈월영낭자전〉의 표제를 통해서도 뚜렷이 드러난다.

오랫동안 지속된 필사본의 전통은 활자본의 등장과 함께 위축되지 않았다. 필사본 〈최호양문록〉은 활자본 〈월영낭자전〉이 출판된 뒤에도 여전히 필사본으로 유통되었다. 이런 점에서 조선 후기 〈최호양문록〉과 〈월영낭자전〉을 향유한 사람들의 신분계층은 서로 달랐던 것으로 보인다. 필사본은 양반이나 선비집안에서 주로 향유했다면, 활자본은 상민들이 주로 향유했을 것으로 추정된다.[16] 따라서 필사본 〈최호양문록〉은 활자본 〈월영낭자전〉으로 개작되면서도 필사의 전통은 전혀

---

15 한성서관본 〈월영낭자전〉, 『고전소설』 2권, 민족문화사, 1983, 80쪽. 셰월이 무졍ᄒ야 일가 티평으로 지닉더니 민부인이 홀련 득병ᄒ야 날노 심즁ᄒ더니 쟝ᄎ 셰샹을 이별ᄒ식

16 김재웅, 「경북 지역에 유통된 필사본 고소설에 대한 실증적 연구」, 『고소설연구』 24집, 한국고소설학회, 2007.12, 219~250쪽; 김재웅, 「영남 지역 필사본 고소설에 나타난 여성 향유층의 욕망」, 『한국고전여성문학연구』 16집, 한국고전여성문학회, 2008.6, 5~35쪽. 필사본 고소설을 향유한 신분계층을 분석한 결과 양반집안 또는 선비집안의 여성들이 대부분을 차지하고 있다.

위축되지 않고 지속되었다. 활자본 〈월영낭자전〉은 필사본 〈최호양문록〉에 비하여 좀 더 폭넓은 독자층을 형성했던 것으로 보인다.

이상에서 살펴본 〈최호양문록〉의 이본 중에서 계명대본과 홍윤표본, 성대본 등이 비교적 선본(善本)에 가까운 것으로 보인다.[17] 계명대본은 처음부터 끝까지 동일하고 안정된 필체를 보여줄 뿐만 아니라 서사 구조의 일관성을 내포하고 있다. 홍윤표본과 성대본은 자사 위현의 탐욕처럼 특정한 대목이 부연·확장되어 있다. 한중연본 〈최호양문록〉은 18장 이후에 〈유씨삼대록〉의 내용이 첨가된 결본이다. 연세대본 〈최호양문록〉도 23장으로 구성되어 완본으로 보기 어렵다. 따라서 계명대본 〈최호양문록〉은 내용 전개에 무리가 없고 필사연대도 1874년으로 가장 앞서는 것으로 나타난다. 이러한 측면에서 계명대본 〈최호양문록〉을 중심으로 논의를 진행하고자 한다.

3. 〈최호양문록〉의 구조적 특징

필사본 〈최호양문록〉은 '양문록'이라는 표제 때문에 유형적 성격의 혼란을 가중시키고 있다. 이 때문에 작품의 내용을 정확하게 파악하여 구조적 특징과 유형적 성격을 밝혀야 한다. 필사본 〈최호양문록〉은 양가 부친에 의해서 결정된 최희성과 호월영의 혼사장애 갈등이 전반부의 주요한 서사 골격을 이루고 있다. 혼사장애 갈등을 내포한 서사 단

---

17 여기서는 필사본 〈최호양문록〉의 작품론에 치중했기 때문에 자세한 이본연구는 후고에서 진행할 것이다.

락을 제시하면 다음과 같다.

(가) 주인공의 출생과 부모의 혼사결정
(나) 간신의 모함과 호씨 집안의 몰락
(다) 자사 원선의 재취와 호소저의 피신
(라) 최희성의 급제와 민씨 부인과 결혼
(마) 최희성과 호소저의 재회 및 결혼

이러한 (가)-(마)의 서사단락은 혼사장애 갈등이 서사의 중심을 차지하고 있다. (가)에서는 최희성과 호월영이 출생하였는데 양가 부친이 혼사를 약속했다. 그런데 (나)처럼 간신의 모함으로 호시랑의 집안은 몰락하게 된다. 호상서의 죽음과 아내 여씨 부인의 자결까지 겹치면서 호소저는 졸지에 고아가 되었다. 설상가상으로 호소저는 (다)와 같이 미모를 탐하던 자사 원선의 재취 욕망을 물리치고 피신하여 경어사집에 유숙한다.

한편 과거에 급제한 최희성은 (라)처럼 호소저의 소식을 모르는 상태에서 효성 때문에 민씨 부인과 결혼한다. 최희성이 소주 숙부인 문병을 갔다가 (마)와 같이 경어사집에서 호소저를 만나 결혼한다. 이렇게 최희성과 호월영은 양가 부친의 혼사결정을 수행하여 행복하게 살았다. 여기까지의 서사단락은 필사본 〈최호양문록〉의 표제와 일치한다고 할 수 있다.

그런데 전반부의 서사단락 중에서 아직까지 해결하지 못한 것이 남아있다. 그것은 (나)의 충신 호시랑을 모함하여 호소저의 집안을 몰락시킨 간신에 대한 처벌이다. 간신 여화와 연쇄에 대한 처벌은 후반부에서 집중적으로 나타난다. 따라서 필사본 〈최호양문록〉의 전반부는 최희성과 호월영의 혼사장애 갈등이 서사 전개의 핵심으로 등장하고 있다.

필사본 〈최호양문록〉의 후반부에는 쟁총형 갈등이 집중적으로 등장하고 있다. 작품의 후반부에 등장하는 쟁총형 갈등은 늑혼에 의해서 발생한 것이다. 권력을 장악한 정국공에게는 두 명의 딸이 있었다. 장녀는 선한 인물로 황후가 되었으나, 차녀는 두 부인을 거느린 최생과 결혼하려고 억지를 부린다. 정국공의 차녀 정씨는 최씨 집안의 반대를 정치권력으로 제압하면서 결혼을 성사시켰다. 남편과 시부모의 반대를 무릅쓰고 결혼을 강행했기 때문에 정씨 부인은 순탄한 가정생활을 하지 못했다. 그래서 남편의 애정을 얻기 위한 정씨 부인의 악행이 처처 간의 쟁총갈등으로 발전한 것이다.

(바) 최희성과 정국공 차녀의 결혼
(사) 정씨 부인과 호씨 부인의 갈등
(아) 최희성의 별히도 강적토벌
(자) 호씨 부인의 절행과 부부상봉
(차) 정씨 부인의 안장 거부와 가정의 화목
(카) 최희성의 흉노정벌과 부귀공명
(타) 간신 처벌과 부모 원수 갚기

후반부에 등장하는 갈등구조는 (바)-(타)이다. 후반부를 이끌어가는 핵심 사건은 처처 간의 쟁총형 갈등이다. 정국공의 차녀가 (바)처럼 최희성과 결혼하면서 화목한 가정을 깨뜨리게 된다. 황후의 권력을 믿고 교만해진 정씨 부인은 (사)처럼 호씨 부인과 처처 간의 애정다툼이 발생한다. 정씨 부인은 호씨 부인보다 순위가 아래에 있는 것을 싫어해 정절훼손의 누명을 씌어 제거하려고 했다. 정씨 부인의 모함은 (아)와 같이 남편 최희성이 강적을 토벌하러 떠난 뒤에 더욱 노골적으로 나타난다. 남편의 부재는 세 부인 간의 애정다툼이 본격화되는 계기가 되었다.

정씨 부인의 모함에 속은 시부모는 호씨 부인의 정절을 의심하여 귀중한 손자까지 죽이게 되었다.[18] 천상 선관의 도움으로 정씨 부인의 계략에 속았다는 사실을 알게 된 천자는 호씨 부인을 방면하고 집안을 위태롭게 했던 정씨를 처벌하려고 한다. 그런데 정씨 부인은 아이를 잉태한 상태에서 자결하였다. (자)에서는 호씨 부인의 절행을 칭찬하고 부부간의 상봉이 이루어진다. 정씨 부인은 악행을 저질렀기 때문에 (차)와 같이 최씨가 아닌 정씨 부인의 선산에 안장되었다. 최희성은 (카)처럼 흉노를 정벌하고 부귀공명을 이룩한다. 호씨 부인은 집안을 몰락하게 만든 간신을 (타)와 같이 처벌하고 부모의 원수를 갚았다.

이러한 필사본 〈최호양문록〉의 후반부는 정씨 부인과 호씨 부인의 쟁총형 갈등이 서사 전개의 핵심을 차지한다. 최희성과 호월영의 결혼은 천상 연분으로 등장하는데 반하여 최희성과 정씨 부인의 결혼은 정치권력에 의한 강요에 가깝다. 민씨 부인과 달리 호씨 부인은 양가 부친의 혼사결정과 천상연분으로 결혼했다면, 정씨 부인은 최씨 집안의

---

18 호씨 부인의 자식이 사망한 경우는 계명대본 〈최호양문록〉을 비롯한 '양문록'의 표제를 보여준 작품에 등장한다. 호씨 부인의 자식이 생존한 경우는 단국대본 〈호씨전〉, 국민대본 〈호씨호공록〉 등에서 나타난다. 이런 점에서 〈최호양문록〉의 이본은 호씨 부인 자식의 생사에 따라서 서사 단락의 첨삭이 다르게 나타난다.

반대에도 아랑곳하지 않고 정치권력을 남용하여 결혼한 것이다. 이렇게 〈최호양문록〉에는 양가 부모의 약속과 천상 연분에 의한 결혼은 행복하지만, 권력을 남용한 늑혼은 얼마나 비극적인지를 뚜렷이 보여준다. 조선 후기 쟁총형 가정소설에는 이러한 처처 간의 애정갈등이 핵심 서사로 등장하고 있다.

필사본 〈최호양문록〉은 전반부의 혼사장애 갈등과 후반부의 처처 간의 쟁총형 갈등이 복합적으로 구성되어 있다. 전반부의 혼사장애 갈등에서 해결되지 않은 간신에 대한 처벌과 부모의 원수 갚기는 후반부로 연결된다. 그리고 남성 주인공 최희성과 세 부인의 다양한 결혼담이 작품의 서사구조를 유기적으로 통합하고 있다. 정치권력에 의한 늑혼은 작품의 전·후반부가 유기적 총체성을 확보하는 데 일정한 역할을 수행하고 있다.

그렇다면 필사본 〈최호양문록〉을 이끌어가는 핵심적인 서사구조는 무엇일까? 〈최호양문록〉은 〈유이양문록〉, 〈이조양문록〉 등과 같이 혼사장애 갈등구조가 등장하고 있지만, 작품의 분량이 단편일 뿐만 아니라 누대에 걸친 가문과 가문의 결합이 등장하지 않는다. 그래서 〈최호양문록〉의 구조적 특징을 이해하는 열쇠는 작품의 후반부에서 찾아야 한다. 전반부의 혼사장애 갈등은 후반부의 쟁총갈등을 발생시키는 원인을 제공하고 있기 때문이다. 후반부는 늑혼에 의한 처처 간의 쟁총형 갈등구조를 한층 강화시켜 보여준다. 따라서 〈최호양문록〉은 혼사장애 갈등과 처처 간의 쟁총갈등을 내포한 조선 후기 가정소설의 구조적 특징을 보여주고 있다.

필사본 〈최호양문록〉은 양문록의 표제를 보여주는 〈유이양문록〉, 〈이

조양문록〉, 〈하진양문록〉, 〈부장양문록〉, 〈김이양문록〉 등과 다른 유
형적 성격을 보여준다. 〈최호양문록〉과 〈김이양문록〉은 가정소설적
성격을 내포하고 있다. 그런데 〈최호양문록〉은 쟁총형 갈등구조를 내
포한 반면에 〈김이양문록〉은 계모형 갈등구조를 내포하고 있다.[19] 이
런 점에서 〈최호양문록〉은 조선 후기 가정소설 〈장학사전〉과 동일한
구조적 특징을 보여준다. 〈장학사전〉은 장혜랑과 소소저의 결연담, 늑
혼에 의한 소소저와 후주 사이의 쟁총갈등이 복합적으로 구성되어 있
다. 다만, 〈최호양문록〉은 〈장학사전〉과 달리 혼사장애 갈등이 확장되
었을 뿐만 아니라 악인을 처벌한다는 점에서 다소간의 차이를 보여준
다.[20]

이상에서 필사본 〈최호양문록〉은 전반부의 혼사장애 갈등과 후반부
의 처처 간의 쟁총형 갈등을 유기적으로 통합한 서사 구조적 특징을 보
여준다.[21] 작품의 전·후반부를 통합하고 있는 사건들은 정치적 권력에
의한 늑혼, 관리의 탐욕과 여성의 정절, 충신을 모함한 간신에 대한 처
벌, 몰락한 집안의 부흥과 부모의 원수 갚기, 천상적 연분과 천상적 협
조 등이 복합적으로 구성되어 있다. 이런 점에서 필사본 〈최호양문록〉
은 혼사장애 갈등이 강조된 조선 후기 쟁총형 가정소설의 구조적 특징

---

19 김재웅, 「〈김이양문록〉의 창작방법과 가정소설적 의미」, 『영남학』 12호, 경북대학교
  영남문화연구원, 2007.12, 134~142쪽.
20 조선 후기 쟁총형 가정소설의 성격을 보여주는 〈장학사전〉은 〈소씨전〉, 〈완월루〉,
  〈조생원전〉 등의 이본이 존재하고 있다. 〈장학사전〉은 늑혼으로 결혼한 후주의 악행
  을 용서하여 가족의 화합을 이룩한다.
21 김재웅, 「〈유최현전〉의 구조적 특징과 가정소설의 지평 확장」, 『정신문화연구』 102
  호, 한국학중앙연구원, 2006.3, 79~103쪽. 필사본 〈최호양문록〉은 〈유최현전〉과 마찬
  가지로 전·후반부의 갈등구조가 유기적으로 통합되어 있다.

을 뚜렷이 보여준다고 하겠다.

4. 〈최호양문록〉의 가정소설적 위상

1) 가문소설의 교섭과 쟁총형 가정소설의 변모

조선 후기 고소설사에서 가정소설과 가문소설의 이행방향에 대한 논의는 두 가지로 구분된다. 가정소설에서 가문소설로 확대되는 방향과 가문소설에서 가정소설로 축약되는 방향이 그것이다.[22] 가정소설은 새로운 가족 간의 갈등이 핵심이라면, 가문소설은 집안간의 혼사장애와 세대를 거듭하는 자손의 번창을 통해서 가문의 위상을 높이는 것이 핵심이다. 그럼에도 조선 후기 필사본 고소설은 향유과정에서 다양한 작품과 상호 교섭되는 양상이 나타나고 있다. 필사본 〈최호양문록〉도 쟁총형 가정소설의 갈등구조를 토대로 하면서도 가문소설의 영향을 일부 수용한 것으로 보인다.[23]

〈최호양문록〉은 가문소설의 일종인 '양문록'의 표제를 갖추고 있다. 이 때문에 최씨와 호씨의 부친이 결정한 혼사를 어떤 방식을 통해서라

---

22 이승복, 『고전소설과 가문의식』, 월인, 2000, 168~171쪽. 여기서는 부부관계축을 중시하면 가정소설, 부자관계축을 중시하면 가문소설로 구분하고 있다.

23 한중연본 〈최호양문록〉은 장편가문소설 〈유씨삼대록〉과 교섭했음을 보여준다. 〈최호양문록〉을 필사하던 중 18쪽 이후에 〈유씨삼대록〉을 필사하고 있기 때문이다. 특히 〈사씨남정기〉, 〈창선감의록〉이 연작형 삼대록 소설의 출현에 기여했다는 점도 조선 후기 가정소설과 가문소설의 교섭을 구체적으로 보여주고 있다. 임치균, 『조선조 대장편소설 연구』, 태학사, 1996, 12~38쪽.

도 성취하는 혼사장애 갈등구조를 보여준다. 그런데 〈최호양문록〉에는 주동 인물의 수많은 자녀 세대 이야기를 수직적으로 확대하는 세대록의 구조는 등장하지 않는다. 그 대신에 조선 후기 쟁총형 가정소설의 갈등구조가 후반부에 집중적으로 등장한다. 양가 부친의 결정에 의해 결혼한 호씨 부인과 시부모의 반대에도 정치권력을 남용해 결혼한 정씨 부인의 애정갈등은 작품의 후반부를 이끌어가는 중요한 사건이다. 가정소설의 갈등구조를 내포한 〈최호양문록〉은 가문소설의 표제를 수용해 작품의 품격을 높이려고 했다.

조선 후기 쟁총형 가정소설과 같이 필사본 〈최호양문록〉에 등장하는 처처갈등은 선악 대결을 답습하고 있다. 천상 연분을 가진 최희성과 호월영은 양가 부친의 혼사결정에 의해 결혼하려고 했으나, 간신의 모함으로 호씨 부모가 죽게 되면서 결혼이 불투명하게 되었다. 이때 과거에 급제한 최희성은 호소저가 죽은 것으로 알고 민씨 부인과 결혼하여 부모에게 효성을 다한다. 한편 소주 숙부인 병문안을 갔던 최희성은 그곳에서 호소저를 만나 육례로 맞이해 결혼하게 된다. 비로소 양가의 부친이 결정한 천정연분의 혼인이 완성되었다.

이러한 최희성과 민씨 부인, 호씨 부인의 결혼은 비교적 원만하게 진행되어 아무런 문제가 발생하지 않는다. 문제는 정국공의 차녀 정씨와 결혼하면서 기존 부인들 사이의 갈등이 첨예하게 나타난 것이다. 정국공의 장녀는 황후가 되었고 차녀는 황후의 권세를 믿고 방자하게 행동한다. 정씨 부인은 남편의 총애를 받기 위해 호씨 부인의 정절을 의심하는 음모를 꾸민다. 그럼에도 호씨 부인은 자신의 결백을 소극적으로 주장하는 열부로 등장할 뿐이다. 셋째 부인으로 들어온 정씨 부인의 일방적인 모해로 최씨 집안은 시부모까지 나서서 호씨 부인을 처벌하게 된다.

그런데 호씨 부인의 억울함을 풀어주는 결정적인 계기는 천상에서 담당하고 있다. 정씨 부인의 모함에서 비롯된 호씨 부인의 정절훼손에 대한 문제를 천상 선관이 해결한다는 점은 사건 전개의 환상성을 보여준다.[24] 이 때문에 〈최호양문록〉에서는 남편이 아무런 역할을 수행하지 못하고 있다. 남편 최희성은 강적을 토벌하기 위해 별히도로 떠나기 전에 집안에 남겨진 호씨 부인을 위해 정씨 부인을 조심하라고 당부할 뿐이다. 남편 대신에 천상의 옥황상제가 개입하여 호씨 부인의 결백과 무죄가 증명된 것이다.

필사본 〈최호양문록〉은 작품의 표제에서 보듯이 최씨와 호씨의 혼사를 중심으로 갈등이 전개된다는 사실을 보여준다. 작품의 후반부에 등장하는 처처 간의 쟁총갈등은 서사 전개의 핵심적 기능을 담당하고 있다. 〈최호양문록〉은 세 집안의 혼사장애 갈등과 쟁총형 갈등을 유기적으로 통합한 구조적 특징을 보여준다. 그럼에도 작품의 후반부에서는 최희성 집안의 자녀와 손자의 출산 및 결혼을 통한 가문의 번창이 장황하게 등장한다.

　　민호 두부인이 잉틱ᄒ여 호시ᄂᆞᆫ 싱ᄌᆞᄒ고 민씨ᄂᆞᆫ 상틱싱여 ᄒ니 구괴

---

24 계명대본 〈최호양문록〉, 91～92쪽. 무시 칼홀 드러 빅히고져 ᄒ더니 문득 디풍이 이러나고 쳔싁이 흐리며 큰비와 눈이와 디쳑을 분간치 못ᄒ고 ᄒ날과 사흘 흔드니 국민이 황황ᄒ고 쳔지 놀나샤 호씨 듁이물 물이치니 …… 션인이 은은히 거러 쳔ᄌᆞ앏회 나아와 읍ᄒ고 와 나ᄂᆞᆫ 옥졔명을 밧ᄌᆞ와 인간의 호시랄 구ᄒ여왓ᄉᆞ니 호시ᄂᆞᆫ 쳔상 옥딘셩이란 …… 졍여 요디로은 의로 쳔ᄌᆞ랄 쏙이나 상졔 조ᄎᆞ 쏙오시랴

상셔 크계 짓거 장여의 명은 계영이라 ᄒ고 ᄎ여의 명은 손영이라 민부
인의 장ᄌᄂ 틱영이오 ᄌᄌ난 의영이오 슴ᄌ난 위영이라 남이ᄂ 부친을
습ᄒ고 여이ᄂ 모친을 달마 조요ᄌ악ᄒ고 소담ᄒ여 영옥 갓ᄒ니 인이
ᄉ랑ᄒ고 호부인이 슴ᄌ일여랄 두어시니 즁ᄌᄂ 졍영이오 ᄎᄌ난 비영
이오 삼ᄌ난 경영이오 여아ᄂ 귀영이라 …… 계양후 장ᄌ 틱영의 연이
십슴셰라 당원ᄒ여 즉시 금문직 여ᄌ랄 취ᄒ니 조소져 안식이 금분연화
갓고 아릿다온 틱틱 셰갓고 힝실이 놉ᄒ미 진딧 민부인의 며ᄂ리라 ……
호부인 장ᄌ 졍영의 연이 십ᄉ의 츰방ᄒ여 즉시 혼인을 ᄒ이시니 영충
이 국ᄒ지라 이부상셔의 여랄 마ᄌ오니 소졔 얼굴이 화려ᄒ며 윤틱홈이
부용갓고 덕힝이 그이ᄒ여 언단이 상활ᄒ고 안호로 졍담ᄒ미 옥결빙심
갓한지라 …… 민씨 ᄎᄌ 명영의 연이 십슴이오 호부인 ᄎᄌ 경영의 연
이 동연싱이라 함ᄭᅴ 츰방ᄒ니 경영은 혼임흑ᄉ랄 ᄒ이시고 명영은 시어
ᄉ랄 ᄒ니시니 양인의 영롱이 일국의 씻치니 조졍이 공경ᄒ더라 명영은
틱흑ᄉ 삼여랄 취ᄒ고 경영은 좌승상 ᄎ의일여 마ᄌ으니 …… 민호 두부
인과 최공이 졔부등 편이ᄒ더라 호부인 여ᄋ 비영소져 연이 십일셰라
지용덕힝이 형졔등 ᄲᅡ여나이 상이 틱ᄌ비랄 틱ᄒ실ᄉ 삼쳔여ᄌ등의 최
소져랄 틱ᄒ샤 비랄 봉ᄒ시니[25]

위의 인용문과 같이 최씨 집안의 민씨 부인과 호씨 부인 자녀의 출생
과 과거급제 및 황실과의 결혼담이 생각보다 장황하게 서술되어 있다.
이런 최씨 집안의 2대 최희성 자녀들의 이야기와 3대에 해당하는 최희
성 손자들의 결혼담이 등장한다는 점에서 가문의 번창을 일부 수용한

---

25 계명대본 〈최호양문록〉, 104~108쪽. 작품에 등장하는 최씨 집안 자손의 결혼담은 일
반적인 고소설의 결말부에 첨가된 내용과 달리 황제의 가문과 결혼하는 내용이 장황
하게 서술되고 있다. 특히 홍윤표본의 2권에는 75~90쪽에 걸쳐서 최씨 집안 자손들
이 황실의 자손들과 결혼하는 내용이 확장되어 등장하고 있다.

것으로 보인다. 다만, 최씨 집안 자손들의 활약이 구체적 사건과 연결되지 못했다는 점에서 서사 전개의 문제점을 보여주고 있다. 이 때문에 〈최호양문록〉에서 〈월영낭자전〉으로 개작되면서 이런 불필요한 내용이 대폭 생략되었다. 따라서 필사본 〈최호양문록〉은 가문소설의 자손 번창을 수용했지만, 가정소설에 적합하도록 활자본 〈월영낭자전〉으로 변모된 것으로 보인다.

가문소설의 흔적은 작품의 말미에서 호씨 부인이 세상을 떠났을 때, 민씨 부인이 호씨 부인의 자녀를 돌보는 모습을 통해서도 드러난다. 〈최호양문록〉은 호씨 부인의 자녀를 민씨 부인이 돌보는 모습을 통해서 민씨 부인의 은혜와 부덕을 칭송하고 있다. 민씨 부인은 최씨 집안의 안정과 번영을 염원한 가문소설의 여성상을 보여준다.[26] 반면에 〈월영낭자전〉은 민씨 부인의 자녀를 호씨 부인이 돌보는 일대기 구조로 변모되었다. 결국 〈최호양문록〉은 민씨 부인의 부덕을 통해서 가문의 행복과 자손의 번창을 염원했다면, 〈월영낭자전〉은 호씨 부인의 부덕을 강조하는 일대기 구조로 개작되었다.

이상에서 필사본 〈최호양문록〉은 조선 후기 쟁총형 가정소설에 가문소설의 혼사장애를 내포한 표제와 자손의 번창, 늑혼 모티프 등을 수용해 활자본 〈월영낭자전〉으로 개작된 것으로 보인다. 조선 후기 '양문록'을 표제로 사용한 작품군에는 다양한 유형의 고소설이 혼효되어 있다. 예컨대 〈유이양문록〉, 〈이조양문록〉은 가문소설의 성격을 보여준다

---

26 민씨 부인은 위기에 처한 호씨 부인을 도와줄 뿐 아니라 호씨 부인 사후에 그 자손을 친자식처럼 돌보는 모습을 보여준다. 이 작품은 민씨 부인의 부덕을 칭송하는 장면을 통해서 가문의 안정과 번영을 강조하고 있다. 이것은 가문소설과 가정소설의 교섭으로 볼 수 있다.

면[27] 〈하진양문록〉, 〈부장양문록〉은 영웅소설적 성격을 보여준다.[28] 그리고 〈김이양문록〉과 〈최호양문록〉은 가정소설의 구조를 보이고 있다.[29] 이런 점에서 〈최호양문록〉은 '양문록'의 작품 가운데 분량이나 서사 구조에서 커다란 차이점을 보인다. 따라서 조선 후기 쟁총형 가정소설 〈최호양문록〉은 가문소설과 교섭하면서 작품의 품격을 높였을 뿐만 아니라 〈월영낭자전〉으로 개작되는 변모 양상을 보여주고 있다.

2) 여성 향유층과 혼사장애담 및 애정담의 확장

필사본 〈최호양문록〉은 남성보다 여성이 적극적으로 향유했을 가능성이 높다. 실제로 국민대본 〈호씨호공록〉은 '조소저'가 필사자로 등장한다. 한중연본 〈호씨행녹전〉은 '고령 박씨 부인'이 책을 소장하고 있었음을 보여준다. 이렇게 작품을 향유한 여성들은 자신이 손수 필사하거나 작품을 소장하면서 지속적인 독서를 한 것이다. 필사본 〈최호양문록〉에는 최씨와 호씨의 혼사장애 갈등과 처처 간의 쟁총갈등이 복합적으로 등장하고 있어서 여성 향유층의 관심을 끌었던 것으로 보인다.

27 이수봉, 『한국가문소설연구』, 경인문화사, 1992, 156~349쪽; 박숙례, 「〈유이양문록〉 연구」, 한국학중앙연구원 박사학위논문, 2007, 1~140쪽; 차충환, 「〈유이양문록〉의 구조적 성격 연구」, 『어문연구』 139호, 한국어문교육연구회, 2008, 107~127쪽; 조광국, 「〈유이양문록〉의 작품 세계」, 『고소설연구』 26집, 한국고소설학회, 2008.12, 179~206쪽.
28 박숙례, 「〈하진양문록〉 연구」, 한국정신문화연구원 석사학위논문, 1999, 1~74쪽; 김민조, 「〈하진양문록〉의 창작방식과 소설사적 위상」, 고려대학교 석사학위논문, 1999, 1~129쪽; 정병설, 「여성영웅소설의 전개와 〈부장양문록〉」, 『고전문학연구』 19집, 한국고전문학회, 2001, 219~229쪽; 이병직, 「〈부장양문록〉의 작품세계와 소설사적 위상」, 『한국민족문화』 34권, 부산대학교 한국민족문화연구소, 2009.7, 27~54쪽; 채윤미, 「〈부장양문록〉 연구」, 서울대학교 석사학위논문, 2009, 1~103쪽.
29 김재웅, 앞의 논문, 134~142쪽.

이러한 여성 향유층은 정치적 군담보다는 결혼담이나 애정담에 흥미를 보여고 있다. 필사본 〈최호양문록〉에는 주인공 최희성의 군담이 거의 생략되어 있다. 작품에 등장하는 최희성의 군담은 별히도 사신으로 가서 강적을 토벌하고 돌아오거나 흉노를 정벌하는 것으로 나타난다. 그럼에도 최희성의 영웅적 군담은 서사 단락에 간략하게 등장할 뿐 구체적인 활약은 생략된 것으로 보인다.

> 잇씨 천즈 희성으로 ᄒ여곰 별히도의 ᄉ신을 보니실ᄉᆡ 별희도는 지방이 슈천이오 인심이 강악ᄒ야 흉적이 만흐니 경은 지덕이 만코 문뮈 겸젼ᄒ온고로 보니ᄂᆞ니 경은 강젹을 준멸ᄒ고 계가랄 울여 도ᄅᆞ와 딤의 ᄇᆞ러ᄂᆞᆫ 바랄 져바리지 말나[30]

위의 인용문에서 보듯이 최희성의 영웅적 활약은 뚜렷이 드러나지 않고 있다. 천자가 최희성을 별히도 사신으로 보내었지만, 강적을 토벌하는 최희성의 군담 영웅적 모습은 등장하지 않는다. 〈최호양문록〉은 군담 영웅의 활약이 축약되었다는 점을 감안하더라도 너무 빈약한 실정이다. 작품에 등장하는 최희성의 군담 영웅적 활약은 흉노를 정벌하는 대목에서도 축약되어 나타난다.[31] 이 작품과 동일한 유형을 내포한 〈김이양문록〉을 제외한 〈유이양문록〉, 〈이조양문록〉, 〈하진양문록〉,

---

30 계명대본 〈최호양문록〉, 70쪽.
31 계명대본 〈최호양문록〉, 104~105쪽. 천즈 붕ᄒ시고 퇴즈 즉위ᄒ시니 소희 안정ᄒ시고 십만졍병을 거ᄂᆞ려 휴노랄 졍발ᄒᆞᆯᄉᆡ 예부상셔 최희셩을 특디로 ᄃᆡ원슈랄 ᄉᆞᆷ아 졍발한 ᄉᆞ연만의 흉노랄 항복밧고 공을 셰우니 천즈 극히 아람다이 넉이샤 …… 영총 부귀 일국의 딘동ᄒ더라

〈부장양문록〉 등에서는 영웅적 인물의 활약과 군담이 다채롭게 등장한다.

필사본 〈최호양문록〉에 등장하는 남성 주인공의 군담 영웅적 활약이 축약 내지 생략된 것은 여성 향유층의 지속적인 향유의 결과로 생각해볼 수 있다. 여성 향유층은 남성 향유층에 비하여 영웅적 인물의 전쟁이나 군담을 선호하지는 않았다.[32] 이런 점에서 〈최호양문록〉을 필사하고 향유했던 여성 독자층에 의해서 군담이 대폭 축약된 것으로 보인다. 그 대신 여성 향유층의 관심을 유발하는 혼사장애 갈등과 처처간의 쟁총형 갈등이 대폭 확대되는 방향으로 변모한 것으로 보인다.

필사본 〈최호양문록〉의 혼사장애 갈등은 충신과 간신의 대결에서 파생되었다. 간신 여화는 '조정을 장악한 호시랑이 사람을 모아 천하를 다스리기 위한 숨은 뜻이 있다'고 모함한 것이다.[33] 이 때문에 호씨 집안은 일시에 몰락하고 호소저는 졸지에 고아가 되었다. 이러한 충신과 간신의 갈등으로 최씨와 호씨의 양가 부친이 약속한 혼사는 무기한 연기될 수밖에 없었다.

> 부귀영롱이 국ᄒ나 부모원슈랄 갑디 못 듀야 한탄ᄒ더니 이적의 여화
> 연쾌등의 불충간모를 밝히 아ᄅ샤 양인을 졔ᄌ거리예 춤ᄒ시고 션듸일

32 김재웅, 「〈강능추월전〉의 여성 독자층과 독자 수용의 태도」, 『어문학』 75집, 한국어문학회, 2002, 115~140쪽; 김재웅, 『강릉추월전 작품군의 종합적 이해』, 보고사, 2008, 9~260쪽. 필사본 〈강능추월전〉을 소장한 여성 향유층에 대한 실증적 조사를 통해서 군담을 축소하고 결혼담을 확장한 사례를 확인하였다.
33 계명대본 〈최호양문록〉, 7쪽. 일일은 여화 참소왈 신이 듯ᄌ오니 시랑 호원이 우흐로 성상 총에 국ᄒ고 쏫한지 미과인ᄒ여 조졍을 총뎝ᄒ고 쳔ᄒ랄 ᄃᄉ려 한 쇠로써 조졍스람을 거두어 당ᄎ깁혼 소견이 잇난지라 성상은 엄문ᄒ소셔

울 뉘웃ㅊ샤 호원을 앙앙마후랄 봉ㅎ시고 부인여씨랄 졀부비랄 셰우시
니 일국인이 다깃거ㅎ고 호부인이 졔젼을 비푸고 젹의 간을 늬여 부모
영위에 곡비ㅎ니 호로는 눈물이 충희슈랄 봇힐너라[34]

　충신의 억울한 죽음은 정절을 지킨 호소저의 활약 덕분에 표상된
다.[35] 위의 밑줄친 부분에서 알 수 있듯이 호소저는 간신 여화, 연쇄를
죽여 부모의 원수를 갚는다. 호소저는 간신의 간을 꺼내어 부모의 영전
에 바친다. 이것은 간신의 모함에 의해 억울하게 죽은 부친과 남편을
따라 자결한 모친의 원한을 풀기 위한 장치로 해석할 수도 있다. 간신
의 모함으로 혼사장애를 겪은 호소저는 간신을 철저하게 응징하고 있
다. 따라서 필사본 〈최호양문록〉은 호소저가 간신을 처벌하는 권선징
악을 통해서 여성 향유층의 억압된 심정을 해소한 것으로 보인다.

　한편 필사본 〈최호양문록〉에는 자사 원선이 호소저를 재취하려는
혼사장애가 등장한다. 호소저의 미모에 반한 자사 원선은 권력형 탐욕
을 보여준다. 자사는 호소저의 미모를 탐하기 위해서 우선 본처를 내치
고 유모를 보내 청혼한다. 그러나 호소저는 이미 최생과 정혼했기 때문
에 자사의 청혼을 거절하였다. 그럼에도 자사는 최랑의 서간과 교자를
위조해 노골적으로 호소저를 재취하려는 욕망을 품었다. 여기서 멈추
지 않고 자사는 자객을 동원하여 강제로 호소저를 데려오게 한다. 자사

34　계명대본 〈최호양문록〉, 105~106쪽.
35　계명대본 〈최호양문록〉, 105쪽. 쳔ㅈ 동문남 치순가의 궁을 지으니 …… 딍궐과한가
　　지라 별호랄 승천궁이라 ㅎ고 붉은문의 금ㅈ로 셧시되 충신정졀의 최젹문이라 ㅎ엿
　　더라 문압히 호씨의 정졀을 표ㅎ샤 비랄 셰우시니 만조빅관이 동문의 이르러 공경ㅎ
　　니 당궁금일궁이 되엿더라

원선의 집요한 재취욕망은 점점 폭력적으로 전개된다.

호소저는 자사의 계략을 벗어나기 위해 자신의 초상을 치르라고 당부한 뒤에 변복하여 피신했다. 자사 원선은 호소저를 재취하려는 욕망이 실패하자, 다시 내친 아내를 데려오는 이중적 모습을 보여준다.[36] 고을 수령이 몰락한 호씨 집안의 아녀자를 강제로 재취하려는 욕망은 실패로 끝났다. 이러한 자사 원선의 권력형 비리는 호소저의 정절의식을 더욱 확고하게 만들어주었다. 호소저는 자사 원선의 재취 욕망을 벗어나 최희성과 결혼하기 위한 다양한 혼사장애를 겪고 있다. 따라서 필사본 〈최호양문록〉은 여성 향유층에 의해서 영웅적 인물의 군담이 대폭 축소되고 혼사장애담과 정절을 중시한 처처 간의 쟁총갈등이 확장된 것으로 보인다.

3) 악인 처벌을 통한 선영관리의 사회상 반영

조선 후기 사족계층의 조상숭배 덕분에 흩어진 조상의 묘소를 한 곳에 모아서 공동으로 관리하는 문중의 역할이 점차 강화되었다. 이 때문에 향촌사회의 양반계층에서도 조상의 무덤을 공동으로 관리하는 선산 경영이 점차 보편화되었다. 조선 후기 장자 중심의 가부장적 가족제도가 확립되면서 문중은 선영관리를 통하여 가문의 위상을 높이고 향촌사회의 결속을 유지한 것으로 보인다.[37] 이러한 조선 후기 선영관리의

---

36 계명대본 〈최호양문록〉, 22~23쪽. ᄌ〈ᅵᆨ 참담히 녁이ᄂᆞ 오히려 의심ᄒᆞ야 셔모 경씨랄 가보ᄅᆞ ᄒᆞ니 …… 상듀의 소당이 ᄌᆞ욱한ᄃᆡ 영ᄒᆞ의 폐상을 노ᄒᆞ 제물이 의구한ᄃᆡ 묵항ᄂᆡ 웅비ᄒᆞ고 슈다 비복은 입고 통곡ᄒᆞ니 조금도 의심된 곳이 없ᄉᆞᄃᆡᄅᆞ 경씨 탄식ᄒᆞ고 두로 젼ᄒᆞ니 ᄌᆞᄉᆡᆨ 악연ᄒᆞ야 즉시 안희형씨랄 다려온이ᄅᆞ

사회상이 필사본 〈최호양문록〉에 나타나고 있어서 주목된다.

필사본 〈최호양문록〉에 나타난 선영관리의 사회상은 악인을 처벌하는 과정에서 구체적으로 등장한다. 최희성은 호씨와 천정연분이 있음에도 그녀가 죽은 줄 알고 민씨 부인과 결혼한다. 비록 호씨 부인과 천상연분이 있어도 조강지처를 버리지 않겠다는 최희성의 다짐은 유교의 부부윤리를 보여준다. 그래서 최생은 가정의 화목을 위해서 열흘은 민씨 부인, 열흘은 호씨 부인, 나머지 열흘은 서당에서 공부한다. 이렇게 최생은 두 부인을 동등하게 대우해 처처 간의 불만을 잠재웠던 것이다.

그런데 정국공의 둘째 딸이 시부모의 반대에도 아랑곳 하지 않고 최희성과 결혼한다. 세 차례의 결혼담은 최희성의 영웅성과 조선 후기 다처제의 생활모습을 반영하고 있다. 최생이 세 부인을 맞이한 다음 팔일은 민씨 부인, 십일은 호씨 부인, 사오일은 정씨 부인을 각각 찾게 된다.[38] 이렇게 최생이 세 부인의 침소를 찾는 기간에 따라서 남편의 사랑이 결정되었다. 최생이 정씨 부인보다 호씨 부인을 자주 찾는데 대한 반감이 처처 간의 쟁총갈등의 빌미를 제공한 것이다.

그렇다면 정씨 부인이 호씨 부인을 모함한 까닭은 무엇일까? 정씨 부인은 정국공의 차녀이자, 황후의 여동생으로 권력의 핵심에 놓여 있는 인물이다. 이 때문에 정씨 부인은 민씨 부인이나 호씨 부인보다 자

---

37 김혁, 「19세기 사족층의 선영경관 조성과 그 의미」, 『퇴계학과 한국문학』 40호, 경북대학교 퇴계연구소, 2007.2, 333~373쪽.

38 계명대본 〈최호양문록〉, 59쪽. 싱은 정직군지라 여ㅈ의 원망을 업시코져ㅎ여 일슈의 팔일은 민소져 침소의 잇고 십일은 호소져 침소의 잇고 ㅅ오일은 정씨랄 ㅊㅈ니 괴로으물 이긔지 못ㅎ고 그여의난 셔당의셔 학업을 놋치 안이ㅎ고 …… 일긔 화락ㅎ디 오딕 졍씨난 간악ㅎ미 틱심ㅎ야 그총이 호씨 아릭됨을 앙앙분통ㅎ고 민씨 비금됨을 한ㅎ더라

신의 신분 서열이 낮은 것을 수용하기 어려웠을 것이다. 더욱이 남편은
천상 연분으로 결혼한 호씨 부인을 편애하면서도 정씨 부인에게는 아
주 냉담했다. 〈최호양문록〉은 처처 간의 쟁총갈등이 남편의 편애 때문
에 발생하는 조선 후기 가정소설의 서사문법을 보여준다.

정씨 부인은 남편의 사랑을 받기 위해서 호씨 부인을 온갖 계략으로
모함한 것이다. 정씨 부인은 남편 최희성이 별히도로 떠난 뒤에, 호씨
부인의 글씨를 위조하여 쌍한림과 연분을 맺었다고 모함한다. 정국공
의 차녀인 정씨 부인의 모함은 여기서 멈추지 않는다. 정씨 부인은 호
씨 부인의 정절을 모함하기 위해 쌍한림과 정을 통한 사이라는 점을 부
각한다. 한 걸음 더 나아가 자객을 보내 최씨 집안의 시부모를 죽이고
자신을 데려가 달라고 요청하는 편지를 쌍한림에게 보낸 것으로 모함
한다.

> 박명첩은 돈슈 지비ᄒ고 쌍군 좌ᄒ의 글월을 밧드러 올이나니 첩은
> 조상부모ᄒ고 혈혈한 인싱을 쳔지 도으샤 군을 의탁ᄒ니 마암의 빅연동
> 듀랄 낫비더니 불의에 군직 시첩의 연고로 구박ᄒ시니 악한여지 졀을
> 딕히고져 ᄒ나 …… 부모의 후샤랄 싱각ᄒ고 첩의 홍안을 슬허 최싱의
> 안희 디여이시니 가바야이 다ᄅ난즉 홰이실 거시니 …… 황혼의 ᄌ긱을
> 보ᄂᆡ여 구고랄 듁이고 비검유ᄌ랄 듁이고 첩을 다려가면 은혜 듁기로써
> 갑흐리라 [39]

정씨 부인은 자신의 아들이 병사한 뒤에 더욱 포악하게 호씨 부인을

---

39 계명대본 〈최호양문록〉, 74~75쪽.

핍박한다. 이러한 악인의 아들이 죽으면서 더욱 격렬하게 선인을 모함
하는 내용은 조선 후기 가정소설에 자주 등장하는 모티프이다. 정씨 부
인의 모함에 걸린 호씨 부인이 자기 목숨보다도 더욱 위태로운 것은 바
로 자신이 낳은 자식이다. 시부모는 정절을 훼손한 호씨 부인이 낳은
자식을 죽이려고 하였다. 비록 악인의 모함에 속았다고 해도 시부모가
손자를 죽게 하는 사건은 매우 특이하다. 호씨 부인은 작품의 후반부에
서 "유이 치이로 ᄒ여곰 어미 죄로 듁은이 이거시 유흔이오"와 같이 억
울하게 죽은 자식을 한탄하고 있다.

　호씨 부인은 정씨 부인의 모함으로 위기에 처했지만 쉽게 자결하지
않는다. 왜냐하면 호씨 부인이 자결하면 모든 죄를 인정하는 것이 되기
때문이다. 호씨 부인은 국법에 따른 죽음을 선택한 것이다. 그런데 호
씨 부인은 위기의 순간에 천상 선관의 도움으로 모든 혐의를 벗어나게
된다. 모든 사실을 알게 된 천자는 정씨 부인을 처벌하려 했으나, 정씨
부인은 임신 8개월임에도 자결했다.[40] 악인으로 등장한 정씨 부인의 자
결로 모든 사건이 결말된 것은 아니다. 정씨 부인의 악행은 호소저의
정절에 대한 모함과 최씨 집안의 몰락을 동반하고 있었기 때문이다.

　조선 후기 사회에서 여성은 결혼과 더불어 '출가외인'이 되었다. 이러
한 '출가외인'이라는 말은 죽어서도 시집의 귀신이 되는 것을 의미한다.
필사본 〈최호양문록〉에는 호씨 부인의 정절을 모함했던 악인 정씨 부

---

40 계명대본 〈최호양문록〉, 92쪽. 상이 되경ᄒ샤 싱각ᄒ디 이분명 정여의 간악ᄒ 씨로
　 이미한 호씨랄 듁이려ᄒ미라 스즈로 ᄒ여곰 뎡씨랄 츱아가두라 ᄒ니 뎡씨 이긔별을
　 듯고 젼후계교 픠류ᄒ물 드르미 샹혼낙담ᄒ여 스스로 즈스ᄒ니 슬푸다 무죄한 남을
　 히ᄒ려ᄒ다가 골육 ᄭ지 샹건ᄒ니 정씨 잉틴 팔슉이라 어무죄로 복듕즈식이 동거스
　 스ᄒ니 쳔되 명명ᄒ물 암이러라

인의 시신을 정국공이 최씨 집안의 선영에 묻으려고 추진했다. 정국공의 둘째 딸인 정씨 부인은 최희성과 결혼했기 때문에 당연히 최씨의 선산에 안장되어야 마땅하다. 그런데 최씨 집안에서는 정국공의 차녀 정씨 부인의 악행을 문제 삼아 문중의 선영에 안장되는 것을 거부한다.

> 추설 정국공이 달이 듁은즉 시신을 거두어 최시묘ㅎ의 안장ㅎ려ㅎ니 각노 정싀왈 정시는 뇌집 원슈라 뇌집 선산장할거시랴 이럿탓 엄슈이 넉이느요 발이 도른가라 ……즉시 상구랄 거느려 정가 선산ㅎ의 당ㅎ고 즉시 힝구랄 출혀 젹으로 간이라[41]

정씨 부인은 정치권력을 활용해 늑혼으로 최씨 집안에 시집와서 분란만 일으켰다. 정씨 부인의 방자함을 경고한 사람은 최상서 부부와 정씨의 언니 황후이다. 정황후는 자신의 권세를 믿고 방자한 행동을 일삼는 여동생 정씨 부인에게 꾸중하기도 한다. 정국공의 장녀는 선인으로 등장한다면, 차녀는 최씨 집안을 파멸로 몰아가는 악인으로 등장한다. 정씨 부인은 호씨 부인의 정절을 모함해 그 자식을 죽이는 악행을 저질렀을 뿐 아니라 자객을 보내 남편을 제거하려고 했다. 이 때문에 최씨 집안에서는 자결한 정씨 부인의 시신을 선영에 안장하기를 거부하는 내용이 구체적으로 등장한다.

조선 후기 가정소설에서는 처처 간의 쟁총갈등을 유발한 악인에 대한 처벌은 매우 주목된다. 필사본 〈최호양문록〉은 〈장학사전〉, 〈정을선전〉, 〈유최현전〉, 〈사씨남정기〉 등의 쟁총형 가정소설과 유사하지

---

41 계명대본 〈최호양문록〉, 97쪽.

만, 악인에 대한 처벌에서는 차이를 보인다. 〈정을선전〉, 〈유최현전〉과 〈사씨남정기〉에서는 권선징악을 실현하기 위해서 악인을 처벌한다면, 〈장학사전〉에서는 소부인이 후주의 잘못을 용서할 뿐 아니라 아들에게 후주를 효성으로 섬길 것을 당부한다. 그런데 〈최호양문록〉은 자결한 악인의 시신을 시가의 선산에 안장하기를 거부하는 색다른 내용이 첨가되어 있다. 정씨 부인의 시신이 친정에 매장되는 풍습을 통해서 최씨 집안을 위태롭게 한 악인을 처벌한 것이다.[42]

이상에서 가정소설의 악인은 천벌을 받아서 죽임을 당하는 것으로 나타난다. 〈최호양문록〉에도 처처 간의 갈등을 유발한 정씨 부인은 아이를 잉태했음에도 자결하는 비극적 내용이 등장한다. 그런데 필사본 〈최호양문록〉은 〈장학사전〉과 달리 정씨 부인의 악행을 처벌하기 위해 최씨 집안의 선영에 안장하기를 거부한 조선 후기 선영관리의 사회상을 반영하고 있다. 집안을 위해서 노력한 호씨 부인은 문중의 선산에 안장되었지만, 집안을 위태롭게 한 정씨 부인은 친정의 선산에 안장되었다. 따라서 필사본 〈최호양문록〉은 활자본 〈월영낭자전〉과 달리 문중의 선영관리를 통해서 악인을 처벌하는 가문의식을 반영하고 있다는 측면에서 주목된다.

---

42 조선 후기 시집간 여성은 출가외인의 신세로 죽어서도 시가에 묻히는 것이 일반적인 현상이다. 그런데 시가의 선산에 묻히지 못한 경우는 집안을 위태롭게 했기 때문이다. 조선 후기 쟁총형 가정소설에서는 악인을 천벌로 처벌하지만, 문중의 선산에 안장하기를 거부하는 내용은 〈최호양문록〉에 등장하는 매우 독특한 사건이다. 이러한 악인의 시신을 문중의 선산에 안장하기를 거부하는 장면은 사족층의 가문의식을 보여준다고 하겠다.

5. 맺음말

조선 후기 필사본 〈최호양문록〉은 22종의 이본이 존재하고 있으나 연구는 매우 빈약한 실정이다. 대부분의 연구는 활자본 〈월영낭자전〉에 집중되었지만, 필사본 〈최호양문록〉의 이본관계를 전혀 파악하지 못한 문제점을 보여주었다. 필사본 〈최호양문록〉은 활자본 〈월영낭자전〉의 선행본이기 때문에 함께 연구해야 작품의 실상을 제대로 파악할 수 있다. 지금까지 필사본 〈최호양문록〉의 구조적 특징과 가정소설의 위상을 살펴보았다.

필사본 〈최호양문록〉은 〈월령전〉, 〈호씨행녹전〉, 〈호씨전〉, 〈호씨호공록〉 등과 활자본 〈월영낭자전〉과 이본관계를 보이고 있다. 〈최호양문록〉의 필사년도는 1874년에서 1940년까지로 나타나는데, 이때는 방각본, 활자본이 간행된 시기이다. 작품의 필사시기는 대체로 농한기에 집중되었다. 이 때문에 작품을 향유한 신분계층은 향촌의 선비집안 및 학자집안의 여성들로 짐작된다. 필사본 〈최호양문록〉은 1916년에 활자본 〈월영낭자전〉으로 개작되면서 폭넓은 독자층을 형성했지만, 필사의 전통은 단절되지 않고 지속되었다. 필사본 중에서는 계명대본 〈최호양문록〉이 서사의 일관성을 유지하고 있을 뿐만 아니라 필사시기가 앞서는 것으로 보아 선본(善本)에 가까운 것으로 보인다.

필사본 〈최호양문록〉은 천상 연분을 가진 최희성과 호월영의 혼사 장애 갈등을 다룬 전반부와 남편의 애정을 얻기 위한 정씨 부인과 호씨 부인 사이의 쟁총갈등을 다룬 후반부로 구성되어 있다. 그럼에도 〈최호양문록〉은 전·후반부가 유기적으로 결합된 조선 후기 쟁총형 가정소설의 구조적 특징을 보여준다. 작품의 전·후반부를 통합하고 있는 사건은 충신을 모해한 간신에 대한 처벌, 몰락한 집안의 부흥과 부모의 원수 갚기 등이 총체적으로 연결되어 있다. 그중에서도 핵심적인 구조는 후반부에 등장하는 처처 간의 쟁총갈등이다. 따라서 〈최호양문록〉은 조선 후기 쟁총형 가정소설의 구조적 특징을 뚜렷이 보여주고 있다.

필사본 〈최호양문록〉의 가정소설적 위상은 주목해야 한다. 첫째, 필사본 〈최호양문록〉은 조선 후기 가문소설과 쟁총형 가정소설의 교섭을 통한 변모를 보여준다. 필사본 〈최호양문록〉은 〈유이양문록〉, 〈이조양문록〉, 〈하진양문록〉, 〈부장양문록〉 등과 비교하면 작품의 분량이나 서사 구조의 차이점을 보인다. 〈최호양문록〉에는 최씨 집안의 자손 출생 및 황실과 혼인을 통한 가문의 번창이 장황하게 등장할 뿐만 아니라 호씨의 절행비와 승천궁을 짓고 '충신정절 최석문'을 세워주는 내용이 첨가되었다. 따라서 조선 후기 쟁총형 가정소설 〈최호양문록〉은 가문소설의 표제와 자손의 번창, 늦혼 모티프 등을 수용해 〈월영낭자전〉으로 개작되는 변모를 보여주고 있다.

둘째, 필사본 〈최호양문록〉은 여성 향유층에 의해서 영웅적 인물의 군담이 대폭 축약된 반면에 혼사장애담과 애정담이 확장되었다. 여성 향유층은 정치적 군담보다는 혼사담이나 애정담을 선호하였다. 실제 작품에서도 호소저는 충신과 간신의 대결에 의한 혼사장애 갈등과 자사 원선의 권력형 재취 욕망을 거절한 다음 최희성과 결혼한다. 이러한 혼사담과 쟁총담을 확장한 서사 단락의 변모는 남성보다 여성 향유층이 선호한 것으로 보인다.

셋째, 필사본 〈최호양문록〉은 쟁총갈등에서 파생된 악인처벌을 통해서 조선 후기 선영경영의 사회상을 반영하고 있다. 정국공의 장녀는 황후가 되었다면, 차녀는 최씨 집안의 반대에도 최생과 결혼한다. 이 때문에 정씨 부인은 남편의 사랑을 받기 위해서 호씨 부인을 모함하게 된다. 정씨 부인과 호씨 부인의 쟁총갈등은 자식을 죽게 했을 뿐 아니라 최씨 집안까지 위태롭게 만들었다. 그래서 악인으로 등장한 정씨 부인은 출가외인임에도 최씨 집안의 선산에 안장되지 못한다. 따라서 〈최호양문록〉은 조선 후기 문중의 선산경영을 통해서 정씨 부인의 악행을 처벌하는 가문의식을 내포하고 있다.

출전: 「〈최호양문록〉의 구조적 특징과 가정소설적 위상」, 『정신문화연구』, 119호, 한국학중앙연구원, 2010, 73~100쪽.

Ⅶ

〈정해경전〉의 구조적 특징과 여성 향유층의 욕망

1. 머리말

조선 후기 가정소설은 가부장적 사회에서 발생하는 가족 간의 갈등과 화해를 모색하는 작품이다. 이러한 가정소설은 남성보다 여성인물의 선악갈등을 통해서 권선징악을 뚜렷이 부각하고 있다는 점에서 주목된다. 가정에서 발생하는 여성인물의 선악갈등은 전처의 자녀와 계모, 처첩 또는 처처 사이에서 발생한다. 이 때문에 가정소설은 전처의 자녀와 계모의 갈등을 다룬 계모형, 처첩 또는 처처 간의 갈등을 다룬 쟁총형, 계모형과 쟁총형이 동시에 등장하는 복합형 등으로 구분하고 있다.

가정소설의 서사 전개는 모두 새로 영입된 여성들이 기존에 있던 가족들의 생존을 위협하거나 축출하면서 사건이 발생하는 공통점을 보여준다. 가정소설에 등장하는 계모는 자신의 의지를 적극적으로 표현하는데 반하여, 전처의 자녀는 유교적 윤리에 순응하는 소극적인 모습을 보여준다. 낯선 가정에 새롭게 영입된 계모는 기존의 가족들과 화해를 모색하면서도 자신의 주도권 확보를 위해서 적극적인 행동을 감행하고 있다. 가정소설은 새로 영입된 계모가 기득권과 충돌하는 과정에서 필연적으로 가족 간의 갈등이 발생하기 마련이다.

가정소설은 계모의 영입에 따른 새로운 가족관계의 설정과 화합을 통해서 안정적인 가정생활의 소망을 반영하고 있다. 아내를 잃은 남편이 자녀의 양육과 가정의 안정을 위해서 후처를 맞이했음에도 가족 간의 갈등은 새로운 사회문제로 부각될 수밖에 없었다. 이러한 계모형 가정소설의 성격을 내포한 〈정해경전〉에는 적강담, 영웅적 군담, 결혼담 등과 같은 다양한 내용이 첨삭되어 있다. 이 작품은 조선 후기 계모형 가정소설의 구조적 변모와 더불어 여성 향유층의 욕망이 나타나고 있어서 주목된다.

필사본 〈정해경전〉은 방각본이나 활자본으로 개작되지 않았음에도 13종의 이본이 존재하고 있다.[1] 이 작품의 여성 향유층은 조선 후기 필사본 고소설을 향유하면서 가부장적 유교윤리 이면에 존재하는 여성의 욕망이나 미의식을 표출하고 있다. 〈정해경전〉은 여성 향유층의 지속적 유통에 의해서 남성적 시각에서 벗어난 여성적 시각을 작품에 투영하고 있다.[2] 따라서 〈정해경전〉에는 조선 후기 계모형 가정소설의 갈등구조에 결혼담과 영웅적 군담을 첨가하고 있을 뿐만 아니라 여성 향유층의 다양한 욕망이 투영되어 있다.

지금까지 가정소설 연구는 상당히 축적되었음에도 〈정해경전〉에 대한 관심은 빈약한 실정이다.[3] 조선 후기 가정소설의 다양한 작품세계와

---

1 조희웅, 『고전소설 이본목록』, 집문당, 1999, 649쪽; 조희웅, 『고전소설 연구보정』, 박이정, 2006, 921~922쪽.

2 김재웅, 「영남 지역 고소설에 나타난 여성 향유층의 욕망」, 『한국고전여성문학연구』 16집, 한국고전여성문학회, 2008.6, 6~35쪽.

후대적 변모를 파악하기 위해서는 〈정해경전〉에 관심을 가져야 한다. 〈정해경전〉에 대한 선행연구는 작품에 수용된 계모형 설화를 분석하거나 작품의 이본, 갈등양상, 주제 등에 대한 전반적 고찰이 진행되었다.[4] 최근에는 〈정해경전〉에 나타난 모친 탐색의 양상과 의미를 추적하기도 했다.[5] 그중에서도 모성의 주체적 실현욕구와 모성공간에 대한 분석은 주목되지만, 가정소설의 구조적 특징과 여성 향유층의 욕망을 결합시키지 못한 문제점도 내포하고 있다.

본고에서는 필사본 〈정해경전〉의 이본관계와 갈등구조를 분석하여 조선 후기 계모형 가정소설의 구조적 특징과 여성 향유층의 욕망을 밝히고자 한다. 이러한 연구를 수행하기 위해서는 〈정해경전〉의 정확한 내용 판독과 이본관계 및 갈등구조에 대한 세밀한 분석이 선행되어야 할 것이다. 이를 바탕으로 조선 후기 가정소설 〈정해경전〉에 나타난 남성적 시각의 이면에 존재하는 여성 향유층의 욕망을 구체적으로 파악할 수 있을 것으로 기대한다.

---

3 김재용, 『계모형 고소설의 시학』, 집문당, 1996, 11~249쪽; 이원수, 「가정소설 작품세계의 시대적 변모」, 경북대학교 박사학위논문, 1991; 박태상, 「조선조 가정소설 연구」, 연세대학교 박사학위논문, 1988, 3~239쪽; 이성권, 「가정소설의 역사적 변모와 그 의미」, 고려대학교 박사학위논문, 1998, 1~240쪽. 이러한 가정소설 연구에서도 〈정해경전〉에 대한 언급은 전무한 실정이다.

4 이선형, 「정해경전에 수용된 계모형 설화」, 『국민어문연구』 10집, 국민대학교 국어국문학연구회, 2002, 123~140쪽; 이정민, 「정해경전 연구」, 한국교원대학교 석사학위논문, 2005, 1~57쪽.

5 조재현, 「〈정해경전〉에 나타나는 모친탐색의 양상과 의미 연구」, 『어문연구』 140호, 한국어문교육연구회, 2008.12, 373~394쪽.

2. 〈정해경전〉의 내용과 이본 검토

1) 〈정해경전〉의 줄거리

(가) 송나라 시절에 이부시랑 정현은 가산이 풍족하였으나 슬하에 혈육이 없어 부인 왕씨와 더불어 슬퍼한다. 시랑은 꿈에 전생 친구 월평대사의 도움으로 옥황상제께 득죄하여 인간 세상에 적강하는 해경을 얻었다. 하루는 봉내산 청암사 월평대사의 명을 받은 장대사가 영운사를 중수하기 위해 시랑의 집을 방문하여 해경의 길흉을 예언한다. 왕씨 부인은 병을 얻어 시랑과 해경을 불러 후사를 당부한 뒤 별세한다.

(나) 서주 땅에 한림학사 장수현의 딸이 출가를 못하다가 이부시랑 정현과 결혼한다. 계모 장씨는 해경이 재산을 차지할 것을 염려하여 구박한다. 장씨는 해경이 자신을 계모로 악담한다고 불평하여, 정시랑이 천륜으로 해경을 꾸짖다가 처참한 얼굴을 보고 장씨에게 덕을 베풀 것을 당부한다. 왕씨 부인은 시랑의 꿈에 나타나서 해경에게 계모 장씨를 잘 섬길 것을 당부한다.

(다) 병부상서에 제수된 남편 정현이 황성으로 떠난 뒤에 계모 장씨는 해경을 더욱 심하게 박대한다. 해경이 모친 산소에 가서 통곡할 때 모친이 내려와서 복숭아를 주며 후일을 예언한다. 묘책을 생각한 계모는 일부러 해경을 잘해주어 인심을 얻은 뒤에 강정에서 해경을 물에 빠져 죽게 한다.

(라) 한편 물에 빠진 해경은 노승의 도움으로 동해 용국을 찾아간다. 용궁에 도착한 해경은 모친이 천상에서 적강했을 뿐만 아니라 거북을 보내 자신을 구했음을 알게 된다. 봉내산 청암사에서 차를 마시던 해경은 전생을 기억하고 방장산으로 모친을 찾아간다. 해경은 수정봉 해월루에서 모친을 상봉한 다음 동해 용녀와 결혼한다. 이때 잔치에 참석한 선녀들은 축하의 노래를 불러준다.

(마) 모친은 해경을 세상에 돌려보내 부친을 찾고 부귀영화를 누릴 것을 당부한다. 동해로 가던 해경은 장인을 만나 수궁을 거쳐 동정호 악양루로 간다. 한편 해경은 황주 월임촌 죽림에서 병부상서 이병수의 딸이 천정배필을 찾는 것을 알고 옥환과 면경을 주며 연분을 맺는다. 그리고 황제의 딸 황평공주는 장원급제한 해경과 결혼한다. 한림학사를 제수받은 해경은 부친을 찾아가서 상봉한다.

(바) 이때 계모 장씨는 해경을 제거한 다음 아들을 낳았으나 어려서 죽고 재산을 도둑맞아 가난해졌다. 황제의 부마가 된 해경이 고향에 온다는 소식을 들은 계모는 깜짝 놀란다. 정상서는 장씨를 잡아 냉방에 가두었으나, 해경이 계모를 봉양한다. 해경이 부친을 모시고 경성에 올라가서 황제를 알현하자, 황제는 정상서의 충성을 치하하며 간신 이경숙을 처벌하게 한다.

(사) 한편 서량태수 곽춘성이 불충하여 귀양을 갔음에도 반란을 일으켰다. 황제는 거달평을 보내 곽춘성을 진압하라고 했으나 실패한다. 우승상 정해경이 도성을 지키다가 황제의 위급함을 보고 출전하여 구해준다. 황제는 정해경이 잡은 곽춘성을 불충죄로 처참한다. 그때 황주 월림촌 이소저는 정절을 지키고 있다가 해경과 결혼한다.

(아) 해경이 공주와 이소저를 데리고 기주 땅으로 내려왔을 때 계모 장씨는 해경을 독살하려다가 발각된다. 황제의 명으로 계모 장씨에게 칼을 보내 자결하라 했으나 계모는 그 칼로 공주를 다치게 한다. 이 소식을 들은 황제는 계모 장씨와 장수현을 잡아 금부에 가둔다. 계모 장씨를 처참할 때 하늘의 징벌이 내려진다. 해경은 벼슬이 높아지고 두 부인은 자녀를 낳아 부귀영화를 누린다.

(자) 이때 기남 땅에 왕승상은 해경이 죽었다는 소식을 듣고 애통해하다가 상봉한다. 해경은 부모가 상봉한 뒤에 천상으로 귀향할 때 통곡하며 전송한다. 세월이 흘러 해경은 두 부인을 데리고 달구경을 하다가 방장산의 용녀를 반갑게 맞이한 뒤에 두 부인과 함께 천상으로 올라

간다.

이상에서 〈정해경전〉의 서사단락은 (가)-(자)와 같이 천상에서 적강한 정해경이 계모 장씨의 모해로 죽을 위기를 당하였으나, 과거에 급제하여 화평공주 및 이소저와 결혼 한 뒤에 간신의 반란을 진압하여 부귀영화를 누리는 내용으로 구성되어 있다. 〈정해경전〉의 서사단락은 (가)-(마)의 전반부와 (마)-(자)의 후반부로 구분할 수 있다. 전반부는 계모형 갈등구조를 보여준다면, 후반부는 결혼담과 간신의 반란을 진압하는 충신의 영웅적 군담을 통한 갈등해결을 보여준다.

서사단락 (마)는 새로 영입된 계모 장씨에게 구박을 받던 정해경이 천상에서 모친을 상봉한 뒤에 다시 현실로 되돌아오는 매우 중요한 지점이다. 이 단락은 전반부의 계모형 갈등구조에서 보면 정해경의 위기에 해당하지만, 후반부의 충신과 간신의 갈등구조에서 보면 위기를 해소하기 위한 단초에 해당한다. 이 때문에 〈정해경전〉은 전처의 아들과 계모 장씨의 갈등구조와 후반부에 첨가된 결혼담과 간신의 반란을 진압하는 영웅적 군담을 유기적으로 통합한 구조적 변모를 보여준다.

이렇게 조선 후기 계모형 가정소설 〈정해경전〉은 서사단락 (마)를 중심으로 전·후반부가 통합되어 있다. 전반부에서는 계모 장씨가 전처 아들 해경을 모해하는 계모형 갈등구조를 보여준다면, 후반부에서는 과거에 급제한 해경이 영웅적 군담을 보여주고 있다. 특히 후반부는 계모형 갈등으로 죽을 위기에 처한 해경이 용궁과 천상을 여행한 뒤에 현실세계로 귀환하여 화평공주 및 이소저와 결혼할 뿐만 아니라 간신의 반란을 진압하는 영웅적 활약을 보여준다. 따라서 〈정해경전〉은 계

모형 갈등구조를 바탕으로 결혼담 및 영웅적 군담이 첨가된 후대적 변
모를 보여주고 있다.

2) 〈정해경전〉의 이본 검토

현재까지 〈정해경전〉의 이본은 국문 필사본 13종이 존재하고 있다.[6]
여기서는 ① 단국대본, ② 박순호본, ③ 성대본, ⑥ 한중연본, ⑦ 충남대
본, ⑬ 계명대본 등을 중심으로 이본관계를 비교할 것이다. 앞에서 언급
했듯이 〈정해경전〉은 방각본이나 활자본으로 간행되지 않고 필사본
단권으로 유통되었다. 이러한 필사본 〈정해경전〉은 남성보다는 여성에
의해서 지속적으로 필사되고 향유되었던 것으로 보인다.

작품명	소장처	필사기록 및 향유자	비고
① 鄭海慶傳 (증히경젼)	단국대학교	계축(1913)음이월초십일ㅎ오ᄉ시 이십분에 필셔, 책주 유진형	129쪽 (11줄, 25자 내외)
② 정히경젼 권지단이라	박순호		167쪽 (9줄, 19자 내외)
③ 증히경젼	성대본	긔묘(1939)이십이일필ᄉ라	60쪽 (16줄, 15자 내외)
④ 정해경전	성대본	1920년	
⑤ 증해경전	여승구	무진(1868, 1928)	
⑥ 증히경젼	한중연	무신(1908)	97쪽 (13줄, 25자 내외)

---

6 〈정해경전〉의 이본 13종 가운데 ④ 성대본, ⑤ 여승구본, ⑧-⑪ 박순호본, ⑫ 홍윤표
본 등은 개인이 소장하고 있어서 구체적으로 살펴보지 못하였다. 차후에 작품이 공개
되면 이본관계를 좀 더 구체적으로 살펴보기로 하고 여기서는 확보한 자료를 중심으
로 이본관계를 고찰하고자 한다.

⑦ 鄭海京傳 (뎡희경젼이라)	충남대학교	이칙닉기난갑진(1904) 연십이월니십삼일의필셔라, 임자(1912)연십이월십팔의필셔라	126쪽 (12줄, 20자 내외)
⑧ 정희경젼	박순호	정축(1877, 1937) 이월십이일 최소저	120쪽
⑨ 정희경젼	박순호		160쪽
⑩ 증해경젼	박순호	병진(1916)연월일이라	52쪽
⑪ 희경젼	박순호	계유(1933)소춘졀완, 긔유(1909)년삼월이십사일	150쪽
⑫ 희경젼	홍윤표		110쪽
⑬ 정희경젼	계명대학교	병진(1856, 1916) 원월순망일이강소져칙연셔라 녀니월초슴일 필셔, 칙쥬 닉의 손여	170쪽 (9줄, 21자 내외)

위에서 제시한 필사본 〈정해경전〉은 대체로 1909년부터 1939년 사이에 필사된 것으로 보인다. 이때는 필사본 고소설을 개작하여 방각본이나 활자본으로 출판하던 상업성의 시대이다. 그럼에도 필사본 〈정해경전〉은 왜 활자본으로 간행되지 않았을까? 〈정해경전〉은 활자본이 간행될 당시에 작품의 창작이나 필사가 시작되었을 것으로 생각된다. 그리고 필사 및 향유층의 지역도 활자본이 간행되는 대도시가 아니라 농촌에서 유통된 것으로 보인다. 이 때문에 〈정해경전〉은 활자본의 상업적 개작에 물들지 않고 필사자와 여성 향유층의 욕망을 반영하면서 지속적으로 유통되었다.

필사본 〈정해경전〉의 이본은 "① 음이월초십일, ⑦ 십이월십팔일, 십이월이심삼일, ⑧ 이월십이일, ⑪ 삼월이십사일, ⑬ 원월, 이월초삼일" 등과 같이 농한기에 집중적으로 필사되었다. 〈정해경전〉의 이본이 농번기가 아닌 농한기에 집중적으로 필사되었다는 것에 주목할 필요가 있

다. 필사본 〈정해경전〉이 농한기에 집중적으로 향유된 것은 1900~1930
년대 농촌에서 살았던 사람들이 향유했음을 증명한다. 작품의 분량이
적은 〈정해경전〉은 농한기를 활용하여 집중적으로 필사된 것으로 보
인다.

조선 후기 필사본 고소설을 향유한 여성들과 마찬가지로 〈정해경
전〉을 베긴 사람들은 한글을 배운 여성일 가능성이 매우 높다. 여성들
은 필사본 고소설을 읽거나 필사하면서 자연스럽게 한글 공부와 유교
윤리를 체득한 것으로 보인다.[7] 이 때문에 농촌 지역의 선비집안의 남
성들은 여성들이 필사본 고소설을 향유하도록 도와주기도 하였다. 따
라서 여성들이 필사하고 향유한 〈정해경전〉에는 여성의 욕망이나 미
의식이 자연스럽게 반영되기 마련이다.

실제로 필사본 〈정해경전〉에는 작품을 필사하거나 향유한 여성의
기록들도 등장한다. 예컨대 ⑬계명대본에는 책을 소장한 "강소저"가
자신의 손녀라고 기록되어 있다. ⑧박순호본에는 최소저가 필사하거나
향유했음을 보여준다. 다만 ①단국대본에는 정확한 남녀 구별이 쉽지
않다. 여기에 등장하는 "유진형"이 남성이라고 해도 실제로 현장조사를
해보면 남성보다는 여성이 향유했을 가능성은 매우 높다고 하겠다.[8] 왜
냐하면 조선 후기 계모형 가정소설을 향유한 계층은 선비집안의 여성
이 대부분을 차지하고 있기 때문이다. 따라서 필사본 〈정해경전〉도 여
성이 필사하거나 향유하면서 지속적으로 유통된 것으로 보인다.

---

7 김재웅, 「경북 지역에 유통된 필사본 고소설에 대한 실증적 연구」, 『고소설연구』 24
   집, 한국고소설학회, 2007.12, 220~250쪽.
8 김재웅, 「대구·경북 지역에 유통된 필사본 고전소설의 종류와 독자층에 관한 연구」,
   『대구경북학 연구논총』 3집, 대구경북연구원, 2006, 131~162쪽.

　　필사본 〈정해경전〉의 이본을 비교한 결과 작품의 표제와 서사단락은 전반적으로 동일한 것으로 보인다.[9] 조선 후기 가정소설 〈정을선전〉과 〈유최현전〉은 동일한 작품의 이본관계에 있으면서도 작품의 표제는 남성에서 여성으로 변모되었다.[10] 이런 작품과 비교하면 〈정해경전〉의 이본은 동일한 제목의 필사본으로 유통되었기 때문에 서사단락의 변모가 상대적으로 미약한 것으로 생각된다.

　　그럼에도 〈정해경전〉의 서사단락에서는 새로운 내용의 첨삭과 변모가 발생하고 있다. ① 단국대본은 정해경의 영웅적 군담을 서술하는 대목이 확장된 서사 전개를 보여준다. ③ 성대본에서는 정해경이 황제의 부마가 되어 고향에 찾아왔을 때 계모 장씨가 자살하는 서사단락의 변모를 보여주고 있어서 주목된다. 계모형 가정소설에서 새로 영입된 계모의 죄를 처벌하는 대목은 작가의식을 보여주는 중요한 기능을 담당한다. 〈정해경전〉의 이본에는 서사단락의 첨삭과 변모가 발생하고 있지만 ③ 성대본을 제외하면 그 폭은 좁은 편이다.

　　〈정해경전〉은 송나라 기주 땅을 시·공간적 배경으로 삼고 있다.[11] 대부분의 이본이 송나라 시대를 시간적 배경으로 설정하고 있으나 작품의 서사 전개와 밀접한 관련성을 찾기 어렵다. 그래서 ⑥ 한중연본처럼 "각셜이라 잇되 초한적 계화촌"으로 시·공간적 배경이 변모되어

<hr/>

9　이정민, 앞의 논문, 1~57쪽.
10　김재웅, 「〈유최현전〉의 구조적 특징과 가정소설의 지평 확장」, 『정신문화연구』 102호, 한국학중앙연구원, 2006, 79~103쪽.
11　〈정해경전〉의 공간적 배경은 기주에서 시작하여 용궁, 봉내산 청암사, 천상(수정봉 해월루), 동정호와 악양루, 황주 월임촌, 황성, 서량관, 기주 등으로 되돌아오는 구성을 보여준다.

등장해도 작품의 서사 전개에는 별다른 영향을 미치지 못한다. 다만 정해경의 부친 이름이 "정현"과 "정장연"으로 등장하는 차이점을 보인다. 이것은 등장인물의 성격이 다른 것이 아니라 필사과정에서 이름이 조금씩 변모된 것이다. 필사본 〈정해경전〉의 이본은 전반적으로 동일한 사사단락을 내포한 작품이라 하겠다.

최근에 계명대학교 도서관에서 발굴한 〈정해경전〉은 ⑫박순호본과 친연성이 있는 것으로 보인다. ⑬계명대본은 주인공 가족의 천상적 징표와 꿈을 통한 협조자의 예언이 매우 빈번하게 등장한다. 〈정해경전〉은 꿈을 통한 천상적 운명이 지상에 그대로 실현되는 공통점을 보여준다. ⑬계명대본 〈정해경전〉은 경상도 방언이 상당수 내포된 점으로 보아 영남 지역에서 유통된 것으로 보인다.[12] 또한 작품의 필사기를 통해서 여성 향유층의 실상을 구체적으로 확인할 수도 있다. 따라서 ⑬계명대본 〈정해경전〉은 조선 후기 계모형 가정소설의 구조적 특징과 여성 향유층의 욕망을 살펴보는 데 적절한 작품이라 하겠다.

---

12 계명대본 〈정해경전〉에 나타난 경상도 방언은 다음과 같다. 아덜리ㄹ(8), 글얼(16), 그날붓틈(18), 부모음난(18), 실피울며(19), 울골(23), 그문고(52), 으린 아달(61), 울골(87), 초당어로(91), 화동얼(100), 짐이 득이 업고(105), 드옥(116), 붓거렴(123), 득니(135), 한그름(138), 고은구살(153) 등과 같이 영남 지역의 음운현상인 '어'와 '으'의 중화가 작품의 전반에서 나타나고 있다. 백두현, 『영남 문헌어의 음운사 연구』, 태학사, 1992, 129~136쪽.

3. 〈정해경전〉의 구조적 특징

1) 계모형 갈등구조의 변모

〈정해경전〉은 계모형 갈등구조를 중심에 두고 적강담, 결혼담, 영웅적 군담 등이 유기적으로 구성되어 있다. 작품의 갈등구조는 전처의 아들과 새로 영입된 계모의 갈등이 핵심을 차지한다. 앞에서 제시한 (가) 정해경의 출생과 모친의 별세, (나) 계모의 영입과 전처 자식의 모해, (다) 부친의 떠남과 계모의 모해, (라) 해경의 축출 및 천상에서 모친 상봉, (마) 해경의 현실 귀환과 과거급제 및 결혼, (바) 계모 방문과 봉양, (사) 간신의 반란 진압과 결혼, (아) 계모 처벌과 부귀영화, (자) 해경과 두 부인의 천상 귀환 등의 서사단락을 통해서도 잘 나타난다.

〈정해경전〉의 구조적 특징은 계모형 가정소설과 영웅소설을 통합해 작품의 완성도를 높였다는 점이다. 조선 후기 계모형 가정소설의 유형구조 속에 충신과 간신의 갈등을 유기적으로 통합했다는 측면에서 주목된다. 실제로 〈정해경전〉에 나타난 갈등은 ㉠계모와 전처 아들, ㉡충신과 간신, ㉢부자, ㉣모친과 계모, ㉤황제와 계모, ㉥시아버지와 며느리 등과 같이 다양한 실정이다. 계모형 갈등구조는 ㉠, ㉢-㉥ 등에서 구체적으로 나타난다. 영웅적 인물의 군담은 ㉡처럼 충신과 간신의 갈등을 통해서 뚜렷하게 나타난다. 이러한 〈정해경전〉의 다양한 갈등은 계모형 가정소설의 구조적 특징과 후대적 변모를 반영하고 있다.

㉠계모와 전처 아들의 갈등은 〈정해경전〉의 구조적 특징을 보여준다. 계모형 갈등구조는 ㉢계모의 악행에 대한 부자간의 시각차이, ㉣계모에 대한 모친의 비판, ㉤계모 처벌에 대한 황제의 고민, ㉥계모에

대한 시아버지와 며느리의 대립 등과 같이 나타난다. 이러한 갈등구조
는 모두 새로 영입된 계모의 행위에 대한 가족들의 관련성을 보여준다.
그런데 〈정해경전〉에는 ㉣전처의 아들을 박해한 계모에 대한 모친의
비판, ㉤계모의 악행을 조용히 처벌하려던 황제의 생각, ㉥황제의 명을
시행하던 며느리와 시아버지 대립 등과 같이 색다른 내용이 첨가되어
있다. 이것은 계모형 가정소설 중에서도 〈정해경전〉에만 첨가된 구조
적 변모를 보여준다.

　〈정해경전〉의 전반부에서는 정해경이 계모형 갈등으로 가정에서 축
출되었다가 천상을 방문한 뒤에 다시 현실로 되돌아오는 구성을 보여
준다. 이 때문에 작품의 후반부에서는 주인공이 간신의 반란을 진압해
입신양명하는 서사 전개의 변모를 보여준다. 초기 가정소설 〈장화홍련
전〉에는 주인공이 억울함을 해소하기 위해서 원혼으로 등장한다. 〈정
해경전〉도 전처의 아들과 계모의 갈등이 주인공의 축출로 진행된다는
점에서 〈장화홍련전〉과 동일한 구조를 보여준다. 다만, 가정에서 축출
된 정해경이 천상의 도움으로 살아나는 대목은 색다른 변모로 보인다.
작품의 전·후반부를 연결하는 서사단락 (마)는 화평공주와 결혼한 정
해경이 (바)처럼 고향에 돌아와 계모에게 효성을 다하는 모습을 보여준
다. 그럼에도 계모는 (아)처럼 입신양명한 해경을 독살하려다가 천벌을
받아 죽는다.

　〈정해경전〉의 계모형 갈등구조는 전처의 아들 정해경과 계모 장씨
의 재산권 다툼으로 나타난다. 계모 장씨는 전처의 아들 정해경이 재산
을 독차지할 것을 염려하여 모해하였다. 계모는 달구경을 핑계로 정해
경을 강정으로 유인하여 물에 빠뜨려 죽였다. 전처의 아들 해경을 제거

하려던 계모의 계획이 성공한 것처럼 보인다. 그런데 물에 빠진 해경은 모친의 도움으로 살아나서 용궁을 거쳐 천상으로 찾아간다. 현실에서는 계모의 계략으로 정해경을 축출했으나 천상계에서는 정해경이 새로운 힘을 얻게 된다. 천상에서 현실로 되돌아온 정해경은 과거에 급제하고 황제의 딸과 결혼하여 (사)처럼 간신의 반란을 진압하는 영웅적 군담을 보여준다. 이렇게 〈정해경전〉은 상호 유기적인 서사구조로 연결되어 있다.

계모 장씨는 전처의 아들 해경을 죽이고 자신의 아들을 낳았으나 그 아들은 어려서 죽었다. 계모는 부당하게 얻은 재물을 몽땅 잃어버렸을 뿐만 아니라 자신의 아들조차 죽어버리는 최악의 상황에 빠졌다. 그때 과거에 급제하여 입신양명한 정해경은 부친과 함께 고향을 방문하여 계모를 수소문하였다. 부친 정현은 계모를 싫어해 냉방에 가두었지만 해경은 계모를 정성껏 봉양하는 유교적 효성을 보여준다. 이러한 정현 부자의 상반된 행동은 계모를 바라보는 당대의 시각 차이를 보여준다.

필사본 〈정해경전〉에는 황제가 계모의 죄를 처벌하기 위해서 칼을 보내 자결하도록 명령하는 대목이 첨가되어 있다. 황제는 자신의 사위 정해경을 독살하려했던 계모를 용서할 수 없었다. 그래서 계모에게 칼을 보내 조용히 자결하도록 기회를 주었던 것이다. 비록 계모라고 해도 황제와 사돈 간이기 때문에 신체를 보전하는 죽음을 허락하였다. 그런데 계모는 황제의 깊은 뜻을 거절하고 오히려 그 칼로 화평공주를 상하게 하였다.

황져 문안ᄒ고 ①황졔 편지를 드리난지라 쎄여본니 중여를 죽니라

칼을 보닌 스연니라 직시 숭숭을 청한니 숭숭니 만국하여 아모리할쥴
모러드라 ②공쥬 칼을 드러다가 즁씨를 쥬며왈 황싱니 거딕를 죽니라
하신니 즁씨 딕로왈 칼을 드러치거날 공쥬 팔을 맛난지라 놀닉 소릭한
니 ③숭숭니 급피 드러가 도로 공쥬를 ᄉᆞ지저왈 ᄌᆞ식니 엇지 어미를 힉
치리요 공쥬 ᄎᆞ마 엇지 칼을 두는요 팔을 승하미 당연ᄒᆞ도다 하신니 니
공쥬 니연뉴로 황지기 쥬달ᄒᆞ니 황디 딕로하여 즁할님 즁쥬현을 줍아
금부이 가두우고 즁씨를 ᄌᆞ바 올니라 ④황디 딕로왈 쳔지악ᄒᆞᆫ 기운니
몰니여 즁여 되신니 엇지 머리라 ᄒᆞ리요 직시 쳐츰ᄒᆞ니라 하신니 나쥴
리 즁여를 슈리이 올녀 안치고 죽이러하고 나가든니 호른니 소소ᄒᆞᆫ 바
람니 이러나며 공중의 쓰나가다가 니러시믹 시치가다 각각 더러지난지
라¹³

위와 같이 계모의 죄를 처벌하기 위해서 황제는 ①과 같이 편지를
보내 자결하도록 칼을 보냈다. 화평공주는 ②처럼 칼을 계모에게 전하
였으나, 계모는 황제의 명을 거절하고 그 칼로 화평공주를 다치게 하였
다. 그런데 황제의 명을 수행하기 위해 계모에게 칼을 전달했던 화평공
주를 꾸짖는 시아버지 정현의 모습이 이채롭다. 비록 계모가 죄를 지었
다고 해도 자식이 부모에게 칼을 올리는 장면은 유교윤리에 적합하지
않았기 때문이다. 부친 정현이 ③처럼 화평공주의 경솔한 행동을 준엄
하게 꾸짖고 있다. 이 때문에 계모는 황제의 명으로 자결할 수 있는 기
회를 거절하여 ④처럼 몸이 사방으로 흩어지는 천벌을 받는다.
　계모형 가정소설에서는 전처의 자녀가 죽임을 당하지만 〈정해경전〉
에서는 천상의 도움으로 죽음의 위기에서 구출되는 것으로 변모되었다.

---

13 계명대본 〈정해경전〉, 158~160쪽.

이 작품은 계모의 죄를 처벌하는 대목에서 기존의 계모형 가정소설과 차이를 보인다. 〈양풍운전〉과 〈어룡전〉의 계모는 죽임을 당하지만 〈김이양문록〉의 계모는 저승세계를 다녀온 뒤에 개과천선하여 가족의 일원으로 포용된다.[14] 이런 점에서 〈정해경전〉은 〈김취경전〉과 유사하지만 계모를 처벌하는 점에서는 차이를 보인다. 〈김취경전〉과 〈김이양문록〉에서는 계모가 개과천선했기 때문에 가족 화합을 보여준다면, 〈정해경전〉에서는 계모가 주인공을 독살하려고 했기 때문에 천벌을 받는 것으로 나타난다.

이상에서 〈정해경전〉의 계모를 중심으로 가족 간의 다양한 갈등이 새롭게 첨가된 조선 후기 계모형 가정소설의 구조적 변모를 보여준다. 이 작품은 계모형 갈등구조에 모친과 계모, 부자, 황제와 계모, 시아버지와 며느리 등의 갈등을 첨가하여 후대적 변모를 보여준다. 조선 후기 계모형 갈등구조를 바탕으로 한 〈정해경전〉은 다양한 갈등이 통합된 구조적 특징과 변모를 보여주고 있다.

2) 군담의 축소와 결혼담의 확장

〈정해경전〉은 영웅적 인물의 군담이나 화려한 결혼담이 내포된 가정소설의 후대적 변모를 보여준다. 작품의 후반부에서 충신과 간신의 갈등구조가 집중적으로 나타난다. 작품에 등장하는 충신은 정해경과 부친 정현이고 간신은 서량태수 곽춘성과 이숙경이다. 충신 정해경은

---

14 김재웅, 「〈김이양문록〉의 창작방법과 가정소설적 의미」, 『영남학』 12호, 경북대학교 영남문화연구원, 2007.12, 123~151쪽.

과거에 급제하여 화평공주와 결혼해 황제의 사위가 되었다. 간신 곽춘성은 조정에 불충하여 서량태수로 좌천되었음에도 군사를 동원해 반란을 일으켰다. 다급해진 황제는 곽춘성의 반란을 진압하기 위해서 거달평을 보냈으나 패배한다. 이 때문에 황제가 위기에 처했을 때 정해경이 출전하여 반란을 진압하고 황제를 구출해 돌아온다.

> 황지 디히하여 문무지신을 좌우의 시위ᄒ고 디질왈 천하의 무도한 춘성아 너 불척국가 하엿씨로 ᄎ마 디신을 죽니지 못ᄒ냐 시랑으로 보닉신니 기과천신하기 난싱로니 불의의 마암을 두고 요란키 ᄒᄂ냐 춘성니 황공디왈 신니 지조 가인하와 벼슬ᄒ압다가 간신 조졍니라 무죄니 지양하오미 군병을 거나러 조졍 불ᄒᆷ디인을 치여바리라 ᄒ옵고 희경니갓탄 영웅을 만나 명을 밧치온니 쳐분디로 하옵소셔 한니 황졔 디로왈 네 뜻지 만승쳔ᄌ를 바릭노라 ᄒ엿신니 무슨 말ᄒ리요 ᄒ시고 요츔한니라[15]

위의 인용문에서 반란을 일으킨 곽춘성은 국가에 불충하였음에도 국가의 대신을 처벌하지 못해 황제가 서량태수로 좌천시켰다. 그럼에도 곽춘성은 자신의 잘못을 반성하여 개과천선하지 않고 오히려 반란을 도모하였다. 조정에 간신이 득세하여 유배지에서 반란을 일으킨 곽춘성은 천자가 되려는 욕심을 품고 있었다. 서량태수의 반란으로 황제가 위기에 봉착하였지만, 충신 정해경이 반란을 진압하고 황제를 구출하는 영웅적 군담을 보여준다.

충신과 간신의 갈등은 영웅소설 및 군담소설에 빈번하게 등장하는

---

15 계명대본 〈정해경전〉, 146~147쪽.

소재이다. 조선 후기 필사본으로 유통된 〈정해경전〉은 기존의 영웅소설이나 군담소설의 영향을 수용한 것으로 보인다. 〈정해경전〉의 후반부에 첨가된 충신과 간신의 갈등은 계모형 가정소설의 갈등구조에 통합되어 유기적 완결성을 확보하고 있다. 이러한 충신과 간신의 갈등은 충신 정해경이 영웅적 군담을 통해서 입신양명하는 밑바탕이 되었다. 따라서 〈정해경전〉의 후반부에 내포된 충신과 간신의 갈등은 전반부의 계모형 갈등구조를 확장하는 역할을 수행한 것으로 보인다.

〈정해경전〉에 첨가된 영웅적 인물의 군담은 국가 내부의 반란을 진압하는 것으로 나타난다. 조선 후기 영웅소설 〈유충렬전〉과 〈조웅전〉에서는 국가 내부의 반란과 외적의 침략이 겹쳐질 뿐만 아니라 치열한 갈등관계를 보여준다. 그런데 단국대본에 비하여 계명대본 〈정해경전〉에는 충신 정해경과 간신 곽춘성의 구체적인 갈등이 언급되지 않고 있다. 이것은 여성 향유층의 필사과정에서 대폭 축소 내지 생략되었을 것으로 짐작된다. 계명대본 〈정해경전〉은 충신과 간신의 직접적인 갈등을 보여주지 못한다는 점에서 서사전개의 치열함이 부족한 것으로 보인다. 다만, 간신 곽춘성의 반란을 진압하는 과정에서 정해경은 영웅적 활약을 통해서 입신양명과 부귀공명을 누리게 된다.

또한 충신 정현과 간신 이숙경의 갈등관계는 구체적으로 등장하지도 않는다. 작품에 등장하는 간신 이숙경은 정현을 모함했을 것으로 보이지만 구체적인 내용은 생략되어 있다. 그럼에도 황제는 유배에서 풀려난 정현에게 간신 이숙경을 처참하게 한다. 간신 이숙경의 불충이 작품에 뚜렷이 등장하지 않았음에도 충신 정현이 간신을 처참하는 것은 서사 전개에 무리가 있다. 〈정해경전〉에 등장하는 충신과 간신의 갈등은 구체성을 상실한 채 유교적인 선악명분에 의해서 처리되고 있다. 이러한 충신과 간신의 갈등은 영웅소설 및 군담소설과 달리 계모형 가정소설에 수용되면서 군담 장면이 대폭 축소되거나 생략된 것이다.

〈정해경전〉에 내포된 충신과 간신의 갈등구조는 작품의 후반부에 집중되어 있다. 정해경은 간신 곽춘성의 반란을 진압하는 영웅적 군담을 통해서 황제의 신임을 얻게 된다. 이러한 충신의 활약은 위기에 빠진 황제를 구출하여 입신양명하는 토대가 되었다. 그런데 충신과 간신의 갈등은 작품에 구체적으로 등장하지 않았음에도 충신이 간신을 처참하는 대목을 통해서 충신의 역할을 강조하고 있다. 조선 후기 가정소설 〈정해경전〉에는 충신과 간신의 갈등구조가 후반부에 집중되어 유교적 선악을 판단하는 내용으로 변모되었다.

서사단락 (마), (바)에 첨가된 천상 연분을 통한 결혼담 및 간신을 진압하는 영웅적 군담은 쟁총형 가정소설에 자주 등장한다. 계모형 가정소설에 주인공의 다양한 결혼담과 영웅적 활약을 보여준 군담이 첨가된 경우는 〈어룡전〉, 〈김취경전〉을 제외하면 매우 드문 실정이다. 〈어룡전〉과 〈김취경전〉은 영웅적 군담을 강조하는데 반하여 〈정해경전〉은 군담이 축소되고 결혼담이 확장된 것으로 보인다.[16] 따라서 〈정해경전〉은 여성 향유층의 필사와 향유과정을 통해서 결혼담을 대폭 확장하고 영웅적 군담을 축소하는 방향으로 새롭게 변모되었다.

---

16 〈정해경전〉에 남아있는 충신과 간신의 갈등은 당시 영웅소설의 영향과 여성 향유층에 의해서 가정소설의 후대적 변모를 보여준 것으로 생각된다.

4. 〈정해경전〉에 나타난 여성 향유층의 욕망

조선 후기 계모형 가정소설에는 작가의 욕망, 주인공의 욕망, 독자의 욕망이 복합적으로 존재한다. 작가의 욕망은 작품의 주인공을 통해서 구체적으로 나타나게 마련이다. 이 때문에 작가층의 존재를 확인하지 못해도 작품을 통해서 어느 정도 추정이 가능하다고 하겠다. 독자의 욕망은 대부분 작중 인물을 통해서 작가의 욕망과 소통한다. 그런데 여성 향유층에 의해서 유통된 필사본 〈정해경전〉은 작가의 욕망에 불만을 품고 새로운 내용을 첨삭하는 변모를 보여준다.

조선 후기 계모형 가정소설은 남성의 가부장적 유교윤리를 수용하면서도 여성 향유층의 욕망을 반영하고 있다. 필사본 〈정해경전〉은 가부장적 남성의 시각을 그대로 답습하는 것처럼 보이지만, 자세히 살펴보면 여성 향유층의 욕망을 확인할 수 있다. 계명대본 〈정해경전〉은 여성이 책을 소장하고 있을 뿐만 아니라 필사했다는 기록으로 보아 여성 향유층의 욕망을 구체적으로 살펴보기에 적당한 작품이다. 이러한 〈정해경전〉은 필사본으로 유통되었기 때문에 여성 향유층의 욕망이 다양하게 투영된 것으로 보인다.

1) 천상적 협조자에 의한 문제해결

조선 후기 계모형 갈등구조를 내포한 〈정해경전〉은 천상적 징표를 간직한 주인공이 초월자의 도움에 의해서 문제를 해결한다. 기존 영웅소설이나 군담소설과 달리 천상적 협조자로 어머니가 빈번하게 등장하고 있다. 조선 후기 남성중심 사회에서 열악한 처지에 놓여있는 여성들은 고난을 극복하기 위해서 부처와 같은 초월자의 도움을 선호할 수밖에 없었다.[17] 이 때문에 〈정해경전〉의 천상적 징표와 초월적 협조자는 남성보다 여성 향유층에게 더욱 친근한 서사 장치이다. 여성 향유층은 천상적 협조자에 의해서 고난 극복을 기원하던 당시의 사회적 분위기를 반영한 것으로 보인다.

〈정해경전〉의 주인공은 천상적 징표에 의해서 초월세계에 다녀온 뒤에 과거급제와 결혼담 및 영웅적 군담 등을 통해서 부귀영화를 누린다. 작품의 서두와 결말에서는 천상 옥황상제의 명으로 적강한 정해경이 지상에서 갈등과 고난을 극복한 뒤에 다시 천상으로 회귀한다. 이런 점에서 〈정해경전〉은 천상에서 적강하여 다시 천상으로 귀향하는 구조적 완결성을 보여준다.

　　어지 밤숨경 초의 광흔젼의 올나 승지를 뫼셔드니 쥬경니 승지기 천일쥬를 드리다가 옥즌을 기친죄로 인간으로 지양보닐시 우리로 ㅎ여곰 영기ㅎ냐 보뉘라 ㅎ시기로 다리고 은ㅎ슈를 건뉘가드니 … 다리고 시량 딕으로 가노라[18]

위와 같이 정현은 슬하에 자식이 없어서 슬퍼하다가 꿈에 전생 친구 월평대사가 옥황상제께 득죄한 아들을 점지해주어 정해경을 얻었다. 정

<hr>

17　김재웅, 『강릉추월전 작품군의 종합적 이해』, 보고사, 2008, 9~260쪽; 김재웅, 「〈강능추월전〉의 여성 독자층과 독자 수용의 태도」, 『어문학』 75집, 한국어문학회, 2002, 115~140쪽; 〈강능추월전〉에 대한 실증적 조사를 통해서 천상적 도움이 여성에게 더욱 각별한 서사 장치임을 확인한 바 있다.

18　계명대본 〈정해경전〉, 2~3쪽.

해경은 천상에 있을 때 옥황상제에게 천일주를 올리다가 옥잔을 깨뜨린 죄로 인간 세상에 귀향 오게 되었다. 월평대사는 전생의 인연이 있던 정현에게 그 아들을 점지해준다. 그리하여 왕씨 부인은 "천승으로 계화 써러저 가슴의 안히며 큰별리 억씌의 느러지"는 꿈을 꾸고 해경을 낳았다. 고소설 주인공의 신이한 출생담에 등장하는 '계화'는 달에 있는 계수나무 꽃을 말한다. 이것은 남성 주인공이 과거급제와 탁월한 능력을 소유하고 있음을 반영한 상관물이다.

정해경이 계모의 모해로 강정에서 죽을 위기를 겪은 다음 모친이 있는 천상공간의 수정봉 해월루를 찾아가는 과정에서도 초월적 세계가 지속적으로 등장한다. 〈정해경전〉은 현실세계에서 초월세계로 이동하는 정해경의 모습을 장황하게 서술하고 있다.[19] 그 뿐만 아니라 정해경이 계모의 박해를 극복하거나 영웅적 군담을 보여주는 대목에서도 천상의 도움을 지속적으로 받고 있다. 예컨대 남편 정현의 꿈에 나타난 왕씨 부인이 아들을 근심하는 대목, 영웅사 장대사가 해경을 보고 앞날을 예언하는 대목, 해경의 꿈에 모친이 나타나 복숭아를 주는 대목, 용궁에서 해경의 전생을 확인하는 대목, 모친이 해경에게 수정봉 해월루로 찾아오라고 지시하는 대목 등과 같이 작품의 서사 전개에 초월자가 지속적으로 등장하고 있다.

〈정해경전〉의 주인공은 천상에서 적강하여 계모형 갈등과 간신의 반란을 진압하는 영웅적 활약을 보여준 뒤에 다시 천상으로 귀환하게

---

19 작품에서는 계모의 계략으로 강정에서 떨어진 정해경은 천상의 도움으로 동해 용국을 거쳐 봉내산 청암사에서 차를 마시고 모친이 있는 수정봉 해월루로 찾아간다. 이러한 천상공간을 찾아가는 정해경의 여정을 35~64쪽까지 약 30쪽 분량에 걸쳐서 장황하게 서술하고 있다.

된다. 정해경의 부모와 두 부인도 작품의 결말에서 천상으로 귀향한다. 〈정해경전〉은 천상의 질서가 지상에 그대로 실현되는 여성 향유층의 유교적 이상주의를 강조하고 있다. 적어도 남성의 욕망보다 가정의 안정과 자녀 교육을 담당했던 여성의 욕망이 반영된 것으로 보인다.

　　숭국니 여러 아들을 불너 가산을 막기고 공쥬와 니낭ᄌ와 왕승승과 부인을 다 빅운이 태우고 용녀와 한가지 쳔쳔마리이 올나간니 은은한 물결소리 두숭이 들니난듯 남쳔문 바리보고 엇지혼 지나간니 봉닉숀 지니 구름밧기 방즁숀니 갓갑도다 충망흔 구룸 밧기를 숨결리 올나온니 쯧슬속이 안도로 안ᄌ 다시 보기에 위로 다 숀식의 방즁숀 슈정봉 희월 누를 당ᄒ녀 셔로 반가니 만나본니 이런 ᄌ록흔닐 쏘잇난가[20]

위와 같이 천상 옥황상제에게 죄를 지어 지상에 하강한 정해경 가족들은 작품의 말미에 다시 천상으로 귀환하는 모습을 보여준다. 지상에서 천상의 도움으로 유교적 윤리를 실천하고 입신양명과 부귀공명을 누린 정해경의 가족들은 선경에서 부모와 상봉하여 영원한 안식을 누리게 된다. 〈정해경전〉은 주인공 정해경을 통해서 천상의 질서가 지상에 구현되기를 소망하는 여성의식을 보여준다. 이런 측면에서 천상적 징표가 강화된 〈정해경전〉은 남성보다 여성 향유층의 욕망을 짙게 투영하고 있는 것으로 보인다.[21]

---

20 계명대본 〈정해경전〉, 168~169쪽.
21 천상적 징표와 천상적 도움에 의해서 갈등을 해결하는 〈정해경전〉은 남성보다 여성의 욕망을 뚜렷이 반영하고 있다. 작품에 등장하는 천상적 도움이 모친에 의해서 이루어지는 점도 같은 맥락으로 이해할 수 있다.

이렇게 〈정해경전〉은 천상적 징표가 매우 빈번하게 등장하는데 주
인공은 계모의 구박을 받으면서도 좌절하지 않고 천상의 도움으로 영
웅적 활약을 발휘한다. 이러한 전화위복은 계모의 박해에도 효성을 실
천했던 정해경을 통해서 여성 향유층이 대리만족을 했을 것으로 보인
다. 〈정해경전〉은 계모형 갈등구조를 통해서 아들의 효성을 강조한 조
선 후기 유교윤리를 그대로 답습하고 있다. 남성의 지배 이념을 수용한
여성들은 가정에서 자녀 교육을 담당하는 막중한 책임을 부여받았다.
이 때문에 조선 후기 여성 향유층은 정해경의 효성을 통해서 가정의 화
합과 안정을 소망했을 것으로 짐작된다.

2) 어머니의 인물 성격과 혈통주의

〈정해경전〉에는 어머니의 인물 성격과 혈통주의를 강조하고 있다.
고소설에 나타난 어머니의 인물 성격은 매우 빈약한 실정이다.[22] 고소
설에 등장하는 어머니는 자손을 낳은 뒤에 세상을 하직하는 것으로 나
타난다. 그런데 왕씨 부인은 병으로 세상을 떠난 뒤에 극락에서 편안한
생활을 하고 있음에도 아들을 걱정하는 모습을 보여준다. 왜냐하면 왕
씨 부인은 슬하에 자식이 없어서 고민하다가 천상의 계시로 귀한 아들
을 낳았기 때문이다. 그럼에도 모친은 아들을 보살펴주지 못한 채 안타
깝게도 병으로 세상을 떠날 수밖에 없었다.

---

22 박영희, 「장편가문소설에 나타난 모의 성격과 의미」, 『한국고전소설과 서사문학』, 집
문당, 1998, 263~282쪽; 정하영, 「고소설에 나타난 모성상」, 『한국고전여성문학연구』
4집, 한국고전여성문학회, 2002, 221~247쪽; 이지하, 「여성주체적 소설과 모성이데올
로기의 파기」, 『한국고전여성문학연구』 9집, 한국고전여성문학회, 2004, 137~166쪽.

흔갓 셔런바는 희경을 두고 마음을 정치 못ㅎ미 눈물노 시월를 보닉더니 이곳티 조혼 선경니ㄹ도 근심을 마지 못ㅎ노라 하고 문을 열고 희경을 불너왈 손을 줍고 울골을 흔틔 다니고 실펴 울며왈 초연 익운 슬퍼마ㄹ ㅎ고 댱시를 정성으로 섬겨 근근니 안봇ㅎ냐 니시면 일휴 만늘딕 이스리ㄹ ㅎ고 어로만디ㄷ가 ㄴㄱ거늘 희경이 취마를 붓들고 어마님아 흠기 가자 나를 ㅂ리고 어듸로 가시ㄴ잇가 ㅎ며 딕셩통곡 우름소릭의 시랑니 줌을 끠니 눕ㄱ일몽니ㄹ (19~20쪽)

위와 같이 부인 왕씨는 아들을 만난 자리에서 밑줄 친 대목과 같이 새로 영입된 계모 장씨를 정성으로 섬길 것을 당부한다. 왕씨 부인은 자신의 빈자리를 채우기 위해 새로 영입된 계모 장씨와 아들의 관계가 원만하도록 기원하였다. 남편의 꿈속에 나타난 왕씨 부인은 아들에게 계모 장씨를 정성껏 섬겨 가족의 화합을 당부하는 유교적 효성을 강조하고 있다. 이러한 왕씨 부인의 모습은 조선 후기 남성의 가부장적 시각을 그대로 답습한 것처럼 보인다. 그럼에도 왕씨 부인은 꿈을 통해 귀하게 얻은 아들을 두고 세상을 떠날 수밖에 없는 어머니의 안타까운 심정이 고스란히 묻어나고 있다.

계모에게 구박을 당하던 해경은 슬퍼하며 모친을 상봉하는 꿈을 꾼다. 교씨에게 쫓겨난 〈사씨남정기〉의 사씨처럼 해경은 모친의 무덤을 찾아가서 통곡하다가 모친이 준 복숭아를 먹고 기운을 차린다. 이러한 해경의 꿈은 모친과 현실에서 이별하였으나 천상적 연분은 지속되고 있음을 뚜렷이 보여준다. 모친은 계모형 갈등구조의 서사 전개에 끊임없이 개입하여 해경을 보살필 뿐만 아니라 위기에서 구해주는 역할을 담당하고 있다.

모천니 히경아 부르며 오그늘 히경이 돌녀더르 모친 가슴 안치니 부
인니 히경을 안고 얼골을 드니고 며리를 만디며 울며왈 그스의 고승 웃
드흐요 불승흐듸 히경아 무슨 죄로 니런뇨 오죽 빈들 곱흐시라 어듸가
읍후야 너를 아모리 보고져 흔들 유명이 갈여시이 무가늬라 불승타 히
경아 어미 얼골리나 다시 바라 어미를 싱각흐녀 이리우나야 우지 말고
이겨시나 먹어보라 흐고 복성을 쥬시며 히경아 우럼을 긋치고 복송을
바다먹어라 부인니 히경이 동을 어라만지니 와연 싱시갓드라 손을 줍고
낭누흐며왈 부듸 조심흐녀 줄잇거라 만나볼듸 이시리라 히경니 모친을
붓들고 우듸가 바람소리의 씨다른니 남가일몽니라[23]

위와 같이 〈정해경전〉은 꿈의 서사 장치를 통해서 모친이 아들을 도
와주는 역할을 적극적으로 수행하고 있다. 여기서 천상적 징표를 가진
귀한 아들을 보살피지 못하고 세상을 떠날 수밖에 없었던 어머니의 모
성적 욕망이 뚜렷이 드러난다. 계모형 가정소설에서는 자녀를 출산한
모친은 곧바로 서사 전개에서 사라진다. 그런데 〈정해경전〉에서는 모
친 왕씨 부인이 별세했음에도 끊임없이 서사에 개입하여 아들을 도와
주는 역할을 수행한다. 이런 점에서 〈정해경전〉에는 아들을 보살피지
못하고 세상을 떠날 수밖에 없었던 어머니의 욕망이 구체적으로 나타
난다.[24]

〈정해경전〉은 모친과 계모의 낳은 정과 기른 정의 대립을 통해서 혈
통주의적 욕망을 반영하고 있다.[25] 이러한 혈통주의적 사고는 남성의

---

23 계명대본 〈정해경전〉, 24~25쪽.

24 김재웅, 「영남 지역 고소설에 나타난 여성 향유층의 욕망」, 『한국고전여성문학연구』
    16집, 한국고전여성문학회, 2008.6, 6~35쪽; 조재현, 「〈정해경전〉에 나타나는 모친탐
    색의 양상과 의미 연구」, 『어문연구』 140호, 한국어문교육연구회, 2008.12, 373~394쪽.

이념을 수용한 점도 있지만, 여성 향유층에 의해서 모친의 낳은 정을 강조하는 방향으로 변모하였다. 그래서 모친 왕씨는 자신의 아들을 모해한 계모를 비판한다. 작품에 등장하는 계모는 서주 한림학사 장수현의 딸로 출생하였다. 부친은 일찍 벼슬하여 한림학사가 되었음에도 고향에서 농사를 지으며 풍족하게 살았다. 부친의 성품과 달리 계모는 출가를 못했으나 정현이 상처했다는 소식을 듣고 계모로 영입되었다.[26]

그런데 계명대본과 단국대본 〈정해경전〉에서는 부친이 슬하의 아들을 위하는 것이 아니라 자신의 탐욕을 위해 계모를 영입했다. 작품의 발단은 아내의 별세로 계모의 미모에 반한 가부장의 책임에서 비롯되었다고 하겠다. 그럼에도 조선 후기 가부장의 탐욕에 대한 작가의 문제의식은 전혀 찾아볼 수 없다. 다만, 귀한 아들을 구박하는 계모 장씨와 모친 왕씨의 갈등이 새롭게 부각된 계모형 가정소설의 구조적 변모를 보여준다. 따라서 〈정해경전〉에는 가문을 계승할 귀한 아들을 모해하는 계모에 대한 모친의 비판이 곳곳에 등장하고 있다.

> 불숭투 희경아 엇지 엇지 견틴나냐 인간늬몸니 눆신은 스라지고 혼빅으로 도라올지 눈물을 쑤러신니 인간의 비가 되고 흔슘을 지어시딕 …… 추목ᄒᆞᄃᆞ 일쳔간중니 ᄃᆞ족ᄂᆞᆫ듯ᄒᆞ고 불숭ᄒᆞᄃᆞ 그모라 요악ᄒᆞ고냐 인도로 쏜릴젹의 닙을 발노 발고 울골을 쓰들젹의 오죽히 아파셔라 이런 앙을 멸니본니 어미 마암 엇드ᄒᆞ리 늬가 늬이 무듬압픠 슬피울지ᄂᆞ도 쏘흔

---

25 마틴 데일리·마고 윌슨, 주일우 역, 『다윈의 대답』 4권, 이음, 2007, 11~125쪽.

26 계명대본 〈정해경전〉, 10~11쪽. 잇딕 셔쥬 중슈현니란 스룸니 … 일녀를 두어서니 본딕 착ᄒᆞ다 못ᄒᆞ녀 소문이 낭ᄌᆞᄒᆞ기로 출가를 못ᄒᆞ녀드니 뭇춤 시랑니 승쳐ᄒᆞ물 듯고 쳥혼ᄒᆞ니 … 신부를 ᄌᆞ시보니 언골니 초ᄉᆡᆼ반월갓고 빅틱구비ᄒᆞ녀 스람이 경신을 놀닉ᄂᆞᆫ더라.

우러 쏘다 복성을 쥬어든니 늬가 바드먹은는냐 악독ㅎᄃ 너이 긔모 ᄌ
식은 흔가지런마ᄂ 엇지 그리 악ㅎ든고 …… 흉즁니 아득ㅎ고 마암니 서
늘ㅎᄃ 불승ㅎ다[27]

위와 같이 모친과 계모의 대립은 낳은 정과 기른 정에 대한 인식의
차이를 보여준다. 〈정해경전〉에는 귀한 아들을 낳았음에도 키우지 못
하고 세상을 떠난 모친의 안타까운 심정과 재산권 확보에 걸림돌이 되
는 정해경을 제거하려는 계모의 악독함이 대립하고 있다. 모친은 가문
을 계승할 아들을 제거하려는 계모의 악행에 대해서 비판적 시각을 보
여준다. 이러한 모친과 계모의 낳은 정과 기른 정의 갈등은 〈정해경전〉
에 내포된 여성 향유층의 욕망을 뚜렷이 보여준다고 하겠다.

3) 다양한 결혼담의 확장

〈정해경전〉은 영웅적 인물의 군담을 대폭 생략한 반면에 다양한 결
혼담이 확장되어 나타난다. 이러한 군담의 축소와 결혼담의 확장은 앞
에서 살펴본 작품의 후반부에서 뚜렷하게 나타나고 있다. 여성이 향유
한 계명대본 〈정해경전〉은 충신과 간신의 갈등구조를 대폭 축소하거
나 생략하여 서사전개가 자연스럽지 못한 부분도 존재한다. 이런 점에
서 여성 향유층은 작품의 전반적인 내용보다도 흥미로운 대목을 집중
적으로 확장한 것으로 보인다.

여성 향유층의 욕망을 반영한 〈정해경전〉에는 주인공의 결혼담이

---

27 계명대본 〈정해경전〉, 65~66쪽.

세 차례 등장한다. 정해경은 선경에서 모친을 상봉한 뒤에 모친의 주선으로 용녀와 결혼한다. 이때 잔치에 참석한 6명의 선녀들은 낭군과 이별한 아쉬움, 낭군과 연분이 끊어짐, 독수공방의 서러움, 백년가약, 낭군을 자주 만나지 못하는 애달픔 등과 같이 남녀의 정을 노래하고 있다. 따라서 〈정해경전〉은 주인공의 결혼담과 선녀들의 노래를 통해서 낭군과 결혼하고 싶은 여성 향유층의 욕망을 반영하고 있다.[28]

천상에서 모친의 주선으로 용녀와 결혼한 정해경은 현실로 귀환하여 다시 결혼한다. 이러한 여성 향유층의 결혼담에 대한 관심은 이낭자와 화평공주가 천상적 배필을 얻는 꿈을 통해서 구체적으로 나타난다. 현실에 되돌아온 정해경은 황제의 딸 화평공주와 병부상서 이병수의 딸과 차례로 결혼한다. 그중에서도 정해경과 화평공주의 결혼식은 상당히 많은 분량에 걸쳐서 구체적으로 나타난다.

> 히경은 금관조복이 옥씨를 씨고 옥연금고이 비룡마를 타시며 청홍금복 이변 나졸이 전후이 버러잇고 …… 잇디 화평공쥬 칠보든중이 월픽를 츠고 금중으로 오는거동니 무순선여 구름타고 양티승의 나리난듯 뇨지의 서왕모는 벽츄슈이 논어는듯 입은중부 아람답고 지슈아미 그니흐다 압티도는 꼿치 피고 되틱도난 다리도도 실낭신부 마조안즈 비옥갓탄 미인니라 옥슈를 놉피드러 공슌스리ᄒ난 거동 츈풍이 가난 느위 꼿속이 넘노난듯 청천의 써난 다리 츄승의 어리는듯 포포한 비단오션 치운간이 연영하디 청학니 춤츄는덧 암암흔 홍분명은 청순하 진토중이 비옥니 드

---

28 〈정해경전〉보다 여성의식이 강한 대하소설에서는 결혼뿐만 아니라 계모에 대한 용서와 포용이 두드러진다는 점에서 가정소설과 대하소설의 관련성을 비교할 필요가 있다. 이러한 논의는 후고를 통해서 보완할 것이다.

룻ᄂᆞᆫ듯 쥬슌츄미 거니하고 옥반홍안 ᄌᆞ록ᄒᆞᄃᆞ …… 인물병풍 화초병을 ᄎᆞ래로 둘너시며 홍화도벽되 비단쥿막의 일싀미인이 안ᄌᆞ시니 틸월칠셕은 하수이 견오직여 ᄉᆞᆼ봉난닷 어엿불ᄉᆞ 실낭니며 ᄌᆞ록할ᄉᆞ 신부로ᄃᆞ 셤셤옥슈 마조줍고 옥안을 ᄉᆞᆼ되한니 청강의 노든 원낭녹슈를 히롱ᄒᆞᆫ듯 거니할ᄉᆞ 연분니 요향 기로운 졍니로ᄃᆞ[29]

위의 인용문처럼 정해경과 화평공주의 화려한 결혼식은 여성 향유층의 욕망을 반영한 것으로 보인다. 신랑과 신부의 결혼식 장면과 옷차림새에 대한 구체적인 묘사를 통해서도 여성 향유층의 섬세한 욕망을 반영하고 있다. 〈정해경전〉에 첨가된 결혼식 장면은 남성보다 여성 향유층의 관심을 유발하기에 적당하다. 더욱이 천상적 징표를 가진 영웅적 인물의 화려한 결혼식은 조선 후기 여성 향유층의 욕망을 뚜렷이 투영하고 있다.

그런데 〈정해경전〉은 여성의 신분계층에 의해서 결혼 순서가 결정되고 있어서 남성의 지배질서가 은연중에 반영된 것으로 보인다. 정해경은 천상에서 지상으로 귀환할 때 이낭자와 연분을 맺었음에도 화평공주와 먼저 결혼한다. 이것은 서사 전개보다 신분적 차이를 고려해 화평공주와 먼저 결혼했다는 점에서 주목된다. 조선 후기 계모형 가정소설에서도 결혼의 순서는 매우 중요하지만, 신분 상승에 대한 욕망은 남녀가 동일하다고 하겠다. 따라서 〈정해경전〉은 군담을 대폭 축약한 반면에 비범한 신랑과 결혼해 화목한 가정을 꾸리고 싶은 여성 향유층의 욕망을 내포하고 있다.

---

29 계명대본 〈정해경전〉, 127~130쪽.

5. 맺음말

　조선 후기 계모형 가정소설의 성격을 내포한 〈정해경전〉은 방각본이나 활자본으로 출판되지 못하고 오직 필사본으로 유통되었다. 현재까지 〈정해경전〉은 필사본 13종이 존재하고 있는데 선비집안의 여성에 의해서 지속적으로 향유되고 필사된 것으로 보인다. 〈정해경전〉은 필사본만으로 유통되면서 구조적 특징과 후대적 변모를 통해서 여성 향유층의 욕망을 투영했다는 측면에서 주목된다.

　〈정해경전〉은 전처의 자녀와 계모의 갈등을 다룬 전반부와 충신과 간신의 갈등을 다룬 후반부로 구성되어 있다. 작품의 전・후반부는 서사단락 (마)를 중심으로 구분되면서도 유기적 통합을 이루고 있다. 〈정해경전〉에 나타난 갈등은 ㉠계모와 전처 아들, ㉡충신과 간신, ㉢부자, ㉣모친과 계모, ㉤황제와 계모, ㉥시아버지와 며느리 등의 사이에서 발생하고 있다. 이러한 〈정해경전〉은 계모형 갈등구조를 중심으로 다양한 갈등을 통합한 가정소설의 구조적 특징을 보여준다.

　전반부의 계모형 갈등은 정해경이 죽을 위기에서도 천상의 도움으로 초월세계에 다녀온다는 점이 독특하다. 이러한 주인공의 초월세계 진입과 재충전은 계모형 가정소설의 후대적 변모로 보인다. 후반부의 충신과 간신의 갈등은 기존의 영웅소설 및 군담소설의 영향을 수용한 것으로 생각된다. 그럼에도 여성 향유층에 의해서 영웅적 군담이 대폭 축약되고 결혼담이 확장된 특징을 보여준다. 이렇게 〈정해경전〉은 계모형 가정소설의 갈등구조에 충신과 간신의 갈등을 유기적으로 결합한 후대적 변모를 보여준다.

　조선 후기 계모형 가정소설의 구조적 특징을 보여준 〈정해경전〉은 여성 향유층의 욕망을 다양하게 투영하고 있다. 첫째, 〈정해경전〉에는 천상적 징표와 초월성이 강조되어 있는데 이것은 남성보다 여성 향유층에게 친숙한 서사 장치이다. 조선 후기 여성들은 남성에 비하여 천상적 징표나 초월자의 도움을 적극적으로 수용하였다. 둘째, 〈정해경전〉에는 어머니의 인물성격과 혈통주의적 욕망이 뚜렷이 나타난다. 귀하게 얻은 아들을 두고 세상을 떠나야 하는 어머니의 안타까운 심정이 나타날 뿐만 아니라 저승에서도 아들을 위해서 서사에 개입하는 적극성을 보여준다. 특히 모친은 자신의 아들을 구박한 계모를 용서할 수 없었기 때문에 계모의 악행을 비판한다. 낳은 정과 기른 정의 갈등은 혈통을 중시하는 조선 후기 여성 향유층에 의해서 새롭게 반영된 것으로 보인다. 셋째, 〈정해경전〉에는 군담의 축소와 다양한 결혼담의 확장에 대한 여성 향유층의 관심을 반영하고 있다. 천상적 징표를 가진 비범한 신랑과 결혼하여 화목한 가정을 꾸리고 싶은 여성 향유층의 욕망이 투영되어 있다.

이상에서 〈정해경전〉은 계모와 전처 자식의 갈등을 통해서 죽을 위기에 처한 정해경이 천상의 도움으로 간신의 반란을 진압하여 부귀공명을 누리는 구조적 변모를 보여준다. 이러한 〈정해경전〉은 서로 다른 갈등을 유기적 갈등구조로 통합했다는 측면에서 주목받을 만하다. 특히 여성 향유층에 의해서 영웅적 군담이 축약되고 다양한 결혼담이 확장된 계모형 가정소설의 후대적 변모와 더불어 여성의 욕망이 다양하게 투영되었다는 점에서 소설사적 의의를 찾을 수 있다.

출전: 「〈정해경전〉의 구조적 특징과 여성 향유층의 욕망」, 『어문론총』, 50호, 한국문학언어학회, 2009, 73~103쪽.

제3부
고소설의 수용과 향유층의 미학적 세계

〈토끼전〉에 수용된 용궁설화의 양상과 의미

1. 머리말

〈토끼전〉[1]은 근원설화를 바탕으로 판소리 광대의 연행 과정을 거치면서 독서물로 변모했다. 특히 판소리 공연 현장에서 파생된 창본과 소설본의 뒤섞임 현상이 다양하게 나타나고 있다. 이 때문에 이본에 대한 연구[2]와 작품론[3]에 대한 논의는 상당부분 축적되었으나, 근원설화에 대

---

1 여기서는 〈토끼전〉은 판소리와 판소리계 소설을 총칭하는 용어로 사용하고 〈수궁가〉는 판소리를 지칭할 때 사용한다. 한편 인권환은 오랫동안 관심을 가졌던 〈토끼전〉에 대한 방대한 연구 결과물을 출판했다. 인용은 모두 이 책에서 하기로 한다. 인권환, 『토끼전·수궁가 연구』, 고려대학교 민족문화연구원, 2001, 3~482쪽.

2 인권환, 「〈토끼전〉·〈수궁가〉 이본의 해설 및 개황」, 위의 책, 283~304쪽; 강한영, 「토별가의 계보적 고찰」, 『성곡논총』 3집, 성곡학술문화재단, 1972; 이은명, 「토끼전 이본고」, 인하대학교 석사학위논문, 1985; 정규훈, 「토끼전 연구」, 계명대학교 석사학위논문, 1980; 김동건, 「토끼전 연구」, 경희대학교 박사학위논문, 2001; 최광석, 「〈토끼전〉 이본 계열의 구조와 근대지향 의식」, 경북대학교 박사학위논문, 2001.

3 인권환, 「토끼전의 서민의식과 풍자성」, 위의 책, 283~304쪽; 김대행, 「수궁가의 구조적 특성」, 『국어교육』 27·28합집, 한국국어교육연구회, 1976. 321~337쪽; 이헌홍, 「수궁가의 수수께끼적 구조와 의미」, 『한국문학논총』 29집, 한국문학회, 2001, 131~152쪽; 정출헌, 「토끼전의 작품구조와 인물형상」, 『한국학보』 66집, 일지사, 1992. 194~229쪽.

한 연구는 상대적으로 빈약한 실정이다. 〈토끼전〉은 동물우화의 형식[4]을 내포하고 있기 때문에 근원설화의 형성과 변모에 관심을 가져야 한다.

〈토끼전〉의 근원설화에 대한 탐구는 비교적 일찍부터 관심의 대상이 되었으나 단편적인 논의에 그쳤다.[5] 그 뒤에 인권환은 인도의 본생설화 → 중국의 불전설화 → 『삼국사기』의 〈구토설화〉 → 판소리 〈수궁가〉 → 판소리계 소설 〈토끼전〉 등으로 정착되었음을 밝혔다.[6] 이 논의는 비교문학적 입장에서 〈토끼전〉의 근원설화 형성과정에 대하여 치밀하게 분석했다는 점에서 높이 평가할 만하다. 그럼에도 불구하고 전파론의 입장에서 근원설화를 탐구한 결과 문화 독립발생론을 포괄하지 못하는 약점을 보여준다. 왜냐하면 비슷한 유형의 설화는 문화교류가 단절된 곳에서도 흔히 발생할 수 있기 때문이다.

그렇다고 해서 〈토끼전〉에 영향을 미친 인도와 중국의 설화를 부정하는 것은 아니다. 다만 외국 설화의 영향을 받았다고 하더라도 국내의 토착화 과정에서 용궁설화가 첨가된 점에 주목할 필요가 있다.[7] 인도의

---

4 민찬, 『조선후기 우화소설 연구』, 태학사, 1995; 정출헌, 『조선후기 우화소설 연구』, 고려대학교 민족문화연구원, 1999; 정학성, 「우화소설연구」, 서울대학교 석사학위논문, 1972.

5 최남선, 「인도의 토생원 별주부」, 『동명』 3호, 1922; 운양자, 「토생원 별주부전기, 어디서부터 방시된 것인가」, 『불교』 73집, 1930; 김태준, 『조선소설사』, 예문, 1990, 115~116쪽.

6 인권환, 「토끼전 근원설화연구」, 「수궁가의 삽입설화고」, 「수궁가의 설화적 구성과 사설의 양상」, 앞의 책, 3~111쪽; 인권환, 「토끼전」, 『한국고전소설작품론』, 집문당, 1990.

7 이점에 대해서 인권환, 민찬, 이문규 등이 관심을 가졌음에도 불구하고 다양하게 존재하는 구비문학의 실상을 파악하지 못한 약점 보여준다. 인권환, 「수궁가의 삽입설

〈본생담〉과 중국의 〈불전설화〉에는 용궁의 공간이 등장하지 않는다.[8] 설사 용이 일부 설화[9]에 등장한다고 해도 불교적인 내용이 첨가된 형태로 등장할 뿐이다. 한국의 용궁설화에는 용궁이나 용왕의 모습이 구체적으로 등장한다. 따라서 인도와 중국 설화가 한국에 전래될 때 가장 큰 변화를 보인 것은 '용궁'의 설정이다.

여기서는 판소리계 소설 〈토끼전〉에 설정된 '용궁'에 대해서 주목하고자 한다. 용궁설화는 폭넓은 전승범위와 전승력을 확보하고 있기 때문에 단순한 변모로 볼 수 없다. 오히려 당대의 보편성을 획득한 용궁설화를 판소리 광대와 〈토끼전〉의 작자층이 적극적으로 수용하여 향유층의 욕구를 반영했을 것이다. 이렇게 보면 〈토끼전〉의 뼈대는 용궁설화[10]로 파악하는 것이 합당하다고 생각한다. 왜냐하면 한국의 지명과 구비설화, 문헌설화, 판소리, 소설에 이르기까지 한국문화 전반에 걸쳐 용궁설화는 폭넓게 전승되고 있기 때문이다.

본고의 목적은 용궁설화가 판소리 〈수궁가〉와 판소리계 소설 〈토끼전〉에 어떻게 수용되고 있는가를 밝히는 것이다. 이러한 목적을 달성하

화고」, 앞의 책, 41~86쪽; 민찬, 「토끼전 작품군의 우화수용양상에 대한 고찰」, 『구비 문학연구』 4집, 한국구비문학회, 1997, 489~517쪽; 이문규, 「토끼전 신고찰」, 『인문과 학』 1권, 서울시립대학교 인문과학연구소, 1993, 43~78쪽.

8 Shivkumar, 〈The Monkey and The Crocodile〉, 『PANCHATANTRA』, Children's Book Trust, New Delhi, 2003, 7~13쪽. 악어와 원숭이 이야기 속에 등장하는 악어의 공간은 그냥 물가로 등장할 뿐이다.

9 동국대학교 역경위원회, 『한글대장경 불본행집경』 2권, 동국역경원, 1985, 30~32쪽. 이 책에는 용과 원숭이의 이야기가 나오지만 용궁의 구체적인 모습은 보이지 않는다.

10 여기서 용궁설화는 용궁을 배경으로 용왕과 신하의 인물성격이 나타나는 설화를 포 괄하는 의미로 사용한다. 전준걸, 「한국고전소설의 용궁설화 연구」, 『조선조 소설의 무예의식과 용궁설화』, 아세아문화사, 1992.

기 위해서는 인도, 중국, 한국 설화를 비교하여 용궁설화의 위상을 점검
해야 한다. 그리고 용궁설화의 존재 양상을 살펴보기 위해서 연구의 대
상으로 삼은 작품은 구비설화, 『삼국사기』〈구토지설〉, 판소리〈퇴별
가〉와〈수궁가〉, 판소리계 소설〈토생전〉과〈토공전〉 등이다. 이러한
작업은〈토끼전〉의 통시적 성격을 규명하는 데 디딤돌이 될 것이다.

2. 용궁설화의 존재 양상

한국인에게 용은 신비성을 간직한 신으로 섬겨질 뿐만 아니라 이상
향을 지향하는 인간의 욕망을 상징한다. 이상향을 지향하는 공간은 다
양하게 나타나지만, 용궁은 서민들과 가까운 대표적인 공간이라 할 수
있다. 용궁은 가난하지만 열심히 살아가는 백성들을 도와주고 그들에
게 꿈과 희망을 심어주는 초월적 공간이기도 하다. 이러한 용궁은 용왕
과 신하들이 살고 있는 수궁의 세계로 등장한다. 한국인에게 용궁은 지
상의 욕망을 해소할 수 있는 유토피아적 공간이다.

동·서양의 용과 용궁의 변천을 살펴보면 서양에 비하여 동양의 용
은 긍정적 이상향의 이미지를 보여준다.[11] 동양의 용은 불교문화의 영
향과 더불어 오랫동안 신앙의 대상으로 섬겨진 것이다. 이런 점에서 한

---

11 양명학,「한국소설에 나타난 용과 용궁의 상상」,『울산어문』 3집, 울산대학교 국어국
문학과, 1987, 153~196쪽. 여기서 용 상상의 발전 단계는 세 단계로 구분한다. 첫째,
큰 뱀의 모습에서 머리에 뿔이 나거나 머리가 여러 개 나타난다. 둘째, 강한 네 다리
와 사나운 발톱이 나타난다. 셋째, 서양 용은 날개를 달고 나오고 동양 용은 여의주를
목에 걸거나 입에 물고 나온다. 이것은 용에 대한 상상도 인간의 지혜나 생각이 발달
함에 따라 발전 변화되었기 때문이다.

국문화에도 용이나 용궁의 파급은 지속되었을 것으로 보인다. 특히 판
소리에 나타난 용궁의 의미와 기능을 밝힌[12] 선행연구를 통해서도 용궁
설화가 지속됨을 확인할 수 있다. 따라서 용궁설화는 한민족의 저변에
광범위한 전승력[13]을 가지고 있을 뿐 아니라, 이상향을 갈구하는 민중
의 소망이 구체적으로 나타난 공간이라 할 수 있다.

여기서는 용궁설화가 핵심적인 역할을 하는 구비설화, 문헌설화, 판
소리, 판소리계 소설 등을 대상으로 논의할 것이다. 특히 기존 연구에
서 언급하지 않은 구비설화를 대폭 수용하여 논의의 밑바탕을 삼고자
한다. 이러한 작업은 외국설화의 영향을 받았더라도 한국적 토양에 알
맞게 토착화된 측면을 주목할 수 있는 장점이 있다.

1) 구비설화의 경우

구비설화에는 용궁설화가 다양하게 나타난다. 구비설화에는 용왕의
모습이 신통력을 가진 초월적인 인물이면서도 평범한 인간적 면모를
함께 가진 것으로 드러난다. 용왕이 용궁을 다스리면서 겪게 되는 사건
들은 착한 백성을 도와주는 모습과 자신의 생명을 보전하기 위해서 힘
없는 백성의 생명을 위협하는 모습을 동시에 보여준다. 전자는 가난하
지만 효성이 지극한 형제에게 도움을 주는 것이다. 후자는 용왕의 병을

---

12 기한섭, 「판소리에 나타난 용궁의 의미와 기능」, 대구대학교 석사학위논문, 1985.
13 한국의 지명 유래 중에서 용암, 용두, 용소, 용추, 용연 등은 모두 용과 관련되어 있다.
  이밖에도 용이나 용왕, 용궁과 연관된 이야기는 굉장히 많은 편이다. 구비설화 뿐만
  아니라 『삼국유사』에서도 〈수로부인〉, 〈보양과 이목〉, 〈만파식적〉 등 상당량의 용궁
  설화가 등장하고 있다. 일연 저, 이가원 역, 『삼국유사』, 태학사, 1991.

고칠 수 있는 약재로 백성을 목숨을 **빼앗으려는** 것이다.

용왕이 백성들의 삶을 도와주는 모습은 〈용왕이 보낸 말하는 거북〉에 잘 나타난다.[14] 이런 이야기는 효심이 지극한 사람에게 내려지는 하늘의 보상으로 볼 수 있는데, 그 책임을 맡은 인물이 용왕이고 실행을 맡은 인물이 바로 거북이란 점을 주목해야 할 것이다. 이 설화는 용왕이 올바른 판단을 내리고 있을 뿐만 아니라 거북으로 대표되는 신하들도 용왕의 말을 잘 따르고 있다. 여기서는 용왕과 신하들과의 대립이나 갈등이 전혀 드러나지 않는다.

구비설화 〈용왕의 병을 고친 이야기〉[15]와 〈용왕의 병 고치고 침을 얻다〉[16]는 용왕의 병을 육지의 사람이 고쳐준다는 데 공통점이 있다. 전자는 어떤 양반이 집에 있는데 수궁에서 온 사람이 그 양반을 모시고 용궁으로 가서 용왕의 병을 치료한 이야기이다. 후자는 용왕의 병을 고치기 위해서 별주부가 육지에서 침을 잘 놓는 사람을 데려와서 치료한 이야기이다. 이런 설화들은 용왕의 병을 고칠 수 있는 열쇠가 바로 육지의 인간에게 있다는 점이 주목된다. 용궁이 육지의 삶과 밀접하게 연관된 것은 인간들의 상상력을 바탕으로 생겨난 결과물이기 때문이다.

한편 용왕은 옥황상제의 명령을 직접 수행하는 능력을 가지고 있다. 신통력을 가지고 용궁을 다스리는 용왕이지만, 옥황상제의 명령을 어

---

14 한국정신문화연구원 편, 『한국구비문학대계』 6-12권, 한국정신문화연구원, 1984, 전남 보성군 보성읍, 35~36쪽. 이하 권수만 밝힘.

15 〈용왕의 병을 고친 이야기〉, 앞의 책, 6-5권, 전남 해남군 마산면, 690~691쪽.

16 〈용왕의 병 고치고 침을 얻다〉, 앞의 책, 1-3권, 경기도 양평군 성종면, 55~58쪽. 이 설화에는 〈토끼전〉에 나오는 별주부가 등장하고 있어서 주목된다. 그런데 이 설화가 〈토끼전〉의 영향을 받아서 구비되었는지 아니면 구비설화에서 〈토끼전〉에 수용되었는지 여부는 쉽게 판단하기 어렵다.

기면 천벌을 받는 것은 인간과 동일한 범주에 놓여있다. 이러한 면모가 잘 드러나는 것은 〈우민 선생의 사해 용왕 퇴치〉[17]와 〈가뭄에 비 내리고 천벌 받은 용왕아들〉[18]이다. 전자는 천상의 옥황상제가 인간 세상에 비를 내리게 하여 사해용왕은 상제의 명을 받아서 비를 내렸다. 그런데 용왕은 비의 양을 잘못 조절하여 옥황상제에게 벌을 받는 이야기이다. 후자는 남해 용왕의 아들이 육지에서 글을 배우다가 하늘의 금기를 어기고 비를 내리다가 죽임을 당하는 이야기이다. 이렇게 보면 용왕은 옥황상제보다 낮은 위치에 있지만 때로는 옥황상제의 능력을 발휘하기도 한다.

용왕은 자신의 생명을 보전하기 위해서 인간의 희생을 요구하기도 한다. 용왕의 병을 치료하기 위해서 용궁의 신하들이 의원의 진찰에 따라 육지에 가서 사람을 구해온다. 그런데 육지의 사람은 용왕의 희생 재물이 되지 않고 육지로 되돌아간다. 이러한 설화는 〈인황 구하는 동해 용왕을 재치로 이긴 사또〉에 잘 나타나고 있는데 〈토끼전〉의 내용과 유사한 모습을 보여준다.

> 평해 월송정에서 사또가 기생들과 놀고 있을 때 바다에서 오색찬란한 놀이가 벌어졌다. 그쪽을 바라보고 있으니 작은 배가 와서 고을 원님을 모시고 용궁으로 갔다. 용왕의 병은 인황을 먹어야 회복할 수 있다는 의원을 진찰에 의해 인황이 든 사또를 용궁으로 잡아왔다. 용왕은 마지막으로 사또에게 먹고 싶은 것을 마음껏 먹게 허락하자, 복숭아만 먹어 인황이 사라졌다. 용왕은 사또를 육지로 돌려보내다.[19]

---

17 〈우민선생의 사해용왕 퇴치〉, 앞의 책, 8-9권, 경남 김해, 499~501쪽.
18 〈가뭄에 비내리고 천벌받은 용왕아들〉, 앞의 책, 3-2권, 충북 청원군, 773~778쪽.

이 설화의 용왕은 자신의 생명을 연장하기 위해서 희생될 처지에 놓인 사또의 마지막 소원을 들어준다. 그때 죽음을 앞둔 사또는 복숭아를 많이 먹어서 '인황'이 사라지게 되었음으로 육지로 귀환하게 된다. 이처럼 구비 설화에서는 용궁에 잡혀간 사또가 지혜를 발휘하지 못하고 우연성에 의존하고 있다. 그럼에도 〈인황 구하는 동해 용왕을 재치로 이긴 사또〉는 육지의 사또가 용왕의 횡포를 극복한 것에 초점을 맞추고 있어서 주목된다.

구비설화에 나타난 용궁설화는 육지의 착한 사람에게 복을 내려주는 기능과 용왕의 병을 치료하기 위해서 육지의 백성을 희생재물로 사용하는 이중성을 보여준다. 또한 지상에 비를 내려주는 기능을 맡고 있는 용왕은 하늘의 명령을 잘못 수행하여 벌을 받기도 한다. 이렇게 용궁설화에 나타난 용왕은 인간에게 도움을 주는 존재이면서도 자신의 생명이 위태로우면 백성의 희생을 강요하기도 하는 이중적 존재로 나타난다. 구비설화에 등장하는 용왕의 부정적 성격은 용궁설화의 구비 전승 과정을 통해서 문헌설화와 판소리 및 판소리계 소설에 수용되면서 변모한다.

2) 〈구토지설〉의 경우

〈구토지설〉은 『삼국사기』 제41권 열전 김유신조에 수록되어 있다. 〈구토지설〉의 내용은 신라의 김춘추가 고구려에 군사원조를 요청하러 갔다가 오히려 감옥에 갇히게 되었는데 선도해가 해준 이야기를 듣고

19 〈인황 구하는 동해 용왕을 재치로 이긴 사또〉, 앞의 책, 2-5권, 강원도 양양군 양양읍, 116~118쪽.

재치를 발휘하여 풀려난다는 이야기이다. 이러한 〈구토지설〉의 이야기는 삼국통일 과정에서 나타난 문제를 슬기롭게 극복하는 김춘추의 지혜를 보여준다. 이야기 단락을 정리하면 다음과 같다.[20]

(1) 동해 용왕의 딸이 병을 앓아 토끼의 간으로 치료해야 한다. (2) 거북이 용왕에게 말하여 육지로 가서 토끼를 유혹한다. (3) 거북은 토끼를 등에 업고 얼마쯤 가다가 용왕의 병 때문에 잡아간다는 말을 한다. (4) 토끼는 지혜를 발휘하여 거북에게 간을 밖에 두었다고 말한다. (5) 거북은 토끼의 말을 듣고 육지로 간을 가지러 갔으나 토끼는 도망간다.

이 이야기는 김춘추의 정치적 사건을 다루면서 그 속에 액자 형식으로 〈구토지설〉을 삽입하고 있다. 여기서는 액자에 해당하는 이야기의 원인 제공자인 용왕과 그의 딸, 토끼와 거북을 주목해 볼 필요가 있다. 용왕 딸의 병은 다른 공간에 있는 토끼의 간을 먹어야 회복된다. 그래서 거북은 낯선 육지에 살고 있는 토끼의 간을 구하러 가는 충성심을 보여준다. 반면에 토끼는 자신의 생명을 지키기 위해서 지혜를 발휘하여 그 위기를 극복한다. 따라서 〈구토지설〉은 용왕 딸의 병을 고치기 위해 거북 신하가 육지로 가서 토끼를 유인하였으나, 토끼는 지혜를 발휘하여 위기를 극복한 것이다.

이렇게 보면 〈구토지설〉은 용왕 딸의 병을 고치기 위해서 용궁의 충성스러운 신하 거북과 육지에 살고 있는 토끼의 '충과 지혜'의 대결을 보여주고 있다. 용궁에서 육지까지 토끼의 간을 구하러 간 거북은 충신

---

20 김부식, 이병도 역, 『삼국사기』, 을유문화사, 1997, 345~348쪽.

임에 틀림없다. 그럼에도 불구하고 거북은 토끼를 잡아가는 비밀을 끝까지 지키지 못하여 실패한다. 따라서 거북은 용왕에 대한 충성심과 자만심에 빠져 비밀을 누설하는 어리석음을 동시에 보여준다.

〈구토지설〉은 토끼와 거북의 인물 성격이 구체적으로 등장한다면 용왕의 성격은 다소 추상적으로 드러난다. 왜냐하면 이 설화는 용왕이 아니라 그 딸의 병으로 인하여 사건이 발생하기 때문이다. 용왕 딸의 병을 치료하기 위해서 용궁의 거북과 육지의 토끼가 대립하는 과정에서 인물의 성격이 드러난다. 특히 〈구토지설〉은 용궁의 군신관계를 통해서 정치적 문제를 제시할 뿐만 아니라 용궁과 육지의 공간적 대립도 보여주고 있다. 이렇게 〈구토지설〉은 구비설화에 등장하는 부정적 용왕의 성격을 수용하여 당대의 정치적 담론을 뚜렷하게 보여준다.

3) 판소리 〈퇴별가〉와 〈수궁가〉의 경우

판소리가 기존의 이야기를 수용하여 다채로운 연행과정을 통해서 성장하고 발달했듯이 〈수궁가〉도 마찬가지이다. 〈수궁가〉는 용궁설화를 토대로 판소리의 연행에 적당한 방향으로 이야기가 첨삭되고 개작되었을 것이다. 다시 말해서 판소리 〈수궁가〉에 나타난 용궁설화는 새로운 내용이 첨가되어 다양한 문제의식을 내포하고 있다.

〈수궁가〉에 나타난 용궁설화를 살펴보기 위해서 신재효본 〈퇴별가〉[21]와 심정순, 곽창기본 〈수궁가〉[22]를 대상으로 삼고자 한다. 그 이

---

21 김진영 외, 〈퇴별가〉, 『토끼전 전집』 1집, 박이정, 1997, 3~37쪽.
22 〈수궁가〉, 위의 책, 41~93쪽.

유는 이 창본들이 판소리 〈수궁가〉중에서 가장 일찍 문헌으로 정착되어서 판소리계 소설과 비교하기가 쉽기 때문이다. 판소리 창본 〈수궁가〉는 장단과 아니리를 구별하고 있으며, 부분적인 독자성과 더늠이 강하게 나타난다.

〈퇴별가〉에서는 선관이 등장하여 용왕의 치료약으로 토끼의 간을 처방해준다. 그리하여 용궁에서 개최된 어전회의에서 자라가 자원하여 토끼를 유인하여 용궁으로 되돌아온다. 그런데 토끼는 지혜를 발휘하여 용왕의 어리석음을 비판하면서 자라와 함께 다시 육지로 간을 가지러 간다. 육지에 도착한 토끼는 자라를 꾸짖으며 자신의 똥을 약으로 준다. 결국 신재효본 〈퇴별가〉는 자라의 충성으로 인하여 용왕의 병을 치료한 것이다. 이런 점에서 〈퇴별가〉는 구비설화 〈용왕의 병을 고친 이야기〉와 〈용왕의 병을 고치고 침을 얻다〉와 유사한 모습을 보여준다.

창본 〈수궁가〉는 〈퇴별가〉와 비슷한 이야기 단락으로 구성되어 있지만 마지막 대목에서 차이점을 보인다. 육지에 도착한 토끼는 자라의 어리석음을 꾸짖고 도망친다. 토끼를 놓친 자라는 빈손으로 용궁에 돌아갈 수밖에 없었다. 그때 선관도사가 자라의 충성을 표창하기 위해서 약을 주어 용왕의 병이 회복된다. 한편 육지에 도착한 토끼는 겨우 목숨을 부지할 수 있었지만 거듭되는 위기상황에 빠진다. 토끼가 겪는 육지 위기 대목은 판소리의 흥미를 고조시키는 역할을 담당했던 것으로 보아[23] 후대에 첨가되었음이 분명하다.[24]

판소리 〈퇴별가〉와 〈수궁가〉는 용왕의 병환이 회복되고 자라가 충

---

23 이원수, 「토끼전의 후대적 변모」, 『국어교육』 14집, 경북대학교 국어교육과, 1982, 15쪽.
24 최광석, 앞의 논문, 79쪽.

신으로 등장하는 것은 공통점으로 볼 수 있다. 다만 용왕의 치료약으로 〈퇴별가〉에서는 토끼 똥이 등장한다면, 〈수궁가〉에서는 선관의 처방 약이 등장하는 차이점도 나타난다. 그리고 〈퇴별가〉는 토끼의 위기상황이 육지에 도착하면서 모두 해결된다면, 〈수궁가〉는 토끼가 육지에 도착해서도 그물위기와 독수리의 위기 같은 고난이 반복되어 나타난다.[25] 창본 〈수궁가〉는 토끼가 용궁의 위기를 극복했으나, 육지도 안전한 곳이 아님을 보여준다. 따라서 토끼의 삶은 긴장된 생활의 반복임을 육지의 위기를 통해서 잘 나타난다.

이상에서 판소리 〈수궁가〉에 나타난 용궁설화는 용왕을 중심으로 자라와 토끼의 충과 지혜의 대립을 뚜렷이 보여준다. 이들의 대립에서 자라의 충성을 표창하기 위해서 천상적 존재자인 선관이 용왕의 병을 치료할 수 있는 약을 처방해주기도 한다. 이렇게 보면 판소리 〈수궁가〉는 기존의 용궁설화를 바탕으로 용왕과 신하들의 정치적 관계를 좀 더 구체적이면서도 체계적으로 보여주고 있다. 따라서 판소리 〈수궁가〉는 용궁설화를 첨삭하여 당대의 다채로운 사회상을 반영하면서 장면을 점차 확장했던 것이다.

4) 판소리계 소설 〈토생전〉과 〈토공전〉의 경우

〈토끼전〉은 판소리에서 판소리계 소설로 개작되거나 변모를 거치면서 정착된 소설이다. 여기서는 경판본 〈토생전〉과 한문본 〈토공전〉을 중심으로 용궁설화의 수용을 살펴볼 것이다. 그 이유는 판본과 필사본,

---

25 〈이선유창본〉, 〈임방울창본〉, 〈가람본별토가〉 등 대부분의 이본에 여기에 속한다.

국문본과 한문본을 각각 비교할 수 있기 때문이다. 판소리계 소설 〈토생전〉에 등장하는 용왕은 자신의 병을 고치기 위해서 육지에 살고 있는 토끼를 희생물로 삼고 있다. 그럼에도 불구하고 용왕이 자신의 병을 치료하지 못하는 것은 토끼의 지혜를 강조할 뿐만 아니라 그만큼 왕권이 약화된 것이다. 이러한 판소리계 소설 〈토생전〉의 서사단락을 제시하면 다음과 같다.

> 북해 용왕이 병들어 육지에 살고 있는 토끼의 간으로 치료해야 함을 도사가 말해준다. 용궁의 어전회의에서 용왕은 별주부가 자원하기에 토끼화상을 그려서 육지로 보낸다. 육지에 도착한 별주부는 토끼를 찾아서 육지의 위험과 용궁의 즐거움을 말하여 토끼를 용궁으로 데리고 간다. 용왕은 토끼를 잡아온 별주부를 칭찬한 뒤에 치료약으로 사용할 토끼의 간을 꺼내게 한다. 별주부의 꼬임에 빠져서 용궁에 온 토끼는 용왕의 희생물이 될 것을 알고 지혜를 발휘한다. 용왕은 여러 신하와 의논하여 육지에 두고 온 토끼의 간을 가지러 별주부와 토끼를 다시 육지로 보낸다. 육지에 도착한 토끼는 재빨리 도망가고 그물에 걸렸으나 재치로 살아난다. 토끼는 별주부의 꼬임에 빠져 용궁에 갔던 사실을 아내에게 말하자, 아내는 자라를 꾸짖는다. 자라는 토끼의 간을 구하지 못하여 자결한다. 자라의 자결 소식을 들은 용궁의 신하들은 토끼를 잡기 위한 방안을 제시한다. 용왕은 하늘의 뜻을 잊어버리고 부당하게 토끼의 간을 요구한 어리석음을 한탄한다. 용왕은 태자에게 유지를 물려주고 세상을 떠난다.[26]

---

26 인권환, 「토생전」, 『한국고전문학전집』, 고려대학교 출판부, 1994.

판소리계 소설 〈토생전〉은 토끼와 자라가 중심 인물로 활동하고 있지만, 용왕의 인물 성격도 매우 역동적으로 나타난다. 이 작품은 육지에서 거듭되는 토끼의 위기가 등장하는 데 반하여 자라는 토끼의 간을 가져가지 못한 불충으로 자결하는 비장미를 보여준다. 그래서 용궁에서는 토끼 포획을 위한 방안을 제시하였으나 실패할 수밖에 없다. 용왕은 자신의 어리석음을 한탄한 뒤에 세상을 떠난다. 용왕이 자신의 어리석음을 깨닫는 장면은 향유층의 욕구를 반영한 것으로 보인다. 이렇게 경판본 〈토생전〉은 수궁의 위기를 극복한 토끼의 지혜, 자라의 극단적인 충성, 용왕의 어리석음에 초점을 두고 있다.

한문본 〈토공전〉은 경판본 〈토생전〉의 결말과 차이점을 보여준다. 예컨대 용궁에서 도망친 토끼와 용왕이 천상에서 다시 만나서 재판을 여는 대목이 그것이다. 〈토공전〉은 다잡은 토끼를 놓친 뒤에 옥황상제에게 도움을 요청한다. 옥황상제는 토끼와 용왕의 주장을 들은 뒤에 토끼의 주장이 옳은 것으로 판단한다. 이것은 토끼의 생명이 중요할 뿐만 아니라 용왕의 횡포를 비판하는 내용이 첨가된 것이다. 여기서는 토끼를 용궁으로 유인한 자라의 충성은 상대적으로 중시되지 않는다.

한문본 〈토공전〉은 토끼와 같이 선량한 백성의 생명을 중시하고 용왕과 같은 권력자의 횡포를 비판하고 있다. 〈토공전〉의 향유층은 한문을 알고 있는 중인층이나 양반층일 가능성이 높다. 이 때문에 선량한 백성의 생명을 빼앗으려는 권력의 횡포를 비판하는 방향으로 변모시킨 것이다. 이 작품은 기존의 육지와 용궁의 공간에서 천상의 판결을 첨가해 천상의 공간까지 서사 배경이 확장되었다. 이러한 결말의 확장과 부연을 통해서 판소리계 소설 〈토끼전〉은 용궁설화를 수용하여 당대의 사회상을 반영한 것이다.

3. 〈토끼전〉에 수용된 용궁설화의 의미

1) 정치적 담론의 설정

인간의 삶에 있어서 정치적 관계는 어느 시대나 장소에서도 성립할
수 있는 보편성을 가지고 있다. 정치적 관계는 왕과 신하로 구성된 국
가적 범위도 가능하겠지만, 좁게는 인간관계 자체가 해당될 수도 있다.
앞에서 살펴본 용궁설화는 육지와 용궁의 군신 관계를 설정하고 있다.
절대적 권력을 가진 왕과 왕의 명령을 수행하는 신하, 그리고 백성들이
어울려 정치적 담론을 형성한다.[27] 이렇게 용궁설화는 구비설화에서 판
소리계 소설에 이르기까지 정치적 관계를 지속적으로 문제 삼고 있다.
용궁설화가 정치적 담론을 내포하고 있는 양상을 제시하면 다음과 같다.

(가) 사또가 월송정에서 이제 기생들과 논다 … 저희는 용궁에서 왔는
데, 거서 제일 책임자 … 용왕이 병이 들어서 인황을 먹어야 낫는다 …
그래 가서 임금을 이제 용왕을 가서 만나니께, 너가 인황이 들어서 그래
인황을 먹을려고 내가 널 데레왔다.[28]

(나) 예날 동해 용왕의 딸이 심장을 앓았는데 의원의 말이, 토끼 간을
얻어 약을 지으면 치료할 수 있다고 하였다 … 거북이 용왕에게 아뢰어

---

27 서종문, 「〈토별가〉에 나타난 신재효의 현실인식」, 『판소리 연구』 10집, 판소리학회,
   1999, 73~101쪽.
28 〈인황 구하는 동해 용왕을 재치로 이긴 사또〉, 앞의 책 2-5권, 116~117쪽.

자기가 그것을 얻을 수 있다 하고, 육지로 나와서 토끼를 보고 … 어어 토끼를 등에 업고 헤엄쳐 2·3리쯤 가다가[29]

(다) 의듸신ᄒ시기로 만죠 입시ᄒ라 ᄒ교를 하옵시니 슈중이 진동ᄒ여 군명은 불ᄉ가 만죠빅관드리 풀풀 쮜여 달여들 졔, … 동편의 문관 셔고 셔편의 무관 셔셔 양반을 구별ᄒ여 일쓰로 들어올 졔 … 용왕 왈 짐의 병이 위중ᄒ여 션의의 ᄒ난 마리 퇴끼 간을 못 먹으럼 죽기 슈 업 다니 엇던 신ᄒ 퇴기 줍아 짐의 병을 구ᄒ리요 … 만죠가 다 놀늬여 에 위셔셔 살펴보니 평싱 모도 멸시ᄒ던 쥬부 ᄌ라이어든 용왕이 의혹ᄒ여 ᄌ셰이 뭇난구나[30]

(라) 용왕이 도ᄉ의 말를 듯고 졔신을 모화 의논ᄒᆯ시 일인이 츌반듀 왈 쇼신이 비록 무지ᄒ노ᄂ 인간의 ᄂ가 톳기를 싱금ᄒ여 오리이다. ᄒ 니 모다 보니 이는 거북의 이셩ᄉ촌 별듀뷔이라[31]

위의 (가), (나), (다), (라)는 용왕이 병을 얻어서 신하들이 육지의 치료약을 구하는 문제로 인하여 정치적 관계를 설정하고 있다. (가)는 구비설화 〈인황을 구하는 동해 용왕을 재치로 이긴 사또〉이다. 용왕이 병이 들어 육지의 인황을 먹어야 치료되는데, 마침 사또가 인황이 들어서 용궁의 신하들이 그를 데려간다. (나)는 〈구토지설〉로 용왕 딸의 병으로 인하여, 거북이 토끼의 간을 구하러 육지에 간다. (다)는 판소리 〈수궁가〉인데 용왕의 병을 치료하기 위한 어전회의가 열렸으나, 신하들이 책임을 회피하고 있을 때 자라가 자원한다. (라)는 판소리계 소설 〈토생전〉인데 용왕의 병을 치료할 토끼를 유인하기 위해서 자라가

---

29 〈구토지설〉, 앞의 책, 346~347쪽.
30 신재효본 〈퇴별가〉, 앞의 책, 5~10쪽.
31 경판본 〈토생전〉, 앞의 책, 16쪽.

자원한다.

(가)는 용왕의 병을 치료할 인황을 육지의 사또에게 구하고 있다는 점에서 정치적 담론을 내포하고 있다. 육지의 사또는 백성을 다스리는 수령이고 그와 함께 잔치를 즐기는 기생은 하층민이다. 다만 인황이 든 사또는 문제가 있는 수령이라고 할 수 있는데, 용궁에 잡혀가서 지혜를 발휘하는 것은 설득력이 약하다. 이 때문에 사또는 용왕이 배려한 마지막 소원에 힘입어 우연히 위기를 극복한 것이다. (가)는 용왕의 병을 치료하는 문제로 용왕과 그의 신하, 육지의 사또 등이 정치적 담론을 형성하고 있다.

(나)는 신라 김춘추가 고구려에 군사 청병을 떠난 뒤 감옥에 구금되었을 때 선도해가 들려준 액자 형식의 설화이다. 삼국의 역사적 사실에 근거를 둔 액자 밖의 김춘추의 이야기와 용궁의 문제를 서술한 액자 안의 거북 이야기가 일맥상통한다. (나)는 용왕 딸의 병을 치료하기 위해서 정치적 군신 관계에 있는 거북이 토끼를 유인하는 정치적 담론을 설정하고 있다. 이 설화는 역사적 인물의 정치적 역학 관계를 충성과 지혜의 대결로 서술하고 있다. 따라서 〈구토지설〉은 역사적 사실과 문학적 진실이 정치적 담론으로 강조되어 있다.

(다)는 용왕과 자라를 포함한 신하들, 육지의 토끼와 짐승들 등에서 복잡한 정치적 관계를 보여준다. 용왕은 자신의 병을 치료하기 위해서 육지에 보낼 신하를 결정하기 위한 어전회의를 소집한다. 용궁의 신하들은 용왕을 중심으로 문반과 무반으로 구분하여 나열할 뿐만 아니라 정치적 대립을 보이고 있다.

　ㄱ) 공부상셔 민어 엿주오되 톡기라 ᄒ난 거슬 얼골은 모로오나 … 정
병 숨쳔 닉여 쥬어 되중 고릭 보닉쇼셔 고릭가 분을 닉여 츌반ᄒ여 엿주
오되 슈륙이 달나씨니 슈즁의 잇던 군ᄉ 육젼을 엇지할지 졀언 쇼견 가
지고도 문관을 자셰ᄒ여 죠흔 배살 ᄒ여 먹고 죠금 위틱흔 일이면 호반
의게 밀여 흐니 빅쇽의 잇난 거시 불에풀 쑨이기로 변통 업시 ᄒ난마리
교쥬고실 갓ᄉ외다[32]

　ㄴ) 열어 번 ᄉ양ᄒ니 좌편의 별셜 일셕 기린이 몬져 안ᄭ 코키리 ᄉ
ᄌ이며 곰과 원싱이가 그 밋틱 늘어 안ᄭ 순군이 쥬인으로 ᄒ가운딕 쥬
셕ᄒ고 우편의 ᄉ슴 노로 톡기 여의 속 등무리 졔추로 안진 후의 순군니
고기 들어[33]

　ㄱ)은 공부상서 민어가 고래에게 정병 삼천을 주어 토끼를 잡아오라
고 하자, 고래는 화를 내면서 수중의 군사가 육지에서 싸움을 못한다는
명분을 내세워 불과함을 주장한다. 오히려 고래는 높은 벼슬을 하면서
도 아무런 대책도 없이 위급한 일은 호반에게 미루는 공부상서를 공격
한다. ㄴ)은 육지의 짐승들이 산군을 중심으로 좌·우로 구분하여 앉을
뿐 아니라 권력다툼을 벌이고 있다. 이러한 정치적 담론은 판소리 연행
과정에서 더늠을 통해서 확장된 것이다.

　정치적 담론은 여기서 그치지 않고 구체적인 대립이 드러난다. 용궁
에서는 간의대부 못치가 용왕의 조서를 전달할 적임자로 표기장군 게
를 추천하자, 게는 화를 내면서 변명을 한다. 이때 멸시받던 자라가 자
원하는 충성을 보여준다. 육지에서는 산군의 먹이로 여우가 멧돼지의

---

32 〈퇴별가〉, 앞의 책, 6~7쪽.
33 〈퇴별가〉, 앞의 책, 16쪽.

큰자식을 추천하여 자식을 받칠 수밖에 없는 약육강식의 서글픈 현실
을 보여준다. 힘의 논리가 지배하는 육지의 모족모임은 당대 사회를 반
영한 것이다. 따라서 판소리 〈수궁가〉는 힘의 논리가 지배하는 정치적
담론을 뚜렷이 보여준다.

(라)는 용왕과 자라를 포함한 용궁의 신하들과 육지의 토끼를 비롯
한 짐승들이 등장하여 정치적 관계를 보여준다. 용왕의 병을 치료하기
위해서 자라가 자원하여 충성을 보여주고 육지의 토끼는 높은 관직에
현혹되어 용궁으로 가게 된다. 이것은 신분 상승의 욕구를 토끼를 통해
서 제시하고 있어서 정치적 관계와 밀접하게 연관되어 있다.

이상에서 용궁설화는 용궁을 중심으로 한 용왕과 그 신하들, 육지를
중심으로 한 토끼와 짐승들을 통해서 정치적 담론을 설정하고 있다.
(가)는 용왕과 신하의 정치적 관계 설정이 굳건하게 지켜지면서도 용왕
의 신하가 다소 추상적으로 등장한다. (나)는 용왕의 신하가 거북으로
구체화되어 등장하고 있다. (다)와 (라)는 정치적 관계 설정이 확장되어
복잡한 양상으로 나타난다. 이렇게 용궁설화의 정치적 담론은 구비설
화에서 문헌설화, 판소리와 판소리계 소설에 이르기까지 수용, 변모되
면서도 점차 강조되었다.

용궁설화의 정치적 담론을 수용한 〈토끼전〉은 조선 후기 사회의 다
양한 문제점을 반영한다. 토끼로 대표되는 백성들의 어려운 생활과 약
육강식의 힘이 지배하고 있는 육지와 용궁의 부패한 권력을 통렬하게
비판하고 있다. 그런데 인도의 〈본생담〉과 중국의 〈불전설화〉에는 개
인적인 부부관계로 등장하고 있어서, 정치적 담론은 국내의 토착화 과
정에서 첨가된 것으로 보인다. 따라서 〈토끼전〉이 용궁설화를 수용하

게 된 까닭은 용궁과 육지의 동물들을 등장시켜서 정치권력의 횡포를 비판하는 데[34] 유리했기 때문이다.

2) 이상향에 대한 욕망

인간은 내면적 꿈을 사회에서 실현하려고 끊임없이 노력하는 존재이다. 자신이 갈망했던 꿈이 현실에서 실현되었다고 해서 꿈이 사라지는 것은 아니다. 실현된 꿈보다 더 큰 꿈을 인간은 선험적으로 가지고 있기 때문이다. 그런데 개인적인 꿈이 사회 구조적으로 제약을 받거나 훼손되었다면 이상향에 대한 갈구는 더욱 구체적으로 표명된다. 그 양상은 사회 제도와 지배층에 집단적으로 저항하거나 새로운 세상을 갈구하는 모습으로 나타난다. 전자는 무력을 동반한 적극적 투쟁으로 대규모 조직적 민란의 형태로 발생하고[35] 후자는 이상적인 사회를 갈구하는 개인적 유토피아로 나타난다.

이러한 집단적, 개인적 투쟁은 사회적 제약을 벗어나 행복한 삶을 누리고자 하는 인간의 염원이 담겨있다. 새로운 사회에 대한 관심과 행복한 삶에 대한 욕구로 표출된 용궁은 이상향에 대한 욕망으로 형성된 유토피아의 공간이다.[36] 용궁설화는 현실의 고통을 벗어나 새로운 세상에 대한 갈구와 이상향에 대한 궁금증을 제시하고 있다.

---

34 조동일, 「토끼전(별쥬전)의 구조와 풍자」, 『계명논총』 8집, 계명대학교, 1972, 17~36
　　쪽; 조동일, 『한국문학통사』 3권, 지식산업사, 1991, 540쪽.
35 진주민란, 홍경래난, 동학농민전쟁 등이 집단적 무력 항쟁의 대표적인 사례이다.
36 이러한 유토피아적 공간은 『홍길동전』의 '율도국'이나 연암의 『허생전』에도 등장한다.

(가) 사또가 월송정에서 이제 기생들과 노다. 노는데 바닷가 가운데 말야, 큰 배가 참, …오색으로 불을 피우고 꽃도 피고 … 피리도 불고 뭐, 이렇게 자유분방하게 말야, 아주 신선놀음을 한단 말이야[37]

(나) 육지로 나와서 토끼를 보고 하는 말이, 바다 속에 한 섬이 있는데, 맑은 샘물과 흰 돌에, 무성한 숲, 아름다운 실과가 있으며, 추위와 더위도 없고, 매와 새매가 침입하지 못하니, 네가 가기만 하면 편히 지내고 아무 근심이 없을 것이라[38]

(다) 즈라 일은 말이 유리 슈궁으로 반이를 힛스면 병죠판셔는 셰둔 당샹이지오 … 슈궁 경치 드러보 … 대히지중에 억만간 집을 짓되 황금으로 기동 셰우고 빅옥으로 문을 달아 류리 영창 호박 쥬초 산호로 란간ᄒᆞ고 쥬궁퓌궐 활홀ᄒᆞ니 … 그듸 ᄀᆞ혼 호풍신에 됴혼 벼슬홀 것이오 시녀 미쉭 다 듸리고 슐도 먹고 춤도 츄며 쥬야로 호강ᄒᆞ야[39]

(라) 슈궁이란 곳은 집을 지으되 호박 듀초의 산회 기동이며, 밀화 들쏀의 청각셕 기와를 이혀쓰며 … 칠보 단장ᄒᆞ 시녀들이 뉴리잔의 호박되를 밧쳐 천일듀를 권홀 젹의 그흥이 엇더하며 … 션경도 구경ᄒᆞ고 텬도라도 어더 먹고 … 미인을 희롱ᄒᆞ여 평싱을 환낙홀 거시오[40]

(가)의 〈인황을 구하는 동해용왕을 재치로 이긴 사또〉는 육지에서 잔치를 벌이던 사또가 바다의 불빛에 매료되어 용궁으로 간다. 바다의 배는 화려하게 장식하여 마치 신선놀음을 하는 것으로 나타난다. 이 광경을 바라본 사람들은 육지의 잔치보다 바다의 불빛에 더 많은 호기심

37 〈인황 구하는 동해 용왕을 재치로 이긴 사또〉, 앞의 책, 116쪽.
38 〈구토지설〉, 앞의 책, 346~347쪽.
39 심정순·곽창기본 〈수궁가〉, 앞의 책, 73쪽.
40 〈토생전〉, 앞의 책, 22쪽.

을 느끼게 된다. 따라서 육지의 사또는 자신의 현실에 만족하지 않고 새로운 사회에 대한 동경과 이상향에 대한 궁금증으로 인해 용궁에 간 것이다.

(나)의 〈구토지설〉은 토끼가 거북의 유혹에 넘어가서 용궁으로 간다. 거북은 용궁의 자연환경이 좋아서 맛있는 과일을 먹을 수 있을 뿐만 아니라 위험이 없는 편안한 곳이라 말한다. 토끼가 갈구하는 이상향은 바로 의·식·주와 기후를 포함한 기본적인 생활이 해결되고 맹수들의 위협이 없는 낙원이다. 토끼의 용궁행은 거북의 속임수와 유혹에 힘입은 바 크지만, 편안하게 살고 싶은 이상향에 대한 내부적인 욕구가 더 크게 작용한 것이다. 토끼가 꿈꾸던 이상향이 바로 용궁의 세계와 일치하여, 토끼는 쉽게 용궁으로 갈 수밖에 없었다.

(다)의 〈수궁가〉는 구체적인 이상향에 대한 갈구가 잘 나타난다. 자라는 토끼에게 용궁에 가면 화려하고 호화로운 생활은 물론이거니와 좋은 벼슬을 받으며, 아름다운 여인과 함께 호강할 수 있다고 주장한다. 여기서 토끼가 용궁을 택한 까닭은 자라의 유혹도 있었지만, 육지의 위험한 생활을 벗어나려는 내부적 욕망이 크게 작용했다. 왜냐하면 육지의 삶은 추위와 배고픔을 극복해야 하고 맹수들과 포수, 그리고 농부에게도 위협을 받고 있었기 때문이다. 토끼가 육지에서 용궁을 선택한 것은 오랫동안 갈망했던 이상향에 대한 희망으로 볼 수 있다.

(라)의 〈토생전〉은 용궁의 화려함과 용궁 생활의 편안함을 제시하면서 육지 생활의 어려움과 위험을 부각하고 있다. 용궁의 모습은 칠보단장한 시녀들이 술을 권할 뿐만 아니라 미인과 함께 평생 부귀하게 살 수 있는 낙원으로 등장한다. 반대로 육지는 삼동의 혹한과 기갈을 극복

해야 하며 포수와 사냥개, 목동들의 위험을 피해야 하는 고달픈 현실로 등장한다. 따라서 토끼가 용궁을 선택한 것은 육지의 고통과 위험을 벗어나 이상향을 동경했기 때문이다. 여기서 용궁은 토끼가 꿈꾸었던 이상향의 구체적 공간이다.

이상의 (가), (나), (다), (라)는 육지의 생활이 힘들고 고통스러운데 반하여 용궁은 위험이 없는 편안한 이상향으로 나타난다. 육지에 살고 있는 토끼는 의·식·주와 같은 기본적인 생활에도 어려움을 느끼고 맹수와 포수, 심지어 농부에게서도 목숨의 위협을 받기도 한다. 이러한 육지의 삶을 청산하고 이상향을 갈구하던 토끼는 자라의 유혹에 넘어갈 수밖에 없었다. 용궁설화는 약육강식이 자행되고 있는 냉혹한 현실을 벗어나 새로운 세상에 대한 동경과 이상향에 대한 희망을 내포하고 있다.

조선 후기 토끼와 같은 백성들이 희망하는 이상향의 구체적 공간이 바로 용궁이라 할 수 있다. 용궁은 힘없는 서민들이 꿈꾸던 유토피아적 이상향으로 설정되기에 충분하다. 조선 후기 사회는 지배층의 수탈로 백성들의 생계마저도 위협을 받던 모순된 현실로부터 탈출하려는 욕구가 증가하였다. 용궁설화는 이러한 백성들의 고통을 잊을 수 있는 피난처이기도 하다. 따라서 조선 후기 이상향에 대한 백성들의 동경을 충족시켜준 용궁은 새로운 세상에 대한 변화의 욕구를 내포하고 있다.

판소리계 소설 〈토끼전〉은 당대의 서민들이 희망했던 이상향에 대한 탐색을 수용할 수밖에 없었다. 용궁은 백성들의 꿈이 투영된 이상향의 공간이기 때문이다. 그럼에도 불구하고 토끼가 용궁에서 확인한 사실은 이상향의 공간이 허상에 불과하다는 깨달음이다. 조선 후기 백성들이 동경했던 용궁은 육지보다 더 위험하다는 사실을 확인한 뒤에 절망했을 것이다. 백성들은 이상향의 공간에서 편안한 삶을 소망했던 것이 얼마나 허망한 생각인가를 깨닫게 된다.

인도의 〈본생담〉과 중국의 〈불전설화〉에도 이상향에 대한 내용이 단편적으로 등장한다. 악어와 용이 살고 있는 공간에는 꽃과 열매가 풍성하다는 말로써 원숭이를 유인한다. 구비설화에는 용궁의 찬란한 불빛으로 궁금증을 유발시키고 〈구토지설〉에서도 용궁의 아름다움을 자랑한다. 조선 후기 백성들도 이러한 편안한 삶을 누릴 수 있는 이상향의 공간으로 용궁을 동경했다. 따라서 〈토끼전〉은 용궁설화를 수용하여 당대의 백성들의 이상향에 대한 동경을 일시적으로 충족시켜주었다. 그러나 자신들이 믿었던 이상향의 허상을 확인하면서 출구가 막혀버린 좌절감을 느꼈을 것이다.

3) 충의 사회적 모범 제시

어느 시대나 지배층과 피지배층이 존재하게 마련인데 이들 사이에 충성심은 중요한 사상적 이념으로 등장한다. 지배층은 집권층의 안정과 질서유지를 위해서 피지배층으로부터 충성을 요구한다. 반면에 피지배층은 충성을 다하여 가족의 평안과 가문의 번영을 유지하려고 노력했다. 특히 조선시대의 충성은 효도와 더불어 거역할 수 없는 천명처럼 생각되었다. 유교 이념인 충과 효를 거절하는 것은 파멸을 의미한다고 해도 지나친 말이 아니다.

조선 후기에는 가부장적 가족제도를 바탕으로 혼란한 사회질서를 유지하려고 했다. 사회적 혼란을 바로잡기 위해서는 충성을 사회적 모범으로 제시하여, 집권층과 민생의 안정을 도모할 수밖에 없었다. 그래서 문학의 중심 주제도 충과 효를 다루는 작품이 늘어난 것이다. 이러한 충성을 사회적 모범으로 제시하고 있는 것이 용궁설화이다. 용궁설화 는 역사적 변천에 따라서 변모하지만, 충성을 사회적 질서유지로 제시 한 점은 동일하다.

구비설화 〈인황 구하는 동해 용왕을 재치로 이긴 사또〉는 용왕에게 충성을 다하는 신하의 모습을 통해서 사회적 모범을 보여준다. 구비설 화에서는 용왕의 명령에 대하여 신하들이 절대적 충을 보여준다.

문헌설화 〈구토지설〉은 신라의 위기를 극복하기 위해서 김춘추가 고구려에 군사원조를 요청하러 가는 충성을 보여준다. 또한 액자 이야 기의 거북은 자신의 몸을 돌보지 않고 토끼를 용궁으로 유인하는 점에 서 충신의 모습을 보여준다. 그럼에도 불구하고 거북은 토끼를 잡아오 는 도중에 비밀을 누설하여 실패한다. 이것은 충을 실천하려 했던 거북 의 행동이 오히려 불충을 행한 것이다. 따라서 〈구토지설〉의 거북은 충과 불충의 양면성을 보여주고 있지만, 전반적으로 볼 때 용왕의 근심 을 풀어주는 충신임에 틀림없다.

판소리 〈퇴별가〉의 자라는 용왕의 치료약을 구하기 위해 자원한다. 육지에 도착한 자라는 토끼를 유인하는 데 성공하여 용궁으로 데려온 다. 또한 자라는 육지에 간을 두고 왔다는 토끼의 말이 거짓임을 용왕 에게 간청한다. 이러한 자라의 행동은 유교적 충으로 자리매김할 수 있 다. 〈퇴별가〉에서는 자라와 용궁의 신하들을 등장시켜서 충과 불충을 대비시켜 보여준다. 결국 자라를 통해서는 국가적 충성을 강조하는 반 면에 불충한 신하들을 비판하는 기능을 내포하고 있다.

판소리계 소설 〈토생전〉은 용왕의 병을 치료할 토끼를 유인하러 자원하는 자라가 충신으로 등장한다. 그런데 다시 육지에 도착한 자라는 토끼의 간을 구하지 못한 불충으로 자결하게 된다. 이런 점에서 〈토생전〉은 자라의 극단적인 충성을 강조하는 사회적 분위기를 반영한 것으로 보인다. 따라서 〈토생전〉에서는 사회적 모범으로 유교적 충성을 실천했던 자라의 비장미가 나타난다.

이상에서 충을 사회적 모범으로 제시하는 것은 어느 시대에도 유용할 수 있다. 구비설화에서 문헌설화를 거쳐 판소리와 판소리계 소설로 접어들면서 사회적 모범으로 제시된 충이 유교적 이념으로 수용되었다. 판소리와 판소리계 소설이 대중들에게 인기를 모았던 조선 후기 사회에서는 유교적 이념인 충을 강조할 수밖에 없었다. 왜냐하면 권력자의 입장에서 사회적 충성을 실천하는 자라와 같은 충신이 절대적으로 필요했기 때문이다.

유교적 충은 조선시대의 사상적 이념과 상통하기 때문에 사회적 모범으로 제시하기에 적당한 내용이다. 〈토끼전〉은 토끼의 지혜를 강조하던 이본에서 점차 자라의 충을 강조하는 이본으로 변모하였다.[41] 이런 점에서 자라의 충이 가문을 발전시키는 구실을 하기 때문에 국가적 충은 곧 가문의 효로 연결된다. 따라서 용궁설화를 수용한 〈토끼전〉은 자라를 통해서 충의 사회적 모범을 제시한 것이다.

41 정출헌, 「봉건국가의 해체와 토끼전의 결말구조」, 『고전문학연구』 13집, 한국고전문학회, 1998, 153~185쪽.

4) 공간 설정에 따른 해학과 풍자의 부각

용궁설화는 육지와 용궁으로 구별되는 이원적 공간을 설정하고 있다. 이 공간은 수직적 공간이라기보다는 수평적 공간으로 볼 수 있다. 한국 고소설은 대부분 천상과 지상의 이원적 공간이 설정되어 사건이 발생한다. 그런데 용궁설화는 용궁과 육지로 대비되는 이원적 공간을 설정하여 그 공간에 따른 문제를 다양하게 제시하고 있다. 예컨대 용궁의 공간에서는 신하의 충성을 강조한다면 육지의 공간에서는 토끼의 지혜를 강조하는 것이다.

구비설화 〈인황을 구하는 동해 용왕을 재치로 이긴 사또〉는 육지와 용궁의 공간 설정에 따라서 문제의식이 대립적으로 구성되어 있다. 용궁에서 육지의 공간으로 이동하면서는 신하의 충성이 강조된다면, 육지에서 용궁으로 이동하면서는 사또의 지혜가 강조된다. 이것은 〈구토지설〉도 마찬가지이다. 그런데 구비설화의 사또는 용궁에 도착하지만 〈구토지설〉의 토끼는 용궁에 도착하지 못하는 차이점도 있다. 구비설화는 아직까지 충과 지혜의 대결이 구체화되지 못하고 우연성으로 해결되는 해학을 보여준다.

판소리와 판소리계 소설의 공간은 '용궁 → 육지 → 용궁 → 육지'까지는 공통적으로 내포되어 있지만, 작품의 결말은 조금 다른 양상을 보인다.[42] 판소리 〈퇴별가〉는 용궁에서 작품이 결말 된다면, 〈수궁가〉는 용궁과 육지를 동시에 보여준 뒤에 마무리된다. 판소리계 소설 〈토생전〉

---

42 최광석, 「토끼전 결말구조의 두 양상과 그 성격」, 『선주논총』 3집, 금오공과대학교 선주문화연구소, 2000, 73~94쪽.

은 육지에서 결말 된다면, 〈토공전〉은 새로운 공간이 첨가되어 용왕과 토끼의 재판이 벌어진다. 이러한 결말 구조의 차이점은 판소리 연행과 정을 거치면서 해학에서 풍자 중심으로 변모한 것으로 보인다. 신재효 본 〈퇴별가〉는 이러한 모습을 잘 보여준다.

한문본으로 전해지는 〈토공전〉은 용궁과 육지를 벗어난 천상의 공간으로 서사를 확장하고 있다. 여기서 옥황상제는 토끼와 용왕의 논쟁을 들은 다음 용왕의 횡포를 비판하고 토끼의 지혜를 강조한다. 이것은 구비설화 〈우민선생 사해 용왕 퇴치〉, 〈가뭄에 비내리고 천벌 받은 용왕아들〉과 유사하다. 용궁의 문제를 해결하지 못해 천상의 도움을 빌리는 것이나 옥황상제의 판결이 용왕에게 불리한 점도 비슷하다. 결국 용왕은 백성의 희생을 통해서 자신의 목숨을 유지하려는 부정적인 모습을 뚜렷이 보여준다. 이러한 모습은 판소리 〈퇴별가〉에서도 잘 나타난다.

옥황의 명을 받아 남해를 지켰기에, 인간에게 비 주고 수족을 진무하여 덕이 정중하고 시혜를 널리 베풀었더니, 우연히 병중하여 토간이 아니면 다른 약이 없는 고로 별주부의 충성으로 너를 잡아 바쳤으니, 네 간을 내어 먹고 짐의 병이 나은 후에 토끼 너의 공을 짐이 어찌 잊을소냐.[43]

이상에서 용궁설화는 육지와 용궁의 이원적 공간으로 설정되어 있으며, 공간에 따른 문제의식이 다르게 나타나고 있다. 인도의 〈본생담〉에

---

43 인권환, 〈퇴별가(완판본)〉, 『토끼전』, 고려대학교 민족문화연구소, 1993, 127쪽.

는 '육지 → 바다'의 공간이, 중국의 〈불전설화〉에는 '바다 → 육지'의 공
간이 각각 설정되어 있다. 이렇게 두 설화는 서로 다른 공간에서 작품
이 시작되는 차이점을 보인다. 구비설화에는 '육지 → 용궁 → 육지 →
용궁'의 공간이, 〈구토지설〉은 '용궁 → 육지'의 공간이 각각 설정되어
있다. 따라서 구비설화는 인도의 〈본생담〉과 비슷하고, 〈구토지설〉은
중국의 〈불전설화〉와 비슷한 모습을 보여준다.

인도와 중국의 설화, 구비설화와 〈구토지설〉은 재치를 강조하는 해
학 중심의 이야기이다. 이러한 해학이 강조된 서사물이 판소리에 수용
되어 초기에는 해학이 풍부한 연행 현장이 우세했을 것이다. 그러다가
판소리의 연행 현장의 변화와 더불어 점차 풍자가 강조되는 방향으로
변모한 것으로 보인다. 판소리계 소설에서는 상대적으로 풍자가 우세
한 방향으로 정착되었을 것이다. 따라서 〈토끼전〉은 이원적 공간 설정
에 따른 지혜와 충을 강조할 뿐만 아니라 해학과 풍자도 함께 부각하고
있다.

4. 맺음말

〈토끼전〉은 인도의 〈본생담〉과 중국의 〈불전설화〉의 영향을 받았
지만 토착화 과정을 거치면서 변모되었다. 이러한 국내의 토착화 과정
에서 '용궁'이 첨가된 점에 주목해야 한다. 비록 〈토끼전〉이 외국 설화
에 영향을 받았다고 할지라도, 용궁설화가 첨가되면서 복합적인 작품
으로 변모한 것이다. 더욱이 용궁설화는 전지역에 분포할 뿐만 아니라

폭넓은 전승력을 확보하고 있어서 주목된다. 따라서 〈토끼전〉은 조선 후기 향유층의 욕구를 반영하기 위해서 용궁설화를 수용한 것으로 보인다.

용궁설화는 구비설화 〈인황을 구하는 동해 용왕을 재치로 이긴 사또〉와 『삼국사기』의 〈구토지설〉, 판소리 〈수궁가〉, 판소리계 소설 〈토끼전〉 등에 지속되고 있다. 용궁설화는 용궁을 배경으로 용왕과 신하들의 정치적 관계를 문제 삼을 뿐 아니라 충과 지혜의 대결을 벌이기도 한다. 이러한 용궁설화를 수용한 〈토끼전〉은 조선 후기 사회의 다양한 문제의식을 반영하여 향유층에게 폭넓은 인기를 얻었을 것이다.

지금까지 〈토끼전〉이 용궁설화를 수용했던 까닭과 의미를 요약하면 다음과 같다.

첫째, 정치적 담론의 설정을 들 수 있다. 용왕은 절대적인 권위를 가진 존재이고 자라는 용왕의 신하로 충을 실천하고 있으며, 토끼는 힘없는 서민으로 등장한다. 따라서 〈토끼전〉은 조선 후기 사회에 존재하는 정치적 군신 관계와 권력의 횡포를 정치적 담론으로 설정하여 당대 사회의 문제를 반영한 것이다.

둘째, 이상향에 대한 욕망이다. 용궁은 민중들에게 새로운 세상에 대한 탐색과 이상향에 대한 욕구로 형성된 유토피아적 공간이다. 사회적 고통을 벗어날 수 있는 소극적 투쟁의 결과로써, 이상향을 희망하는 서민의 공통된 의식이 투영된 곳이 바로 용궁이다. 〈토끼전〉은 용궁을 통해서 조선 후기 백성들의 이상향에 대한 욕망을 충족시켜주었다.

셋째, 충의 사회적 모범 제시이다. 지배층은 혼란한 사회질서를 유지하기 위해서 피지배층에게 충을 요구할 뿐만 아니라 사회적 모범으로 충을 끊임없이 제시하였다. 유교 이념을 강조했던 조선 후기 사회에서 충과 효는 분리될 수 없는 가치였다. 〈토끼전〉은 이러한 사회적 모범으로 신하의 충을 제시하여 향유층의 인기를 반영했던 것이다.

넷째, 공간 설정에 따른 해학과 풍자의 부각이다. 용궁설화는 용궁과 육지의 이원적 공간을 통해서 충과 지혜를 강조한다. 육지의 공간에서는 자라의 충을 강조한다면, 용궁의 공간에서는 토끼의 지혜를 강조한다. 〈토끼전〉은 용궁과 육지의 이원적 공간을 토대로 천상의 공간이 첨가되면서 풍자와 해학을 부각하고 있다.

출전: 「〈토끼전〉에 수용된 용궁설화의 양상과 의미」,
『한국어문연구』, 15집, 한국어문연구학회, 2004,
83～111쪽.

IX

〈창선록〉의 작품세계와
〈구운몽〉의 수용론적 의미

1. 머리말

　필사본 고소설은 20세기 초반인 근대전환기 이후에도 향촌 선비집안의 여성 향유층을 중심으로 끊임없이 유통되었다. 그 당시 선비집안에서는 기존의 방각본이나 활자본이 출간되었음에도 여전히 고소설 필사의 전통을 오랫동안 유지한 것으로 보인다. 이러한 고소설 필사의 전통은 유교문화적 전통을 오랫동안 유지한 경북 지역의 선비집안에서 풍부하게 확인된다. 따라서 경북 지역은 필사본 고소설의 유통이 매우 풍부하여 필사본의 보고로 주목받고 있다.[1]

　경북 지역 중에서도 성주 지역은 유교문화적 전통이 풍부한 고장이다. 성주 지역은 경북 북부의 안동, 상주와 더불어 필사본 고소설이 풍부하게 유통되었다. 성주 지역에는 어떤 유형의 필사본 고소설이 얼마나 유통되었는지 궁금하다. 지금까지 확인된 성주 지역의 필사본 고소

1　김재웅, 「경북 지역에 유통된 필사본 고소설에 대한 실증적 연구」, 『고소설연구』 24
　집, 한국고소설학회, 2007, 219~250쪽.

설은 모두 19종이다.[2] 이 작품들은 1876년부터 1938년까지 필사의 전통을 유지한 것으로 보아 조선 후기에서 대한제국을 거쳐 일제강점기까지 약 60년 동안 필사되었다.[3] 성주 선비집안 여성들은 조선왕조의 교체와 일제강점기의 급격한 사회 변화에도 고소설 필사의 전통을 지속한 것으로 보인다.

성주 지역의 양반 집성촌과 선비집안의 여성들은 고소설 필사와 향유에 적극 동참한 것으로 보인다.[4] 그중에서도 〈창선록〉은 최근에 새로 발굴한 국문 필사본 고소설이다.[5] 기존의 고소설 이본목록과 자료를 검토했지만 〈창선록〉과 동일한 작품은 발견하지 못했다.[6] 더욱이 〈창선록〉은 규방소설 〈창선감의록〉의 표제와 일부 화소만 유사할 뿐 아무런 관련이 없다. 이 작품은 현재까지 학계에 소개된 적이 없는 유일본이 분명하다. 이러한 〈창선록〉의 전모를 파악하기 위해서는 텍스트에 대한 정확한 분석이 선행되어야 한다. 아울러 성주 지역에 유통된 〈창선록〉과 관련된 콘텍스트에 대한 현장조사도 필요한 실정이다.

---

2 성주 지역에 유통된 작품은 〈구운몽〉, 〈김진옥전〉 2종, 〈서해무릉기〉, 〈두겁전〉, 〈송부인전〉, 〈숙향전〉, 〈쌍열옥소삼봉기〉, 〈옥인몽〉, 〈유생전〉, 〈유씨삼대록〉, 〈이씨효문록〉, 〈제호연록〉, 〈창란호연록〉, 〈창선록〉, 〈현봉쌍의록〉, 〈황월선전〉 2종, 〈길동록〉 등이 있다.

3 〈유씨삼대록〉은 병자(1876)년, 신사(1881)년에 필사되었다면 〈서해무릉기〉는 1938년에 필사되었다.

4 성주 지역의 필사본 고소설 중에서 〈구운몽〉과 〈유생전〉을 제외한 17종은 모두 여성이 필사한 작품이다.

5 〈창선록〉을 소장한 정우락 교수는 정갑이 할머니의 손자이다. 귀중한 자료를 공개해준 경북대학교 국어국문학과 정우락 선생님께 이 자리를 빌려 감사의 말씀을 전한다.

6 조희웅, 『고전소설 이본목록』, 집문당, 1999; 조희웅, 『고전소설 연구보정』, 박이정, 2006. 〈창선감의록〉의 이본 중에는 〈창선록〉도 있지만 성주 선비집안의 여성이 향유한 〈창선록〉과는 제목만 유사할 뿐 작품의 내용은 전혀 다른 작품이다.

필사본 고소설은 필사자와 소장자 및 필사연도를 확정하지 못해 작품 분석에 상당한 어려움이 존재한다. 설사 텍스트를 정확하게 분석한다고 해도 필사자의 성별과 신분, 필사지역, 필사연도 등을 정확하게 파악하지 못한 상태에서 작품의 의미를 추정하고 있다. 그런데 〈창선록〉은 필사자의 성별과 신분계층, 필사연도와 필사지역 등을 확인할 수 있는 작품이다. 성주군 수륜면 지촌리 선비집안에서 유통된 〈창선록〉은 텍스트와 콘텍스트를 종합적으로 분석할 수 있다는 점에서 주목된다.

이 글에서는 성주 선비집안 여성의 고소설 필사 전통과 〈창선록〉의 작품세계를 살펴보고자 한다. 유일본으로 존재하는 〈창선록〉은 성주 선비집안 여성이 필사하고 향유한 작품이다. 이 때문에 〈창선록〉의 텍스트를 정확하게 분석하여 작품세계를 밝히는 것이 제일 중요한 과제이다. 아울러 전대의 고소설 중에서도 〈구운몽〉을 수용하고 변용한 〈창선록〉은 근대전환기 필사본 고소설의 재창작 과정을 살펴볼 수 있다는 점에서 주목된다. 새로 발굴한 〈창선록〉의 작품세계를 통해서 성주 선비집안 여성과 고소설 필사의 전통이 재조명되기를 기대한다.

2. 〈창선록〉의 내용과 콘텍스트

1) 〈창선록〉의 내용과 서사적 특징

현재까지 유일본으로 존재하는 〈창선록〉의 내용을 판독하는 작업은 생각보다 쉽지 않다. 유일본의 특성상 비교할 작품이 없을 뿐만 아니라 정확한 텍스트 분석도 만만치 않기 때문이다. 여기서는 〈창선록〉의 내용을 정확하게 판독하여 그 서사적 특징을 분석해야 한다. 이러한 〈창선록〉은 고소설의 저변확대와 작품의 다양성 확장에 기여할 것으로 짐작된다. 최근에 발굴한 〈창선록〉은 유일본이기 때문에 작품의 내용을 자세하게 소개할 필요가 있다.

가) 신성 보은암에서 10년 동안 불경을 외우던 만춘은 부귀공명을 위해 세속으로 내려온다. 꿈속에 나타난 도사는 만춘의 부귀공명과 부모 상봉 및 복록이 무궁할 것이라 예언한다. 경성 자미동의 이한림은 슬하에 자식이 없어 보은암 여승에게 시주해 만춘을 얻었다.

나) 만춘이 5살 때 발생한 경성의 호란으로 부모는 아들을 잊어버리고 급히 피신한다. 이러한 위급한 상황에서 보은암 여승이 만춘을 데리고 산중으로 피신한다. 산중의 암자에는 공주 정한림 딸의 화상을 가지고 온 유모가 있었다. 만춘은 연화낭자의 화상과 음성에 반하여 그 화상에 제명을 달아준다.

다) 만춘은 공주 정한림을 찾아가 자신이 경성 이한림의 아들이라고 말한다. 정한림은 이한림과 오랜 친구일 뿐만 아니라 자녀를 두면 성혼하기로 약속했다. 사돈의 생사를 알지 못한 정한림은 사위가 될 만춘을 공부시키고 딸 연화낭자에게 그를 돌보게 한다.

라) 그런데 조정의 권력을 장악한 호철은 아들의 배필을 찾다가 정한림의 딸 연화낭자에게 청혼한다. 정한림은 이한림의 아들과 정혼했기 때문에 거절한다. 이 때문에 호철은 정한림을 모함해 감옥에 가두고 밤중에 연화낭자를 탈취할 계략을 꾸민다.

마) 연화낭자는 부모를 살리고 만춘과 성혼하기 위해 잠시 이별한다. 연화낭자는 권도로 거짓 편지를 보내어 부친을 방면시킨 후에 남복으로 개착해 만춘을 찾아 떠난다.

바) 남복으로 개착한 연화낭자는 16살에 천하를 떠돌다가 한어사의 집에 유숙하게 된다. 그 당시에 만춘은 여복으로 개착해 명문가를 물색하다 연주 김통판 집에서 옷에 흉배를 놓아 칭찬을 받는다.

사) 다시 남복을 개착한 만춘은 김통판 집에 돌아가 자신의 정체를 밝힌다. 부친과 친구인 김통판은 상사병에 걸린 만춘과 자기 딸을 결혼시키려 한다. 그런데 도화낭자는 시비 설낭에게 명하여 만춘을 희롱하기로 한다.

아) 만춘은 정혼한 뒤에 죽은 정녀를 위해 제문을 지어 위로한다. 그 덕분에 정녀의 영혼과 매일 밤에 만나서 수작해 병세가 위중해진다. 도화낭자의 속임에 넘어간 만춘은 정녀의 영혼이 시비 설매임을 알고 부끄러워한다.

자) 만춘의 복장으로 변장한 연화낭자는 한어사의 딸 매화낭자와 결혼한다. 나중에 한어사의 딸은 남편의 처로 삼을 계획이었다. 경성에 도착한 만춘이 과거에 급제하자 한어사는 결혼 예물을 보냈다. 그런데 만춘은 한어사가 누군지 알지 못해 예물을 거절한다.

차) 매화낭자는 황태후의 이질녀이고 황제의 이종이다. 경성에 올라간 매화낭자는 황태후를 만나고 황제께 소인 호철을 내치라고 충언한다. 비로소 황제는 호철을 삭탈관직하고 만춘과 국혼을 추진했으나 만춘은 이미 두 낭자와 정혼하여 거절한다.

카) 호철의 계략에 넘어간 남만왕은 백만 대군으로 중원을 침략한다. 경화루에서 잔치하던 황제는 급보를 듣고 걱정했지만 만춘이 만왕과 호철을 잡으러 출병하여 안심한다.

타) 정양공주는 황태후께 정한림을 복직시켜 달라고 요청한 뒤에 연주 김통판의 딸 도화낭자와 함께 경성에 도착한다. 정양공주는 호철의 생질이 아니고 황제의 동생이라 말한다. 황제는 만춘이 육례를 갖추지 못하여 정양공주의 혼사를 추진했으나 만춘은 삼녀(연화, 도화, 매화)와 연분을 맺는다.

　파) 만춘은 만사곡과 요두곡에 군사를 매복해 화공전으로 적군을 섬
멸한다. 패배한 만왕은 호철을 잡고 항서를 만춘에게 보낸다. 만춘은 만
왕을 용서한 후에 호철을 군문에 효시한다.

　하) 회군하는 중에 정낭자와 김소저의 부음이 전해져 만춘은 슬퍼한
다. 산에서 내려온 이한림은 경성에서 예부시랑과 김통판을 만난다. 황
태후가 세 낭자를 수양해 별궁에 숨겨두고 만춘이 돌아오면 성혼시키려
한다. 황제는 경성에 돌아온 만춘과 국혼을 치른다.

　위와 같이 〈창선록〉은 가)에서 하)까지의 서사 단락으로 구성되어
있다. 〈창선록〉의 핵심적 내용은 유교적 입신양명을 지향하는 이만춘
과 네 명의 여성이 혼사장애 갈등을 극복하여 혼례를 치르는 서사로 구
성되어 있다. 주인공 이만춘은 정한림의 딸 연화낭자, 김통판의 딸 도
화낭자, 한어사의 딸 매화낭자와 결혼하게 된다. 나중에 이만춘은 황제
의 여동생이자 황태후의 딸인 정양공주와 국혼을 치르기도 한다. 이러
한 혼사장애 갈등이 〈창선록〉의 서사 전개를 추동하는 힘으로 작동하
고 있다.

　사건의 발단은 서사 단락 라)처럼 간신 호철의 억혼으로 발생한다.
간신 호철의 억혼 때문에 양가 부친이 약속한 이만춘과 연화낭자의 정
혼은 성사되지 못한다. 이러한 이만춘과 연화낭자의 이별은 서사 전개
에서 다양한 혼사장애 갈등을 유발하고 있다. 서사 단락 바)와 자)처럼
이만춘과 김통판의 딸, 연화낭자와 한어사의 딸은 결혼하게 된다. 연화
낭자와 한어사의 딸은 비정상적인 여성들의 혼례를 보여준다. 서사 단
락 카)와 파)에는 중원을 침략한 간신 호철과 만왕을 진압하기 위한 출
전 장면과 화공전의 전략으로 적군을 섬멸하는 군담 장면이 등장한다.

하지만 충신과 간신의 정치적 갈등과 군담 장면은 상당히 빈약하다.

〈창선록〉은 불교의 공허함을 버리고 유교의 입신양명을 선택한 주인공이 다양한 혼사장애 갈등을 통해서 결혼을 성취하는 유교적 규범 의식을 보여준다. 그럼에도 작품에 등장하는 조력자는 도사와 승려이다. 작품의 서두에서 도사는 이한림의 꿈에 나타나 아들을 점지해준다. 이러한 조력자의 등장은 고소설의 문법과 일치한다. 이한림의 꿈속에 등장한 도사의 정체는 승려와 동일하다. 왜냐하면 퇴락한 절집을 중창하기 위해 이한림 집을 찾아가서 시주를 부탁한 사람이 바로 여승이기 때문이다. 이렇게 〈창선록〉은 불교의 공허함을 비판하고 있지만 작중의 조력자는 불교의 승려로 등장하고 있다.

더욱이 이한림의 꿈속에 등장한 도사의 모습은 서사 전개의 복선으로 작용한다. 이한림의 은혜를 갚기 위해 백옥루 전춘연에 참석한 도사는 옥황상제에게 아들을 점지해줄 것을 요청한다. 옥황상제에게 오색꽃을 받은 도사는 아들을 염원하는 이한림에게 꽃을 선물해준다. 꿈속에 나타난 도사는 머리에 이화관을 쓰고 왼손에는 연화, 오른손에는 도화, 등에는 향화, 품에는 매화를 품고 나타난다. 이러한 이한림의 꿈속에 나타난 도사의 모습은 서사 전개의 복선으로 작용한다. 도사의 꽃이 주인공 이만춘과 혼사장애를 겪는 연화낭자, 도화낭자, 매화낭자 등의 이름과 동일하기 때문이다.

작품의 제목으로 설정한 〈창선록〉은 어떤 의미를 내포하고 있을까? '창선'은 사람의 착한 행실을 드러내서 칭찬하는 것을 말한다. 텍스트에 등장하는 '창선'의 의미는 유교윤리적 규범을 실천하는 것이다. 이한림의 아들을 옛 친구인 정한림이 공부시키는 장면에서 뚜렷이 나타난다.

부친 간의 약속이라고 해도 이한림의 생사를 모르는 상황에서도 그 아들을 사위로 인정하고 공부시키는 모습에서 창선의 가치를 발견할 수 있다. 또한 연화낭자가 부모를 위해 권도로 거짓 결혼 편지를 보내는 장면에도 효성이 나타난다. 양가 부친의 정혼보다 부모의 목숨을 소중하게 생각하는 연화낭자의 효성이 더 중요하기 때문이다. 그리고 만춘이 중원을 침략한 만왕과 호철을 잡으러 전장으로 떠나는 장면에도 충의 가치가 드러난다. 이렇게 유교적 규범인 충과 효는 시공을 초월하여 '창선'의 가치를 보여준다.

그런데 〈창선록〉은 서사 전개의 일관성이 다소 부족하다. 이 작품은 서사를 구성하는 논리적 연결이 다소 느슨한 것으로 보인다. 작품의 서사 전개가 상당히 축약되어 있어서 그런지 갑자기 등장인물의 비밀이 폭로되기도 한다. 예컨대 서사 단락 차)처럼 한어사의 딸인 매화낭자는 황태후의 이질녀이고 황제의 이종으로 제시되고 타)처럼 정양공주는 호철의 생질이 아니라 황제의 여동생으로 나타난다. 이러한 현상은 필사자 또는 창작자가 작품을 구성하는 전체적인 기능과 인물의 성격을 제대로 부여하지 못한 결과로 보인다. 더욱이 간신 호철의 억혼에 대한 갈등도 치열하지 못하게 구성되어 있다. 따라서 〈창선록〉은 작품을 변개시키려는 의욕이 과도하게 반영된 결과 서사 전개의 논리적 구성이 다소 미약한 작품이다.

2) 〈창선록〉의 서지사항과 콘텍스트

〈창선록〉의 서지사항과 콘텍스트를 살펴볼 차례이다. 최근 발굴한 〈창선록〉은 전대의 유명한 〈창선감의록〉의 표제와 일부 화소를 제외하면 아무런 관련이 없다. 〈창선록〉은 혼사장애 갈등이 핵심적 서사를 차지한다면 〈창선감의록〉은 대가족 제도에서 발생하는 일부다처와 가문의 종통 계승을 둘러싼 갈등이 핵심적 서사를 차지하기 때문이다. 다만, 〈삼생록〉에는 주인공과 동일한 이름이 등장한다. 〈삼생록〉에서 주인공이 세 번째 환생했을 때의 인물이 바로 이만춘이다.[7] 따라서 〈삼생록〉과 〈창선록〉의 이만춘은 이름만 동일할 뿐 인물의 성격에서 현격한 차이를 보인다.

작품의 표지는 "창선록"으로 적혀있고 전체 98면으로 구성되어 있는데 한 면에 11줄[8], 한 줄에 19자 내외로 필사되어 있다. 작품의 속표지 오른쪽에는 "大正拾五年八月日"이라는 필사연도가 적혀있다. 그 옆에는 "漆谷郡 石積面 牙谷洞"이라는 필사 지역이 기록되어 있다. 작품의 필체는 동일한 것으로 보아 한 명이 필사한 것이 분명하다. 〈창선록〉은 1926년 8월에 성주 선비집안 여성 정갑이가 필사한 작품을 칠곡군 석적면 아곡동으로 시집간 정명호가 가져간 작품이다. 따라서 〈창선록〉은 선비집안 간의 혼례를 통하여 성주에서 칠곡으로 전파되었음을 보여준다.

그렇다면 〈창선록〉을 필사한 성주 선비집안 여성 정갑이의 생애를 살펴볼 필요가 있다. 동래정씨 동평군 정종의 종녀인 정갑이(1906-1993)는 고령군 덕곡면 노동에서 성주군 지촌리로 시집왔다고 한다. 남편 정재화(1905-1978)는 선비집안의 유학자로 『후산졸언』이란 문집이 전한다.[9] 고령의 선비집안에서 성장한 정갑이는 한글을 익혀서 고소설과 가

사와 제문을 여러 편 지었다고 한다. 당시 정갑이와 정재화의 결혼은 선비집안 간의 혼례이다. 고령군 덕곡면 노동과 성주군 수륜면 지촌리는 군의 경계를 넘어서고 있지만 비교적 가까운 곳이기 때문이다.

성주 선비집안 정갑이와 정재화의 슬하에서 출생한 딸이 정명호이다. 성주군 수륜면 지촌에서 출생한 정명호는 그곳에서 어린 시절을 보냈다. 정명호는 모친에게 한글 공부와 고소설 필사를 배웠다고 한다. 성주 선비집안 여성 정명호는 18세에 칠곡군 석적면 아곡동의 석담 이윤우의 후손과 결혼했다. 한강 정구 선생의 문인이기도 한 석담의 후손 이한석과 결혼한 점으로 보아 학맥과 연관된 혼례가 아닌가 한다. 정명호는 시집갈 때 모친이 필사한 〈창선록〉을 가져갔다. 〈창선록〉은 성주와 칠곡에서 유통된 작품으로 일제강점기 성주 선비집안 여성의 고소설 필사 전통을 보여준다는 점에서 주목된다.[10]

그런데 〈창선록〉은 성주 선비집안 여성 정갑이의 필사인지 재창작인지는 알 수 없다. 후손의 증언에 의하면 정갑이는 〈창선록〉 외에도 〈김대부훈계전〉, 〈길동녹〉, 〈숙향전〉, 〈강능추월전〉 등을 필사했다고 한다. 실제로 〈길동녹〉의 하권과 〈숙향전〉의 상권, 〈창선록〉 등에는 동일한 필체가 나타난다. 정갑이는 〈숙향전〉의 전반부와 〈길동녹〉의 후반부를 필사했다면 정명호는 〈숙향전〉의 후반부와 〈길동녹〉의 전반부

---

9 김학수, 『성주 한강 정구 종가』, 예문서원, 2011, 211~212쪽; 『청주정씨 문목공파세보』, 대조사, 2001, 247~248쪽, 911쪽.

10 정우락본 〈창선록〉에는 19세기 말에서 20세기 초의 영남 방언이 풍부하다. 예컨대 "을→알, 즐겁지→길겁지, 어저께→이져긔, 공부를→공부얼, 리공자를→리공자알, 뿌리를→쑉리얼, 의사를→의스알, 원수를→원수알" 등이 풍부하게 나타난다. 그리고 당시 사용되는 "의사, 학교, 매일신보, 경성" 등과 같은 근대적 어휘도 등장한다.

를 필사했다. 이들은 선비집안의 모녀 사이로 성주의 대표적 유학자 한
강(寒岡) 정구(鄭逑) 선생의 후손이다.[11]

　성주 선비집안 여성이 필사한 〈숙향전〉은 〈숙향전 권지상〉과 〈숙향
전〉으로 구분되어 있지만 내용상 연결된다.[12] 두 작품의 필체는 다르지
만 이야기의 전개가 연결된 작품이다. 기존 연구에서도 이 사실을 간과
했지만 성주 선비집안의 모녀가 〈숙향전〉을 필사했는지 여부는 밝히
지 못했다. 이러한 사례는 〈길동녹〉에도 동일하게 나타난다. 〈길동록〉
의 전반부는 정명호가 필사했다면 후반부는 정갑이가 필사했다. 따라
서 성주 선비집안 여성 정갑이는 〈창선록〉, 〈길동녹〉의 하권과 〈숙향
전〉의 상권을 필사한 경험을 토대로 고소설 재창작에 대한 관심도 증
가한 것으로 보인다.

　조선 후기 유교문화적 전통을 근대전환기와 일제강점기까지 계승한
성주의 선비집안 여성이 필사한 고소설의 사례는 주목된다. 〈숙향전〉
은 이야기 문맥상 어색한 대목이 다수 등장할 뿐만 아니라 서사 후반부
에 개작이 집중되어 있다.[13] 〈숙향전〉의 서사 문맥이 어색한 것은 필사
자의 문장 서술능력의 한계를 보여준다. 〈길동녹〉은 율도국 정벌대목
이 동양문고본 〈홍길동전〉과 유사하여 세책본을 필사한 것으로 추측
하고 있다.[14] 〈길동녹〉도 필사자가 작품의 내용을 정확히 모르고 필사

11　조선 중기에 활약한 정구(1543-1620) 선생은 퇴계와 남명의 학문을 적절하게 융합하
　　려고 노력한 강안학의 선구자이다. 정우락, 「조선중기 강안지역의 문학활동과 그 성
　　격」, 『낙중학: 조선시대 낙동강 중류 지역의 유학』, 계명대학교 출판부, 2012, 254~
　　317쪽.
12　김광순, 『김광순소장 필사본 한국고소설전집』 33권, 경인문화사, 1994. 〈숙향전 권지
　　상〉은 250~297쪽에 수록되어 있고 〈숙향전〉은 336~549쪽에 수록되어 있다.
13　차충환, 『숙향전 연구』, 월인, 1999, 52~53쪽, 105~106쪽.

한 부분이 많고 오자도 빈번하게 등장한다.[15] 〈길동녹〉의 상권 끝에는
"어려 슨 글시라"라는 필사기록이 등장하고 하권 끝에는 "병자 츈간시
서"라는 필사 기록이 등장한다. 〈길동녹〉의 전반부는 1936년 봄에 나
이가 어린 정명호가 필사한 작품이 분명하다.

　이러한 〈숙향전〉과 〈길동녹〉은 성주 선비집안 여성의 고소설 필사
과정을 이해할 수 있는 단서를 제공해준다. 모친 정갑이는 성주로 시집
온 후 1926년 20세의 젊은 나이에 〈창선록〉을 필사한 것이다. 〈숙향
전〉과 〈길동녹〉은 1936년에 필사된 점으로 보아 모친 정갑이는 30세
이고 딸 정명호는 8세이다. 정갑이는 딸에게 한글 공부의 방편으로 고
소설을 필사했을 것으로 추정된다. 성주 선비집안의 모녀가 함께 〈숙
향전〉과 〈길동녹〉을 필사한 것은 교육적 효과를 높이려는 의도로 보
인다. 이는 〈김대부훈계전〉처럼 고소설 필사를 통해서 유교윤리적 규
범을 체득하게 했던 것으로 짐작된다.

　성주 선비집안 여성 정갑이가 〈창선록〉을 재창작한 시기는 언제일
까? 이러한 질문에 대답하기 위해서는 〈창선록〉이 재창작된 작품이라
는 증거가 필요하다. 만약 〈창선록〉이 1926년 이전에 재창작되었다고
한다면 그 후에 정갑이가 모본을 보고 필사한 것으로 추정된다. 그런데
〈창선록〉은 모본을 보고 필사한 게 아닐 수도 있다. 기존의 고소설을
향유한 성주 선비집안 여성 정갑이가 자신의 창작의도에 적합하도록
〈창선록〉을 재창작했을 가능성도 배제할 수 없다. 고소설을 필사하는
과정에서 점차 창작에 대한 욕망도 증가했을 것이기 때문이다. 이러한

14 이윤석, 『홍길동전 연구』, 계명대학교 출판부, 1997, 40쪽.
15 이윤석, 앞의 글, 88~91쪽.

〈창선록〉의 필사 또는 재창작 가능성을 고려할 때 텍스트와 콘텍스트의 다양한 측면에서 분석해야 한다.

3. 〈창선록〉의 작품세계

1) 불교의 내세관보다 유교의 입신양명 지향

〈창선록〉은 불교의 내세관을 비판하고 유교의 입신양명과 부귀공명을 지향한다. 조선 후기 필사본 고소설은 불교사상보다는 유교사상을 적극 옹호하고 있는 것이 일반적이다. 유교사상은 정치적 갈등에서 발생하는 영웅적 인물의 충효논리와 입신양명 및 부귀공명에서 구체적으로 등장한다. 불교사상은 신분제 사회에서 소외된 민중들과 나약한 여성들의 소망을 대변하고 있다. 향촌 선비집안의 여성들이 고소설의 필사와 향유에 적극 동참했기 때문이다. 이러한 불교사상은 강자보다 약자, 가해자보다 피해자, 남자보다 여자, 상층보다 하층 등의 사회적 약자를 배려하고 있다.

작품의 주인공 이만춘은 불교의 내세관보다 유교의 현세적 입신양명과 부귀공명을 추구한다. 〈창선록〉의 서두에 등장한 동승은 보은암 법당에서 10년 동안 불경을 공부한 인물이다. 오직 불교에 심취하여 절집에서 살았던 동승이 문득 승려의 삶을 회의하고 있다. 동승은 불교의 공허한 후생보다 유교의 입신양명을 통해서 현세적 부귀공명을 누리고 싶은 욕망을 보여준다. 그래서 동승은 오랫동안 머물렀던 신성 보은암에서 내려와 속세로 향한다.

셔안이 반만 누어 싱이을 싱각ᄒ니 가소롭다 즁으 평싱이녀 축원딕 칠셩각은 동셔이 버려잇고 오빅나흔 법당 지어 쥬야로 축원ᄒ나 ①보지 못흔 후싱녕위 허황ᄒ기 한정업다 부귀녕화 쑴밧기요 만복지원 부당ᄒ니 즈손자황 볼수업고 일싱 부득 장춘절노 죽어지니 허스로다 육신은 불이 타고 녕혼은 어이 할고 속가로 가즈ᄒ니 녜약문물 부당ᄒ다 고호니 잇고보면 청명시졀 분분우와 오동추야 달발글쎠 추추흔 우람소리 이 셩이 불경 일덧 차하리 ②속가이 도라가 스셔삼경 셩훈이며 오거셔 빅가어을 흉즁이 품어두고 셩군을 셤겨볼가 출장입상 놉푼 베살 갈충보국 아닐손가 일등공신 명망두고 요됴죽녀 싹을 지어 금실우지 질길 쎡이¹⁶

위의 인용문은 불교의 내세관을 비판하고 유교의 부귀공명을 옹호하고 있다. ①은 불교에서 말하는 후생은 눈에 보이지 않기 때문에 현실성이 부족하다고 비판한다. 불경을 아무리 열심히 공부해도 부귀영화를 성취하기는커녕 자손도 없어서 사람의 한평생이 허무하다고 주장한다. 그래서 주인공은 ②처럼 속세로 내려와 『사서삼경』을 비롯한 제자백가의 말을 가슴에 품고 과거시험을 통해 성군을 섬기는 관리가 되고자 한다. 더욱이 출장입상을 통해 갈충보국하여 일등공신의 반열에 올라 요조숙녀와 결혼해 화목한 가정을 꾸리고 싶은 욕망을 보여준다. 따라서 〈창선록〉은 남성 주인공을 통해서 불교의 내세관을 비판하면서도 유교적 입신양명과 부귀공명을 지향하고 있다.

그럼에도 주인공 이만춘이 출생하고 위기에 처할 때마다 불교의 승려와 도교의 신선이 조력자로 등장한다. 현세적인 유교의 부족한 틈새를 불교로 대표되는 승려가 매우고 있는 것이다. 예컨대 경성에서 호란

---

16 정우락본 〈창선록〉, 2~3쪽.

이 발생했을 때 어린 만춘을 구해준 사람은 신성 보은암의 승려이다.[17] 또한 만춘이 세상을 떠돌 때 공주 정낭자의 소식을 알지 못해 절집에 들어가 그녀의 후생을 빌어주는 것도 불교의 연기론적 세계관과 연관되어 있다. 이렇게 〈창선록〉에 등장하는 승려는 주인공의 탄생과 위기 극복의 중요한 역할을 수행한다.

이상에서 〈창선록〉의 주인공 이만춘은 불교의 내세관보다 유교의 입신양명과 부귀공명을 성취하는 현실주의적 가치를 지향한다. 불교의 내세관을 비판하고 유교의 입신양명을 성취하려는 욕망은 성주 선비집안 여성의 욕망을 반영한 것으로 보인다. 조선 후기 영남지방의 남인계열 유학자들은 관직에 진출하기보다는 학문탐구와 후학양성에 심혈을 기울였다. 당시 성주 지역의 대표적 유학자 한강 정구 선생의 집안에서도 처사적 경향이 강했을 것이다. 성주 선비집안에서는 〈창선록〉을 통해 현실에서 성취하지 못한 입신양명에 대한 욕망을 대리만족한 것이 아닌가 한다.

2) 혼사장애 갈등과 혼례의 강조

〈창선록〉에는 다양한 혼사장애 갈등을 통한 결혼을 강조하고 있다. 혼사장애 갈등과 혼례가 강조된 〈창선록〉에는 충신과 간신의 정치적 갈등과 군담 장면은 상대적으로 미약하다. 〈창선록〉에는 주인공 이만

---

17 정우락본 〈창선록〉, 9~10쪽. 잇씩의 도적이 물미듯 ᄒ고 곡셩이 진동ᄒ난지라 급급ᄒ 마암을 이기지 못ᄒ야 할님 쳑을 당두ᄒ여 방문을 녈고 본즉 할님과 부인은 간곳지 업습고 공직 호울노 안즈 부모를 ᄎ지며 우난지라 품이 품고 본ᄉ이 도라와 십셰 알 ᄉ식지 못하문 다름 아니라 공즈 년기가 아즉 장셩치 못ᄒ고 비회알 기칠가 ᄒ미러니

춘과 네 명의 여성이 혼사장애 갈등을 겪는다. 작품에 등장하는 혼사장애 갈등은 만춘과 정한림의 딸 연화낭자, 만춘과 한어사의 딸 매화낭자, 만춘과 김통판의 딸 도화낭자, 만춘과 황제의 딸 정양공주 등과 같이 모두 네 차례 등장한다. 따라서 〈창선록〉은 주인공과 네 명의 여성이 혼사장애 갈등을 극복한 뒤에 결혼하는 내용이 핵심적 사건이라 하겠다.

혼사장애 갈등은 이만춘과 정한림의 딸 연화낭자, 이만춘과 황제의 딸 정양공주의 결혼에서 구체적으로 등장한다. 이만춘과 연화낭자의 혼사는 간신 호철의 억혼으로 이별하는 혼사장애 갈등을 보여준다. 작품에 등장하는 이만춘과 연화낭자의 결혼은 양가 부친의 약속에 의해서 결정되었기 때문이다. 그럼에도 조정의 권력을 장악한 호철이 자기 아들의 배필로 정한림의 딸 연화낭자에게 청혼하면서 혼사장애 갈등이 발생하게 된다.

> 잇썌 호철이라 ᄒᆞ난 정성이 닛스듸 성품이 고집ᄒᆞ고 벼사리 육부의 웃틈인고로 됴정듸ᄉᆞ랄 거이 ᄌᆞ단쳐치 ᄒᆞ난지라 아달을 두고 순녀가인을 구코져 ᄒᆞ더니 맛참 드른즉 할님 정옥의 쌀 년화낭ᄌᆞ가 틱ᄉᆞ이 졍덕을 가졋다 말을 듯고 누ᄎᆞ 청혼ᄒᆞ나 리할님이 아달과 졍혼하물 일갓고 동시 허락니 업난지라 졍셩 호쳐리 흔혐니 듸발ᄒᆞ녀 졍할님은 모함ᄒᆞ냐 금옥이 톄수ᄒᆞ고 묘야이 관군을 명송ᄒᆞ야 낭ᄌᆞ만 다려드가 셩혼을ᄒᆞ고져 ᄒᆞ더라[18]

위의 인용문과 같이 조정의 권력을 장악한 호철은 자신의 며느리로 정한림의 딸에게 청혼했지만 거절당한다. 호철은 정한림의 딸 연화낭

---

18 정우락본 〈창선록〉, 15~16쪽.

자가 '순녀가인'의 정덕을 갖추었기 때문에 지속적으로 청혼한 것이다. 그런데 오랜 친구 사이인 이한림과 정한림은 자녀를 낳으면 서로 결혼시키기로 약속했다. 간신 호철의 억혼을 거절한 정한림은 정치적 모함에 의해 감옥에 구금되었다. 더욱이 호철은 야심한 밤에 관군을 보내 연화낭자를 강제로 탈취할 계략을 꾸민다. 호철은 자녀의 혼사장애 갈등에 정치적 권력을 활용하는 간신으로 등장한다.

정한림의 딸 연화낭자는 감옥에 갇힌 부친을 방면하기 위해 간신 호철에게 거짓으로 허혼 편지를 보낸다. 연화낭자의 지혜 덕분에 부친 정한림은 방면되었을 뿐 아니라 호철의 탈취 계략도 슬기롭게 극복한다.[19] 이만춘과 연화낭자는 양가 부친의 결혼 약속을 실행하지 못하고 이별하는 혼사장애 갈등을 보여준다. 그럼에도 연화낭자의 속임에 넘어간 간신 호철은 이후 서사 전개에서도 아무런 조치를 취하지 않는다. 이렇게 이한림과 정한림의 자녀 혼사에 개입한 간신 호철의 정치적 갈등은 매우 약화된 것으로 보인다.

간신 호철의 억혼을 거절해 전국을 유랑한 이만춘과 연화낭자는 다양한 혼례를 경험하게 된다. 이만춘과 김통판의 딸 도화낭자는 만춘과 연화낭자의 이별로 발생하는 혼사이다. 이들의 혼사는 이만춘이 여복으로 개착하여 도화낭자의 모습을 보고 사랑에 빠진 경우이다. 도화낭자의 모습을 보고 상사병에 걸린 이만춘은 남복으로 개착하여 자신의 정체를 밝힌다. 김통판은 만춘이 과거에 급제하면 자신의 딸과 결혼시키려고 생각한다. 이는 훌륭한 사위를 맞이하고 싶은 딸을 가진 아버지

---

19 이런 혼사장애 갈등은 〈창선감의록〉의 진채경 이야기와 유사하지만 새롭게 변모되어 있다.

의 심정을 표출한 장면이다. 과거급제를 통한 입신양명에 대한 욕망이 결혼의 매우 중요한 조건으로 나타난다.

한편, 세상을 유랑하는 정한림의 딸 연화낭자는 남편 이만춘으로 변복하여 한어사의 딸 매화낭자와 결혼한다. 비록 연화낭자가 남복으로 개착했다고 해도 연화낭자와 매화낭자의 결혼은 비정상적이다. 혼사장애 갈등에서는 여성이 남성의 모습으로 변복한 상태에서 여성 과 결혼하는 장면도 등장한다. 남복으로 개착한 연화낭자는 자신의 정체를 속이고 매화낭자와 결혼했기 때문에 그들은 정만 깊었지 사랑은 점점 미약해질 수밖에 없었다.[20] 남편의 모습으로 변복한 연화낭자는 매화낭자와 결혼하면서 위기를 모면하게 된다. 연화낭자는 나중에 매화낭자를 남편 이만춘의 부인으로 천거하려는 계획을 가지고 있었다.

이만춘과 정양공주의 혼사장애 갈등은 황제의 혼사를 거절했기 때문에 발생한다. 이만춘과 황제의 여동생 정양공주의 혼례는 일종의 늑혼이다. 이만춘은 정한림의 딸 연화낭자와 김통판의 딸 도화낭자와 정혼했기 때문에 황제의 늑혼을 거절한 것이다. 더욱이 한어사의 딸 매화낭자는 황제의 이종으로 만춘과 결혼한다. 비로소 이만춘은 세 명의 여성과 혼례를 올리게 된다. 그럼에도 이만춘의 혼례는 육례를 갖지 못했기

---

20 정우락본 〈창선록〉, 56~57쪽. 한어사 집은 길일을 당하야 외당을 소쇄하고 니빈을 인도하며 주효을 난훈후이 구람츤일과 산수병 화초병을 즈우로 둘너치고 금의화동을 쌍쌍이 지어 공즈와 깅인을 녜셕으로 인도하니 옥디화관은 션풍이 도골하고 녹의 홍상은 인간의 두문지라 뉘아니 칭찬하리요 녜알 맛친후이 별당으로 지졍하며 침셕을 벗러시니 산호장 즈기함과 의거리 각기수며 유경촛셕 놋지쓰리 동방화촉 극진하 또 원앙금침 보진하고 금실우지 노난양은 쳥황용이 녀의쥬을 닷투난닷 하마느리가고 밤이오고 셰워리 깁풀스록 인졍만 깁퍼졋지 스랑은 녀러지니 져간스졍을 뉘 능히 알이요

때문에 황제가 늑혼을 강행한 것이다. 이렇게 〈창선록〉에는 주인공 이
만춘이 네 명의 여성과 혼례를 치르는 혼사장애 갈등이 풍부하게 등장
한다.

〈창선록〉은 남성의 애정추구와 여성의 혼례에 대한 관심을 복합적
으로 구성하고 있다. 주인공 이만춘은 연화낭자와 혼례에 대해서 매우
적극적이다. 조정의 권력을 장악한 호철의 억혼에 분괴한 만춘은 인륜
대사를 생각해 연화낭자의 침소에 들어가는 적극성을 보여준다. 산중
암자에서 연화낭자의 화상과 목소리에 반했기 때문이다. 연화낭자는
부모의 위급함을 구한 뒤에 만춘과 결혼하겠다고 약속한다. 그의 적극
적 애정추구 덕분에 연화낭자와의 이별은 후일을 기약하고 있다. 이러
한 남성 주인공의 적극적 애정추구는 성주 선비집안 여성의 욕망을 반
영한 것으로 생각된다.

성주의 선비집안 여성이 필사한 〈창선록〉에는 혼사장애 갈등이 풍
부한 실정이다. 이러한 남성 주인공의 상사병과 같은 애정추구는 성주
선비집안 여성 향유층의 욕망을 반영한 것으로 보인다. 당대의 선비집
안 여성들은 남성의 적극적 애정추구를 은근히 기대했을 것으로 짐작
된다. 자유롭지 못한 유교윤리적 규범 속에서도 자신을 사랑해주는 남
성과 결혼하고 싶은 욕망을 작품에 반영한다. 따라서 〈창선록〉의 핵심
적 사건은 주인공과 네 명의 여성이 혼사장애 갈등을 통해서 결혼하는
것이라 하겠다.

그런데 〈창선록〉은 혼사장애 갈등을 통해서 남성의 가부장적 권위
를 옹호한다. 작품에는 가부장제의 옹호와 함께 여성을 비하는 발언이
심심치 않게 등장하고 있다. 황태후가 삼녀(연화, 도화, 매화)들의 거짓을

꾸짖는 대목에서 남성적 권위를 강조한다. 또한 작품의 말미에 주인공 이만춘이 자신을 기망한 부인들을 깔보는 내용도 등장하고 있다. 〈창선록〉에는 조선 후기 가부장제 사회에서 남성의 권위를 높이고 여성을 무시하는 내용이 등장한다. 성주 선비집안의 여성은 〈창선록〉을 통해서 남성적 권위와 유교적 규범의식을 강조하고 있다. 그럼에도 남성의 유교적 규범보다 여성의 혼사장애 갈등에 상당한 애착을 보이고 있다. 여성 향유층은 텍스트의 내용을 수용하면서도 자신들의 욕망을 확장해서 수용하기 때문이다.

3) 정치적 갈등과 군담 장면의 약화

〈창선록〉은 충신과 간신의 정치적 갈등과 군담 장면이 약화되어 있다. 작품에 등장하는 충신과 간신의 갈등은 이한림의 아들 이만춘과 호철 사이에서 발생한다. 조정의 권력을 장악한 호철이 정한림의 딸 연화낭자에게 청혼하는 과정에서 정치적 갈등이 발생하고 있다. 정한림의 딸 연화낭자는 이한림의 아들 이만춘과 정혼했기 때문에 호철의 억혼을 거절한다. 이 때문에 정한림은 감옥에 구금되고 이만춘과 연화낭자는 이별할 수밖에 없었다. 이러한 혼사장애 갈등과 연관된 충신과 간신의 정치적 갈등은 상당히 미약한 실정이다.

간신 호철의 억혼 때문에 양가 부친의 정혼 약속을 지키지 못한 이만춘과 연화낭자는 이별하여 전국을 유랑한다. 그럼에도 이만춘과 연화낭자는 간신 호철에 대한 구체적인 대결의식이 나타나지 않는다. 조정의 권력을 장악한 간신 호철과 상대할 만한 힘이 없었기 때문이다. 연화낭자와 이별한 후 전국을 유랑하던 이만춘은 과거에 급제하여 영웅

호걸의 충신으로 변모한다. 따라서 이만춘과 간신 호철의 정치적 갈등
은 치열하지 못한 것으로 보인다.

〈창선록〉에는 충신과 간신의 정치적 갈등도 상당히 미약하다. 앞의
혼사장애 갈등에서 비롯된 이만춘과 연화낭자는 호철의 권력 남용에
대해서 아무런 언급이 없다. 더욱이 조정의 권력을 장악한 간신 호철의
전횡을 비판하는 인물은 의외로 한어사의 딸 매화낭자이다. 매화낭자
의 충간을 들은 황제는 간신 호철을 삭탈관직한다. 그런데 간신 호철은
만왕과 협력하여 다시 중원을 침략한 것이다. 충신 이만춘은 간신 호철
과 만왕의 군사를 진압하기 위해 출정한다.[21] 간신 호철이 만왕과 협력
하여 중원을 공격했을 때도 치열한 군담과 전투는 벌어지지 않는다.

> 소인의 간게에 싸져 무고이 디국을 침범ᄒ니 맛당이 하나리 작희함이
> 라 호철을 자바 디국으로 환송ᄒ고 젼명을 보젼함만 갓지 못ᄒ다 ᄒ고
> 즉시 호철을 잡아 수릐에 실고 항셔을 목이 걸고 원수 휘ᄒᄂ가 잔명을
> 벼려왈 소장이 지식이 우미ᄒ야 간게에 싸져 디국의 득될ᄒ오니 오형을
> 갓추와 삼독을 멸할닷ᄒ오나 ᄌ금인후로 왕화을 입어 ᄌᄌ손손니 원수
> 의 지싱지은을 갑ᄉ올가ᄒ고 머리알 쳐유허리 임니 ᄒ난지라 원수 디히
> ᄒ사 친히 손을 잡고 수을 쥬워왈 쳔ᄌ게 쥬달ᄒ야 남만부귀을 누리기
> 할거시니 부디 녁쳔을 다시 말고 창싱을 ᄉ랑ᄒ야 부귀알 일치마라 ᄒ

---

21 정우락본 〈창선록〉, 69~70쪽. 동몽신 만춘니 출반쥬왈 만왕 밍녕은 국가의 근심이옵
고 간신 호철은 소신의 원수오니 졍병심반을 허ᄒ시면 신이 비록 지묘업ᄉ나 변방에
ᄂ가 ᄒ번 ᄉ와 만왕 밍녕을 잡아 폐ᄒ의 근심을 덜고 두 번 ᄉ와 간신 호철을 잡아
소신에 원수알 갑고져 ᄒ나이ᄃ ᄒ거날 상이 디히ᄒ사 즉시 디장단을 모으고 평남후
수륙디도독을 봉ᄒ이시니 만춘니 ᄉ은숙비ᄒ 됴셩을 밧ᄌ와 군병을 신칙할ᄉᆡ 젼부
션봉 마쳘과 풍운장군 왕우와 진원장군 두경과 안국장군 허쳥과 후군모ᄉ 도모지로
중흥십일년 ᄒᄉ월 갑ᄌ에 출발할ᄉᆡ

시고 본국으로 보닉시니 남만 장됴리 원수의 지싱은덕을 입어 송성이
우레갓트라 호철을 잡아 군문에 효시할식 분흔 마음은 천참만육할지라
도 오히려 부독할듯ᄒ더라[22]

위와 같이 중원의 장수 이만춘과 만왕의 치열한 군담 장면이 등장하
지 않는다. 중원의 장수 이만춘이 화공전의 계략을 사용하여 만왕의 항
복을 받았기 때문이다. 덕분에 만왕은 항복하는 대신에 간신 호철을 잡
아서 이만춘에게 받친다. 만춘은 항복한 만왕의 죄를 용서하면서도 간
신 호철은 자신의 원수이기에 군문에 효시한다. 이러한 만왕의 군사와
중원의 군사가 대적하는 정치적 군담 장면도 매우 소략하다. 이만춘이
화공전을 사용해 일방적으로 승리하는 군담만 등장할 뿐이다. 이런 정
치적 군담이 축약된 점에서 〈창선록〉은 성주 선비집안 여성 향유층이
선호한 작품이라 하겠다.

이상에서 〈창선록〉은 충신과 간신의 갈등이 치열하지 못하다. 충신
과 간신의 갈등은 작품의 주된 갈등으로 보기 어렵다. 매화낭자의 충간
으로 관직에서 물러난 간신 호철이 만왕과 협력하여 중원을 침략하는
사건이 발생한다. 여기서 충신과 간신의 정치적 갈등이 구체적으로 등
장한다. 그럼에도 만왕을 도운 호철과 중원의 장수 만춘의 치열한 군담
장면은 생략되었다. 간신 호철은 중원을 침략한 죄보다 이만춘의 결혼
을 방해한 원수로 죽임을 당하기 때문이다. 〈창선록〉은 성주 선비집안
여성의 필사와 향유를 통해서 남성의 정치적 갈등과 군담 장면이 대폭
축소되거나 생략되었다.

---

22 정우락본 〈창선록〉, 84~85쪽.

4. 〈구운몽〉 수용론적 의미

성주 선비집안에서 유통된 〈창선록〉은 전대의 고소설을 차용하고
변용하여 새롭게 재창작된 작품이다. 기존의 유명한 〈창선감의록〉의
표제와 일부 화소를 제외하면 〈창선록〉은 〈구운몽〉을 수용하면서도
변모된 특징을 보여준다. 그렇다고 〈구운몽〉을 그대로 수용한 것이 아
니라 서사의 축소, 인물의 성격, 주제의식의 변모 등의 선택적 차용과
변용을 시도하고 있다. 기존 연구에서 〈구운몽〉의 주제는 환몽체험을
토대로 한 성진의 깨달음을 중시한 경우와 양소유의 현실주의적 애정
편력을 중시한 경우로 양분되고 있다.[23] 이 상황에서 양소유의 현실주
의적 애정을 수용하여 재창작된 〈창선록〉은 주목받기에 충분하다. 여
기서는 〈창선록〉이 전대의 〈구운몽〉을 차용하여 수용한 의미를 살펴
보고자 한다. 〈창선록〉과 〈구운몽〉은 주제의식이 다르지만 서사의 구
성, 인물의 성격, 동일한 표현 등에서 유사성을 확인할 수 있기 때문
이다.

첫째, 〈창선록〉은 기존의 고소설 문법을 수용하면서도 작품의 서두
는 현격한 차이를 보인다. 고소설의 서두는 시공간적 배경을 서술하는
것이 일반적이다. 그런데 〈창선록〉의 서두는 기존 고소설의 문법과 어
긋난다. 예컨대 서사 단락 가)와 같이 〈창선록〉에는 작품의 시공간적
배경이 등장하지 않는다. 그 대신에 작품의 분위기를 짐작할 수 있는
서사 전개의 역전식 구성이 나타난다.

---

23 김균태 외, 『한국고전소설의 이해』, 박이정, 251~261쪽.

말이 창천의 구람이 가득ᄒ고 천산만학의 풍셔리 분분ᄒ녀 ᄭ근머리 팔폭장삼을 칼날노 오린닷 ᄒ더니 무궁ᄒ미 천지됴화라 산고릐 나문 어럼 봄비의 녹아지고 ᄒ르ᄉ니 눈이 돌고 옥창가닌 눈물이요 문장직사 풍월짓고 가인탕ᄌ 노릐ᄒ고 ᄭᅩᆺ가지의 봉접이요 나무입히 바람부니 ᄎ소위 만화방창이요 일년난 지릐라²⁴

위와 같이 〈창선록〉의 서두는 기존의 고소설과 사뭇 다르게 구성되어 있다. 〈창선록〉에는 신성 보은암에서 10년 동안 불경을 공부한 주인공을 등장시켜 서사 전개가 역전된 장면이 나타난다. 서사 전개의 역전식 서술기법은 고소설에서는 매우 드문 실정이다. 작품의 시공간적 배경에 대한 언급이 등장해야 할 서두에 분위기를 묘사하는 내용이 등장하고 있기 때문이다. 이러한 〈창선록〉의 서두는 신소설의 영향을 어느 정도 수용했을 것으로 짐작된다. 신소설의 〈혈의루〉와 〈은세계〉에는 작품의 분위기를 묘사하는 장면이 서두에 등장한다. 더욱이 〈창선록〉이 1926년 필사된 점도 신소설의 서사 기법을 차용했을 가능성을 높여준다.

그런데 〈창선록〉의 서두는 〈구운몽〉의 서두와 비교하면 전혀 낯설지도 않다. 〈구운몽〉의 주인공 성진이 남악 형산의 연화봉 기슭에 자리한 절집에서 불교에 대한 회의감을 표현한 것과 유사하기 때문이다. 〈창선록〉은 불교의 적막함과 후생의 공허함에 회의를 품고 유교의 입신양명을 지향한다는 점에서 〈구운몽〉의 서두와 유사성을 확인할 수 있다. 〈창선록〉에는 불교의 공허함을 비판하고 유교의 입신양명을 성

---

24 정우락본 〈창선록〉, 1쪽.

취하기 위해 속세로 내려오는 주인공이 등장한다.[25] 이 장면은 〈구운
몽〉에서 성진이 팔선녀를 만난 후 유교의 부귀공명을 지향하는 모습과
유사하다. 다만, 〈구운몽〉에는 성진이 석교 위에서 팔선녀와 수작한 뒤
에 등장한다면 〈창선록〉에는 꿈속의 도사가 예언하는 것으로 변경되
었다.

둘째, 〈창선록〉은 〈구운몽〉의 양소유가 2처 6첩을 얻는 서사 과정을
축소하여 4명의 부인과 결혼하는 것으로 변모되었다. 작품의 분량이 축
소되었기 때문에 등장인물도 축소 또는 생략될 수밖에 없었을 것이다.
〈창선록〉은 〈구운몽〉의 '현실→꿈→현실'의 구성방식을 축약하여
입몽과 각몽을 삭제한 후 꿈속에서 진행되는 양소유의 혼사장애 갈등
과 입신양명을 대폭 수용하고 있다.[26] 〈구운몽〉의 2처 6첩의 혼사장애
갈등이 〈창선록〉에는 4처의 혼사장애 갈등으로 축소되고 변모되었다.
따라서 〈창선록〉은 〈구운몽〉의 선택적 수용 전략과 서사를 축소하는
방법으로 재창작된 것으로 보인다.

그중에서도 〈창선록〉은 〈구운몽〉에 등장하는 양소유의 혼사장애 갈
등을 축약하여 수용하면서도 변용하고 있다.[27] 〈창선록〉의 이만춘은

25 정우락본 〈창선록〉, 3~4쪽. 싱아 부모 안게시니 호천망극 너른 회포 싱각다가 잠니
  드니 비몽사몽 간이 어더흔 도셔 우의편천으로 은은이 넙픠 안즈 일녀왈 공지 페암
  이 오신지 이미 십년이 너머시되 온순흔 심덕과 정직흔 기상이 일시도 변치 아니흔
  실닷흐더니 우년니 금야이 살펴보니 인간 뷔귀알 중심이 흠모흐녀 불가이 자비흔
  심스난 말이 밧기요 출셰할 싱각이 업지 아니흐오니 이도 쏘흔 장부의 마암이라 부
  디 험노진 간이 됴심흐며 싱셰부귀을 이루시고 스화년분을 일치 마압소셔
26 정길수, 「〈구운몽〉의 독자는 누구인가」, 『고소설연구』 13집, 한국고소설학회, 57~80쪽.
27 서경희, 「〈구운몽〉의 수용 양상 연구」, 『이화어문논집』 21집, 이화어문학회, 2003,
  101~105쪽.

〈구운몽〉의 양소유와 유사한 성격을 보여준다. 이만춘은 정한림의 딸 연화낭자와 정혼했기 때문에 황제의 국혼을 거절한다. 황제의 국혼을 거부하여 전장에 출정한 이만춘은 군담을 통한 출장입상의 계기를 마련한다. 이 장면은 〈구운몽〉의 양생이 정경패와 정혼하고 정사도와 옹서지정을 맺었기 때문에 황제의 국혼을 거절하는 장면과 유사하다. 더욱이 전장에 출전한 양생이 반사곡에서 화공전의 전략으로 토번을 격퇴하는 군담도 〈창선록〉과 동일하다. 다만, 〈구운몽〉에 비하여 〈창선록〉의 군담은 매우 빈약한 실정이다.

  〈창선록〉의 정양공주는 황태후의 딸이자 황제의 여동생이다. 정양공주는 〈구운몽〉의 난양공주와 인물 성격이 유사하다. 난양공주 이소화는 국법에 제후는 세 부인을 취한다는 가부장적 윤리를 옹호한다. 또한 〈창선록〉의 정양공주는 연주 김통판의 집에서 도화낭자를 데리고 경성으로 올라간다. 이것은 〈구운몽〉의 난양공주가 태후의 명으로 정사도의 딸 경패를 모시고 경성으로 돌아가는 장면과 유사하다. 따라서 〈창선록〉의 정양공주와 〈구운몽〉의 난양공주는 동일한 혼사장애 갈등과 인물의 성격을 보여준다.

  이렇게 〈창선록〉의 이만춘과 연화낭자, 도화낭자, 정양공주는 〈구운몽〉의 양소유와 정경패, 가춘운, 난양공주 등과 인물 성격이 유사하다. 정한림의 딸 연화낭자는 정사도의 딸 정경패와 유사하다. 김통판의 딸 도화낭자는 정경패와 가춘운을 합친 인물 성격을 보여준다. 그리고 황제의 여동생 정양공주는 난양공주와 유사하게 등장한다. 〈구운몽〉에서 진채봉이 겪는 호란이 〈창선록〉에서는 이만춘 가족이 당하는 시련으로 변용되어 있다. 그런데 〈창선록〉에는 〈구운몽〉의 난양공주 명기인 계섬월과 적경홍, 토번의 자객 심요연, 동정용왕의 막내딸 백능파 등의 인물은 생략되어 있다. 아마도 〈구운몽〉의 환상적인 내용을 생략한 성주 선비집안 여성의 현실주의적 세계관이 반영된 것으로 생각된다.

성주 선비집안의 여성은 〈구운몽〉에 등장하는 정사도의 딸 정경패와 난양공주의 혼사장애 갈등에 상당한 관심을 보이고 있다. 그중에서도 〈창선록〉에는 유독 정경패의 혼례에 초점을 맞추고 있는 듯하다. 정사도 딸인 정경패의 혼례담에 대한 관심은 성주 선비집안 여성의 신분적 동류의식에 공감했기 때문이 아닌가 한다. 그럼에도 〈창선록〉의 정소저는 〈구운몽〉의 정경패와 달리 공주로 신분상승을 하지 않는 차이점도 나타난다. 신분이 비슷한 정경패의 혼례에 다양한 욕망을 투영하면서도 신분상승에 대한 경계를 보여준다. 이는 성주 선비집안 여성의 현실주의적 세계관을 뚜렷이 보여준 것이다.

셋째, 〈창선록〉에는 주인공 이만춘이 김통판의 딸 도화낭자를 만나기 위해 여복을 개착하는 사건이 등장한다. 연화낭자와 이별한 이만춘은 여복을 개착하여 도화낭자를 만나 사랑에 빠진다. 이러한 내용은 〈구운몽〉의 양생이 여복을 개착하고 거문고를 연주해 정경패를 만나게 되는 사건과 유사하다. 여복 개착을 통해 도화낭자와 인연을 맺은 이만춘은 여성을 희롱한 죄로 도화낭자의 속임수에 낭패를 당한다.[28]

28 정우락본 〈창선록〉, 42~43쪽. 일일은 낭적 시비 셜미로 ㅎ녀곰 동남 리랑을 쳥ㅎ녀 가로디 닉 일즉 리공ㅈ의 수치알 밧고 흔번 셜치코져ㅎ니 동남은 부디 비미리하라 ㅎ고 리낭이 귀에다 입을 디고 게교을 가랏쳐 보닉니라 그잇튼날 이랑이 앗참을 먹은후이 외당이 나가 만춘을 보고 일녀왈 이졔 볼기도 온화ㅎ고 춘복니 어려시니 고인의 풍치을 돗ㅊ 산이올나 바람을 마시고 무리 다다라 발을 씨고 시쥬로 근심을 풀고 꼿그르리 잠을 자고 월ㅎ이 도라오미 맛당ㅎ도다 ㅎ고 ㄴ구등이 수을 실고 문방ㅅ우을 갓초와 동ㅈ로 ㅎ녀곰 산정으로 보닉고

〈창선록〉의 도화낭자가 만춘을 희롱한 장면은 〈구운몽〉의 정경패가 가춘운을 시켜 양생을 속이는 대목과 유사하다.[29] 이러한 여복 개착을 통한 남녀의 결혼담은 〈창선록〉과 〈구운몽〉에 동일하게 나타난다.

더욱이 〈구운몽〉에는 양생이 머리에 도사의 부적을 붙여서 정녀가 가까이 오지 못한다.[30] 이것은 〈창선록〉에서도 만춘의 머리에 붉은 피를 뿌려서 정녀가 접근하지 못하는 장면과 유사하다. 특히 "천자 조서는 듣지 못하고 장군의 영을 들을 것"이라는 표현이 두 작품에 동일하게 등장한다.[31] 이러한 여복 개착을 통한 남녀의 만남과 속임수는 두 작품에 동일하게 나타난다. 성주 선비집안에서 유통된 〈창선록〉은 〈구운몽〉의 여복 개착 사건을 차용하여 남녀의 혼사와 애정을 강조하는 작품으로 변용하고 있다.

이렇게 〈창선록〉에 등장하는 작품의 사건과 구성방식, 인물의 성격은 〈구운몽〉과 동일한 장면이 풍부한 실정이다. 이 때문에 〈창선록〉은 기존의 유명한 〈구운몽〉의 자장 안에서 재창작된 것으로 보인다. 두 작품은 인물의 성격이나 역할 및 사건의 구성방식에서도 유사하다. 그

---

29 〈구운몽〉의 속임수에 대한 연구는 다음의 연구 참조. 신재홍, 「〈구운몽〉의 서술원리와 이념성」, 『고전문학연구』 5집, 한국고전문학연구회, 1990, 128~164쪽; 이주영, 「〈구운몽〉에 나타난 욕망의 문제」, 『고소설연구』 13집, 한국고소설학회, 2002, 33~54쪽; 이강옥, 「〈구운몽〉의 환몽 경험과 주제」, 『구운몽의 불교적 해석과 문학치료교육』, 소명출판사, 2010, 162~203쪽; 유광수, 「〈구운몽〉: '자기 망각'과 '자기 기억'의 서사―성진이 양소유 되기」, 『고전문학연구』 29집, 한국고전문학회, 2006, 377~409쪽.

30 김만중 원작, 김병국 교주, 『구운몽』, 서울대학교 출판부, 2007, 101쪽. 낭군이 요괴로 온 도ㅅ의 부작을 마리의 감초아시니 첩이 엇디 ㅈ가이ㅎ리오

31 김병국 교주, 위의 책, 105쪽에는 "다만 장군의 호령을 듯고 텬ㅈ의 됴셔를 듯지 못ㅎ엿ㄴ이다"로 등장하고 정우락본 〈창선록〉, 55쪽에는 "다만 장군의 녕을 듯고 쳔ㅈ의 됴셔을 돗지 아니ㅎ다"로 등장한다.

런데 〈창선록〉은 불교의 공허함을 버리고 유교의 입신양명을 옹호한다면 〈구운몽〉은 유교의 부귀공명도 허망하다고 비판하여 불교의 제행무상을 강조하고 있다. 여기서 〈창선록〉과 〈구운몽〉의 주제의식이 변별되는 지점이라 하겠다. 〈창선록〉은 이만춘을 통해 불교의 허망함을 비판하고 유교의 입신양명을 옹호하고 있기 때문이다.

그렇다면 〈창선록〉은 왜 전대의 〈구운몽〉을 전폭적으로 수용했을까? 17세기에 창작된 〈구운몽〉은 이후 작품에 상당한 영향을 미쳤을 뿐만 아니라 전국에 풍부하게 유통된 작품이다. 그래서 새로운 작품을 창작하는 것보다 전대의 고소설 〈구운몽〉의 내용을 차용하고 변용하는 것이 훨씬 편리했기 때문이 아닌가 한다. 성주 선비집안의 여성은 〈구운몽〉의 선택적 수용 전략을 통해서 유교적 입신양명의 욕망을 표출하고 있다. 작품에 나타난 성주 선비집안 여성의 세계관은 정치적 사건과는 상당한 거리가 존재한다. 당시의 현실을 직시하기보다는 남녀의 혼례와 부귀공명을 통한 개인적인 소망을 표출하고 있기 때문이다.

성주 선비집안 여성이 〈창선록〉의 필사자인지 재창작자인지는 정확하게 파악하기 쉽지 않다. 아마도 〈창선록〉은 전대의 고소설 〈구운몽〉의 내용에 대한 불만을 가진 성주 선비집안 여성에 의해서 재창작되었을 것으로 추정할 수 있다. 현재까지 〈창선록〉이 유일본으로 존재한다는 점, 작품의 구성과 인물의 성격이 미약하여 〈창선록〉의 완성도가 다소 떨어진다는 점, 영남의 방언과 근대적 어휘가 동시에 등장한 점 등을 통해서 유추해볼 수 있을 뿐이다. 더욱이 성주 선비집안 여성 정갑이는 〈강능추월전〉, 〈김대부훈계전〉, 〈숙향전〉, 〈길동녹〉 등을 지속적으로 필사하면서 재창작에 대한 욕망도 증가했을 것으로 생각된다.

이러한 고소설 필사의 전통 속에서 성주 선비집안 여성은 전대의 유명한 〈구운몽〉의 선택적 수용과 변용을 통해서 〈창선록〉을 재창작한 것으로 추정된다.

이상에서 〈창선록〉은 기존의 유명한 〈구운몽〉을 수용하고 변용하는 전략을 활용하고 있다. 〈구운몽〉의 내용을 선택적 수용과 변용을 시도했지만 주제의식에서는 상당한 차이를 보인다. 〈구운몽〉에서는 불교적 사유를 옹호하는데 반하여 〈창선록〉에서는 불교보다 유교의 입신양명을 지향하고 있기 때문이다. 이런 점에서 〈창선록〉은 〈구운몽〉의 영향을 받은 〈옥루몽〉, 〈옥련몽〉, 〈옥선몽〉과 유사하지만 작품의 성격은 상당한 차이를 보여준다. 〈옥루몽〉, 〈옥련몽〉, 〈옥선몽〉은 서사가 확장되어 대중성을 확보했다면 〈창선록〉은 서사 축소되면서 대중성을 확보하지 못했다. 따라서 〈창선록〉은 〈구운몽〉의 서사를 축소하여 성주 선비집안 여성의 현실주의적 세계관을 반영했다는 점에서 소설사적 의미를 부여할 수 있다.

5. 맺음말

지금까지 새로 발굴한 필사본 〈창선록〉의 작품세계와 〈구운몽〉의 수용론적 의미를 살펴보았다. 성주의 선비집안 여성은 〈강능추월전〉, 〈김대부훈계전〉, 〈숙향전〉, 〈길동녹〉, 〈창선록〉 등의 작품을 필사하고 향유했다. 그중에서도 국문 필사본 〈창선록〉은 유일본이다. 〈창선감의록〉의 제목과 일부 화소만 유사할 뿐 〈창선록〉은 전혀 다른 작품이다. 〈창선록〉은 유교적 입신양명을 지향하는 주인공의 혼사장애 갈등이 핵심 서사로 등장하기 때문이다. 〈창선록〉은 1926년 20세의 성주 선비집안 여성 정갑이에 의해서 필사되었다. 고령군 덕곡면 노동의 동래 정씨 집안에서 출생한 정갑이(1906-1993)는 성주군 수륜면 지촌리의 정재화(1905-1978)와 결혼한다. 이들의 결혼은 선비집안 간의 혼례로 보인다. 정갑이는 친정에서 고소설과 가사 및 제문을 여러 편 지었다고 한다. 정갑이는 〈창선록〉외에도 〈강능추월전〉, 〈숙향전〉, 〈길동녹〉 등도 필사했다. 이들 부부 사이에서 출생한 딸 정명호는 모친에게 한글과 고소설 필사를 배웠다고 한다. 실제로 〈숙향전〉과 〈길동녹〉은 모녀가 함께 필사한 작품이다. 정명호는 칠곡군 석적면의 석담 이윤우의 후손과 결혼하면서 〈창선록〉을 시댁으로 가져갔다. 〈창선록〉은 선비집안 간의 혼례를 통해서 성주에서 칠곡으로 전파되었다.

〈창선록〉의 작품세계는 세 가지로 구분할 수 있다. 〈창선록〉은 불교의 내세관보다 유교적 입신양명을 지향한다. 주인공은 불교의 초월성을 비판하면서 유교의 입신양명과 부귀공명을 성취하는 현실주의적 가치를 지향한다. 성주 선비집안에서는 〈창선록〉을 통해서 입신양명에 대한 욕망을 대리만족한 것이다. 그리고 〈창선록〉은 혼사장애 갈등과 혼례를 강조한다. 이 작품에는 남성의 애정추구와 여성의 다양한 혼사장애 갈등이 복합적으로 구성되어 있다. 〈창선록〉에는 충신과 간신의 정치적 갈등과 군담 장면이 약화되어 있다. 이 작품은 성주 선비집안 여성의 필사와 향유를 통해서 남성의 정치적 갈등과 군담 장면이 대폭 축소되거나 생략되었기 때문이다.

전대의 고소설을 수용한 〈창선록〉은 〈구운몽〉의 서사를 대폭 축소하여 재창작한 작품이다. 이 작품은 〈구운몽〉을 그대로 수용한 것이 아니라 서사의 축소, 인물의 성격, 주제의식의 변모 등의 선택적 차용과 수용을 시도하고 있다. 작품의 서두는 신소설의 영향을 받았을 것으로 짐작되지만 〈구운몽〉의 서두와 유사하다. 〈창선록〉은 〈구운몽〉의 양소유가 2처 6첩을 얻는 서사 과정을 축소하여 4처의 애정담으로 변모되었다. 이 작품은 〈구운몽〉의 '현실 → 꿈 → 현실'의 구성방식을 축약하여 꿈속에서 진행되는 양소유의 혼사장애 갈등과 입신양명을 대폭 수용하고 있다.

〈창선록〉에 등장하는 이만춘과 연화낭자, 도화낭자, 정양공주는 〈구운몽〉의 양소유와 정경패, 가춘운, 난양공주와 인물성격이 유사하다. 그중에서도 〈창선록〉은 정사도의 딸인 정경패와 난양공주에 대해 주목하고 있다. 〈창선록〉이 유독 정경패에 주목한 것은 성주 선비집안 여성의 신분적 동류의식 때문이 아닌가 한다. 그런데 〈구운몽〉의 정경패는 여성의 최고 지위인 공주로 신분이 상승하지만 〈창선록〉의 정소저는 이런 비현실적 욕망이 생략되었다. 더욱이 〈창선록〉에는 〈구운몽〉의 난양공주의 명기인 계섬월, 적경홍, 토번의 자객 심요연, 동정용왕의 막내딸 백능파 등의 환상적 인물도 생략되었다. 이 때문에 〈창선록〉은 성주 선비집안 여성의 현실주의적 세계관을 반영하고 있다.

〈창선록〉은 기존의 유명한 〈구운몽〉의 자장 안에서 재창작되었다. 그렇다면 왜 〈구운몽〉의 내용을 차용하면서 변용을 거듭했을까? 아마도 새로운 작품의 창작보다 전대의 유명한 〈구운몽〉을 차용하는 것이 훨씬 용이했을 것이다. 그래서 성주 선비집안 여성이 〈창선록〉을 재창작했을 가능성도 있다. 예컨대 〈창선록〉이 유일본인 점, 작품의 구성과 인물의 성격이 미약한 점, 고소설 필사의 경험이 풍부한 점 등을 통해서 어느 정도 추정이 가능하다. 따라서 고소설 필사의 전통 속에서 〈구운몽〉을 변용하는 작업은 가능하지 않았을까 한다.

 이상에서 〈창선록〉과 〈구운몽〉의 내용은 유사하지만 주제의식에서는 상당한 차이를 보여주고 있다. 〈구운몽〉에서는 불교적 사유를 옹호하는데 반하여 〈창선록〉에서는 유교의 입신양명을 지향하고 있기 때문이다. 〈구운몽〉의 자장 안에서 재창작된 〈창선록〉은 서사를 축약하면서도 성주 선비집안 여성의 신분적 동류의식과 현실주의적 세계관을 투영한 필사의 전통을 오랫동안 유지했다는 점에서 소설사적 의미를 부여할 수 있다.

출전: 「〈창선록〉의 작품세계와 〈구운몽〉의 수용론적 의미」, 『고소설연구』, 36집, 한국고소설학회, 2013, 265〜296쪽.

X

〈강릉추월전〉의 주인공,
정체성 탐구와 가족 상봉

1. 머리말

지금까지 〈강릉추월전〉에 대한 연구는 중국소설의 영향관계론, 작품론, 이본관계론, 향유층 등과 같이 매우 다양하게 진행되었다.[1] 〈강릉추월전〉은 고소설의 형성에 미친 중국소설의 영향관계를 해명하는 과정에서 중국소설의 번역 및 번안 작품으로 일찍부터 주목을 받았다.[2] 최

---

1 서대석, 「〈소지현나삼재합〉계 번안소설 연구」, 『동서문화』 5집, 계명대학교 동서문화
   연구소, 1973, 214쪽; 조동일, 『한국문학통사』 3권, 지식산업사, 1991, 105~106쪽; 조
   희웅, 『고전소설 이본목록』, 집문당, 1999; 조희웅, 『고전소설 연구보정』, 박이정,
   2006; 김재웅, 「〈강릉추월전〉 연구」, 『한국학논집』 26집, 계명대학교 한국학연구원,
   1999, 243~265쪽; 박광수, 「〈강능추월전〉의 결말부 부연과 그 의미」, 『어문학』 70집,
   한국어문학회, 2000, 179~192쪽; 박광수, 『강릉추월전연구』, 충남대학교 출판부, 2002;
   전상욱, 「〈월봉기〉군 소설의 작품세계」, 연세대학교 석사학위논문, 1995; 백운용,
   「〈강릉추월전〉이 구조와 헤어짐과 만남」, 『어문론총』 38호, 한국문학언어학회, 2003,
   109~141쪽; 김진영, 「〈강능추월옥소전〉이 이합구조와 음악의 관계」, 『한국언어문학』
   51집, 한국언어문학회, 2003; 육재용, 「〈강능추월전〉의 창작성 고찰」, 『어문학』 93집,
   한국어문학회, 2006, 253~272쪽.
2 김태준, 『조선소설사』, 예문, 1989, 176~79쪽.

근에는 중국소설 『경세통언』 소재 〈소지현나삼재합〉의 영향을 받은 〈강릉추월전〉의 이본 형성과 변모과정을 추적하여 조선 후기 고소설로 끊임없이 재창작되었음이 밝혀졌다.[3] 따라서 〈강릉추월전〉에 대한 종합적인 연구가 이루어졌음에도[4] 작품의 주인공에 대한 집중적 연구는 빈약한 실정이다.

〈강릉추월전〉의 주인공은 기구한 운명적 삶을 통해서 이별한 가족을 찾아가는 모습을 뚜렷이 보여준다. 이 작품은 이운학이 친부모를 습격한 도적의 딸과 결혼하게 되면서 자신의 정체성을 탐구하는 서사로 구성되어 있다. 이감사 집안의 유복자로 출생한 이운학은 기구한 운명에 의해서 친부모를 습격한 도적 어천추의 딸과 결혼한다. 그때 장인이 선물해준 옥소 덕분에 자신의 정체성에 대해서 고민하기 시작한다. 작품의 주인공은 고소설 중에서도 자신의 정체성을 탐색하는 매우 특이한 면모를 보이고 있다. 이러한 주인공이 이별한 가족과 극적으로 만나는 과정을 역동적으로 그려낸 〈강릉추월전〉은 당시의 여성 향유층에게 상당한 인기를 끌었을 것으로 짐작된다.

현재까지 알려진 〈강릉추월전〉의 이본은 84종이 넘는다.[5] 〈강릉추월전〉은 세 가지 이본계통으로 구분한다. 제1계통은 친부모의 원수를 처벌하는 필사본 기본형이다. 제2계통은 필사본 기본형의 후반부를 부연하거나 재창작해 아내의 원혼을 풀어주는 내용이 첨가된 부연형이다.

---

3 김재웅, 「〈강능추월전〉의 이본 형성과 변모에 관한 연구」, 계명대학교 박사학위논문, 2003, 1~165쪽.
4 김재웅, 『강릉추월전 작품군의 종합적 이해』, 보고사, 2008, 9~260쪽.
5 〈강릉추월전〉의 이본은 필사본 75종과 활자본 9종이 존재한다.

제3계통은 활자본으로 가족 간의 용서와 화해하기로 개작된 변모형이다. 이러한 84종의 〈강릉추월전〉은 제1계통 기본형에서 제2계통 부연형으로 변모하고 제3계통 활자본으로 개작되면서 150년간 유통되었다.[6] 그 덕분에 〈강릉추월전〉은 고소설 중에서도 25번째로 이본이 풍부하기 때문에 조선 후기 고소설 향유층에게 상당한 인기를 끌었던 작품이라 하겠다.[7]

〈강릉추월전〉은 천상적 질서를 지상에 구현하기 위해 기구한 운명을 반복하는 가족이합의 구조를 보여준다. 작품에 등장하는 인물들은 세상사의 변화무상한 운명에 순응하고 있다. 그럼에도 주인공 이운학과 어소저는 기구한 운명을 극복하기 위해 끊임없이 자신의 정체성을 탐구하는 적극적 인물이다. 남성 주인공 이운학이 친부모를 습격한 도적을 처벌한다면, 여성 주인공 어소저는 자신을 희생하여 가족의 화합을 이끌어내고 있다. 이렇게 남녀 주인공은 조선 후기 가부장적 가족제도의 자장에서 탈주하려는 의식을 보여주고 있어서 주목된다.

이 글의 목적은 〈강릉추월전〉의 주인공이 자신의 정체성을 탐구하고 가족 상봉과 화합을 모색하는 과정에 나타난 인물의 성격을 살펴보는 데 있다. 중국소설 〈소지현나삼재합〉의 영향을 받았지만 조선 후기에 변모와 재창작을 거듭한 〈강릉추월전〉의 주인공은 매우 독특한 인물이라 하겠다. 그래서 주인공 이운학과 어소저의 인물 성격과 역할이 가장 풍부한 성균관대본 필사본 〈강릉추월전〉을 주된 자료로 논의하

---

6 김재웅, 『강릉추월전 작품군의 종합적 이해』, 보고사, 2008, 93~143쪽.
7 작품의 이본 수에 의해 가치를 평가할 수는 없지만 이본의 유통이 풍부할수록 다양한 독자층에게 향유되었을 것으로 생각된다.

고자 한다.[8] 이러한 주인공의 인물 성격을 통해서 기구한 운명적 삶을 극복하려는 작품의 미의식을 풍부하게 살펴볼 수 있기 때문이다.

2. 운명적 삶과 정체성 탐구

1) 기구한 운명과 서사담론

가족이합의 서사담론을 내포한 〈강릉추월전〉은 도적의 습격으로 이별한 가족의 극적인 상봉을 보여준다. 강릉 삭옥봉에서 천상 선관에게 옥소를 받은 이춘백은 옥문동에서 채약할미의 중매로 중국 여남의 조상서의 딸과 천정연분을 맺는다. 조선의 남성과 중국의 여성이 천정연분을 통해서 국제결혼을 한 것이다. 이러한 천상적 인물의 기구한 운명적 삶은 이춘백 부부의 유복자로 출생한 이운학에 의해서 더욱 강조되고 있다. 따라서 〈강릉추월전〉에 등장하는 이춘백 가족의 이별과 만남은 천상적 기획에 의해서 예정된 운명적 삶으로 나타난다.

조선 후기 고소설과 마찬가지로 〈강릉추월전〉도 천상적 질서에 의해 지상적 인물의 운명이 결정된다. 이러한 천상적 질서에 순응하는 인물은 이춘백 부부이다. 이춘백과 조부인은 기구한 운명적 삶에 순응하는 수동적 인물이다. 이춘백은 강릉에서 춘흥을 이기지 못해 뱃놀이를 하다가 우연히 옥문동에 들어가 중국 조상서의 딸 채란을 만나 결혼한다.[9] 이런 점에서 이춘백과 조부인은 천상의 질서에 순응하는 부모세대

---

8 성균관대 소장본 〈강능츄월〉은 한글 필사본 3권 3책으로 구성되어 있다. 현재까지 확인된 〈강릉추월전〉의 이본 중에서도 서사 내용이 가장 풍부한 것으로 알려져 있다.

의 운명적인 삶을 보여줄 뿐이다.

그런데 이운학은 부모세대와는 달리 운명적 삶을 극복하려는 능동적 인물이다. 이운학은 자신의 정체성을 탐구하여 어그러진 운명을 바로 잡기 위해 적극적으로 활약한다. 이 때문에 〈강릉추월전〉은 이운학의 능동적 활약을 통해서 잃어버린 가족을 찾아가는 정체성 탐구에 주목할 필요가 있다. 〈강릉추월전〉에 등장하는 주인공 이운학은 유교 윤리적 관념을 수용하면서도 기구한 운명을 극복하기 위해 능동적으로 활약하는 적극성을 보이고 있다. 이운학은 하늘이 정해준 운명적 삶을 온전하게 수용하는 부모세대와 달리 자신의 정체성을 지속적으로 탐구하는 능동적 인물이다.

〈강릉추월전〉은 운명적 삶과 정체성 탐구를 통해서 이별한 가족의 상봉에 초점을 맞추고 있다. 이러한 주인공의 가족 상봉의식은 필사본 제1계통에서 제2계통으로 변모하면서 더욱 확장된 것으로 보인다. 특히 작품의 서두는 '해동 조선국 선조 때의 강원도 강릉 땅'으로 시작한다. 이 작품은 세상사의 변화무상함과 기구한 운명적 삶의 효과를 극대화하기 위해 임진왜란이 발발한 선조시대로 시간적 배경을 설정하고 있다. 임진왜란은 조선 백성들에게 기구한 운명적 사건이 발생할 개연성이 매우 높다고 하겠다. 따라서 성균관대본 〈강릉추월전〉은 시간적 배경을 임진왜란이 발생한 선조시대로 설정하여 기구한 운명적 삶을

---

9 성균관대본 〈강능추월〉 1권, 33쪽. 날리 져물믹 노괴와셔 셜낭을 홍장셩식으로 인도 ᄒ야 동방화쵹의 나아온니 션군니 긔거허여 마진딕 노괴 비례을 싁힐싀 션군니 답읍 허니 노괴 소왈 연일 신방치기을 오직히 슈고롭실잇가 허고 나가거늘 션군이 셜낭을 좌을 쥬어 안게 허엿다가 야심후 잇그러 상요의 ᄂᆞ오가닉그 운우지졍은 가위 원앙니 녹슈의 놀고 비취연니 지의길 드림갓더라

부각한 것으로 보인다.

더욱이 초월적 협조자로 등장하는 천상의 선관이나 노승, 도사, 채약 할미 등은 〈강릉추월전〉의 서사 전개과정에서 세상살이의 기구한 운 명을 지속적으로 말해준다. 작품에 등장하는 세상사의 변화무상한 내 용은 필사본[10]이나 활자본에서도 거의 동일하게 나타난다. 그중에서도 활자본 〈강릉추월전〉에는 세상의 변화무상한 사건이 좀 더 풍부하게 등장한다.

> 가) 녯말을 들으니 ① 숨이 싱시되기도 ᄒ고 ② 녀ᄌ 변ᄒ야 남ᄌ도 되 며 ③ 쇽인이 변ᄒ야 승도 되기도 ᄒ고 ④ 노인이 변ᄒ야 쇼년도 되며 ⑤ 죽은 쥴노 알엇다가 다시 만나기도 ᄒ고 ⑥ 일엇다가 도로 엇기도 ᄒ며 ⑦ 쇠ᄒ다가 셩ᄒ기도 ᄒ며 ⑧ 틱평셰상이 전장도 되며 ⑨ 은인이 원수도 되고 ⑩ 원슈도 은인되기도 ᄒ며 ⑪ 틱산ᄀᆞᆺ혼 근심이 츈풍화긔로 깃부기 도 홀일이 잇스ᄂ ⑫ 강능추월 옥통소로 죽ᄂ 사름 다시 살니기도 ᄒ야 변복이 ᄂ측ᄒ느니 ᄌ셰이 명심불망ᄒ라[11]

위의 인용문은 옥문동에서 천정연분으로 결혼한 이춘백과 조채란에 게 전하는 채약할미의 당부이다. 세상의 변화무상한 ①-⑫ 까지의 사건 을 통해서 이춘백 가족의 이합은 기구한 운명을 반복하고 있다. 더욱이

---

10 성균관대본 〈강능추월〉, 36~38쪽. 녯말에 일너스되 노인니 변ᄒ야 소년되고 소년이 변ᄒ야 노인되ᄂ 일도 잇고 남ᄌ 변ᄒ야 녀지되고 녀ᄌ니 변ᄒ야 남ᄌ되는 일도 잇 고 엇터 싸가도 도로 일른일도 잇고 일엇 싸가도 다시 엇는 일도 잇고 쇽인니 즁도되 고 즁이 쇽인니 되고 평셰가 가ᄂ셰가 되면 ᄉ셰가 평셰되는 일도 잇다허니

11 동국대학교 한국학연구소, 〈강능츄월〉, 『활자본 고전소설전집』 5권, 아세아문화사, 1976, 100쪽.

1917년 활자본으로 간행된 덕홍서림본 〈강릉추월전〉은 서문에 변화무
상한 세상사를 구체적으로 제시하고 있다.[12] 여기에는 출판업자의 상업
성이 개입된 것으로 짐작되지만 주인공의 기구한 운명을 작품의 핵심
서사로 요약해 제시했다는 점에서 주목된다.

　가)에서 보듯이 세상사의 변화무상한 사건은 주인공 가족의 운명적
삶을 다양하게 보여준다. ① 꿈이 생시가 된 사건은 백운암에서 조부인
이 잃어버린 아들을 극적으로 상봉하는 장면이다. ② 여자가 변하여 남
자가 되는 사건은 초남 죽지촌의 여성영웅 최양홍을 말한다. 여화위남
한 최양홍은 장군의 모습이지만 이춘백을 만나게 되면서 남자에서 여
자로 변신한다. ③ 속인이 변하여 승인이 되는 사건은 조상서의 딸 채란
과 시비 설낭을 말한다. 이들은 도적의 소굴에서 도망쳐 백운암에 은거
하며 삭발위승한다. 이러한 사건은 사대부 여인이 암자에서 승려가 되
는 기구한 운명적 삶을 뚜렷이 보여준다. ④ 노인이 변하여 소년이 되는
사건은 주인공을 도와주는 천상 선관이나 청의 소년을 말한다.

　⑤ 죽은 사람을 다시 만난 사건은 이운학의 아내 어소저를 말한다.
어소저는 부친의 목숨을 구하기 위해 노력했지만 실패하여 자결한다.
작품의 후반부에 원혼으로 등장한 어소저는 이춘백 부자를 도와주는
효열의식을 보여준다. ⑥ 잃었다가 다시 얻었던 사건은 이별한 이운학
의 가족 상봉과 잃어버린 옥소를 다시 찾은 내용을 말한다. ⑦ 쇠퇴하다
가 성하기도 한 사건과 ⑧ 태평세상이 전장이 된 사건은 이춘백의 가문
과 국가의 운명을 말한다. ⑨ 은인이 원수가 되고 ⑩ 원수가 은인이 된

12 덕홍서림본 〈강능츄월〉, 『구활자소설총서 고전소설』 9권.

사건은 이운학과 어소저, 이운학과 어천추를 말한다. 이들 부부의 기구한 운명은 중국소설 〈소지현나삼재합〉의 영향을 받은 〈월봉기〉, 〈소운전〉 등과 구별되는 〈강릉추월전〉의 핵심적 서사담론을 형성하고 있다.

⑪ 태산 같은 근심이 춘풍화기로 기쁨이 된 사건은 매우 다양한 실정이다. 세상의 근심을 풀어내고 기쁨으로 전환하는 것은 주인공의 갈등을 해결할 때 발생한다. ⑫ 강능추월 옥통소로 죽은 사람 다시 살려낸 사건은 이운학이 백운암의 모친을 살려낸 효성을 말한다. 이렇게 〈강릉추월전〉은 ①-⑫ 와 같은 세상사의 변화무상한 사건이 발생하여 미래를 예측하기 어렵다. 이러한 세상의 변화무상한 사건과 주인공의 기구한 운명은 〈강릉추월전〉의 서사담론의 핵심을 차지한다고 하겠다.

필사본 〈강릉추월전〉에는 주인공의 기구한 운명적 삶이 서사 전개와 더불어 확장되고 있다. 중국소설 『경세통언』의 〈소지현남삼재합〉에도 기구한 운명이 등장하고 있어서 영향관계를 유추해볼 수 있다. 그런데 〈강릉추월전〉은 중국소설 〈소지현나삼재합〉의 영향을 받은 〈월봉기〉, 〈소운전〉, 〈소학사전〉 등과 비교해도 주인공의 운명적 삶을 극복하는 서사가 매우 풍부한 실정이다.[13] 주인공은 당시의 운명적 삶을 극복하는 서사에서도 인물의 성격을 뚜렷이 보여준다. 따라서 조선 후기에 유통된 〈강릉추월전〉은 주인공의 기구한 운명적 삶을 가족의 이합으로 확장하고 있다고 하겠다.

---

13 김재웅, 앞의 책, 33~91쪽.

2) 이운학의 정체성 찾기와 가부장적 논리

〈강릉추월전〉은 친부모를 습격한 도적의 딸과 결혼한 주인공이 자신의 정체성을 탐구하여 이별한 가족과 극적으로 상봉하는 가족 화합 의식을 보여준다. 도적의 습격을 당한 이춘백 부부가 겪는 기구한 운명은 아들세대 이운학에 의해서 극복된다. 그래서 이운학의 운명적 삶과 정체성 탐구는 〈강릉추월전〉의 서사 구조의 핵심을 차지한다. 부모세대의 가부장적 유교 이념을 수용한 이운학은 자신의 정체성 탐구를 통해 운명적 사건을 해결하는 주인공이다.

이운학의 정체성 탐구는 기구한 운명에 의해 이별한 가족의 상봉에서 뚜렷이 나타난다. 황해감사로 부임하여 선정을 베푼 뒤에 돌아오다가 도적의 습격으로 이별한 조부인의 유복자로 출생한 이운학은 서영국의 양자로 성장하게 된다. 그때 재물을 탈취하기 위해서 마을에 온 도적 장수백이 이운학을 데려가 양자로 삼았다. 이렇게 주인공 이운학은 세상사의 기구한 운명으로 친부모를 떠나 울남도 도적 장수백의 아들 장해룡으로 성장한다. 자신의 정체성을 상실한 이운학은 도적의 소굴에서 성장할 수밖에 없었다.

그런데 장해룡은 도적 어천추의 딸과 결혼하면서 자신의 정체성에 대한 고민을 시작하게 된다. 왜냐하면 장인 어천추가 사위 이운학에게 강릉추월 옥소를 선물했기 때문이다. 강릉추월 옥소는 인간만사 상전벽해가 되어도 없어지지 않는다.[14] 이 때문에 옥소는 기구한 운명으로

---

14 성균관대본 〈강능추월〉, 8쪽. 남이 세상의 나미 전장니 말니라 인간만스는 벽희상견니 되는니 그듸가 천긔을 어니 알손가 강능츄월 네 글즈는 옥소 일홈니 분명헌니 천츄의 전헌들 그 일홈 읍셔지며 말니 밧게 써나간들 그 곡죠을 소길손가

이별한 주인공의 가족을 찾는 가장 확실한 신표이다. 도적의 습격으로 이춘백이 잃어버린 강릉추월 옥소는 변화무상한 세상에서도 변하지 않는 영원함을 보여준다.

> 나) 어천츄 스위 희룡을 깁피 스랑ᄒ야 젼일 히즁의셔 황희감스 니츈빅의 힝장을 탈취ᄒ야 가져온바 옥통소을 늬여 쥬며왈 니 옥소는 우리집 셰젼지뵈라 나는 아모리 부러도 소릭 안니 난니 네나 부러보라 허고 옥소을 쥬거날 히룡니 옥소을 바다보니 옥소등에 삭여스되 강능츄월니라 허엿거늘 늬심의 자연 감동ᄒ야 반갑고 깃버 얼우만져 보다가 부러 보니 이왕의 ᄌ로 부든 스람갓트여 유완헌 곡죠소릭 일쳔양월의 어리여 스람의 심회을 희룡허니[15]

도적 어천추는 아무리 옥소를 불어도 소리가 나지 않았으나 나)와 같이 장해룡이 불었을 때는 청아한 소리가 난다. 이것은 천상 선관에게 받은 옥소의 주인 이춘백과 장해룡이 부자관계임을 암시하고 있다. 도적의 습격으로 이별한 친부모를 찾을 수 있는 단서가 바로 강릉추월 옥소이기 때문이다. 그럼에도 도적의 소굴에서 성장한 장해룡은 자신의 부친이 불던 옥소인 줄 알지 못하고 날마다 옥소를 불면서 세월을 보낸다.

장해룡은 도적의 소굴 울남도에서 과거를 보러 경성으로 배를 타고 떠났다. 그런데 뜻밖에도 폭풍을 만나 강릉 이감사 집에 도착하게 된다. 그곳에서 유숙한 장해룡은 조부모의 존재를 알지 못한 채 울적한 마음

---

15 성균관대본 〈강능추월〉, 95~96쪽.

에 옥소만 불었다. 조부모는 청아한 그 소리를 듣고 도적의 습격을 당한 아들의 옥소라고 확신한다. 이러한 조부모의 말을 통해서 장해룡은 자신의 정체성에 대해서 처음으로 의심하기 시작한다.

다) 히룡니 묵묵히 안져슨나 닉심의 자연 비감허미 소스나 무슈니 싱 각허되 이일니 아마도 무슴 묘믹니 잇도다 닉 나히 십오셰 되고 니틱의셔 옥소 일은 년죠가 십오년나 헌니 졔일의 단쳐는 둘지요 강능츄월 네 글즈 삭여는디 강능 스람 안니로 황히도 살면셔 셰젼지물나라고 가졋슨니 그도 의심 쇠고 또 져마당 부는디 소리안니 난다허되 나는 불면 소리가 나니 그역시 씨닷지 못헐넌니 아지 못게라[16]

강릉 이감사 댁의 말을 듣고서 장해룡은 다)처럼 자신의 정체성에 대해서 의심하게 된다. 예컨대 장해룡의 나이와 이감사가 옥소를 잃은 연도가 같은 점, 장인이 황해도에 살면서 강릉추월을 새긴 옥소를 세전지물이라는 하는 점, 어천추는 아무리 불어도 소리가 나지 않는데 장해룡이 불면 소리가 나는 점 등의 단서를 통해서 자신의 정체성에 대한 고민을 시작한다. 더욱이 이감사의 부친은 아들과 닮은 장해룡에게 과거에 급제하면 강릉추월 옥소만이라도 돌려달라고 간청한다. 그 뿐만 아니라 강릉 이감사 댁의 말처럼 왕과 신하들도 이번에 장원급제한 장해룡이 예전 황해감사 이춘백과 닮았다고 말한다.[17] 이러한 장면은 장해

---

16 성균관대본 〈강능추월〉, 105~106쪽.
17 성균관대본 〈강능추월〉, 109~110쪽. 금번 신급제 장희룡의 용모을 갓가니 본니 젼일 히빅 니츈빅의 용모와 심니 방불허니 경등 소견의 엇더허요 …… 니츈빅과 년치는 틀니옵고 모양은 흡스허와 차둥니 업슬듯허외다 …… 니츈빅니 황히감스로 닉려가셔 선치허옵다가 과만 되야 갈여 올나옵다가 히상의셔 도젹을 맛나 복션니 되어 싱스을

룡이 자신의 정체성을 찾아가는 과정에서 매우 중요하다.

　한편 과거에 급제한 장해룡은 황해도 일대의 도적을 소탕하는 어사
에 제수되었다. 기구한 운명적 사건으로 도적의 소굴에서 성장했으나
어사의 공적 업무로 도적을 소탕할 수밖에 없었다. 먼저 울남도 도적을
염탐하여 자신이 조부인의 유복자로 출생해 서영국의 양자로 있을 때
장수백이 데려와 아들로 삼았다는 사실과 어천추가 해주 감사의 배를
습격하여 강릉추월 옥소를 **빼앗은** 사실을 엿듣는다.

> 라) 졔일 분헌거시 흔가지로라 아모연분의 황히감스 니츈빅니 갈여갈
> 씌의 우리등니 지물을 탈취ᄒ니 그즁의 강능츄월니라 허는 옥통소을 어
> 더 심심장지허여 두엇다가 져을 스위라고 스랑ᄒ야 쥬엇던니 니졔는 일
> 엇도다[18]

　라)와 같이 황해도 어사로 제수된 장해룡은 울남도 도적을 염탐하는
과정에서 커다란 충격을 받았을 것이다. 자신의 부친이 장수백이 아니
라 황해감사 이춘백이고 도적의 습격을 당하여 백운암에서 삭발위승한
조부인의 유복자라는 사실을 깨달았기 때문이다. 장해룡의 기구한 운
명은 세상사의 변화무상함을 뚜렷이 보여준다. 이러한 기구한 운명적
삶을 극복하기 위해 장해룡은 자신의 정체성에 대한 탐구를 본격적으
로 시작한다.

　장해룡은 강릉의 이감사 댁에 **빨리** 찾아가고 싶은 마음과 울남도 도

지금것 분명치 못허옵던니 발셔 십오년니 되얏습나니다
18　성균관대본 〈강능추월〉, 116쪽.

적을 소탕하고 싶은 마음이 겹쳐진다. 여기서 그는 자신의 정체성을 확인한 뒤에 도적을 처벌하기로 한다. 이것은 자신의 정체성 탐구가 국가의 일보다 더 중요함을 보여준다. 도적 진압보다 자신의 정체성 탐구가 더욱 시급했기 때문이다. 그래서 장해룡은 자신을 양자로 길러주었던 서영국의 말을 듣고 백운암의 조부인이 친모임을 알게 되었다. 비로소 도적의 아들 장해룡에서 황해도 이감사의 아들 이운학으로 자신의 정체성을 찾게 된다.

이운학은 자신의 정체성을 탐구하는 과정에서 충보다 효를 강조하고 있다. 자신의 정체성을 확인한 뒤에 도적을 처벌하는 모습을 보여주었기 때문이다. 황해도 어사로 제수된 이운학은 자신을 키워준 울남도 도적을 소탕해야 하는 상황에 직면한다. 이운학은 장수백과 어천추를 잡아들여 그 죄를 심문하였다. 장수백은 도적이지만 자신을 키워준 은혜를 생각하여 살려준다면 자신의 부모를 습격한 어천추는 처벌한다. 이 장면은 기구한 운명과 정체성 탐구의 가장 중요한 대목이다. 이운학은 자신의 정체성을 찾는데 결정적인 역할을 한 장인 어천추를 처벌해야 하는 비극적 상황에 봉착한다. 더욱이 아내 어소저는 자신의 부친 어천추 때문에 남편의 정체성을 찾았을 뿐만 아니라 과거에 한 행동이기에 용서해달라고 애원하였다.

　　마) 월미 방셩틱곡 허며 급피 나아가 이비 등의 업듸여 이걸왈 ……
첩을 이비 듸신의 죽여쥬소서 쳡니 비록 미천허나 어스님 실닉지명니
잇셔 쳡의 이비을 구졔치 못허면 쳡니 죽은들 엇지 오른 귀신니 되며 산
들 니 셰상의 무슴 낫츠로 셔리요 분허시믈 잠시 참으시고 쳡의 이비을
살여쥬옵셔서 …… 첩의 이비을 살여쥬시면 쳡의 머리털을 짝가늬여 은

혜을 갑푸리다 …… 쳡의 졍셩으로 쳔지 일월게 비러 귀자귀손을 만니 나아 죠션힝화을 이어 빅디을 젼허오리니 졔발 덕분의 이비을 살여쥬소 셔 어스님 옥통소 안니면 니감사 즈졘쥴 엇지 아르실잇가 쳡으로 말미 아무 옥통소을 츠졋습고 옥통소 본근을 어스님니 츠쳐스니 원슈라도 은 인니라[19]

어소저는 유교 윤리를 내세워 마)와 같이 부친의 목숨을 구하려고 노력한다. 이운학의 아내 어소저는 부친의 목숨을 구하기 위해서 유교적 명분으로 애원하고 있다. 예컨대 부친의 죄를 용서해주면 자식을 낳아 가문을 계승하도록 할 뿐만 아니라 조상의 제사를 잘 모시겠다고 한다. 특히 옹서관계에서 남편이 장인을 죽이는 과오를 범하지 않도록 설득하는 장면에서 어소저의 효열의식을 확인할 수 있다. 부친의 목숨을 구하기 위해 다양한 노력을 했던 어소저의 효열에도 불구하고 남편 이운학은 친부모를 습격한 장인 어천추를 처벌한다. 이 때문에 어소저는 부친을 죽인 남편과 더 이상 결혼생활을 지속할 없어서 자결한 것이다.

이러한 옹서 갈등은 '원수가 은인'이 되는 세상사의 기구한 운명을 보여준다. 이운학의 기구한 운명적 삶은 자신의 정체성 탐구로 인하여 결혼생활은 파탄될 수밖에 없었다. 장인이 결혼 선물로 준 옥소 덕분에 이별한 모친과 극적으로 상봉했던 이운학은 장인을 처벌하는 비극적 운명에 처한다. 그런데 어소저의 자결은 부친의 목숨을 구하려는 유교 윤리의 효열사상이 뚜렷이 나타난다. 이운학과 어소저의 결혼파탄은 장인이 준 강릉추월 때문이기도 하겠지만, 좀 더 근본적인 원인은 남성

---

19 성균관대본 〈강능추월〉, 140~141쪽.

과 여성 또는 개인과 국가의 갈등으로 볼 수도 있다.

남성과 여성의 갈등은 이운학과 어소저가 부모를 위해서 효성을 실천하는 것으로 나타난다. 친부모를 습격한 도적 어천추를 처벌하는 이운학의 효성과 자신의 부친 어천추를 살리기 위해 유교 윤리로 대응하는 어소저의 효성이 그것이다. 이러한 부부 갈등은 부모의 원수 갚기와 부모의 목숨 구하기 효성으로 나타난다. 〈강릉추월전〉은 부모를 습격한 도적은 장인이라고 할지라도 마땅히 처벌해야 한다는 남성의 효성을 강조하는 사회상을 반영하고 있다. 따라서 여성보다 남성 주인공의 효성과 국가적 충성을 강조하는 조선 후기 가부장적 인식을 반영한 것으로 보인다.

부부 간의 효성 갈등에서 부모를 습격한 도적은 처벌해야 한다는 남성의 효성은 필사본 제1계통에서 강조되어 있다. 여기서는 도적을 처벌하는 어사로 제수된 남편의 공적인 업무와 부친의 잘못을 용서받기 위해 노력하는 아내의 사적 욕망이 국가와 개인의 갈등으로 나타난다. 이러한 〈강릉추월전〉에 나타난 부부의 충효 갈등은 중국소설 〈소지현나삼재합〉, 〈월봉기〉, 〈소운전〉, 〈소학사전〉 등과 달리 조선 후기 사회상에 적합하도록 끊임없이 변모를 거듭한 결과이다. 따라서 〈강릉추월전〉은 남편의 공적 업무가 아내의 사적 욕망에 앞서기 때문에 장인을 처벌한 것으로 보인다.

이상에서 자신의 정체성을 찾은 주인공 이운학은 기구한 운명적 삶을 극복하고 이별한 가족을 상봉한다. 이 과정에서 이운학은 친부모를 습격한 장인 어천추를 처벌하는 공적인 업무를 실행한다. 어사로 제수된 남편의 공적 업무와 아내의 사적 욕망 사이에는 너무도 편차가 크다. 그럼에도 사위가 장인을 처벌한 것은 남편이 아내의 자결을 방치한 잘못도 나타난다. 친부모를 습격한 어천추의 잘못으로 사위가 장인을 죽이는 행위는 그 무엇으로도 용서받기 어렵다. 이 때문에 〈강릉추월전〉의 후반부에서 위기에 처한 이운학을 구해주는 인물이 바로 어천추의 딸 어소저이다. 어소저의 효열사상을 그대로 방치할 수 없어서 작품의 후반부를 대폭 부연하여 어소저의 원혼을 풀어주는 대목이 첨가된 것이다. 따라서 필사본 제2계통에는 장인을 처벌한 것에 대한 반성과 뉘우침이 새롭게 첨가되는 방향으로 변모되었다.

3. 가족 상봉과 윤리적 포상

1) 가족 상봉과 가족 화합의식

〈강릉추월전〉에는 이별한 가족들이 극적으로 상봉하는 내용이 풍부하다. 주인공 이운학의 가족 상봉은 모자관계, 부자관계, 부부관계, 조부인과 최부인 등과 같이 매우 다채롭게 등장한다. 그리고 이춘백과 조상서의 옹서 상봉, 조부인과 조용성의 남매 상봉, 최양홍과 황만적의 외사촌 상봉, 시비 설낭 가족의 상봉 등도 가족의 화합 차원에서 매우 중요하다고 하겠다. 이렇게 유복자로 출생한 이운학에 의해서 극적인 가족 상봉의 서사를 보여준다. 이별한 가족이 상봉하면 반드시 보살펴준 은혜에 대한 감사의 선물과 윤리적 포상이 내려지기 마련이다. 〈강릉추월전〉은 가족의 극적 상봉과 그에 대한 윤리적 포상이 매우 중요한 담론으로 등장한다.

작품의 서사 전개에서 이운학과 조부인의 모자 상봉은 백운암에서 이루어진다. 조부인은 남편의 생사를 알지 못한 상황에서 이춘백의 혈맥을 계승한 아들과 만나기를 학수고대하고 있었다. 이운학은 백운암에서 기절한 모친과 극적으로 상봉한다. 비로소 조부인은 강릉의 시부모를 찾아갈 수 있는 명분을 마련한 것이다. 남편 이춘백의 혈통을 계승한 아들 이운학이 가문을 계승할 수 있었기 때문이다. 강릉의 조부모는 생사를 알지 못한 며느리와 손자가 찾아와서 기뻤지만, 자신의 아들의 생사를 알지 못해 슬퍼하기도 한다.

한편, 중국 사신에 발탁된 이운학은 서번의 침략을 물리치기 위해 중국으로 들어간다. 도적의 습격을 당한 이춘백은 깨진 배를 타고 중국 땅에 도착한다. 그곳에서 장인 조상서의 집을 찾아갔으나 자신이 사위임을 말하지 못한다. 그래서 도인의 도움으로 중국 자개산에서 병법을 배우던 이춘백은 황성으로 오다가 도화촌에서 최양홍과 천정연분을 맺는다. 초남 병부시랑 최공의 딸인 최양홍은 검술과 병법이 뛰어난 여성 영웅이다.

　바) 첩은 귀품이 남과 달나 외람이 장부의 공명을 일우고져 ㅎ야 약간 공부을 빈왓습고 또 첩의 연분은 장군계 잇더니 첩의 부뫼 아지 못ㅎ고 달은딘 성혼ㅎ엿다가 연분이 아니기로 첫날밤의 상부ㅎ옵고 독슈공방에 혼ㅈ 잇습다가 일전에 ㅈㄱ산 도ㅅ 와셔 허시는 말숨이 그딘 연분 잇는 ㅅ람이 닉계 유ㅎ다가 모일에 낙화졍에셔 잘것시니 그날은 연분 조혼날이라 허슈회 듯지 말고 부딘 그리로 가라 ㅎ고 일봉셔을 쥬옵기로 첩이 이미 쓸딘업는 몸이 되엿스나 첩과 연분이 장군계 잇다ㅎ기로 보고져온 마음도 잇습고 또 짐작ㅎ는 일리 잇셔 불원쳔리ㅎ고 왓나이다[20]

위에서 재가한 여성여웅 최양홍은 천정연분으로 이춘백과 상봉한다. 초남 죽지촌의 최양홍은 이춘백과 연분이 있었음에도 부모가 알지 못하여 다른 사람과 결혼한다. 그런데 천정연분이 아니라 첫날밤에 남편이 죽어서 독수공방하다가 자개산 도사의 지시로 이춘백과 상봉한 것이다. 최양홍은 재가하여 쓸데없는 몸이라고 하면서도 자신의 천정연분을 만나기를 소망하는 행동하는 여성영웅이다. 따라서 여성영웅 최양홍은 중국 조부인과 달리 천정연분에 대한 강한 애착을 보여준 인물이라 하겠다.

한편 이춘백과 최양홍은 중원을 침략한 서번을 진압하기 위해 모인 출전 위로연에서 이운학과 극적으로 상봉한다. 이 과정에서 강릉추월 옥소는 서로의 생사를 알지 못한 이춘백과 이운학의 부자 상봉을 가능하게 도와준 신물이다.[21] 이운학은 꿈에도 그리던 부친 이춘백을 중국에서 상봉한 것이다. 부친과 최양홍의 결혼에 대해 이운학은 부친의 외로움을 달랠 수 있다는 효성의 논리를 보여준다. 이렇게 서번을 진압하는 출전 위로연에서 이춘백 부자가 극적으로 상봉하는 것은 가족화합을 강조하고 있기 때문이다. 더욱이 서번을 진압하는 군담 장면에서 최양홍은 자신의 외사촌 황만적과 극적으로 상봉하게 된다. 따라서 이춘

---

20 성균관대본 〈강능추월〉 2권, 17~18쪽.
21 성균관대본 〈강능추월〉 2권, 26~27쪽. 츈빅이 그말을 즈셔니 들으니 …… 과연 강능 삭옥봉에 스든 니츈빅이라 …… 굿셕에 부인이 잉틱 칠삭이라 엇지 살아 너을 나앗는야 늬가 과연 네 아비로라 ᄒ고 붓들고 방성통곡ᄒ거늘 원쉬 그졔야 부친인쥴 알고 복지왈 불초즈 운학이 야야을 몰나보오니 죄스 무지로소이다 슬푸도다 무슴일노 중국에 들어오스 십여년을 우리 조부모와 모친을 찻지 안코 이곳에 계신잇가 슬푸다 강능츄월 옥통소 곳 아니면 오날날 만나뵈온들 엇지 아올잇가 ……인륜은 하날이라 ᄒ날이 아니시기시면 엇지 오날날 맞날이요

백 부자와 최양홍 및 황만적은 서번의 침략을 진압하는 과정에서 극적으로 상봉한다.

이제 이춘백 부자는 중국 여남의 조상서를 찾아가 옹서 간의 상봉을 한다. 예전에 이춘백은 조상서 댁을 찾아갔지만 증표가 없어서 옹서 간임을 말하지 못했다. 그런데 중국 사신으로 발탁된 이운학이 조부인의 편지와 증표를 가지고 왔기 때문에 옹서 상봉이 가능하게 되었다. 조부인의 편지와 증표를 받아본 조상서 부부는 잃어버린 딸을 만난 것처럼 기뻐한다. 조부인은 편지를 통해서 그간의 소식을 부모에게 전한다.[22] 이렇게 〈강릉추월전〉은 이별한 이춘백 가족들의 극적 상봉과 가족의 화합을 다양하게 보여준다.

중국 여남에서 조상서 부부의 편지와 증표를 가지고 강릉 본가로 돌아온 이춘백 부자는 고향에서 이별한 가족을 상봉한다. 비로소 이춘백은 도적의 습격으로 이별한 부부 상봉 및 부자 상봉을 하게 되었다. 그런데 중국 여남에서 시집온 조부인과 설낭은 부모의 편지와 이운학의 말을 통해서 부모의 안부를 물을 수밖에 없었다. 이 때문에 이춘백 가

---

22 성균관대본 〈강능추월〉 2권, 52~55쪽. 그 편지에 허엿스되 불초녀식 치란은 두 번 졀ᄒ고 부모임 좌하에 혈누 봉셔을 들이나이다 슬푸다 이닉 팔직 긔험ᄒ야 부모임 슬하을 써나 말이타국에 엇지 와 인는고 한니로다 한니로다 …… 슬푸다 유복ᄌ을 셰살 멱여 일엇다가 하누임 덕퇴으로 심여연만의 다시 맛나 영광을 뵈오니 그리워라 부모임아 언졔나 다시 뵈올고 간졀헌신 부모말슴 귀에 징징듯고지고 무졍헌 져달빗치 부용당에 빗쳣건만 이닉 긔별 견희쥬렴 무심헌 져 기러기 셜월누로 지닉거든 이닉 소식 견희쥬렴 슬푸다 부모임아 이즁허시든 외낫쌀을 보고십지 아니신가 알들이도 그리워라 이닉간장 썩어지고 살들이도 보고져라이닉 동싱 용셩이을 보고져라 슬푸다 우리 아들 날 본드시 반겨보고 이닉 신셰 고싱허물 ᄌ셔니 들으소셔 지필을 잡아 이닉 비회 쓰ᄌ허니 눈물이 압홀 막고 가슴이 졀노막혀 만분지일을 긔록ᄒ여 디강으로 알외오니 슬푸다 보모임 날갓튼 ᄌ식을 죽은줄노 치부ᄒ야 싱각지 마옵시고 긔체을 보즁ᄒ여 만슈무강ᄒ옵소셔 ᄒ엿더라

족의 상봉은 완성되었지만 아내 조부인의 가족 상봉은 미진하였다. 이것은 여성보다 남성의 가부장적 가족 상봉에 초점을 맞춘 조선 후기 사회상을 반영한 것으로 보인다.

마침 북적의 침략으로 이춘백 부자와 최양홍이 전장에 다시 출전하게 되었다. 여성영웅 최양홍의 영웅적 군담을 통해서 북적을 물리친다. 전장에서 승리한 이춘백 부자와 최양홍은 신병귀졸에게 포위되어 죽을 위기에 처한 것이다. 그때 억울하게 죽은 어소저의 혼령이 나타나 남편과 시부모를 도와준다. 왜냐하면 어소저는 친부모만 생각하고 시부모를 생각하지 않았기 때문이다. 이춘백 부자는 어소저의 원혼을 풀어주고 그녀의 효열사상을 칭찬한다.

이춘백 가족의 상봉으로 모든 갈등이 해결되었지만 중국 조부인의 근심은 여전하였다. 조부인은 조선국 강릉에 있었기 때문에 중국 여남의 조상서의 소식이 궁금할 수밖에 없었다. 그래서 중국 조상서의 아들이 조선국 사신으로 발탁되어 강릉에 내려가 조부인과 남매 간의 상봉이 이루어진다. 남동생은 부모의 편지를 조부인에게 전해주고 조부인과 이운학 부부의 화상을 그려서 중국으로 돌아간다. 따라서 조부인의 가슴속에 쌓였던 친정에 대한 그리움이 어느 정도 해소된 것으로 보인다.

이러한 〈강릉추월전〉에는 이별한 가족의 극적 상봉이 매우 풍부하게 등장한다. 세상사의 변화무상한 사건으로 이별한 가족은 어떠한 역경을 극복하더라도 상봉해야 한다는 당위성을 보여준다. 그런데 이춘백 가족의 상봉은 풍부하지만 아내 조부인 가족의 상봉은 상당히 빈약한 실정이다. 조선과 중국의 공간적 배경 때문이기도 하겠지만 남성의 가족 상봉에 초점을 둔 가부장적 세계관을 반영한 것으로 보인다. 이 때문에 조상서의 아들이 조선국 사신으로 들어와 남매가 극적으로 상봉하는 내용이 첨가되었다.

필사본 〈강릉추월전〉의 제2계통은 이별한 가족의 극적 상봉과 함께 중국에서 시집온 조부인의 친정 가족들의 상봉에도 관심을 보이고 있다. 조선으로 시집온 중국 조상서의 딸 조부인의 외로움을 달래주는 장면은 중국소설 〈소지현나삼재합〉과 영향관계에 놓여있는 〈월봉기〉, 〈소운전〉, 〈소학사전〉 등에도 등장하지 않는다. 따라서 〈강릉추월전〉의 제2계통은 남성 중심의 가부장적 가족문화를 넘어서 여성 중심의 친정을 포괄하는 방향으로 변모되었다. 이런 점에서 〈강릉추월전〉은 가족의 상봉과 화합의식을 강조하는 조선 후기 변화된 사회상을 반영한 것으로 보인다.

2) 어소저의 윤리적 포상과 가족의 욕망

필사본 〈강릉추월전〉의 후반부는 억울하게 죽은 주인공 어소저의 원혼을 풀어주는 내용이 첨가되어 있다. 어소저는 시부모를 습격한 부친의 목숨을 살리기 위해서 무진장 노력한다. 이운학의 부모가 황해감사를 마치고 귀향할 때 습격한 도적이 바로 어소저의 부친이다. 세상사의 기구한 운명에도 흔들리지 않고 어소저는 자신의 부친을 살리기 위해 효열을 다한다. 그런데 황해도 어사로 제수된 남편은 자신을 길러준 장수백을 용서해준 반면에 부모를 습격한 장인 어천추는 처벌한다. 이 때문에 어소저는 부친을 죽인 원수를 남편으로 모실 수 없어서 자결하는 비극적 사건이 발생한다.

그런데 억울하게 자결한 어소저는 원혼으로 떠돌았지만 위기에 처한
남편과 시부모를 도와주는 효열의식을 보여준다. 북적의 침략을 물리
치고 귀국하다가 위기에 처한 남편과 시부모를 살리기 위해 어소저는
장수백을 청하여 부친 어천추와 용천두의 포위망을 풀어낸다. 이러한
어소저의 행동은 친부모만 생각하고 시부모를 생각하지 못한 반성을
내포하고 있다.

> 사) 당초의 늬 몸이 일이 되기는 부모을 살리랴 ᄒ다가 구치 못ᄒ고
> 필경 이모양이 되엿건이와 천지 삼강에 호렬이 일반이라 친부모만 싱각
> ᄒ고 시부모을 구치 못ᄒ면 엇지 효라 ᄒ올잇가 장군은 무졍ᄒ나 나졷
> ᄎ 무졍ᄒ면 엇지 렬이 되올잇가 시부모와 가장의 죽을 일이 목젼에 당
> 두ᄒ거슬 구졔치 못ᄒ면 천츄만셰에 불효 불렬지명을 엇지 면ᄒ오리
> 요[23]

여기서도 여성 주인공 어소저는 시부모에 대한 효열의식을 강조하고
있다. 비록 남편은 무정하지만 어소저의 효열의식 덕분에 이춘백 부자
는 옛일을 후회한다.[24] 어소저는 전장의 신병귀졸에게 포위된 남편과
시부모를 도와줄 뿐만 아니라 남편과 아들을 전장에 보낸 근심 때문에
병을 얻은 시어머니 조부인을 치료해주기도 한다. 또 작품의 말미에 백
악호가 이운학을 해치는 사건을 예견한 어소저는 남편을 살려내는 아

23 〈강능추월〉 2권, 138~139쪽.
24 〈강능추월〉 3권, 17~18쪽. 어장이 긔리 탄식ᄒ고 아모말도 업시 슬피 눈물 만 흘이거
늘 부원슈 니운학이 나아가 위로왈 오늘날 장군의 면복을 다시 듸허니 무식고 되롭
도다 셕연ᄉ을 싱각ᄒ니 유구무언이요 후회막급이로다

내의 모습도 보여준다. 이러한 어소저의 유교적 행동에는 조선 후기 가부장적 가족 윤리가 작동되고 있다.

어소저의 충효열에 대한 유교 윤리적 포상은 매우 다양하게 나타난다. 예컨대 비각, 불천위 제사와 제문, 화상, 충열부인의 직첩, 선산 안장 등과 같이 극진한 대접을 한다. 이러한 충효열을 실천한 어소저에게 내리는 윤리적 포상은 조선시대 여성이 받을 수 있는 최상의 영광이다. 그리고 어천추, 장수백, 용천두 등의 주변 인물에 대한 윤리적 포상도 함께 내려진다.

부친의 목숨을 살리지도 못하고 억울하게 자결한 어소저는 원혼으로 떠돌다가 남편을 원망하기도 한다.[25] 어소저는 부모의 목숨을 살리기 위한 효성과 함께 남편의 가문을 융성시킬 수 있는 윤리적 규범을 제시하였다. 그 뿐만 아니라 신병귀졸에게 포위된 시부모와 남편을 충효열로 도와주었기 때문에 조정에서는 어소저의 비각을 세워준다. 그런데 어소저의 모친이 사위 이운학을 해치기 위해 백악호로 변신한다. 이운학이 호랑이에게 습격을 당하여 죽을 위기에 처했는데 어소저가 준 환약으로 다시 살려낸 것이다. 이러한 어소저의 충효열로 인하여 위폐는

---

25 〈강능추월〉 2권, 115~117쪽. 나는 옛정을 싱각ᄒ야 옛날 셩음이나 다시 듯고져 왓나이다 슬푸다 장군임아 첩으로 ᄒ여금 강능츄월 ᄎ져 일엇든 부모을 다시 만나스니 첩이 도로여 은인이 아니이잇가 슬푸다 첩은 장군으로 ᄒ여금 니팔쳥츈에 무쥬고혼이 되어 벽희공쳐 구진비에 속졀업시 슬피울며 단기다가 쳔쳔만 뜻박게 장군임을 다시 맛나니 일변은 반갑고 일변은 슬푸고 일변은 쳘쳔지원이로다 장군임아 장군임은 부친을 뫼시고 무슨 낫츠로 이곳에 오신잇가 이졔는 장군임 부뫼 다 싱존ᄒ여 계시니 첩의 보모도 살여쥬소셔 바닷물 바회 틈에 빅골을 쥬어모고 바다 물고기 비에 뜯긴 살을 쥬어모아 희쳔낙일에 불상헌 고혼을 불너 이쳔지 이세상에 부모을 살여쥬면 첩의 혼이 무졍ᄒ나 장군임 머리 우의 각금 싸라 단이면셔 은혜을 갑풀리다

불천위로 정하고 공주와 같은 동열의 정여문이 내려진다. 남자도 아닌 여자에게 내려진 불천위 제사는 조선시대 최고의 유교적 대우가 아닐까 한다.

　더욱이 어소저의 제사를 모실 때 남편 이운학이 손수 제문을 지어준다.[26] 그리고 이운학의 아내 어소저의 시신은 강릉 이감사 댁의 선산에 안장된다. 비로소 어소저는 원혼이기는 하지만 이운학의 부인으로 인정을 받은 것이다. 어소저의 충효열에 힘입어 억울하게 죽은 어천추 부부도 양자삼기를 통해서 조상의 향화를 받게 되었다. 따라서 어소저는 도적 어천추의 딸이면서도 남편 이운학을 위해서 유교 윤리를 적극 실천하는 능동적 인물이다.

　　아) 일위 낭지 봉관화의로 드러와 승상 부부계 진빅왈 그 스이 부모임
　　긔체 안강ᄒᆞ옵신잇가 박명불초헌 메나리는 고고잔빅헌 혼령이 의지업시
　　단이옵더니 옥황상계 칙은이 여기스 반도ᄎ지을 시기시민 외로온 혼빅
　　이 전겁을 벗ᄊᆞ와 귀이 되얏ᄉ옵더니 ᄯᅩ 천은이 망극ᄒᆞ와 셩상계옵셔 춤

---

26 〈강능추월〉 3권, 62~64쪽. 그 졔문에 ᄒᆞ엿스되 유셰ᄎ 모연 모월 모일의 부마도위부
　니운학은 츙열부인 어씨 영좌에 고ᄒᆞ노니 오호통진라 부인과 잠시 슴싱가약을 ᄆᆡ져
　온 후에 조물이 시긔ᄒᆞ야 부인을 원혼이 되계ᄒᆞ니 엇지 불상코 슬푸지 아니 허리요
　오호의진라 부인의 부친의 죄로 말미아마 부인의 몸ᄭᅡ지 맛쳐 원혼이 되얏스니 통진
　며 익진라 엇지 슬푸지 아니ᄒᆞ리요 ᄯᅩ 황공판의셔 신장의계 싸희여 죽을지경에 일우
　엇더니 부인의 도음을 입어 부친과 나을 살여ᄂᆡ니 부인의 보원을 싱각지 아니ᄒᆞ고
　단지 효렬만 싱각ᄒᆞ니 엇지 부인보기가 붓그럽지 아니ᄒᆞ리요 오호통진라 부인의 효
　열을 싱각ᄒᆞ여 낙월진에 비각을 셰워 위로ᄒᆞ얏스나 그도 부인의 효열을 싱각ᄒᆞ면
　만분지일도 못되는지라 오호의진라 부인의 츙효열절을 싱각허미여 셩상이 통촉ᄒᆞᄉ
　부인의 향화을 불천지위로 ᄒᆞ라 ᄒᆞ시미여 츙효열졀헌 뤼을 나타ᄂᆡ시도다 졍여문을
　셰우시고 츙열부인 즉쳡을 ᄂᆡ리시니 엇지 셩은이 망극지 아니ᄒᆞ리요 오호통진며 오
　호의진라 일빅쥬로 부인의 원악ᄒᆞ물 위로ᄒᆞ노니 부인은 흠향ᄒᆞ소셔

럴부인 즉첩을 쥬옵시고 또 정여문을 셰워쥬시며 불천지위로 셰셰 싱싱
에 긋치지 아니허고 향화을 밧게 ᄒ시니 엇지 천은이 망극지 아니ᄒ올
잇가 쏘흔 부미 소쳡의 부모 고혼을위로ᄒ고 용퇴으로 입후ᄒ야 향화을
밧드게 ᄒ고 소쳡의 빅골을 거두어 션영하에 무더쥬시니 혼빅이라도 엇
지 즐겁지 아니 허올잇가 복원 부모님은 만슈무강ᄒ옵소셔[27]

  어소저의 충효열절에 대한 윤리적 포상은 아)처럼 국가적 차원에서
진행된다. 남편과 시부모를 위기에서 구출한 어소저의 행동은 국가 차
원의 윤리적 모범이 되기에 충분하다. 그래서 위기에 처한 시부모와 남
편을 살려낸 어소저에게 조선시대 최고의 윤리적 포상이 내려진다. 이
러한 윤리적 포상은 시부모와 남편을 위기에서 구해준 어소저의 효열
사상에 대한 보답이다. 국가의 공식적인 포상인 비문, 정려문, 화상, 불
천위 제사, 충렬부인의 직첩, 선산 안장 등의 유교 윤리적 포상도 중요
하다. 그럼에도 어소저는 사후의 추증에 불과한 국가 차원의 유교적 포
상보다 생전의 결혼과 행복에 대한 가족 욕망을 보여준다.
  어소저는 국가적 포상보다 개인적인 욕망을 드러내고 있어서 주목된
다. 어소저는 이운학의 아내와 이춘백의 며느리로서 부귀공명을 함께
누리고 싶은 욕망을 뚜렷이 보여준다. 그중에서도 이운학의 아내로서
부귀공명을 누리고 싶은 현실주의적 결혼 욕망이 가장 중요하다. 어찌
면 국가의 유교 윤리적 포상보다 이춘백의 며느리와 이운학의 아내로
서 행복하게 살고 싶은 개인적 욕망이 더 중요한지도 모른다. 따라서
어소저의 사후에 추증되는 윤리적 포상보다 생전에 가족들과 행복하게

---

27 〈강능추월〉 3권, 75~76쪽.

살고 싶은 당대 여성의 결혼과 가족에 대한 현실주의적 욕망을 뚜렷이 보여주고 있다.

> 자) 시부모임은 틱평이 도라가亽 만셰만셰 누리옵소셔 ᄒ고 또 봉미 션을 들여왈 이 붓치을 도로 가져다가 어머님게 들리소셔 첩이 시가에 갓든 픠적으로 가져왓亽오나 첩은 무어셰 쓸듸업는이다 ᄒ고 또 부마의 압히 나아가 나슴을 잡고 울며왈 상공은 부모임을 뫼시고 평안이 도라 가소셔 소첩갓튼 박명이라도 일년 일슌식에 슐 한잔 싱각ᄒ시면 상공듸 구경이나 ᄒ올이다 귀중허신 공쥬와 다졍ᄒ신 권부인으로 빅년 희로ᄒ 亽 유ᄌ 싱손ᄒ야 만슈 무강ᄒ옵소셔 ᄒ며 또 옥지환과 금봉츠을 쥬며 왈 이것슬 갓다가 공쥬게와 권부인게 도로 젼ᄒ야 쥬옵소셔 첩이 니것 가져오기는 공쥬 씨든 옥지환니라 첩도 씨고 십亽와 싱시사마 장감 씨 고온계요 또 권부인 씨르든 금봉츌가 첩이 불어워ᄒ야 잠시 쏘ᄌ쓰나 첩의계는 다불길헌 물건이라 도로 갓다가 공쥬와 권부인게 젼허여쥬옵 소셔[28]

위와 같이 어소저는 남편과 함께 행복하게 살아보지 못한 아쉬움을 토로하면서 이운학의 부인이 되고 싶은 욕망을 보여준다. 이운학은 과 거의 잘못을 뉘우치고 어소저의 원혼을 풀어주기 위해 목에 꼽힌 칼을 빼주려고 한다.[29] 그리고 어소저는 자신의 억울함을 최양홍에게 호소하

---

28 〈강능추월〉 3권, 46~47쪽.

29 〈강능추월〉 2권, 118쪽. 부마 졍신업시 듯다가 싱각ᄒ니 마아도 어소져의 원혼이라 풀어 일너왈 어낭ᄌ야 ᄂᆡ말 들으라 소져의 ᄒ는 말이 亽亽이 그러ᄒ나 무식ᄒ다 이 ᄂᆡ 마음 이계와 뉘웃친들 엇지 힐고 불상ᄒ다 소져야 이리오너라 네 목에 칼 ᄂᆡ 쎄쥬 며 눈네 피을 씩겨쥬마 무주고혼 불너 亽명일 춘츄절에 ᄂᆡ 졔ᄒ야 쥬마亽나

여 위로 받았으며, 최양홍은 어소저의 억울함을 풀어주는 시어머니의 모습을 보여준다. 이러한 남편과 최양홍에게 아내와 며느리로 인정받은 어소저는 이춘백 가족의 일원으로 편입되었다.

어소저는 조부인의 며느리로 인정받고 싶은 욕망을 보여주기도 한다. 예컨대 이운학과 결혼한 공주와 권부인이 지녔던 옥지환과 금봉차를 착용하고 나오는 모습을 통해서 뚜렷이 나타난다. 비록 원혼이지만 생시처럼 이운학의 아내가 되고 싶은 현실주의적 욕망을 표출한 것이다. 이운학과 결혼해 부귀영화를 누리지 못한 것을 아쉽게 생각한 어소저를 통해서 당시 여성 향유층의 결혼에 대한 욕망을 확인할 수 있다.[30] 따라서 어소저는 이춘백과 조부인의 며느리와 남편 이운학의 아내로 사랑받고 싶은 가족의 욕망을 보여준다. 사후의 추증이 아니라 생전에 행복하게 살고 싶은 여성의 현실주의적 결혼 및 가족 욕망을 보여주고 있다.

이러한 어소저의 윤리적 포상은 〈강릉추월전〉의 제1계통 기본형에는 거의 나타나지 않는다. 기본형에는 남성위주의 서사담론이 우세하다. 제1계통에 불만을 품은 여성 향유층에서 작품의 후반부를 대폭 첨가하거나 부연하여 제2계통 부연형으로 재창작한 것이다. 부연형에는 어소저의 윤리적 포상이 풍부하게 나타난다. 이것도 사후에 추증한 것이기 때문에 남성의 가부장적 윤리가 개입된 것인지도 모른다. 그래서 활자본 제3계통 변이형은 작품의 서사 구조를 변모하여 가족의 화합에

---

30 〈강능추월〉 2권, 117쪽. 장군임은 팔즈 조아 일어든 부모을 다시 만나고 인군의 어진 딸과 상국의 고은 쌀로 빅년가냑 길계 믜져 부귀영화 극진ㅎ니 이닉 팔즈 겨갓튼 장군임으로 오릭도록 못뙤시며 부모도 살니지 못ㅎ고 무쥬고혼 되단말가

초점을 맞추는 방향으로 개작되었다. 따라서 〈강릉추월전〉의 이본군은 어소저의 충효열과 윤리적 포상을 다양한 방식으로 개작하고 있다.

이상에서 〈강릉추월전〉의 여성 주인공은 유교 윤리적 규범을 실천하여 국가 차원의 포상을 받는다. 어소저는 친부모를 살리기 위해 효성을 다했을 뿐만 아니라 죽어서도 남편과 시부모를 위기에서 구해주는 유교적 충효열을 실천하고 있다. 때문에 어소저는 국가 차원의 유교적 포상을 받는 규범적 인물이기도 하다. 그런데 어소저는 사후의 유교적 포상이나 추증보다 생전의 결혼 및 가족의 욕망을 강조하고 있다. 어소저는 이운학과 결혼해 행복하게 살고 싶은 욕망과 시부모에게 인정받는 며느리가 되고 싶은 욕망을 보여준다. 이러한 여성 주인공의 현실주의적 결혼 및 가족 욕망은 조선 후기 가부장적 이념을 탈주하려 새로운 변화로 보인다.

4. 맺음말

〈강릉추월전〉의 주인공은 자신의 정체성 탐구와 가족 상봉 및 가족 화합을 위해서 부단한 노력을 보여준다. 이 작품은 임진왜란이 발생한 조선 선조시대로 시간적 배경을 설정하여 세상사의 변화무상한 사건과 기구한 운명을 제시하고 있다. 그런데 부모세대와 달리 주인공은 기구한 운명을 극복하기 위해서 능동적으로 활약하는 인물이다. 이운학은 부모를 습격한 도적의 딸과 결혼하면서 자신의 정체성을 찾고 가족의 상봉과 가족 화합을 주도해나간다. 이러한 조선시대 유교 윤리를 걷어내면 그 속에 작동하는 주인공의 새로운 면모를 발견할 수 있다.

〈강릉추월전〉은 주인공의 정체성 탐구와 가족 상봉이 가장 중요한 서사담론이다. 주인공 이운학과 어소저는 부모세대와 달리 능동적 인물이기는 하지만 기존의 유교 윤리를 수용한다. 이운학은 중국 사신으로 발탁되어 황성에 들어갔을 때에도 윤리적 태도를 뚜렷이 보여준다. 이런 점은 울남도 도적의 딸 어소저도 마찬가지이다. 어소저는 부모의 목숨을 살리기 위해 유교적 이념으로 애원한다. 더욱이 원혼이 되어서도 위기에 처한 시부모와 남편을 구하기 위해서 윤리적 충효열을 실천하고 있다.

〈강릉추월전〉에는 남성 주인공 이운학보다 여성 주인공 어소저에 대한 욕망이 더욱 풍부한 실정이다. 이운학은 자신의 정체성을 찾고 이별한 가족을 상봉하는 능동적인 활약을 보여준다. 그는 철저한 유교 윤리에 포섭되어 운명적인 삶을 극복해나갈 뿐이다. 반면에 어소저는 생사를 초월하여 윤리적 충효열을 실천했기 때문에 국가 차원의 다양한 포상을 받는다. 그럼에도 어소저는 이운학의 아내 또는 이춘백 부부의 며느리로 행복하기 살고 싶은 여성의 현실주의적 가족의 욕망을 뚜렷이 보여준다. 따라서 주인공의 유교 윤리적 행동은 당대의 표면적 가치이고 이운학의 아내로서 시부모와 행복하게 살고 싶은 어소저의 가족적 욕망은 이면적 가치라고 하겠다.

최양홍은 사대부의 딸이고 어천추는 도적의 딸이다. 도적의 딸을 재가시킨다는 점은 수긍할 수 있으나 사대부의 딸이 독수공방하고 있다고 재가한 사건은 주목된다. 여기에는 자신의 부모가 천상적 연분이 있는 사람을 모르고 강제적으로 결혼시켰다는 비판적 내용이 나타난다. 이러한 여성영웅 최양홍의 재가를 통해서 당시의 재가에 대한 긍정적 내용이 반영된 것으로 보인다. 더욱이 조채란과 최양홍은 중국과 초남에서 강릉의 시가로 왔지만 형제같이 지낸다. 조부인은 유교 윤리에 순응하는 관념적 여성이라면 최부인은 유교 윤리에 반하는 여성영웅이다. 이러한 조부인과 최부인은 함께 지내면서 이춘백 가족의 화합을 보여준다.

〈강릉추월전〉은 주인공 이운학을 통해서 남성의 효성과 공적 업무의 중요성을 매우 강조하고 있다. 부모를 습격한 도적이 장인이라는 사실을 알고는 아내의 애원에도 불구하고 처벌하는 남성의 효성의식을 제1계통 필사본에서 뚜렷이 보여준다. 그런데 윤리적 효성으로 부친의 목숨을 구하려던 어소저의 효열에 대한 보상적 차원에서 후반부를 대폭 재창작하여 원혼을 풀어준다. 이 때문에 제2계통 필사본에는 위기에 처한 시부모와 남편을 구해주는 어소저의 효열의식이 풍부하게 등장한다.

원혼으로 등장한 어소저는 시부모와 남편에게 유교 윤리적 충효열을 실천한다. 그 덕분에 당대 여성이 누릴 수 있는 최고의 윤리적 보상을 받게 된다. 어소저는 국가 차원의 유교 윤리적 보상도 매우 중요하지만 이운학의 아내로 살고 싶은 부부의 욕망과 이춘백 부부의 며느리가 되고 싶은 현실적 가족 욕망을 뚜렷이 보여준다. 당시 여성 향유층은 억울하게 죽은 어소저의 원혼을 풀어주는 장면과 이운학의 부부와 이춘백의 가족으로 살고 싶은 어소저의 가족 욕망에 공감했을 것이다. 따라서 어소저는 이운학의 아내로서 부귀공명을 누리고 싶은 현실주의적 가족 욕망을 강조하고 있다.

이상에서 〈강릉추월전〉의 주인공은 유교 윤리적 규범을 만족시키면서도 그 속에 꿈틀대는 여성적 욕망을 내포하고 있다. 이러한 개인적 욕망은 남성 주인공보다 여성 주인공에게서 풍부하게 나타난다. 주인공 이운학은 기구한 운명적 삶을 극복하기 위해 자신의 정체성을 탐구하여 이별한 가족의 상봉과 화합을 이룩하는 능동적인 역할을 수행한다. 그런데 여성 주인공은 서사 전개과정에서 수동적이지만 개인적 욕망이나 가족적 욕망에 대한 관심을 적극적으로 표출하고 있다. 따라서 〈강릉추월전〉은 여성 주인공의 충효열에 대한 국가 차원의 윤리적 포상과 더불어 부부 간의 애정을 지속하고 싶은 현실주의적 가족적 욕망을 표출하고 있다.

출전: 「〈강릉추월전〉의 주인공, 정체성 탐구와 가족 상봉」, 『고소설연구』 34집, 한국고소설학회, 2012, 129∼159쪽.

참고문헌

|제1부 유일본 작품의 성격과 미학적 세계|

Ⅰ. 〈원자실전〉의 전기소설적 성격과 의미

김일렬, 「취암문고 소장 한글본 고전소설 연구」, 『영남학』 3호, 경북대학교 영남
　　문화연구원, 2003, 9~43쪽.

김재웅, 「〈강능추월전〉의 이본 형성과 변모에 관한 연구」, 계명대학교 박사학위
　　논문, 2002, 15~57쪽.

김태준, 『조선소설사』, 예문출판사, 1989, 80~86쪽.

김현룡, 「고소설사에 끼친 중국 설화·소설의 영향」, 『고소설사의 제문제』, 집문
　　당, 1993, 45~55쪽.

능몽초, 『이각박안경기』, 춘풍출판사, 1997, 433~448쪽.

孟 搖, 『中國小說史』 제2책, 223~224쪽.

사재동, 『불교계 국문소설의 연구』, 중앙문화사, 1994, 3~39쪽.

서대석, 「〈소지현나삼재합〉계 번안소설 연구」, 『동서문화』 5집, 계명대학교 동서
　　문화연구소, 1973) 179~223쪽.

설중환, 『금오신화연구』, 고려대학교 민족문화연구소, 1983, 99~111쪽.

유탁일, 「전등신화 및 전등여화의 전래와 수용」, 『한국문헌학연구』, 아세아문화
　　사, 1989, 298쪽.

이병혁, 『전등신화역주』, 태학사, 2002, 8~9쪽.

이혜순, 「전기소설의 전개」, 『고소설의 제문제』, 집문당, 1993, 229쪽.

정용수, 『전등신화구해 역주』, 푸른세상, 2003, 379~382쪽.

정주동, 『고대소설론』, 형설출판사, 1994, 37~43쪽.

조희웅, 『고전소설 연구보정』, 박이정, 2006.

조희웅, 『고전소설 이본목록』, 집문당, 1999, 459쪽.
한국고소설학회 편, 『한국고소설론』, 아세아문화사, 1993, 312~349쪽.

II. 〈왕능전〉의 영웅소설적 성격과 의미

〈옹생원전〉, 『한글 필사본 고전소설 자료총서』 36권, 월촌문헌연구소, 1986.
〈왕능전〉, 『한글 필사본 고전소설 자료총서』 37권, 월촌문헌연구소, 1986.
〈조웅전〉, 『한국고전문학전집』, 고려대학교 민족문화연구소, 1995.
〈흥부전〉, 『한국고전문학전집』, 고려대학교 민족문화연구소, 1995.
김재웅, 〈강능추월전〉의 이본 형성과 변모에 관한 연구, 계명대학교 박사학위논
　　문, 2003, 28~30쪽.
서대석, 『군담소설의 구조와 배경』, 이화여자대학교 출판부, 1992, 103~107쪽.
인권환, 「옹고집전의 불교적 고찰」, 『민족문화연구』 28집, 고려대학교 민족문화
　　연구소, 1995, 159~194쪽.
장석규, 「〈옹고집전〉의 구조와 구원의 문제」, 『문학과 언어』 11집, 문학과 언어연
　　구회, 1990, 261~291쪽.
정약용, 『목민심서』, 전원문화사, 1996.
조동일, 「영웅소설 작품구조의 시대적 성격」, 『한국소설의 이론』, 지식산업사, 1985,
　　288~289쪽.
조춘호, 『형제갈등의 양상과 의미』, 경북대학교 출판부, 1994, 49~60쪽.
조희웅, 『고전소설 이본 목록』, 집문당, 2002, 438쪽.
＿＿＿, 『조웅전』, 형설출판사, 1978, 243쪽.
최래옥, 「옹고집전의 제문제 연구」, 『동양학』 19집, 단국대학교 동양학연구소, 1989,
　　4~8쪽.

III. 〈김태백전〉의 영웅소설적 성격과 의미

경북대 소장본 석인본 『오호평남전』 4권2책.
경북대 소장본 석인본 『오호평서전』 6권6책.
계명대 소장본 〈김태백전〉 154장.
고본소설집성편찬위, 〈오호평남후전〉, 『고본소설집성』 156집, 상해고적출판사, 1쪽.
강상순, 「영웅소설의 형성과 변모 양상 연구」, 고려대학교 석사학위논문, 1991.
김일렬, 「조선조 소설에 나타난 효와 애정의 대립」, 『조선조소설의 구조와 의미』,

형설출판사, 1991, 175~325쪽.

김재웅, 「〈왕능전〉의 영웅소설적 성격과 의미」, 『어문학』 89집, 한국어문학회, 2005.9, 131~155쪽.

_____, 「영남 지역 필사본 고소설에 나타난 여성 향유층의 욕망」, 『한국고전여성문학연구』 16집, 한국고전여성문학회, 2008.6, 5~35쪽.

_____, 「호남 지역에 유통된 필사본 고소설의 종류와 향유층에 대한 연구」, 『고소설연구』 28집, 한국고소설학회, 2009.12, 269~299쪽.

_____, 「경북 지역에 유통된 필사본 고소설에 대한 실증적 연구」, 『고소설연구』 24집, 한국고소설학회, 2007.12, 219~250쪽.

김준형, 〈김태백전〉, 『선본고서해제 2』, 계명대학교 출판부, 2009, 372~377쪽.

_____, 「계명대학교 동산도서관 수장 고전소설의 현황과 가치」, 『한국학논집』 37집, 계명대학교 한국학연구원, 2008, 173~193쪽.

루쉰 저, 조관희 역, 『중국소설사』, 소명, 2004.

박일용, 『영웅소설의 소설사적 변주』, 월인, 2003, 15~410쪽.

서경호, 『중국소설사』, 서울대학교 출판부, 2004, 1~482쪽.

서대석, 『군담소설의 구조와 배경』, 이화여자대학교 출판부, 1992, 11~312쪽.

서인석, 「장경전」, 『한국고전소설작품론』, 집문당, 1990, 423~447쪽.

이창헌, 『경판방각소설 판본 연구』, 태학사, 2000, 14~600쪽.

임성래, 『완판 영웅소설의 대중성』, 소명출판, 2007, 1~216쪽.

조동일, 『한국소설의 이론』, 지식산업사, 1985, 271~454쪽.

|제2부 가정소설의 다양성과 역동적 생명력|

IV. 〈유최현전〉의 구조적 특징과 가정소설의 지평 확장

계명대 소장본 〈유최연전〉, 〈유최현전〉.

계명대 소장본 〈정을선전〉 66장, 〈정을선전〉 61장.

연세대 소장본 〈취연전〉 58장, 〈유치현전〉.

영남대 소장본 〈정울선전〉, 〈경을션견〉.

정명기 소장본 〈정을선유치전〉 54장.

하버드대 소장본 〈정을선전〉 104장, 〈유소저전〉 71장.

한중연 소장본 〈정을선전〉.

김광순, 〈정을선전〉, 『필사본 한국고소설전집』 18권, 50권, 경인문화사, 1993.

김기동, 〈정을선전〉, 『활자본 고전소설전집』 10권, 아세아문화사, 1976.

김동욱, 〈유치현전〉, 『필사본 고소설자료총서』 40권, 보경문화사, 1991.

_____, 〈취연전〉, 『필사본 고소설자료총서』 74권, 보경문화사, 1991.

김재용, 『계모형 고소설의 시학』, 집문당, 1996.

박순호, 〈정을선전〉, 『한글 필사본 고소설 자료총서』 74권, 88권, 89권, 오성사, 1986.

박태상, 「조선조 가정소설 연구」, 연세대학교 박사학위논문, 1988.

우쾌제, 「조선시대 가정소설의 형성요인 연구」, 고려대학교 박사학위논문, 1989.

이성권, 「가정소설의 역사적 변모와 그 의미」, 고려대학교 박사학위논문, 1998.

이승복, 「처첩갈등을 통해본 가정소설과 가문소설의 관련양상」, 서울대학교 박사학위논문, 1995.

이원수, 『고전소설의 작품세계의 실상』, 경남대학교 출판부, 1996, 394쪽.

_____, 「가정소설 작품세계의 시대적 변모」, 경북대학교 박사학위논문, 1991.

_____, 「가정소설의 전개양상」, 『고소설사의 제문제』, 집문당, 1993, 325~326쪽.

임성래, 「〈유치현전〉고」, 『연세어문학』 17집, 연세대학교 국어국문학과, 1984, 52~55쪽.

조동일, 〈정을선전〉, 『국문학 연구자료』 10권, 박이정, 1999.

조희웅, 『고전소설 이본목록』, 집문당, 1999.

한국정신문화연구원, 『고전소설의 기초 연구』, 태학사, 2001, 429~430쪽.

V. 〈김이양문록〉의 창작방법과 가정소설적 의미

계명대 소장본 〈김이양문록〉, 76쪽.

계명대 소장본 〈최호양문록〉, 116쪽.

이수본 소장본 〈김이양문록〉, 59쪽.

장서각 소장본 『하진양문록』, 한국학중앙연구원, 2005.

김기동, 『이조시대소설론』, 이우출판사, 1978, 360~363쪽.

김민조, 「〈황월선전〉 이본 연구」, 『고소설연구』 15집, 한국고소설학회, 2003.6, 215~245쪽.

김재용, 『계모형 고소설의 시학』, 집문당, 1996, 11~69쪽.

김재웅, 「〈왕능전〉의 영웅소설적 성격과 의미」, 『어문학』 89집, 한국어문학회,

2005.9, 131~155쪽.

김재웅, 「〈원자실전〉의 전기소설적 성격과 의미」, 『어문연구』 53집, 어문연구학
　　회, 2007.4, 63~89쪽.

＿＿＿, 「〈유최현전〉의 구조적 특징과 가정소설의 지평 확장」, 『정신문화연구』
　　102호, 한국학중앙연구원, 2006.3, 79~103쪽.

＿＿＿, 『대구·경북 지역의 설화 연구』, 계명대학교 출판부, 2007.

＿＿＿, 「대구·경북 지역에 유통된 필사본 고전소설의 종류와 독자층에 관한 연구」,
　　『대구경북학 연구논총』 3집, 대구경북연구원, 2006.12, 131~162쪽.

김진영·김현주, 『춘향가』, 박이정, 1996, 182쪽.

박일용, 「가문소설과 영웅소설의 소설사적 관련양상」, 『고전문학연구』 20집, 한
　　국고전문학회, 2001.12, 169~205쪽.

백두현, 『영남 문헌어의 음운사 연구』, 태학사, 1992, 129~136쪽.

서인석, 「조생원전 필사본의 문학사적 성격」, 『국어국문학연구』 19집, 영남대학
　　교 국어국문학과, 1991, 85~113쪽.

이성권, 「〈장화홍련전〉의 판소리 사설적 성격」, 『고소설 연구』 7집, 한국고소설
　　학회, 1999, 251~276쪽.

＿＿＿, 「계모형 고소설의 갈등과 그 성격」, 『고소설 연구』 9집, 한국고소설학회,
　　2000.6, 56~63쪽.

이수봉, 「김이양문록 연구」, 『한국문학연구』, 최정석박사 회갑기념논총간행위원
　　회, 1984, 203~224쪽.

＿＿＿, 『한국가문소설연구』, 경인문화사, 1992.

이승복, 『고전소설과 가문의식』, 월인, 2000, 168~171쪽.

이원수, 『고전소설의 작품세계의 실상』, 경남대학교 출판부, 1996, 349쪽.

이주영, 『구활자본 고전소설 연구』, 월인, 1998.

이창헌, 『경판 방각소설 판본연구』, 태학사, 2000.

정병설, 「여성영웅소설의 전개와 〈부장양문록〉」, 『고전문학연구』 19집, 한국고전
　　문학회, 2001.6, 223쪽.

조희웅, 『고전소설 연구보정』, 박이정, 2006, 1038쪽.

＿＿＿, 『고전소설 이본목록』, 집문당, 1999, 98쪽.

한국고소설학회 편, 『한국고소설론』, 아세아문화사, 1993, 299~302쪽.

VI. 〈최호양문록〉의 구조적 특징과 가정소설적 위상

계명대 소장본 〈최호양문록〉, 1~116쪽.

한성서관본 〈월영낭자전〉, 『고전소설』 2권, 민족문화사, 1983, 1~80쪽.

홍윤표 소장본 〈최호양문록〉, 1권 1~104쪽, 2권 1~93쪽.

김광순, 〈최호양문록〉, 『김광순 소장 필사본 고소설전집』 54권, 박이정, 2002, 349~459쪽.

김민조, 「〈하진양문록〉의 창작방식과 소설사적 위상」, 고려대학교 석사학위논문, 1999, 1~129쪽.

김재웅, 「〈강능추월전〉의 여성 독자층과 독자 수용의 태도」, 『어문학』 75집, 한국어문학회, 2002, 115~140쪽.

_____, 「〈김이양문록〉의 창작방법과 가정소설적 의미」, 『영남학』 12호, 경북대학교 영남문화연구원, 2007.12, 123~153쪽.

_____, 「〈유최현전〉의 구조적 특징과 가정소설의 지평 확장」, 『정신문화연구』 102호, 한국학중앙연구원, 2006.3, 79~103쪽.

_____, 「경북 지역에 유통된 필사본 고소설에 대한 실증적 연구」, 『고소설연구』 24집, 한국고소설학회, 2007.12, 219~250쪽.

_____, 「영남 지역 필사본 고소설에 나타난 여성 향유층의 욕망」, 『한국고전여성문학연구』 16집, 한국고전여성문학회, 2008.6, 5~35쪽.

_____, 「호남 지역에 유통된 필사본 고소설의 종류와 향유층에 대한 연구」, 『고소설연구』 28집, 한국고소설학회, 2009.12, 269~299쪽.

_____, 『강릉추월전 작품군의 종합적 이해』, 보고사, 2008, 9~260쪽.

김 혁, 「19세기 사족층의 선영경관 조성과 그 의미」, 『퇴계학과 한국문학』 40호, 경북대학교 퇴계연구소, 2007.2, 333~373쪽.

민영대, 「〈월영낭자전〉 연구(1)」, 『한남어문학』 26집, 한남대학교 국문학과, 2002, 73~100쪽.

_____, 「월영낭자전에 등장하는 인물의 유형과 역할」, 『한남어문학』 29집, 한남대학교 국문학과, 2005, 41~69쪽.

박숙례, 「〈유이양문록〉 연구」, 한국학중앙연구원 박사학위논문, 2007, 1~140쪽.

_____, 「〈하진양문록〉 연구」, 한국정신문화연구원 석사학위논문, 1999, 1~74쪽.

박순호, 〈최호양문록〉, 『한글 필사본 고소설자료총서』 47권, 오성사, 1986, 1~120쪽.

송영호, 「월영낭자전 연구」, 강원대학교 석사학위논문, 1997, 1~56쪽.

안남기, 「〈월영낭자전〉 연구」, 한국교원대학교 석사학위논문, 2002, 1~126쪽.

이병일, 「월영낭자전 연구」, 인천대학교 석사학위논문, 1993, 1~70쪽.

이병직, 「〈부장양문록〉의 작품세계와 소설사적 위상」, 『한국민족문화』 34권, 부산대학교 한국민족문화연구소, 2009.7, 27~54쪽.

이수봉, 『한국가문소설연구』, 경인문화사, 1992, 156~349쪽.

이승복, 『고전소설과 가문의식』, 월인, 2000, 168~171쪽.

임치균, 『조선조 대장편소설 연구』, 태학사, 1996, 12~38쪽.

정병설, 「여성여웅소설의 전개와 〈부장양문록〉」, 『고전문학연구』 19집, 한국고전문학회, 2001, 219~229쪽.

조광국, 「〈유이양문록〉의 작품 세계」, 『고소설연구』 26집, 한국고소설학회, 2008.12, 179~206쪽.

조희웅, 『고전소설 연구보정』, 박이정, 2006, 1038쪽.

_____, 『고전소설 이본목록』, 집문당, 1999, 742쪽.

차충환, 「〈유이양문록〉의 구조적 성격 연구」, 『어문연구』 139호, 한국어문교육연구회, 2008, 107~127쪽.

채윤미, 「〈부장양문록〉 연구」, 서울대학교 석사학위논문, 2009, 1~103쪽.

VII. 〈정해경전〉의 구조적 특징과 여성 향유층의 욕망

계명대 소장본 〈정해경전〉, 170쪽.

단국대 소장본 〈정해경전〉, 129쪽.

박순호 소장본 〈정해경전〉, 167쪽.

성균관대 소장본 〈정해경전〉, 60쪽.

충남대 소장본 〈정해경전〉, 126쪽.

한중연 소장본 〈정해경전〉, 97쪽.

김재용, 『계모형 고소설의 시학』, 집문당, 1996, 11~249쪽.

김재웅, 「〈강능추월전〉의 여성 독자층과 독자 수용의 태도」, 『어문학』 75집, 한국어문학회, 2002, 115~140쪽.

_____, 『강릉추월전 작품군의 종합적 이해』, 보고사, 2008, 9~260쪽.

_____, 「〈김이양문록〉의 창작방법과 가정소설적 의미」, 『영남학』 12호, 경북대학교 영남문화연구원, 2007.12, 123~153쪽.

_____, 「〈유최현전〉의 구조적 특징과 가정소설의 지평 확장」, 『정신문화연구』 102호, 한국학중앙연구원, 2006, 79~103쪽.

김재웅, 「경북 지역에 유통된 필사본 고소설에 대한 실증적 연구」, 『고소설연구』 24집, 한국고소설학회, 2007.12, 220~250쪽.

_____, 「대구·경북 지역에 유통된 필사본 고전소설의 종류와 독자층에 관한 연구」, 『대구경북학 연구논총』 3집, 대구경북연구원, 2006, 131~162쪽.

_____, 「영남 지역 고소설에 나타난 여성 향유층의 욕망」, 『한국고전여성문학연구』 16집, 한국고전여성문학회, 2008.6, 6~35쪽.

마틴 데일리·마고 윌슨, 주일우 역, 『다윈의 대답』 4권, 이음, 2007, 11~125쪽.

박영희, 「장편가문소설에 나타난 모의 성격과 의미」, 『한국고전소설과 서사문학』, 집문당, 1998, 263~282쪽.

박태상, 「조선조 가정소설 연구」, 연세대학교 박사학위논문, 1988, 1~230쪽.

백두현, 『영남 문헌어의 음운사 연구』, 태학사, 1992, 129~136쪽.

이선형, 「정해경전에 수용된 계모형 설화」, 『국민어문연구』 10집, 국민대학교 국어국문학연구회, 2002, 123~140쪽.

이성권, 「가정소설의 역사적 변모와 그 의미」, 고려대학교 박사학위논문, 1998, 1~240쪽.

이원수, 「가정소설 작품세계의 시대적 변모」, 경북대학교 박사학위논문, 1991, 1~239쪽.

이정민, 「정해경전 연구」, 한국교원대학교 석사학위논문, 2005, 1~57쪽.

이지하, 「여성주체적 소설과 모성이데올로기의 파기」, 『한국고전여성문학연구』 9집, 한국고전여성문학회, 2004, 137~166쪽.

정하영, 「고소설에 나타난 모성상」, 『한국고전여성문학연구』 4집, 한국고전여성문학회, 2002, 221~247쪽.

조재현, 「〈정해경전〉에 나타나는 모친탐색의 양상과 의미 연구」, 『어문연구』 140호, 한국어문교육연구회, 2008.12, 373~394쪽.

조희웅, 『고전소설 이본목록』, 집문당, 1999, 649쪽.

_____, 『고전소설 연구보정』, 박이정, 2006, 921~922쪽.

|제3부 고소설의 수용과 향유층의 미학적 세계|

VIII. 〈토끼전〉의 수용된 용궁설화의 양상과 의미

강한영, 「토별가의 계보적 고찰」, 『성곡논총』 3집, 성곡학술문화재단, 1972.

기한섭, 「판소리에 나타난 용궁의 의미와 기능」, 대구대학교 석사학위논문, 1985.

김기형, 「수궁가 연구사」, 『수궁가 연구』, 민속원, 2001.

김대행, 「수궁가의 구조적 특성」, 『국어교육』 27·28합집, 한국국어교육연구회, 1976, 321~337쪽.

김동건, 「토끼전 연구」, 경희대학교 박사학위논문, 2001.

김부식, 이병도 역, 『삼국사기』, 을유문화사, 1997, 345~348쪽.

김진영 외, 〈퇴별가〉, 『토끼전 전집』 1집, 박이정, 1997.

김태준, 『조선소설사』, 예문, 1990, 115~116쪽.

동국대학교 역경위원회, 『한글대장경 불본행집경』 2권, 동국역경원, 1985, 30~32쪽.

민 찬, 「토끼전 작품군의 우화수용양상에 대한 고찰」, 『구비문학연구』 4집, 한국구비문학회, 1997, 489~517쪽.

_____, 『조선후기 우화소설 연구』, 태학사, 1995.

서종문, 「〈토별가〉에 나타난 신재효의 현실인식」, 『판소리 연구』 10집, 판소리학회, 1999, 73~101쪽.

양명학, 「한국소설에 나타난 용과 용궁의 상상」, 『울산어문』 3집, 울산대학교 국어국문학과, 1987, 153~196쪽.

운양자, 「토생원 별주부전기, 어디서부터 방시된 것인가」, 『불교』 73집, 1930.

이원수, 「토끼전의 후대적 변모」, 『국어교육』 14집, 경북대학교 국어교육과, 1982, 15쪽.

이은명, 「토끼전 이본고-그 계보와 서술의 변이양상을 중심으로」, 인하대학교 석사학위논문, 1985.

이헌홍, 「수궁가의 수수께끼적 구조와 의미」, 『한국문학논총』 29집, 한국문학회, 2001, 131~152쪽.

인권환, 〈퇴별가(완판본)〉, 『토끼전』, 고려대학교 민족문화연구소, 1993.

_____, 「토끼전」, 『한국고전소설작품론』, 집문당, 1990.

_____, 『토끼전·수궁가 연구』, 고려대학교 민족문화연구원, 2001.

일 연, 이가원 역, 『삼국유사』, 태학사, 1991.

전준걸, 「한국고전소설의 용궁설화 연구」, 『조선조 소설의 무예의식과 용궁설화』, 아세아문화사, 1992.

정규훈, 「토끼전 연구」, 계명대학교 석사학위논문, 1980.

정출헌, 「봉건국가의 해체와 토끼전의 결말구조」, 『고전문학연구』 13집, 한국고전문학회, 1998, 153~185쪽.

_____, 「토끼전 연구의 시대적 추이와 그 의미」, 『고소설 연구사』, 월인, 2002, 787~810쪽.

_____, 「토끼전의 작품구조와 인물형상」, 『한국학보』 66집, 일지사, 1992, 194~229쪽.

_____, 『조선후기 우화소설 연구』, 고려대학교 민족문화연구원, 2000.

정학성, 「우화소설연구」, 서울대학교 석사학위논문, 1972.

조동일, 「토끼전(별쥬젼)의 구조와 풍자」, 『계명논총』 8집, 계명대학교, 1972, 17~36쪽.

_____, 『한국문학통사』 3권, 지식산업사, 1991, 540쪽.

최광석, 「〈토끼전〉 이본 계열의 구조와 근대지향 의식」, 경북대학교 박사학위논문, 2001.

_____, 「토끼전 결말구조의 두 양상과 그 성격」, 『선주논총』 3집, 금오공과대학교 선주문화연구소, 2000, 73~94쪽.

최남선, 「인도의 토생원 별주부」, 『동명』 3호, 1922.

한국정신문화연구원 편, 『한국구비문학대계』 1-3권, 2-5권, 3-2권, 6-12권, 6-5권, 8-9권, 한국정신문화연구원, 1984.

Shivkumar, 〈The Monkey and The Crocodile〉, 『PANCHATANTRA』, Children's Book Trust, New Delhi, 2003.

IX. 〈창선록〉의 작품세계와 〈구운몽〉의 수용론적 의미

정우락 소장본 〈창선록〉, 98쪽.

『청주정씨 문목공파세보』, 대조사, 2001, 247~248쪽, 911쪽.

김광순, 『김광순소장 필사본 한국고소설전집』 33권, 경인문화사, 1994.

김균태 외, 『한국고전소설의 이해』, 박이정, 251~261쪽.

김만중 원작, 김병국 교주, 『구운몽』, 서울대학교 출판부, 2007, 101쪽.

김재웅, 「경북 지역에 유통된 필사본 고소설에 대한 실증적 연구」, 『고소설연구』

24집, 한국고소설학회, 2007, 219~250쪽.

김학수, 『성주 한강 정구 종가』, 예문서원, 2011, 211~212쪽.

서경희, 「〈구운몽〉의 수용 양상 연구」, 『이화어문논집』 21집, 이화어문학회, 2003, 101~105쪽.

신재홍, 「〈구운몽〉의 서술원리와 이념성」, 『고전문학연구』 5집, 한국고전문학연구회, 1990, 128~164쪽.

유광수, 「〈구운몽〉: '자기 망각'과 '자기 기억'의 서사―성진이 양소유 되기」, 『고전문학연구』 29집, 한국고전문학회, 2006, 377~409쪽.

이강옥, 「〈구운몽〉의 환몽 경험과 주제」, 『구운몽의 불교적 해석과 문학치료교육』, 소명출판사, 2010, 162~203쪽.

이윤석, 『홍길동전 연구』, 계명대학교 출판부, 1997, 40쪽.

이주영, 「〈구운몽〉에 나타난 욕망의 문제」, 『고소설연구』 13집, 한국고소설학회, 2002, 33~54쪽.

정길수, 「〈구운몽〉의 독자는 누구인가」, 『고소설연구』 13집, 한국고소설학회, 57~80쪽.

정우락, 「조선중기 강안지역의 문학활동과 그 성격」, 『낙중학: 조선시대 낙동강 중류 지역의 유학』, 계명대학교 출판부, 2012, 254~317쪽.

조희웅, 『고전소설 연구보정』, 박이정, 2006.

_____, 『고전소설 이본목록』, 집문당, 1999.

_____, 『한국 고전소설 등장인물 사전』 13권, 지식을만드는지식, 2012, 105~106쪽.

차충환, 『숙향전 연구』, 월인, 1999, 52~106쪽.

X. 〈강릉추월전〉의 주인공, 정체성 탐구와 가족 상봉

덕흥서림본 〈강능츄월〉, 『구활자소설총서 고전소설』 9권.

성균관대 소장본 〈강능츄월〉 3권 3책.

김재웅, 「〈강능추월전〉의 이본 형성과 변모에 관한 연구」, 계명대학교 박사학위논문, 2003, 1~165쪽.

_____, 「〈강릉추월전〉 연구」, 『한국학논집』 26집, 계명대학교 한국학연구원, 1999, 243~265쪽.

_____, 『강릉추월전 작품군의 종합적 이해』, 보고사, 2008, 9~260쪽.

김진영, 「〈강능추월옥소전〉의 이합구조와 음악의 관계」, 『한국언어문학』 51집,

　　　한국언어문학회, 2003.

김태준, 『조선소설사』, 예문, 1989, 176~79쪽.

동국대학교 한국학연구소, 〈강능츄월〉, 『활자본 고전소설전집』 5권, 아세아문화
　　　사, 1976, 100쪽.

박광수, 「〈강능추월전〉의 결말부 부연과 그 의미」, 『어문학』 70집, 한국어문학회,
　　　2000, 179~192쪽.

_____, 『강릉추월전연구』, 충남대학교 출판부, 2002.

백운용, 「〈강릉추월전〉이 구조와 헤어짐과 만남」, 『어문론총』 38호, 한국문학언
　　　어학회, 2003, 109~141쪽.

서대석, 「〈소지현나삼재합〉계 번안소설 연구」, 『동서문화』 5집, 계명대학교 동서
　　　문화연구소, 1973, 214쪽.

육재용, 「〈강능추월전〉의 창작성 고찰」, 『어문학』 93집, 한국어문학회, 2006,
　　　253~272쪽.

전상욱, 「〈월봉기〉군 소설의 작품세계」, 연세대학교 석사학위논문, 1995.

조동일, 『한국문학통사』 3권, 지식산업사, 1991, 105~106쪽.

조희웅, 『고전소설 연구보정』, 박이정, 2006.

_____, 『고전소설 이본목록』, 집문당, 1999.

저자 김재웅(金在雄)

경북 고령에서 출생하여 계명대 국어국문학과를 졸업하고 동 대학원에서 국문학 박사학위를 받았다. 계명대 한국학연구원 연구원, 인도 네루대 한국학 파견교수, 경북대 영남문화연구원 박사후연수연구원 등을 각각 역임했다. 현재는 경북대 교양교육센터 초빙교수로 재직하면서 대구경북인문학협동조합 이사장을 겸하고 있다. 고전산문의 아름다움을 찾기 위해 필사본 고소설을 집중적으로 탐구하여 고소설의 창작 현장과 지역문화, 고소설 필사의 전통과 영남 선비집안 여성의 문학생활, 고소설의 인문학적 상상력, 고전문학의 생태문화 등에 관심을 가지고 다양한 강의와 연구를 하고 있다.

　　주요 저서는 『잊혀져 가는 고령 지역의 마을문화』, 『대구·경북 지역의 설화 연구』, 『강릉추월전 작품군의 종합적 이해』, 『김시습과 떠나는 조선시대 국토기행』, 『필사본 고소설의 지역별 유통양상과 향유층에 대한 실증적 연구』, 『한국 고소설의 주인공론』(공저), 『인문학 글쓰기』(공저), 『사회과학 글쓰기』(공저), 『과학기술 글쓰기』(공저), 『인문학자들의 헐렁한 수다-인문학, 대구를 이야기하다』(공저), 『인문학자들의 헐렁한 수다-인문학, 대구인물을 이야기 하다』(공저) 등이 있다. 주요 논문으로는 「고소설 필사의 전통과 영남 선비집안 여성의 문학생활」, 「영남 지역 필사본 고소설에 나타난 여성 향유층의 욕망」, 「고령지역 설화의 역사성과 비극성」, 「삼국유사와 생태문학적 상상력」 외에 다수가 있다.

kimjw386@hanmail.net

고소설의 생명력과 미학적 세계

2018년 12월 30일 초판 1쇄 펴냄

지은이 김재웅
발행인 김흥국
발행처 보고사

책임편집 김하늘
표지디자인 손정자

등록 1990년 12월 13일 제6-0429호
주소 경기도 파주시 회동길 337-15 보고사 2층
전화 031-955-9797(대표), 02-922-5120~1(편집),
    02-922-2246(영업)
팩스 02-922-6990
메일 kanapub3@naver.com / bogosabooks@naver.com
http://www.bogosabooks.co.kr

ISBN 979-11-5516-849-3 93810

정가 26,000원